Jessica Koch begann bereits in der Schulzeit damit, kürzere Manuskripte zu schreiben, reichte diese aber nie bei Verlagen ein. Anfang 2016 erschien dann schließlich ihr Debütroman «Dem Horizont so nah». Das Buch belegte wochenlang Platz 1 der Bestsellerlisten und kam 2019 in die Kinos. Mit «Dem Abgrund so nah» und «Dem Ozean so nah» erschienen im Laufe des Jahres die ebenfalls sehr erfolgreichen Teile zwei und drei der «Danny-Trilogie».

Jessica Koch

Denn Geister vergessen nie

~ Roman ~

Rowohlt Taschenbuch Verlag

Veröffentlicht im Rowohlt Taschenbuch Verlag,
Hamburg, Dezember 2021
Copyright © 2020 by FeuerWerke Verlag,
Maracuja GmbH, Laerheider Weg 13, 47669 Wachtendonk
Covergestaltung any.way, Hamburg,
nach einem Entwurf von
Chris Gilcher für Buchcoverdesign.de; FeuerWerke Verlag
Satz aus der Adriane Text
Gesamtherstellung CPI books GmbH, Leck, Germany
ISBN 978-3-499-00794-1

Die Rowohlt Verlage haben sich zu einer nachhaltigen
Buchproduktion verpflichtet. Gemeinsam mit unseren Partnern und Lieferanten setzen wir uns für eine klimaneutrale
Buchproduktion ein, die den Erwerb von Klimazertifikaten
zur Kompensation des CO_2-Ausstoßes einschließt.
www.klimaneutralerverlag.de

Für Max
Es gibt nichts, das ich dir sagen kann,
was du nicht ohnehin weißt.
Danke, dass du die Fehler korrigiert hast,
die andere gemacht haben.
Komm heil zurück in deine Welt.
Du fehlst.

Der größte Schmerz, der Sehnsucht heißt,
tobt in uns wie ein Sturm.
Aus ihm entsteht neue Kraft,
und wir gehen unseren Weg.

*Wehe denen, die das Böse gut heißen und das Gute böse,
welche Finsternis zu Licht machen und Licht zu Finsternis.
Bibel, Jesaja 5,20*

Prolog

Lieber Alvaro-Tajo,

ich komme mir so schäbig vor, mit dieser Bitte an dich heranzutreten, weil ich dein großzügiges Angebot erst letztes Jahr so vehement ausgeschlagen habe.
Aber nun sitze ich hier, schreibe mit Tränen in den Augen und zitternden Fingern diesen verzweifelten Brief ...
Es ist so weit. Wir kommen gerade aus dem Krankenhaus. Unsere gesamte Hoffnung ist verschwunden. Ausgesogen. Mit einem einzigen Schlag niedergeschmettert.
Warum nur? Warum?
Es verwächst sich, haben sie doch gesagt. Seit Jahren sagen sie uns das, und seit Jahren glauben wir ihnen und hoffen und beten. Warum ist das noch immer nicht passiert?
Machen die Mediziner es nun von seinem Alter abhängig? Nur, weil es bis zu seinem Geburtstag nicht passiert ist, gibt es keine Chance auf ein Wunder mehr? Können Wunder nicht immer passieren, wenn man ganz fest daran glaubt?
Das Schlimme ist, Andreas glaubt bereits nicht mehr daran. Er hat vorhin seinen Arm um meine Schulter gelegt und zu mir gesagt: «Es ist an der Zeit, den schrecklichsten aller Gedanken zuzulassen. Unser Sohn ist am Ende seiner Kräfte.»
Mein Mann hat recht, Alvaro. Er hat recht! Mit jedem Tag wird Mian schwächer, blasser, weniger. Er schwindet vor unseren Augen dahin. Er entgleitet uns!

Mian driftet aus dieser Welt, und wir können nichts mehr tun, außer zu versuchen, ihn mit reinem Willen und all unserer Liebe festzuhalten.
Es zerreißt mir das Herz! Es zerreißt mir mein verdammtes, gesundes Herz, wenn ich die anderen Kinder auf der Straße spielen sehe, sie lachen höre. Wenn ich das Fahrrad im Keller sehe, mit dem Mian noch nicht ein einziges Mal fahren konnte.
Ich kann ihn nicht gehen lassen! Ich kann nicht!
Deswegen flehe ich dich an! Hilf uns! Bitte, bitte hilf uns! Bitte stell den Kontakt zu diesem Volk her und bitte sie in meinem Namen um Hilfe.
Ich bin bereit, dein Angebot anzunehmen. Ich werde noch heute den Flug in die Karibik buchen.
Es ist mir einerlei, dass ich es damals abwegig, unmoralisch und daneben fand. Es ist mir auch vollkommen gleichgültig, was für Konsequenzen es nach sich zieht. Der Preis spielt keine Rolle. Selbst wenn ich bis ans Lebensende dafür bezahlen muss, ich werde mich niemals darüber beschweren.
Das Einzige, was zählt, ist Mian!
Ich flehe dich an, mein Freund! Bitte rette meinem Sohn das Leben!

In tiefer Verzweiflung
Josephine

Marie

Das Glück des Himmels ist die Sonne,
das Glück der Liebe ist ein Kind.

Mit einem langen Ausatmen, das wie ein Seufzen klingt, beobachtet Marie den blonden Mann, der quer über das Basketballfeld rennt. Ihre Finger haken sich in den Maschendrahtzaun auf die gleiche Weise, wie sie es schon vor knapp zehn Jahren taten. Seit damals hat sich einiges geändert, und doch ist vieles gleich geblieben. Einer der Unterschiede besteht darin, dass Marie nun weiter weg vom Zaun stehen muss, weil ihr dicker Bauch es nicht zulässt, näher heranzutreten.

Schon seit ihrer Zeit auf dem College liebt Marie es, am Rande des Spielfeldes zu stehen und Jayden zu beobachten. Als Point Guard und Teamleiter war er damals sehr erfolgreich. Heute spielt Jayden nur noch selten selbst mit. Inzwischen ist es sein Beruf, die Nachwuchstalente zu trainieren und zu fördern. Schon immer hat er ein Händchen für Kinder gehabt. Auf sehr verständnisvolle Art schafft er es, sie zu Höchstleistungen zu motivieren, ohne sie zu überfordern.

«Komm schon, Brian», ruft er gerade einem dunkelhäutigen Jungen zu. «Das schaffst du!»

Der Junge rennt los, nimmt den Ball an, prellt ihn mehrere Male auf den Boden und wirft ihn schließlich in den Korb.

«Klasse gemacht», freut sich Jayden und wuschelt ihm durch die schwarzen Haare. «Das hätte ich nicht besser hinbekommen.»

Brian strahlt übers ganze Gesicht. Jayden klopft ihm auf die Schulter, dann schweift sein Blick aus dem Spielfeld hinaus. Er entdeckt Marie sofort, hebt seine Hand und joggt herüber.

«Hey», ruft er ihr zu, tritt auf eine der Bänke und beugt sich über den Zaun, um ihr einen Kuss auf die Wange zu drücken. «Wie geht es euch beiden?»

«Mir geht es gut.» Marie lächelt und legt sich die Hand auf ihren Bauch. «Und dem Kleinen auch. Ich bin heute ein Stück länger spazieren gegangen, und ich bin nicht mehr so aus der Puste gekommen.»

«Na also.» Jayden lächelt. «Ich hab doch gesagt, deine Kondition wird wieder besser werden.»

«Wann kommst du nach Hause?»

«In einer halben Stunde. Ich hole erst Collin ab und besorge noch etwas zu essen für uns.» Er hebt im Davonlaufen die Hand. «Bis später.»

Marie lächelt. Für ein paar Sekunden bleibt sie noch stehen und schaut ihm nach, dann löst sie sich schwerfällig vom Zaun.

Ihre Beine schmerzen ein wenig, als sie zurück zum Haus geht und in den kühlen Flur tritt. Schuhe ausziehen ist anstrengend geworden in den letzten Tagen, und sie ist dankbar für das warme Wetter in Kalifornien, das ihr erlaubt, Flip-Flops zu tragen, die sie nun mühelos von den Füßen streifen kann.

Der Wunsch aus ihren einsamen Teenagertagen, irgendwo im kalten Finnland zu leben, gehört längst der Vergangenheit an. Schon bald nachdem sie Jayden lieben gelernt hatte, war klar gewesen, dass ihr Zuhause nur an seiner Seite sein konnte, in Kalifornien. Womit sie anfangs nicht gerechnet hatte: dass es ausgerechnet in Santa Barbara sein würde, dem teuersten Fleck in der Gegend. Das war nur dank Jayden und seiner steilen Karriere als Basketballer möglich gewesen.

Für Jayden ist Santa Barbara ideal. Hier, dicht am Strand und in unmittelbarer Reichweite, kann er seiner Segelleidenschaft frönen. Und hier – zwischen Himmel und Meer – wird ihr gemeinsamer Sohn aufwachsen, wohl behütet in einem geräumigen, aber gemütlichen Häuschen. Wieder legt sich Maries Hand auf den mittlerweile kugelrunden Bauch. In zehn Wochen ist der errechnete Termin, und Marie hofft, dass das Baby nicht länger als unbedingt nötig auf sich warten lassen wird.

Alles ist bereit. Marie und Jayden haben gemeinsam beschlossen, das Kinderzimmer neutral einzurichten, weil sie niemandem gesagt haben, welches Geschlecht der Arzt beim Ultraschall gesehen hat. Es soll eine Überraschung für die anderen werden. Die Holzwiege, die Jaydens Vater eigenhändig für sein zukünftiges Enkelkind angefertigt hat, steht mitten im Kinderzimmer.

Ein leises Knarren ein Stockwerk tiefer verrät Marie, dass eben die Haustür aufgegangen ist. «Hallo!», ruft sie hinunter. Collin und Jayden sind schon da. Sofort ist die Schwerfälligkeit von eben fort, und sie geht hastig die Stufen hinab, ihrem Ehemann und ihrem Bruder entgegen.

Lächelnd hält Jayden ihr zwei braune Papiertüten entgegen. «Ich dachte, wir essen heute mal absolut ungesund. Kentucky Fried Chicken.»

«Du bist mein Held.» Marie nimmt ihm die Tüten aus der Hand und lächelt Collin an, der hinter Jayden ins Haus tritt.

«Hey», grüßt dieser. Bis vor kurzem hat er noch hier im Haus gelebt, inzwischen wohnt er auf dem Campus, und eines seiner alten Zimmer im Dachgeschoss ist zum Babyzimmer umfunktioniert worden.

Marie betrachtet Collin. Ihr kleiner Bruder hat in den letzten Jahren eine erstaunliche Wandlung vollzogen. Aus dem zierlichen und schüchternen Kind ist ein kräftiger junger Mann geworden. Seine Schultern sind breit und trainiert, und auf seinem linken Oberarm ist ein springender Orca eintätowiert. Jenes Tier, das ihn schon von klein auf fasziniert und ihn als Mutmacher durch seine oft harte Kindheit begleitet hatte. Früher war Collin ständig wegen seines Aussehens gehänselt worden. Rote Haare, helle Haut und Sommersprossen – auffälliger kann man in Kalifornien kaum sein. Heute erinnert er Marie ein klein wenig an den berühmten Musiker Ed Sheeran.

«Bist du mit den Einladungen fertig geworden?», fragt Jayden und lässt sich auf die breite Couch fallen. Auffordernd klopft er dann auf den Platz neben sich. «Können wir sie versenden?»

«Hab ich bereits gemacht.» Zufrieden setzt Marie sich zu ihm und schaut Collin fragend an. «Und ihr seid ebenfalls fertig?»

«Ja, es ist alles bereit. Die Party kann starten.»

Jayden packt die Tüten aus, schiebt jedem einen Burger hin und stellt die Schale mit den Chickenwings auf den Couchtisch.

«Super. Ben wird sich freuen.» Marie verteilt die Servietten, die sich stapelweise in den Tüten befinden.

«Seine Party muss perfekt werden.» Collin grinst. «Das ist der letzte Geburtstag, den er vernünftig feiern kann. Spätestens nach seiner Hochzeit ist sein Leben zu Ende.»

Marie schnappt sich ein Sofakissen und wirft es ihrem Bruder an den Kopf. «Sei bloß ruhig! Oder sehe ich aus, als wäre mein Leben vorbei?»

Grinsend legt Collin das Kissen auf seinen Schoß und breitet eine Serviette darauf aus, bevor er sich einen Burger nimmt. «Ich bringe dieses Mal auch ein Mädchen mit auf Bens Party.»

Jayden knufft ihn in die Seite. «Sehr gute Idee. Du bist sonst der Einzige dort unter fünfundzwanzig, und dir wäre schrecklich langweilig.»

«Wie heißt sie?» Neugierig richtet Marie sich auf. «Komm schon, erzähl uns was von ihr!»

«Sie heißt Amy», berichtet er.

Marie stellt fest, dass in Collins Stimme nicht die Begeisterung liegt, die sie erwartet hätte. «Wer genau ist Amy?»

«Eine Freundin von mir. Ich hab sie erst vor einer Weile im Community Park bei den Volunteer Days kennengelernt.»

«Kommt sie auch aus Santa Barbara?», murmelt Jayden mit vollem Mund.

«Ja. Sie kommt aus dem Armen-Viertel.»

Fast nirgendwo auf der Welt prallen Arm und Reich so heftig aufeinander wie in Santa Barbara. Während die einen mit ihren sündhaft teuren Jachten durch die Gegend schippern, kämpfen die anderen ums Überleben.

«Seid ihr eng miteinander?» Marie knabbert auf ihrem

Strohhalm herum und schaut ihren Bruder aufmerksam an.

«Ich mag sie, aber es ist etwas schwierig mit ihr. Sie ist sehr verschlossen.»

«Verstehe.» Langsam lässt Marie sich zurück in die Kissen sinken. «Ich freue mich auf jeden Fall darauf, sie kennenzulernen.»

«Wirst du bald.» Collin fährt sich kurz mit dem Zeigefinger über den Nasenrücken. Eine routinierte Bewegung, die allerdings überflüssig geworden ist. Seit er sich die Augen hat lasern lassen, muss er sich keine Brille mehr auf die Nase schieben. «Ich habe echt keine Lust, schon wieder der einzige Single zu sein.»

«Ach, so ein Unfug, das bist du nicht.» Jayden schiebt sich eine Pommes zwischen die Zähne. «Ben bringt noch einen Freund mit. Er kommt auch alleine.»

«Trotzdem», sagt Collin entschlossen, während er einen Chickenwing in den Fingern dreht, statt ihn zu essen. «Es wird Zeit, dass ich mir eine Freundin suche, und ich habe mir fest vorgenommen, dass Amy das sein wird.»

«Erzwingen geht nicht», wendet Marie ein und greift nach Collins Hand. Eine alte Gewohnheit, die sie nicht ablegen kann. «Es gibt doch auch gar keinen Grund zur Eile. Du bist noch so jung und du hast alle Zeit der Welt.»

«Wenn ihr euch gut versteht, kannst du sie gerne auf unseren Segeltörn mitnehmen», sagt Jayden und zwinkert Collin zu. «Wenn sie so kurzfristig Zeit hat...»

«Sie jobbt in den Semesterferien nicht, das wäre also nicht das Problem, aber ich bezweifle, dass sie das machen würde», überlegt Collin.

«Wer weiß, vielleicht bekommen wir sie dazu...»

Marie hört nicht mehr zu. Sie stellt ihre Pommes zurück auf den Tisch. Der Appetit ist ihr eben vergangen. Ihre Gedanken bleiben bei einem einzigen Wort hängen.

Segeltörn ...

Es fühlt sich an, als hätte jemand einen langen glühenden Stab in ihren Magen gesteckt. Sosehr sie sich über die Reise der Jungs freut, so unwohl ist ihr auch bei dem Gedanken, Jayden zwei Wochen lang über den Pazifik segeln zu lassen. Nicht, weil sie Angst um ihn hätte. Schon seit seiner Kindheit ist Jayden auf Segelschiffen unterwegs und auf dem Meer zu Hause, und Marie weiß, sie muss sich keine Sorgen um ihn machen. Doch irgendwie ist ihr dieses Mal mulmig zumute, und Jayden fehlt ihr schon, wenn sie nur daran denkt, ihn tagelang nicht bei sich zu haben. Im Normalfall wäre Marie mitgekommen, aber im letzten Trimester der Schwangerschaft will sie das nicht mehr riskieren.

Sie essen schweigend, bis Marie nach einer Weile die leeren Verpackungen in eine der braunen Tüten wirft und vorsichtig aufsteht.

«Ich bin müde», sagt sie. «Komm, Jay, lass uns nach oben gehen.»

Collin erhebt sich ebenfalls, allerdings mit deutlich mehr Elan. «Alles klar, dann mach ich mich mal langsam auf den Heimweg.»

«Du kannst auch hier schlafen», bietet sie ihm an. «Weißt du doch.»

«Nein, ich gehe nach Hause.» Er wischt die fettigen Finger an seinen Shorts ab. «Ich will morgen nicht so früh aufstehen müssen.»

«Okay, dann bringe ich dich noch schnell zur Tür.»

«Das musst du nicht, Schwesterherz. Ich kenne den Weg.»

Collin grinst. «Ich hab jahrelang hier gewohnt, schon vergessen?»

«Ich möchte dich aber begleiten.» Langsam geht sie neben ihrem Bruder her, während Jayden die letzten Pommes aus der Tüte fischt. Auf der Veranda bleibt Marie stehen und legt ihre Hand auf Collins Schulter. Staunend stellt sie wieder einmal fest, wie groß er geworden ist und wie erwachsen. «Weißt du, was ich mir wirklich wünschen würde?»

Er wird schlagartig ernst. «Was kann ich für dich tun?»

Sofort fühlt sich Marie in ihre Collegezeit zurückversetzt, als sie und ihr Bruder gemeinsam Pläne geschmiedet haben, wie man all die Mobbingerlebnisse vor den Eltern vertuschen kann ...

«Es geht nicht um mich», sagt sie leise.

«Sondern?»

«Es geht um dich. Ich weiß, dass ...» Sie zögert. Eigentlich ist er alt genug für eigene Entscheidungen, gerade in solchen Dingen. Andererseits haben sie sich immer umeinander gekümmert, und es fühlt sich falsch an, ausgerechnet jetzt damit aufzuhören.

Collin sieht sie noch immer fragend an.

«Also ich weiß ja, dass du es schwer hattest früher. Wir beide. Ich weiß auch, dass du verzweifelt versuchst, damit abzuschließen, und du nun irgendwie denkst, eine Freundin würde dir dabei helfen.»

Collin schweigt. In seinem Gesicht arbeitet es. Er hat die Zähne fest aufeinandergepresst, und seine Kiefer mahlen.

«Ich möchte, dass du aufhörst, dich unter Druck zu setzen», fährt Marie fort. «Das ist das, was ich von dir möchte.»

«Ich bin zwanzig und hatte noch nie eine richtige Freundin», platzt er heraus.

«Na und?», sagt sie und schaut ihn eindringlich an. «Das ist doch vollkommen egal. Du bestimmst dein Leben. Nur du allein. Alles, was ich mir für dich wünsche, ist, dass du mit dir zufrieden bist und glücklich wirst.»

«Ich weiß. Aber... eine Freundin gehört doch dazu. Oder nicht?»

«Nicht, wenn es nicht die Richtige ist, Collin. Und die zu finden, braucht es eben manchmal Zeit. Verstehst du?» Sie sieht ihn an, fragend und besorgt zugleich.

Er nickt leicht. Wirklich überzeugt scheint er nicht zu sein.

Marie legt ihm ihre Hand auf den Arm. «Wenn du reden möchtest: Jay und ich sind immer für dich da. Hörst du? Immer.»

Collin nickt stumm, verlässt die Veranda und verschwindet ohne ein weiteres Wort in der Nacht.

Amy

Wer einen Fluss überquert,
muss die eine Seite verlassen.
Mahatma Gandhi

Es ist sehr warm im Zimmer. Ich bin froh, dass der Sonnenfleck vor der Terrassentür langsam kleiner wird und die Dunkelheit das Licht verdrängt. Die Umrisse der Möbel und der Spielsachen werden schemenhaft und verschwinden schließlich. Dafür beginnen die kleinen Plastiksterne an der Decke zu leuchten.

Auch nicht besser ...

Es verändern sich nur die visuellen Eindrücke um mich herum, der Schmerz bleibt derselbe. Mit einem Zipfel der bedruckten Bettwäsche tupfe ich mein Gesicht trocken, immer und immer wieder, obwohl ich weiß, dass es vergebliche Mühe ist.

Alles in mir rebelliert. Meine Seele brüllt, weint und tobt gleichzeitig. Adrenalin jagt durch meine Adern und signalisiert mir in jeder Sekunde, dass ich wegrennen soll. Dennoch bleibe ich stumm und regungslos hier liegen.

Ich muss hier weg. Egal wohin, einfach weg.

Diese Umgebung ist nicht mehr zu ertragen für mich. Es grenzt schon fast an Selbstbestrafung, hier zu sein und sich bewusst diesen Erinnerungen hinzugeben. Ich muss dringend einen anderen Platz zum Schlafen finden. Bei einer Freundin, draußen auf der Parkbank oder meinetwegen irgendwo in einem Obdachlosenheim. Aber ich schaffe es nicht einmal, mich zu erheben und hinüber in mein eigenes Schlafzimmer zu gehen ...

Mein Handy piepst und kündigt eine Nachricht an. Resigniert öffne ich die App. Es ist Collin, der mir schreibt:

> Amy,
> ein Freund meiner Schwester feiert bald
> Geburtstag ... Hast du Lust mitzukommen?

Mehr steht da nicht. Keine Uhrzeit, kein Datum, kein Ort, und doch weiß ich, dass ich keine Lust habe mitzugehen. Ich habe zu nichts Lust. Es ist mir bereits zu viel, hier zu liegen und an die Decke zu starren. Dennoch tippe ich «okay» und sende es an Collin zurück. Alles ist besser, als hier zu sein und mich dem hier auszusetzen.

Insgeheim weiß ich, dass ich in solchen verlorenen Momenten wie diesem zu allem ja gesagt hätte. Selbst wenn der Satan persönlich mich anrufen und fragen würde, ob ich mit ihm ein halbes Jahr ins Bergwerk zum Steineklopfen gehe – ich wäre dabei. Hauptsache, weg von hier. Weg von den Erinnerungen, die mich fesseln und lähmen und mir den Atem nehmen und von denen ich mich trotzdem nicht trennen kann. Mit aller Macht klammere ich mich an sie, schließe sie in mich ein und drohe daran zu ersticken. Es zerreißt mich. Auf der einen Seite zerrt mein Verstand, der mir sagt, dass es richtig wäre, nach vorne zu schauen und alles hinter sich zu lassen, und auf der anderen mein Herz, das sich weigert, das zu akzeptieren.

Du hast zugesagt, auf diese Party zu gehen, Amy. Das ist der erste Schritt in die richtige Richtung.

Vielleicht schaffe ich es da, Freunde kennenzulernen und aus meinen vier Wänden herauszukommen. Neu anzufangen ...

Eine Welle des schlechten Gewissens überrollt mich. Wie kann ich so denken? Wie kann ich mit etwas abschließen wollen, das zu mir gehört und untrennbar mit mir verbunden ist?

Ich werde es niemals schaffen loszulassen, denn diese schmerzhaften Erinnerungen sind alles, was ich noch habe.

Marie

Alle wollen individuell sein,
aber wehe, jemand ist anders.
Volksweisheit

Das rote Kleid aus Seide fällt trotz ihres mittlerweile immensen Bauches locker an ihr herunter. Sie streicht es mit den Fingern glatt, greift nach Jaydens Hand und betritt mit ihm den großen Pavillon. Noch immer überkommt sie in so einer Situation das beklemmende Gefühl einer aufsteigenden Panik. Selbst Jahre später kann sie die traumatischen Erfahrungen auf dem College nicht verdrängen. Er drückt ihre Hand fester, wie er es schon damals immer getan hatte, wenn er ihre Angst spürte.

«Hey, Marie. Hallo, Jay.» Ben kommt auf sie zu.

Noch bevor Marie dazu kommt, ihren besten Freund zu begrüßen, wird ihre Aufmerksamkeit auf den jungen Mann hinter Ben gezogen. Er ist ein Stück kleiner als dieser und trägt einen schlichten grauen Pullover. Seine blonden Haare fallen ihm trotz des schwarzen Stirnbandes ins Gesicht. Irgendwie gibt ihm das ein leicht verwegenes Aussehen. Es ist aber nicht seine Optik, die Maries Aufmerksamkeit erregt. Die mysteriöse Art, wie er sie ansieht, verunsichert sie.

«Das ist mein Freund Mian», erklärt Ben und zeigt mit

dem Daumen auf ihn. «Wir haben uns vor ein paar Monaten beim Klettern im Sequoia-Nationalpark kennengelernt.»

«Hallo», grüßt Marie und geht einen Schritt auf Mian zu, um ihm die Hand zu reichen. Augenblicklich überkommt sie der Verdacht, eine Grenze überschritten zu haben.

«He!» Mian ergreift ihre Hand und schüttelt sie kurz. Für einen Wimpernschlag lässt er seine Finger über Maries Bauch schweben, dann zieht er sie ruckartig zurück. «Wann kommt dein Sohn zur Welt?»

Verwundert schaut sie Jayden an. Marie ist sich sicher, dass er sich an ihre Vereinbarung gehalten hat.

«Tut mir leid, das geht mich nichts an», entschuldigt sich Mian hastig, als bereue er bereits, überhaupt etwas gesagt zu haben.

Er schüttelt auch Jayden die Hand, allerdings noch kürzer, als er es bei ihr getan hat. Dann dreht er sich um und geht, ohne ein weiteres Wort zu sagen, zu den anderen Gästen, die sich bereits am Eingang eingefunden haben.

Jayden kneift ein Auge zu und wechselt mit Ben einen fragenden Blick.

«Er kommt aus Deutschland», sagt Ben schnell, als würde diese Tatsache Mians merkwürdiges Verhalten entschuldigen. «Da hinten kommen Collin und Amy. Wir treffen uns gleich am Eingang.» Er setzt sich in Bewegung und geht den beiden entgegen.

Die leuchtend roten Haare von Collin bieten einen starken Kontrast zum warmen Schokoladenbraun von Amy. Marie stellt fest, dass das Mädchen in auffällig großem Abstand neben Collin hergeht, und doch freut sie sich riesig, dass sie mitgekommen ist. Positive Erlebnisse kann Collin für sein Selbstbewusstsein sehr gut gebrauchen.

Marie würde ihrem kleinen Bruder nach all den Enttäuschungen der letzten Jahre so sehr eine Freundin gönnen, aber viel wichtiger ist, dass Collin begreift, dass er alleine genauso viel wert ist. Doch scheint Collin sich darauf versteift zu haben, dass es mit Amy klappt. Wahrscheinlich weil er sich wünscht, dass bei ihm alles genau so ist wie bei den anderen Jungs in seinem Alter. Ein Wunsch, der ihn seit seiner Kindheit begleitet, seit ihn eine Hirnhautentzündung für Monate sprichwörtlich aus dem Leben gerissen hatte.

Marie spürt etwas Schweres auf ihren Schultern, und im ersten Moment denkt sie, es ist die altbekannte bleierne Resignation, die wieder von ihr Besitz ergreifen will. Dann erkennt sie, dass es Jaydens Arm ist. Seufzend lehnt sie den Kopf an die Brust ihres Mannes.

«Mach dir keine Gedanken», flüstert Jayden ihr lächelnd zu. «Vielleicht wird aus den beiden doch noch was. Manchmal dauert es eben ein bisschen länger, bis man miteinander warm wird.»

«Ich weiß», erwidert sie. Niemand weiß das besser als sie selbst. Es hatte lange, sehr lange gedauert, bis sie anfing, Jayden zu vertrauen. «Aber manchmal hab ich einfach Angst, er gibt sich auf.»

«Ich red mal mit ihm, wenn wir auf dem Meer unterwegs sind.»

«Danke», flüstert Marie. Wenn jemand eine Chance hat, an den verschlossenen Collin heranzukommen, dann ist das Jayden, der erste richtige Freund, den ihr Bruder jemals hatte und der ihn bereits seit Jahren begleitet.

«Vielleicht kommt Amy ja mit auf den Segelausflug ...», meint Jayden plötzlich und grinst sie spitzbübisch an. «Und wer weiß, möglicherweise können wir dem Glück der beiden ja auch ein ganz klein wenig auf die Sprünge helfen.»

Mian

Es gibt vielerlei Lärme.
Aber es gibt nur eine Stille.
Kurt Tucholsky

Der Blick des blonden Mädchens streift ihn erneut, aber er schaut wieder nicht zu ihr auf. Sie sitzt ihm am Tisch gegenüber und versucht fast schon verzweifelt, Augenkontakt herzustellen. Irgendwann im Laufe des Abends hat sie ihm ihren Namen genannt, aber Mian ist nicht auf das Gespräch eingegangen. Im Normalfall hätte er den Flirt erwidert, aber heute ist er zu abgelenkt dazu. Seine gesamte Aufmerksamkeit gilt Amy, die schon seit einiger Zeit stumm wie eine Wachsfigur an einen Baum gelehnt steht und in die Ferne sieht. Sie fixiert etwas am Horizont, das nur sie selbst sehen kann. Collin steht dicht neben ihr, und doch wirken die beiden, als wären sie Fremde. Wie zwei zufällig nebeneinandergestellte Menschen, von denen einer ganz offenbar lieber an einem völlig anderen Ort wäre.

Warum ist sie hier?

Die Frage geht Mian schon seit Stunden durch den Kopf, und obwohl er versucht, seinen Gedanken keine Beachtung zu schenken, kann er sie nicht mehr verdrängen. Langsam steht er auf und nimmt sich seine Wodka-Cola vom Tisch. Vielleicht würde es ihm gelingen, das Eis zwischen Collin und Amy zu brechen und die Stimmung etwas aufzulockern. Gezielt schlendert er zu den beiden hinüber. Er hat sie fast erreicht, da schlägt ihm eine Welle negativer Energie entgegen. Abrupt bleibt er stehen. Die Luft scheint plötzlich dicker geworden zu sein und der Himmel eine Nuance dunkler. Mian unterdrückt den Impuls, sich umzudrehen und wegzugehen. Stattdessen hält er einen Moment inne und spürt nach.

Verzweiflung und Frust ...

Beides prallt so heftig auf ihn ein, dass er Mühe hat, sich dagegen abzuschirmen.

Tu dir selbst einen Gefallen und bleib von ihr weg!

Mit dem Anflug eines schlechten Gewissens dreht Mian sich um und geht zurück an seinen Tisch, froh, wieder von Partystimmung umgeben zu sein. Er setzt sich erneut dem Mädchen gegenüber, fest entschlossen, dieses Mal auf ihre Annäherungsversuche einzugehen und den restlichen Abend einen großen Bogen um Amy zu machen.

Aus beidem wird allerdings nichts. Als Erstes kommt Collin und stellt sich neben das blonde Mädchen, das sich dadurch offensichtlich gestört fühlt.

«Hey. Wolltest du etwas von mir?», will Collin wissen. «Ich dachte, du warst auf dem Weg zu mir.»

«Nein», erwidert Mian. Er spürt Amy kommen, noch bevor er sie sieht. Am liebsten würde er einfach aufstehen und gehen, aber Collin so vor den Kopf zu stoßen, hat dieser nicht verdient. Also stürzt Mian sein Wodka-Gemisch hinunter, lächelt ihn freundlich an und sagt: «Ich bin nur spazieren gegangen.»

«In Ordnung.» Collin nickt ihm knapp zu und schickt sich an davonzugehen. Dabei bemerkt er, dass Amy neben ihm steht. Sein Blick wandert von ihr zurück zu Mian.

«Setzt euch doch», sagt Mian aus einer Mischung aus Höflichkeit und Hoffnung heraus, für die beiden vielleicht doch etwas tun zu können.

Collin sieht Amy fragend an.

«Warum nicht?», antwortet sie. «Ich hole ... mir nur eben was zu trinken.»

«Okay», stimmt er zu.

Amy greift über den Tisch nach Mians leerem Glas, hält dann aber inne. «Soll ich dir etwas mitbringen?»

Mian realisiert erst, dass er gemeint ist, als Amy ihn flüchtig an der Schulter antippt. Er zuckt zusammen, als hätte sie ihm einen Stromstoß verpasst.

Wie immer sorgt eine körperliche Berührung dafür, dass er die Energien des Gegenübers viel stärker spürt. Dass die Eindrücke aber so stark sind wie in diesem Moment und wie ein Funkenschlag beginnen, ist durchaus ungewöhnlich und lässt Mians Atem stocken. Amys Emotionen werden wie bei einem Datentransfer auf ihn übertragen und strömen ungefiltert in ihn ein. So heftig, dass sie fast einen Systemabsturz verursachen.

Unwillkürlich kneift Mian die Augen zu, als könne er dadurch alle weiteren äußeren Einflüsse von sich fernhalten.

Ich hab mich geirrt! Es ist kein Frust ...

Es ist etwas viel Stärkeres, dessen Ursprung er nicht zuordnen kann und das Mian einen Overkill an Emotionen verschafft.

Trauer ... Leid ... Kummer ... Angst ... Trauer! Unendliche Verzweiflung.

«Hallo?» Amy beugt sich hinunter, um Mian anzuschauen. «Soll ich dir was zu trinken mitbringen?»

«Ähm?» Verwirrt starrt er in ihre braunen Augen, die

dunkel und trüb wirken. Allerspätestens jetzt wäre ihm klar gewesen, dass dieses Mädchen Trauer verströmt. Mian fühlt, wie diese Trauer auf ihn überzuschwappen droht, und zieht seine Schutzwände hoch. «Ja, gerne.» Er streckt ihr sein leeres Glas hin. Binnen dieser wenigen Sekunden hat er sich wieder gefangen und wirkt vollkommen gefasst. «Eine Wodka-Cola bitte.»

«Mach ich», sagt sie freundlich, aber mit gleichgültiger Stimme. Sie nimmt das Glas entgegen und bleibt viel zu lange einfach stehen. Für einen Wimpernschlag berühren sich ihre Finger, aber dieses Mal ist Mian darauf gefasst. Er lässt ihre Emotionen wie Starkstrom durch einen Blitzableiter durch sich hindurchfließen, ohne etwas davon zu spüren.

«Danke schön», erwidert er und fixiert ihren Blick. Sein Vorhaben, sich von ihr fernzuhalten, ist wie ausgelöscht, als hätte jemand die Festplatte neu formatiert und dafür den verbissenen Wunsch einprogrammiert herauszufinden, woher diese abgrundtiefe Trauer kommt.

Während Amy Getränke holt, übernimmt das blonde Mädchen wieder das Gespräch am Tisch. Mian beobachtet gelangweilt, wie sie mit den Fingern durch ihre Haare fährt und ihn fast schon verträumt anschaut. Sie redet von sich, ihrer besten Freundin und wie sie beide immer an die falschen Männer geraten.

Amy kommt zurück, stellt ihm wortlos sein Glas hin und setzt sich zwischen Collin und das unaufhaltsam plappernde Mädchen. Sie sitzt zwar direkt neben Collin, aber schweigt ihn stoisch an. Mian hört der Blonden nur noch halb zu. Immer wieder schielt er zu Amy, die wirkt, als hätte irgendwer sie hier vergessen und als warte sie nur darauf, abgeholt zu werden. Er mustert sie immer eindringlicher, bis sein Blick nicht mehr von ihr loskommt. Sie hat sein Interesse entfacht, er kann es nicht länger verleugnen.

Jayden und Ben kommen an den Tisch. Mian merkt, dass er darüber erleichtert ist, weil das alle am Tisch von ihm und Amy ablenkt – ihn selbst eingeschlossen. Die beiden unterhalten sich mit Collin über einen Segeltörn, den die drei miteinander in unmittelbarer Zukunft planen. Mian spitzt die Ohren. Zentimeterweise rutscht er näher zu Jayden und Ben hin, weg von dem Mädchen, das sich immer weiter zu ihm rüberbeugt, um ihn in ein Gespräch zu verwickeln. Um ihr zu zeigen, dass er sich immer noch nicht mit ihr unterhalten mag, dreht er sich ein Stück weg und nutzt die Gelegenheit, das Gespräch am Tischende noch intensiver zu verfolgen.

«Das wird bestimmt toll», sagt Amy emotionslos. Ihre Stimme steht im krassen Widerspruch zu dem, was sie sagt. Ihr Tonfall klingt eher, als hätte sie eben eingewilligt, eine teure Zuzahlung beim Zahnarzt zu akzeptieren.

«Zwei Wochen lang werden wir unterwegs sein», verkündet Collin und strahlt sie an, ohne dass sie etwas davon erwidert.

Amy nickt abwesend und starrt wieder auf den Punkt weit in der Ferne.

Für einen Moment herrscht Stille am Tisch. Collin dreht einen Bierdeckel in den Händen, Ben hält sich an seinem Bierkrug fest, und Jayden macht offenbar eine bewusste Pause, bis er plötzlich sagt: «Amy, hast du nicht Lust mitzukommen?»

«Wohin?», fragt sie, als wäre sie eben erst in die Unterhaltung eingestiegen.

«Na, auf unsere Fahrt.» Jaydens Begeisterung ist nicht zu überhören. «Ich habe noch Platz auf dem Boot. Wenn du möchtest, bist du herzlich eingeladen.»

«Oh ja!», ruft Collin. «Das wäre doch was.» Es klingt zu einstudiert, um echt zu sein. Offensichtlich war Jaydens «spontane» Einladung genau geplant.

«Ich weiß nicht», sagt Amy nachdenklich. Sie schweigt einen Moment und scheint sich ernsthaft Gedanken darüber zu machen und die Optionen abzuwägen. So, als müsse sie einen Blumenschmuck für ihr Grab auswählen. Dann scheint ihr etwas einzufallen, denn in ihrem Gesicht blitzt es auf.

«Okay», murmelt sie.

Mian hat den Eindruck, dass es ihr einfach egal ist, ob sie ihre Zeit auf einem Schiff oder zu Hause verbringt, und deswegen einwilligt. Auch Ben scheint zu bemerken, dass in Amy etwas vorgeht, denn er sieht sie aufmerksam an. «Wir nehmen dich wirklich gerne mit», sagt er freundlich.

«Ich kann mitkommen. Warum eigentlich nicht?», meint sie nachdenklich, und sofort verfinstert sich ihre Miene wieder. Dafür zuckt um Collins Mundwinkel ein deutliches Lächeln.

Das ist deine Chance, Mian.

«Ihr geht auf einen Segeltörn?» Es ist keine Zeit, um sich einen guten Plan zurechtzulegen. Er muss in die Vollen gehen.

«Wir werden zwei Wochen eine Inselgruppe umsegeln und immer wieder Stopps zum Tauchen einlegen und an Land gehen, aber auf dem Boot schlafen und leben.»

«Wow, nicht schlecht!», staunt Mian absichtlich überzogen und widmet Jayden seine gesamte Aufmerksamkeit. «Das klingt ja echt großartig. Ist das dein eigenes Segelboot?»

«Ja, die *Marie* gehört mir», sagt Jayden, und Stolz und Zuneigung erfüllen die Luft.

Mian nutzt diese Stimmung, steigt sofort darauf ein und gerät ins Schwärmen. «Seit ich ein kleiner Junge war, habe ich mir gewünscht, einmal auf einem Segelboot zu fahren», lügt er. «Es war immer mein Traum, aber bisher hat es nie geklappt.»

«Davon hast du nie etwas erzählt», wirft Ben ein und schaut Mian überrascht an.

Mian zuckt schnell die Schultern: «Wir kamen irgendwie nie auf das Thema. Trotzdem begleitet mich dieser Wunsch schon seit vielen Jahren.»

«Warum hat es denn nie geklappt?», fragt Jayden. «Du bist ehrlich noch nie auf einem Segelboot gewesen?»

«Wirklich nicht», lügt Mian weiter. Er hat nicht nur den Sportbootführerschein, er ist auch ein erfahrener Windsurfer. «Aber eines Tages werde ich es irgendwie möglich machen, auch mal übers Meer zu segeln …» Er verstummt mitten im Satz und wartet auf eine Reaktion. Er merkt, dass Jayden für einen kurzen Moment nachdenklich wird, und hakt sofort nach: «Du schaust so verwundert. Gibt es denn nichts, das dich schon als kleiner Junge fasziniert hat, sich aber einfach nie realisieren ließ, weil dein Leben in eine völlig andere Richtung ging?»

«Galopprennen.» Jayden lacht auf. «Klingt total dumm, aber als Kind wollte ich immer mal auf einer Pferderennbahn sein.»

Strike! Hoch gepokert und ins Schwarze getroffen …

«Ist ja lustig», sagt Mian. «Mein kleiner Bruder und ich gehen regelmäßig auf Pferderennbahnen und schließen Wetten ab, um uns ein bisschen was dazuzuverdienen.»

Mian lässt sich seinen Triumph nicht anmerken. Er verschweigt, dass Jano und er seit Jahren keine Rennbahn mehr betreten haben. Das Leid der Pferde war nicht mehr zu ertragen gewesen. Vor allem für Jano war es fürchterlich gewesen, wie die Tiere gnadenlos geschunden wurden, nur um den Besitzern Geld einzubringen. Allein das Betreten des Stalles hatte ihn fast wahnsinnig werden lassen.

«Geld mit Pferderennen? Das ist doch alles Abzocke», unterbricht Jayden Mians Erinnerungen. «Ich glaube nicht, dass man da als Laie wirklich Kohle machen kann.»

«Oh doch, sehr viel sogar. Wenn du Lust hast, können wir dich zum nächsten Rennen mitnehmen. Dann verraten wir dir unsere Strategie.» Er unterdrückt sein schlechtes Gewissen, das ihn unweigerlich bei dem Gedanken daran überkommt, seinen Bruder ein weiteres Mal hinschleppen zu müssen. Aber ohne Jano würde sein Plan nicht funktionieren.

«Jetzt hast du mich», sagt Jayden begeistert. «Da bin ich auf jeden Fall dabei.»

«Sehr schön. Dann lass uns Nummern austauschen, und ich gebe dir Bescheid, wann wir gehen.»

«So machen wir das.» Jayden zieht bereits sein Smartphone aus der Tasche.

«Und wenn wir dort unsere Wette gewinnen, nimmst du mich dafür auf die Segeltour mit.» Herausfordernd streckt Mian Jayden die Hand hin. «Deal?»

Ohne zu zögern, schlägt Jayden ein. «Deal!»

«Das ist doch prima», freut sich Ben. «Dann können wir mal was anderes zusammen unternehmen als nur gemeinsames Klettern.»

Collin ist auffällig schweigsam geworden. Mian bemerkt

seine Unsicherheit und fragt sich, ob der Junge in ihm einen Konkurrenten sieht.

Ich will dir Amy nicht wegnehmen, nur herausfinden, ob ich ihr helfen kann.

«Dann machen wir das so, ich betrachte mich als eingeladen, denn wir gewinnen auf jeden Fall.» Er spricht laut und hebt auffällig sein Glas in die Höhe, um Collins Eifersucht zu überspielen. «Wann geht's los?»

Doch auch Jayden scheint die Veränderung an Collin zu bemerken. Er schaut ihn prüfend an und sagt leise: «Wir können doch auch Amy zum Pferderennen mitnehmen, und dann kommst du einfach auch mit.»

Mian spürt einen Anflug von Collins Freude über die Einladung.

Dann sickert allmählich die Enttäuschung des blonden Mädchens zu Mian herüber und nimmt ihm einen Teil seines Triumphgefühls. Sie schaut ihn noch immer an und wartet darauf, dass er mit seiner Aufmerksamkeit zu ihr zurückkommt. Aber das tut er nicht.

«Wir fahren in zwei Wochen», erklärt Jayden, und Mian packt im Geiste bereits seinen Rucksack.

Amy

Es gab viele Augenblicke
bis zum letzten.

Die Uhr tickt unaufhörlich. Sekunde um Sekunde verstreicht. Quälend langsam schiebt sich der Zeiger Richtung Mitternacht. Meine Panik wächst. Es ist nicht die Uhrzeit, die mir Angst macht, es ist das Datum.

Auf den Tag genau zwei Jahre ist es her ...

Es ist mir unbegreiflich, wie ich es noch vor wenigen Tagen geschafft habe, mit Collin auf diese Party zu gehen. Bestimmt weil ich ihn nicht enttäuschen und ihn als Freund nicht verlieren wollte, vielleicht aber auch nur, um eine Weile dieser Wohnung und dem Horror hier zu entfliehen.

Heute ist eine Flucht nicht mehr möglich.

Wie versteinert sitze ich auf dem Sofa und starre gegen die Wand in dem dumpfen Wissen, dass ich auch die nächsten zwei Tage reglos hier sitzen werde. Unfähig, einem normalen Leben nachzugehen, und unfähig, etwas anderes zu spüren als Trauer, gnadenlose Verzweiflung und immer wieder aufflammenden Hass.

Der Hass gilt *ihm*, dem Mann, der mein Leben für immer zerstört hat. Vor allem aber gilt mein Hass mir selbst. Meiner Unfähigkeit und meinem Versagen, das es niemals hätte geben dürfen.

Ich verschränke meine Finger ineinander, um das Zittern zu unterdrücken. Collin hat mich angerufen und gefragt, ob ich mit zu einem Pferderennen gehen möchte, aber ich kann nicht. Normalerweise ist es mir einerlei, an welchem Ort ich allein und unglücklich bin. Nur deswegen habe ich letzten Endes eingewilligt, mit auf diesen Bootstrip zu gehen, ohne zu wissen, was mich da erwartet, und ohne die anderen näher zu kennen.

Aber heute kann ich das Haus nicht verlassen. Collin hat gesagt, wenn ich nicht zur Rennbahn gehe, geht er auch nicht, und wir könnten ja etwas anderes zusammen unternehmen. Er weiß ja nicht, dass ich mich hier verschanzen muss. In meinen eigenen vier Wänden, und ich muss versuchen, das auszuhalten, was kein Mensch aushalten kann. Die Rollläden meiner kleinen Wohnung sind fest verschlossen, damit ich nicht versehentlich nach draußen schaue. Es wäre fatal, wenn ich einen Blick in den Garten erhaschen könnte.

Es ist Wahnsinn, immer noch in dieser Wohnung zu leben. Eigentlich hätte ich längst weg sein müssen, geflohen vor den Erinnerungen, die mich wie Treibsand in einen Abgrund ziehen, aus dem ich nie wieder herauskommen werde. Ich erinnere mich vage, dass ich irgendwann nach einer anderen Wohnung gesucht hatte, hier in dieser Gegend, wo es für eine alleinstehende Frau ohne geregeltes Einkommen bezahlbar wäre. Ich habe dann wohl aufgegeben, so wie ich alles aufgegeben habe. Vielleicht wollte ich auch nur suchen und habe nie damit angefangen – ich weiß es einfach nicht mehr.

Es tut mir sehr leid, Collin einen Korb gegeben und seine Einladung mit wenigen Worten ausgeschlagen zu haben. Aber es geht nicht anders.

Ich seufze tief und gebe mir dann einen Ruck.

Das erste Mal seit gestern stehe ich auf. Nicht um mich anzuziehen und das Haus zu verlassen, sondern um ein Feuerzeug zu holen. Damit zünde ich die dicke rote Kerze an, die schon die ganze Zeit vor mir auf dem Tisch steht. Gerne hätte ich sie auf die Fensterbank gestellt, aber ich darf das Fenster nicht öffnen, wenn ich nicht riskieren will, schreiend zusammenzubrechen.

Tränen steigen mir in die Augen, und mein Hals brennt wie Feuer, als ich leise anfange zu singen. Ein Lied aus einer Zeit, die noch gar nicht allzu lange her ist, und doch aus einem anderen Leben stammt. Ein Leben, das für immer verloren ist.

Marie

Auge um Auge,
und die Welt wird blind.
Mahatma Gandhi

«Hallo», grüßt Marie und reicht Jano die Hand. Dabei erlebt sie ein Déjà-vu: Er nickt ihr stumm zu, und ähnlich wie vor einigen Tagen bei Mian hat sie auch hier das Gefühl, eine Grenze zu überschreiten. Dieses Mal fühlt es sich unangenehm an, als würde sie in eine sehr private Zone treten. Ein kleiner Schauer läuft ihr den Rücken hinunter, und sie ist froh, als Jano ihre Hand loslässt und einen Schritt zurücktritt.

Wenn Marie nicht von Jayden gewusst hätte, dass die jungen Männer Brüder sind, hätte sie die beiden nicht als solche erkannt. Mians leuchtend grüne Augen stehen im krassen Gegensatz zu denen seines Bruders. Janos Augen sind fast schwarz und wirken wie eine Wand, die jeden Blick in seine Seele abschirmt. Seine Haare sind ebenfalls dunkel, und auf den muskulösen Armen prangen mehrere Tattoos, wie man unter den hochgeschobenen Pulloverärmeln sieht. Marie erkennt einen Rosenkranz und eine brennende Kerze. Sie schätzt Jano auf höchstens dreiundzwanzig Jahre und damit ein paar Jahre jünger als sie selbst und Jayden.

Jano bemerkt ihre intensiven Blicke und wendet sich ab.

«Gehen wir uns die Pferde ansehen?», fragt Mian schnell und deutet auf das große Stallgebäude. «Bevor die Masse das tut.»

«Darf man das einfach so?», will Jayden wissen.

«Man darf in die Ställe, muss aber hinter den Absperrungen bleiben», erklärt Mian. «Viele Leute setzen mehrere tausend Dollar auf den Sieger, und da will man die Pferde natürlich vorher sehen.»

«Ihr setzt also nicht so viel Geld?», schlussfolgert Jayden daraus.

«Doch, tun wir.» Mian lächelt ihn schief an. «Aber wir setzen niemals auf den Sieger, sondern immer auf den Verlierer.»

«Gute Taktik», meint Jayden anerkennend. «Der Verlierer hat vermutlich eine viel höhere Quote.»

«Vor allem erkennt man ihn leichter.»

Marie blickt sich um und stellt fest, dass Jano bereits in den Ställen verschwunden ist. Sie greift Jaydens Hand fester, als sie das Gebäude betreten. Es ist riesig und wirkt sauber, fast schon so steril wie ein Krankenhaus. Sämtliche Arbeitsgeräte wie Schubkarren und Besen lehnen ordentlich an der Wand, und kein einziger Strohhalm liegt auf dem Boden. Aus einem unsichtbaren Lautsprecher dringt leise klassische Musik, und Marie fragt sich, ob sie zur Beruhigung der Tiere dienen soll. Hin und wieder ertönt ein leises Schnauben oder das Scharren eines Hufeisens auf dem Betonboden. Vereinzelte Menschen, die sich vermutlich später ebenfalls das Galopprennen ansehen wollen, schleichen durch die breiten Gassen. Von den Pferden selbst kann Marie nicht viel sehen, denn die meisten Tiere sind bis zum Kopf in farbige Decken gepackt, obwohl die Temperaturen im Stall äußerst angenehm sind. Die Boxen, in denen sie stehen, sind weit nach oben vergittert. Lediglich in der Mitte ist eine kleine Aussparung, gerade groß genug, damit die Pferde ihre Köpfe hinauslehnen können. Eine dicke Eisenstange hält die Besucher auf Abstand und verhindert, dass die Tiere berührt werden.

«Ich hab mal gelesen, dass so ein Pferd weit über eine Million kosten kann», flüstert Jayden ehrfurchtsvoll, als mache er sich Sorgen, die fast schon heilige Ruhe des Stalles zu stören.

Mian zuckt eine Schulter. «Schon möglich.»

«Wie entscheidet ihr nun, auf welches Tier ihr setzen wollt?» Jayden lächelt amüsiert, als wäre das Ganze einfach ein Spaß. «Denk an unseren Deal!»

«Er macht das.» Mian deutet mit dem Kinn auf seinen Bruder, der in einigen Metern Entfernung reglos vor einer Pferdebox steht. «Er ist gut darin.»

Maries Augen wandern zu Jano. Obwohl er sich zwischen mehreren Menschen befindet, wirkt er einsam und verloren. Der schwarze Kapuzenpullover, den er trägt, lässt ihn trotz seines trainierten Körpers schmal und zerbrechlich wirken.

Irgendwie verletzlich.

Wie eine Wachsfigur steht er da und fixiert das fuchsfarbene Pferd, das seinen Kopf aus der Box steckt. Es wiehert leise und streckt den Hals so weit, wie es geht, als versuche es, Jano zu beschnüffeln.

Aus der Sattelkammer kommen zwei Männer, deren bedruckte Pullover sie deutlich als Pferdepfleger kennzeichnen.

Mian verlangsamt merklich sein Tempo und schaut sich kurz um. Dann schlendert er zu der Wand, an der die Arbeitsgeräte stehen, stolpert, reißt mehrere Schubkarren zu Boden und bleibt unter ihnen begraben liegen.

Sofort kommt Marie der Gedanke, dass es Absicht von ihm gewesen ist. Bisher ist nichts an Mian ungeschickt oder tölpelhaft gewesen. Er wirkt nicht wie jemand, der aus heiterem Himmel in Gegenstände läuft.

Wovon will er ablenken?

Ein Blick zurück auf Jano gibt ihr Aufschluss. Er steht hinter der Absperrung, direkt vor der Box des Rennpferdes. Dieses hat seinen Kopf gesenkt, und Jano berührt es an den Nüstern, während seine Stirn an der des Tieres lehnt. Das rote Fell des Pferdes bildet einen scharfen Kontrast zu Janos dunklen Haaren. Eine Gänsehaut überzieht Maries Arme. Der Anblick wirkt magisch.

Es dauert nur wenige Minuten, dann haben die Pferdepfleger Mian aus den verkeilten Schubkarren befreit.

«Kannst du nicht besser aufpassen?», schimpft einer von ihnen.

«Tut mir leid», sagt Mian und hebt beschwichtigend die Arme. «So was passiert mir ständig.»

Sorgfältig stellen die Stallburschen alles wieder an die Wand, bis einer von ihnen aufschaut und Jano hinter der Absperrung stehen sieht.

«Hey, Junge!», ruft er erbost. «Nimm deine Dreckpfoten von dem Pferd, aber ganz schnell!»

Jano rührt sich keinen Millimeter. Er reagiert nicht einmal. Die Szenerie wird plötzlich bizarr.

«Finger weg!», ruft nun auch der andere Pferdepfleger. Gemeinsam rennen sie hin, packen Jano am Arm, zerren ihn zurück hinter die Absperrung und unterbrechen damit die stumme Unterhaltung.

Marie ist sich sicher, dass es genau das gewesen ist: eine Zwiesprache.

«Mach das nie mehr!», schreit einer Jano an und schlägt ihm wütend gegen die Schulter. Dieser steht immer noch reglos da und zeigt keinerlei Anstalten, sich zu wehren. «Und jetzt raus hier, verpiss dich aus unserem Stall!»

Mian ist plötzlich an Janos Seite, legt ihm einen Arm um die Schulter und hebt abwehrend die andere Hand.

«Schon gut, schon gut», sagt er. «Wir gehen ja schon. Ihr könnt euch abregen.» Er zieht Jano mit sich und gibt Jayden beim Vorbeigehen mit den Fingern ein Zeichen, dass er Richtung Tür gehen soll.

«Was war das denn für eine Show?», fragt Jayden, aber niemand antwortet ihm.

«Hat's gereicht?», flüstert Mian seinem Bruder zu.

Dieser nickt knapp und befreit sich dann aus der Umarmung. Für einen kurzen Augenblick glaubt Marie, eine Träne auf seiner Wange zu sehen. Dann wischt er sich mit dem Ärmel übers Gesicht, beschleunigt seinen Schritt und geht über den Hof davon.

Verwirrt schüttelt Jayden den Kopf: «Was zur Hölle...?»

Mian zuckt entschuldigend die Schultern und klatscht dann in die Hände. «Wie auch immer. Jetzt gehen wir hoch zum Schalter und schließen unsere Wetten ab. Du kannst setzen, so viel du willst. Wir haben den Verlierer gefunden.»

Gemeinsam sitzen sie auf der Tribüne, schauen hinunter auf die Galopprennbahn und warten gespannt darauf, dass sich die Türen der Boxen öffnen.

«Dein Bruder möchte wirklich lieber unten warten?», fragt Jayden zum wiederholten Mal.

«Wirklich», bestätigt Mian. «Für ihn sind Pferderennen Tierquälerei, und er möchte sich das nicht ansehen. Wir treffen ihn nachher am Ausgang wieder.»

«Warum geht er dann überhaupt mit?» Marie kann die Frage nicht zurückhalten. Normalerweise ist sie zufrieden damit, einfach still dabei zu sein und alles zu beobachten, aber ihr Interesse ist geweckt.

«Weil er weiß, wer verliert.» Mians Antwort kommt kurz und knapp, und Marie bekommt ein weiteres Mal eine Gänsehaut auf den Armen. Ein Gefühl des Unwohlseins überflutet sie. Unwillkürlich zieht sie ihre Hände näher an ihren kugelrunden Bauch heran.

«Wir brauchen das Geld», verrät Mian. «Deswegen machen wir das.»

«Verstehe», flüstert Marie zurück und verkneift sich zu fragen, wofür die Brüder denn so viel Geld brauchen.

«Wir wollen auswandern», antwortet Mian, als hätte sie die Frage laut ausgesprochen. «In die Karibik. Das ist aber ziemlich teuer. Man braucht ein Eigenkapital von hundertzwanzigtausend Dollar pro Person. Darauf sparen wir.»

Neugierig sieht sie ihn an und stellt erneut fest, dass er gut aussieht. Mian ist schön im klassischen Sinne. Aber das ist nichts, was Marie interessiert. Doch Mian hat etwas an sich, das dafür sorgt, dass sie sich wohl fühlt in seiner Gegenwart, sodass sie komplett frei mit ihm sprechen kann, obwohl sie ihn kaum kennt. «Warum denn gerade die Karibik?»

«Das ist eine lange Geschichte.» Eindeutiger kann er kaum sagen, dass er an dieser Stelle nicht weitersprechen wird.

Jayden mischt sich ins Gespräch ein. «Wie kann dein Bruder sich so sicher sein, dass die Nummer 14 verliert?»

«Es geht gleich los», sagt Mian und zeigt auf die Rennbahn. Offensichtlich will er auch auf Jaydens Frage nicht antworten.

Zeitgleich öffnen sich mit einem lauten Knall die Boxentüren, und die Pferde preschen heraus. Marie nimmt ihr Fernglas und setzt es an die Augen, um die Geschehnisse besser verfolgen zu können. Für einen winzigen Moment kommt sie sich vor wie eine reiche adlige Dame, wie sie in Hollywoodfilmen immer auf den besten Rängen sitzt und mit dem Fernglas die Galopper beobachtet.

«Er fällt zurück!», ruft Jayden begeistert. «Schaut euch das an, das Pferd fällt tatsächlich zurück!»

Die Pferde sind erst eine halbe Runde gelaufen, und der Abstand des Fuchses zum Rest vergrößert sich bereits.

«Ja, er wird langsamer», stellt Mian fest.

«Das gibt es doch nicht.» Jayden springt aus seinem Sitz. «Ich glaube das nicht, er verliert!»

Die Pferde biegen auf die Zielgerade ein, und selbst für Marie, die weder Ahnung von Pferden noch von Galopprennen hat, wird deutlich, dass der Fuchs den Vorsprung der anderen nicht mehr aufholen kann.

Als Letzter passiert die Nummer 14 die Ziellinie.

«Wir gewinnen! Wir gewinnen! Schau, Marie, wir gewinnen!» Jayden springt auf, will Marie vom Sitz reißen, besinnt sich dann aber und setzt sich wieder hin.

«Herzlichen Glückwunsch», sagt Mian leise. «Dann können wir uns jetzt unsere Kohle abholen.»

Die Freude bei Mian scheint sich in Grenzen zu halten. Er wirkt fast so, als hätte er ein schlechtes Gewissen.

«Danke, Mann, dass du uns mitgenommen hast.» Begeistert, aber etwas weniger euphorisch als eben, klopft Jayden

Mian auf die Schulter. «Und danke, dass dein Bruder das richtige Pferd ausfindig gemacht hat.»

«Na klar. Das war doch Teil des Deals.»

Jayden lächelt breit und streckt Mian die Hand hin: «Du bist herzlich eingeladen auf mein Schiff.»

«Vielen Dank.» Ein leichtes Lächeln umspielt Mians Lippen.

Sie verlassen mit der Menschenmenge die Tribüne und warten kurz, bis der Andrang am Schalter vorbei ist, bevor sie sich ihren Gewinn auszahlen lassen. Die Scheine stecken in weißen Briefumschlägen, und sowohl Mian als auch Jayden nehmen einen entgegen. Marie lässt den Umschlag ihres Mannes in ihre Handtasche gleiten, während Mian seinen in die hintere Tasche seiner Jeans steckt. Gemeinsam gehen sie die Treppe hinunter und erkennen unten bereits Jano, der zusieht, wie die Pferde auf dem Abreiteplatz trocken geritten und in die Ställe geführt werden. Als der Fuchs an ihm vorbeigeführt wird, setzt er sich ruckartig in Bewegung. Gleichzeitig rennt auch Mian los.

Marie schaut Jayden fragend an. Er zuckt stumm die Achseln. Wenn Maries dicker Bauch es zugelassen hätte, dann wäre sie schneller geworden, aber so bleibt ihr nichts anderes übrig, als langsam hinterherzugehen.

Die Brüder sind bereits in eine Diskussion mit dem Jockey und dem Pferdeführer verwickelt, als Marie und Jayden sie einholen.

«Es ist ein junger, starker Hengst», sagt Jano gerade. «Er kann es schaffen. Wenn ihr ihn aus den Rennen nehmt und ihn behandeln lasst, dann wird er es schaffen.»

«Verpiss dich!» Der Jockey droht ihm mit der Reitgerte.

«Er ist krank. Ihr wisst, dass er krank ist!»

«Red nicht so einen Unsinn, Junge!» Es ist der Pferdepfleger von vorhin, der das sagt. «Erst gestern hat er ein Rennen gewonnen. Er ist ein Top-Favorit bei uns.»

«Er hat gute Tage, er hat schlechte Tage. Seine Schmerzen sind nicht immer gleich stark.» Jano redet langsam. Er hat Mühe, sich zusammenzureißen. «Ja, er gewinnt auch, aber ihr verheizt ihn. Er ist krank, und er muss gesund werden. Das kann er nicht, wenn ihr ihn zu Tode hetzt.»

«Du standst doch vorhin so dicht bei ihm. Wahrscheinlich hast du ihn vergiftet.»

«Was ein Unsinn.»

«Du hast mein Pferd außer Gefecht gesetzt. Hau ab, oder ich hole die Polizei.» Wütend holt der Jockey aus und schlägt mit der Reitgerte Richtung Jano.

Sofort stellt sich Mian schützend vor seinen Bruder. Er fängt die Gerte in der Bewegung, und kurz sieht es aus, als würde er den Jockey von seinem Pferd ziehen. «Wir haben nichts gemacht, und das weißt du genau.»

«Wir sollten gehen, die verdächtigen uns.» Jayden spricht ganz ruhig, legt seine Hand auf Mians Schulter und deutet in Richtung Pferderennbahn. Zwei Wachleute laufen auf sie zu. «Kommt, wir verschwinden.»

Mian lässt die Reitgerte los und nimmt stattdessen seinen Bruder am Arm. «Jayden hat recht, lass uns abhauen.»

«Das Pferd ist krank», schreit Jano. «Es wird sterben.»

«Wir müssen hier weg.»

«Er will leben. Er will so gerne leben.» Janos Stimme bricht. Entsetzt sieht Marie, dass ihm Tränen über die Wangen laufen. Mitten unter all diesen fremden Menschen beginnt Jano zu weinen. «Er ist noch so jung. Er ist Leben inmitten von Leben, und alle haben das gleiche Recht. Zu leben.»

«Jano, hör zu!» Mian legt seinem Bruder die Hände auf die Schultern und lehnt seine Stirn an die von Jano, ähnlich wie dieser es vor dem Rennen bei dem Fuchs getan hatte. «Ich weiß das», sagt er eindringlich. «Ich weiß das alles. Aber wir können es nicht ändern. Wir können hier nicht helfen. Sobald wir zu Hause sind, werden wir die PETA informieren. Okay?»

Marie hat plötzlich das Gefühl zu stören. Sie nimmt Jayden an der Hand und zieht ihn ein Stück weg. Die Wachleute haben das Pferd mittlerweile erreicht. Die Brüder setzen sich ebenfalls in Bewegung und gehen Richtung Ausgang.

Ein letztes Mal dreht Jano sich um und ruft: «Der Hengst ist krank! Er wird bald sterben!»

Sobald Marie in Jaydens Auto sitzt, streift sie sich die Schuhe ab und massiert sich ihre geschwollenen Füße. Sie hatten sich schon auf dem Parkplatz von den Brüdern verabschiedet und fahren nun mit getrennten Autos nach Hause. Jano war noch immer so aufgelöst gewesen, dass er kein Wort gesagt hatte.

«Was hältst du von ihm?», fragt sie ihren Mann und beginnt, die schmerzende Stelle an ihrem Bauch zu reiben.

«Mian? Er ist ein interessanter Typ. Wird bestimmt lustig, ihn auf dem Boot dabeizuhaben.»

«Ich meine Jano. Findest du ihn nicht merkwürdig und irgendwie... gruselig?»

Jayden schaut sie überrascht an. «Wieso das denn?»

«Na ja. Findest du sein Verhalten etwa normal?» Marie stockt und beißt sich auf die Lippe. Sie ist ganz sicher nicht in der Position, über die Normalität des Verhaltens anderer Leute zu urteilen. Zu präsent ist ihr das eigene Verhalten aus Collegezeiten im Kopf, wie sie sich manchmal mit einer Rasierklinge selbst verletzte, um das Mobbing ihrer Kommilitonen irgendwie auszuhalten.

«Er ist vielleicht ein bisschen ein Freak», räumt Jayden ein, und Marie wird bewusst, dass die Menschen früher das Gleiche von ihr gedacht haben könnten. «Aber doch nicht gruselig.»

«Jay! Er hat den Tod des Pferdes vorhergesagt!»

«Das war doch nur eine Show, die sie abgezogen haben, um zu vertuschen, dass sie das Pferd für das Rennen heute außer Gefecht gesetzt haben.»

«Glaubst du das wirklich? Dass Jano das Pferd manipuliert hat? Dann ist er aber ein guter Schauspieler, alle Achtung.»

Jayden schweigt nachdenklich. Sie biegen auf den Highway ein, er steuert den Wagen Richtung Santa Barbara. «Du hast recht», räumt er ein, «das glaube ich nicht. Jano hat das Pferd nicht manipuliert, er hat erkannt, dass es Schmerzen hat und deswegen verlieren wird. Aber wie immer er das gemacht hat, es geht uns nichts an. Außerdem ...» Er blickt Marie an, und ein Lächeln zuckt um seinen Mundwinkel. «Ich hätte Mian auch ohne unseren Deal mitgenommen. Ich mag ihn, und ich hab das Gefühl, er ist eine Bereicherung auf unserem Ausflug.»

Damals

Die Stille des Regenwaldes war erdrückend. Wenn man überhaupt von Stille sprechen konnte, denn die Luft war erfüllt von Zwitschern, Summen, Plätschern und einem stetigen Rauschen. Doch Josephines Gehirn blendete diese Nebengeräusche mittlerweile vollständig aus. Zu lange waren sie schon hier und irrten durch den immergrünen Dschungel.

Das Einzige, was sie noch bewusst hörte, waren die schweren, unregelmäßigen Atemzüge von Mian, der schlafend in Andreas' Armen hing. Jano war wach, aber er war ungewöhnlich still geworden in den letzten Stunden. Josephines Arme ermüdeten langsam unter seinem Gewicht. Es war nun bereits drei Tage her, dass sie ihren Jeep stehen gelassen hatten. Seitdem quälten sie sich zu Fuß die verschlungenen Pfade entlang.

«Alvaro, bitte verzeih. Ich will nicht drängen, aber kannst du absehen, wann wir ungefähr da sind?»

«Wenn die Dunkelheit das Licht verdrängt, werden wir ankommen.» Alvaro zeigte keinerlei Anzeichen von Müdigkeit, obwohl er ihnen stetig mit einer Machete die Äste aus dem Weg schlug. Seine dunkle Haut glänzte vor Schweiß, und dennoch schien ihm die tropische Schwüle nicht zuzusetzen. Die dünne Leinenhose, die der Ureinwohner trug, war das Einzige an ihm, das aus der Zivilisation kam.

Jano legte seine Wange an Josephines Schulter, während sie mit gesenktem Kopf hinter ihrem Mann herstiefelte und jeden ihrer Schritte zählte. Bewusst wandte sie den Blick von ihrem ältesten Sohn ab, dessen Glieder kraftlos an Andreas' Rücken herunterbaumelten. Lange würde Mian nicht mehr durchhalten.

«Da vorne ist es.» Alvaro war unvermittelt stehen geblieben und deutete auf eine kreisrunde Lichtung mitten im Regenwald.

«Gott sei Dank», seufzte Andreas und kassierte dafür einen bösen Blick von dem Einheimischen.

«So etwas dürft ihr hier nicht sagen», zischte er. *«Am besten sagt ihr gar nichts. Kein Wort! Ich werde mit dem Priester verhandeln. Ihr schweigt.»*

Als hätte ihn jemand gerufen, tauchte plötzlich eine hochgewachsene Gestalt auf. Josephine zog scharf die Luft ein und hielt ihrem Jüngsten reflexartig die Augen zu. Der Anblick ließ ihr die Kälte in die Glieder fahren.

Die Gestalt war männlich, fast zwei Meter hoch, mit einem Federschmuck auf dem Kopf, der ihre Höhe noch gewaltiger erscheinen ließ. Ihre krallenförmigen Hände mit den spitzen, langen Fingernägeln umklammerten eine Art Zepter. Am erschreckendsten war die Fratze. Zwei lange Stöcke steckten kreuzförmig in seiner Nase, das Gesicht war in Weiß, Schwarz und Rot totenkopfartig geschminkt.

Josephine schickte ein Stoßgebet zum Himmel, dass Mian den Anblick verschlafen würde.

«Der Priester ist da», sagte Alvaro ehrfurchtsvoll und verneigte sich tief. Josephine und Andreas taten es ihm gleich, so gut es ihnen mit den Kindern auf dem Arm möglich war.

Der Priester schwieg die ganze Zeit. Er rührte sich auch dann nicht, als Alvaro Josephine und Andreas ein Zeichen gab zurückzubleiben, während er selbst einen Schritt vortrat.

Falls die beiden Ureinwohner nun verbal miteinander sprachen, dann so leise, dass Josephine kein Wort verstehen und keine Lippenbewegungen wahrnehmen konnte. Sie fröstelte trotz der karibischen Hitze.

Es dauerte nur wenige Minuten, bis Alvaro sich wieder ihnen zuwandte.

«Die Verhandlung ist abgeschlossen», verkündete er. *«Das Volk wird euch helfen. Sie werden eurem Sohn das Leben retten.»*

Josephine liefen die Tränen über das Gesicht. Sie wusste nicht, ob sie vor Erleichterung lachen oder vor Angst schreiend davonlaufen sollte.

«Wird es funktionieren?», murmelte Andreas fragend in die Stille.

«Wir haben gute Chancen.» Alvaro legte die Fingerspitzen aneinander und sah ihm tief in die Augen. «Voodoo ist die stärkste Magie, die es gibt auf der Welt.»

«Und sie ist nicht nur böse», wiederholte Josephine den Satz, den sie seit Tagen wie ein Mantra vor sich hinsprach. «Sie ist das, was man draus macht.»

«Dennoch ist sie gefährlich, und ich muss euch eine Warnung des Priesters weitergeben. Hört mir gut zu.» Alvaros Miene wurde ernst und seine Stimme klang warnend, als er zu zitieren begann: «Wir greifen tief in den Kreislauf des Lebens ein. Die Geisterwelt wird sich um eine Seele betrogen fühlen, und sie wird früher oder später das Gleichgewicht wiederherstellen und sich nehmen, was ihr zusteht.»

«Was bedeutet das?», fragte Andreas tonlos.

«Es bedeutet das, was ich gesagt habe. Allerdings spielt Zeit für die Geister keine Rolle, denn Geister vergessen nie.»

Josephines Gedanken rasten. Sie war bereit, diesen Handel einzugehen, auch wenn das letzten Endes irgendwann ihren Tod bedeutete. «In Ordnung», willigte sie ein.

Alvaro lächelte und streckte seine Arme aus. «Dann gebt mir eure Söhne. Ich nehme sie mit auf die Lichtung und bringe sie euch morgen früh zurück.»

«Wir werden mitkommen», entschied Andreas. Er zögerte und reichte dann seinem Freund den schlafenden Mian.

Josephine überkam Panik. «Beide Jungs? Wieso denn beide? Jano ist gesund und ...»

«Beide», bestätigte Alvaro. «Wir brauchen den Bruder dazu. Er ist vom gleichen Blut. Gleiches kann Gleiches heilen. Das ist ein uraltes Gesetz in der Naturmedizin.»

«Nein, das machen wir nicht. Er ist erst drei Jahre alt ...»

Und er hat Angst. Er hat jetzt schon so große Angst.

Sie spürte, wie Jano sich fester an sie klammerte. Dennoch konnte sie es nicht mehr verhindern, dass er sich unter ihrer Hand herauswand und den Fremden ansah. Er schrie auf und begann leise zu weinen. Reflexartig drückte sie ihr Kind fester an ihre Brust und warf einen flehenden Blick zu Andreas. Dieser hob die Hand, aber Alvaro unterbrach ihn, noch bevor er protestieren konnte.

«Ihr seid siebentausend Kilometer auf die Bahamas geflogen und drei Tage lang quer über die Insel gelaufen. Ihr habt großes Glück, dass das Volk bereit ist, euch zu helfen. Verspielt diese Chance nicht! Lasst das Volk seine Arbeit machen und eurem Sohn das Leben retten, sonst ist er bald tot.»

Josephine schaute ihren Mann an.

«Ich kann nicht», *flüsterte sie und drückte Jano noch fester an sich.* «Was, wenn er auch ...» *Sie sprach es nicht aus.*

Andreas legte seine Hand auf ihren Arm.

«Es geht nicht anders», *beschwor er sie.* «Alvaro weiß, was er tut. Vertrau ihm.» *Es wirkte ein wenig, als spräche er sich damit auch selbst Mut zu.*

Josephine nickte. «Okay.» *Und dann noch mal:* «Okay.»

Sie lockerte den Griff um Jano. «Ihr braucht keine Angst zu haben. Wir sind da und holen euch ganz bald wieder ab. Euch wird nichts geschehen», *flüsterte sie ihren Söhnen zu. Sie streichelte Mian über die Wange, bis er seine Augen öffnete und sie ansah.* «Sie retten dein Leben, mein Kind. Hab Vertrauen.»

Schluchzend löste sie Janos klammernde Finger von ihrer Tunika, als Alvaro seinen zweiten Arm ausstreckte, um ihn entgegenzuneh-

men. Ohne ein weiteres Wort verschwand er mit ihren Söhnen, gefolgt von der unheimlichen Gestalt des Voodoo-Priesters, die über den Boden zu schweben schien. Josephine sah ihnen nach, und ihr Herz krampfte sich zusammen. Sie ahnte, dass sie einen fatalen Fehler gemacht hatten.

Marie

Ein Freund liebt allezeit,
und ein Bruder wird für die Not geboren.
Sprüche 17,17

Marie fährt sich ein letztes Mal mit den Fingern durch das erdbeerblonde Haar.
Erdbeerblond.
Früher hatte sie es immer als fürchterlich rot angesehen, heute mag sie die Farbe und die Bezeichnung dafür, die sich Jayden vor vielen Jahren hat einfallen lassen. Ein Lächeln umspielt ihre Lippen, als sie in ihre Flip-Flops schlüpft.

Die Idee, diesen Sonnabend gemeinsam mit Mian ins Kino zu gehen, war Jayden spontan beim Frühstück gekommen. Seiner Aussage nach hat er das Bedürfnis, Mian ein wenig näher kennenzulernen, bevor er mit ihm zwei Wochen über den Pazifik segelt. Also hat Jayden ihm auf WhatsApp geschrieben. Mian hat eingewilligt und angeboten, sie beide abzuholen, da es für ihn ohnehin auf dem Weg liegt. Dass sich ihnen auch Jano anschloss, ergab sich wohl zufällig.

«Bist du fertig?», fragt Jayden und hält ihr den Arm hin. «Die beiden müssten gleich da sein.»

«Ja, ich bin fertig.» Marie hakt sich bei Jayden ein und lässt sich nach draußen führen. Ein schneeweißer Mitsubishi mit getönten Scheiben steht schon in der Einfahrt.

Als sie sich dem Auto nähern, steigt Mian aus. «Möchtest du vorne sitzen?», fragt er sie höflich. «Da hast du vielleicht mehr Platz.»

«Nein, danke. Ich sitze gerne hinten bei Jayden. Das ist genauso bequem für mich.»

Er nickt kurz und öffnet Marie die hintere Wagentür.

«Danke sehr», sagt sie und steigt ein.

Für einen Wimpernschlag fühlt sie sich, als würde sie in einen fremden, aber angenehmen Raum mit einer harmonischen Atmosphäre treten.

Mian schlägt die Autotür zu, und ihre Gedanken enden abrupt.

Jano dreht sich kurz vom Beifahrersitz zu ihr nach hinten, schaut sie aus dunklen Augen an und nickt ihr kurz zu. Sie fröstelt plötzlich. Marie schiebt es auf die Klimaanlage des Wagens...

Die Stimmung wird auf Anhieb heiter, als Mian ins Auto steigt und den Motor startet.

«Los geht's», ruft Jayden und klatscht in die Hände.

«Und, ist dein Boot schon startklar für übernächste Woche?», will Mian wissen. «Nicht, dass wir unterwegs kentern.»

«Das ist immer startklar, mach dir da mal keine Sorgen.»

«Wir hätten Amy mitnehmen sollen», sagt Mian nachdenklich, als er den Blinker setzt und auf den Highway fährt. «Ist doch sonst blöd für sie, wenn wir uns schon alle kennen und sie außen vor ist.»

«Ich habe sie gefragt», gibt Jayden zurück. «Aber sie konnte nicht.»

«Sie *wollte* nicht», korrigiert Jano trocken. Er rührt sich nicht, sondern richtet seinen Blick weiterhin nach draußen.

Marie bemerkt Jaydens Verwirrung, als er sich an Jano wendet. «Hast du sie auch gefragt?»

«Nein.»

«Ähm, okay.»

«Warum konnte sie denn nicht?», fragt Mian nach hinten, ohne die Straße aus den Augen zu lassen.

«Weiß nicht, hat sie nicht gesagt. Sie war sehr kurz angebunden. Ich glaube, sie war nicht gut drauf.»

«Ja», bestätigt Mian. Er überholt einen langsamen Kleinwagen, bevor er in einen Wald fährt.

Auf einmal hat Marie das Gefühl, dass die Brüder mehr wissen, als sie zugeben. Nachdenklich schaut sie aus dem Fenster und beobachtet, wie die Bäume an ihr vorbeiziehen, bis sie wieder auf dem Freeway sind.

Kurz nach dem Elings-Park sieht sie auch schon das Schild, das den Weg zum Kino beschreibt.

Marie überkommt ein ungutes Gefühl, als Mian seinen Wagen auf den Parkplatz fährt. Jayden steigt aus, öffnet ihr die Tür. Sie hakt sich wieder bei ihm ein und lässt sich von ihm zum Kino führen. Er unterhält sich angeregt mit Mian, der dicht an seiner Seite geht. Sie sprechen über das Pferderennen und wie man die Quote noch verbessern kann.

Marie hört nur mit halbem Ohr zu. Sie beobachtet Jano, der ein kleines Stück vorausläuft. Er hat die schwarze Kapuze seines Hoodies weit ins Gesicht gezogen und die Hände trotz der angenehmen Temperaturen tief in den Taschen vergraben. Seine Schultern sind leicht nach vorne gebeugt, als müsste er sich durch eine Menschenmenge kämpfen, obwohl der Platz vor ihnen frei ist.

Er schottet sich vor irgendetwas ab ...

Kaum hat sie den Gedanken zu Ende gedacht, dreht Jano

sich zu ihr um. Marie stellt sich neben Jayden in die Schlange der Kasse und zwingt sich, ihre Aufmerksamkeit auf ihn zu lenken. Aber es gelingt ihr nicht. Sie ertappt sich dabei, wie sie nun den anderen Bruder anstarrt, der pausenlos mit Jayden quatscht und so komplett anders ist als Jano. Als wäre er sein Gegenstück.

Wie Tag und Nacht. Wie Yin und Yang.

Sonne, Tag, Licht und Phänomen auf der einen Seite. Dunkelheit, Nacht, Schatten und Mysterium auf der anderen.

Wie Yin und Yang ... Jeder trägt einen Teil des anderen in sich ...

Verwirrt über ihre eigenen Gedanken schüttelt Marie den Kopf, um wieder in das Jetzt zu kommen. Sie nimmt die Kinokarte entgegen, die ihr Jayden in die Hand drückt, bevor er sich in die Schlange für das Popcorn stellt.

Sie muss sich nicht umdrehen, um zu wissen, dass Mian dicht hinter ihr steht. Sie kann seine Präsenz spüren.

«Alles in Ordnung?», fragt er. «Du wirkst so nachdenklich?»

«Ja, alles okay», gibt sie zurück und studiert ihre Eintrittskarte.

«Sollen wir schon mal reingehen? Jayden kommt nach.»

«Okay.»

«Na, dann komm.» Mian lächelt sie an, bevor er sich umdreht und ins Kino geht. Sie folgt ihm durch die Reihen und wartet, bis er sich auf seinen Platz setzt. Ohne auf ihre Platznummer zu schauen, setzt sie sich links neben ihn. Sie ist froh, dass Jano an ihr vorbeigeht und sich an Mians andere Seite setzt. Ganz außen am Gang, obwohl genug andere Plätze frei sind. Noch bevor sie sich Gedanken darüber machen kann, ob dies vielleicht eine Bedeutung hat oder wirklich nur Zufall ist, kommt Jayden. Er drückt ihr eine Tüte Popcorn in die Hand und setzt über sie hinweg sein Gespräch mit Mian fort.

✶

Der Film ist überraschend gut gewesen, obwohl Marie grundsätzlich nicht auf Actionfilme steht. Seit ihrer Schwangerschaft schaut sie noch lieber als zuvor Liebesfilme und Schnulzen. Deswegen ist sie nun angenehm überrascht, dass ihr der Film zugesagt hat. Doch langsam spürt sie die Müdigkeit ihre Glieder entlangkriechen. Es ist fast Mitternacht, und seit sie das dritte Trimester erreicht hat, benötigt sie gefühlt doppelt so viel Schlaf. Einmal für sie selbst und einmal fürs Baby, wie Jayden zu sagen pflegt.

Gähnend lässt sie ihre Stirn an das Autofenster sinken. Mian fährt souverän und sicher die dunkle Waldstraße hinauf, am Elings-Park vorbei, durch den kleinen Wald. Marie lässt ihre Augen zufallen. Sie verdrängt die turbulenten Bilder aus dem Kinofilm und tauscht sie gegen die sanften Vorstellungen des Babys in ihrem Bauch.

Tief und gleichmäßig atmet sie ein und aus, lauscht den leisen Klängen aus dem Radio und wehrt sich nicht gegen den aufkommenden Schlaf, der sich wie ein weicher Mantel über sie legt.

«Halt sofort an!»

Marie schreckt zusammen und reißt die Augen wieder auf. Jano sitzt stocksteif auf dem Beifahrersitz und zeigt auf die Windschutzscheibe. Sein ganzer Körper bebt, als stünde er unter Starkstrom.

«Jano, was ...?», fragt Mian. Er reagiert sofort und fährt Richtung Straßenrand.

«Halt an!», ruft Jano wieder. Seine Stimme zittert. «Das Mädchen! Sie ist in Gefahr.»

Marie ist schlagartig hellwach. Hektisch blickt sie sich um, aber sie kann kein Mädchen entdecken.

«Jano», sagt Mian eindringlich, während er den Wagen zum Stehen bringt. «Wo ist hier jemand? Was ist los?»

«Ihr wird etwas passieren!», schreit Jano panisch. «Wir müssen ihr helfen!»

«Okay. Was können wir tun?» Noch bevor Mian die Handbremse angezogen hat, reißt Jano die Autotür auf und rennt in die Nacht. Mian zögert keine Sekunde und folgt ihm, ohne sich die Mühe zu machen, den Motor abzustellen und die Warnblinkanlage einzuschalten.

Im Lichtkegel der Scheinwerfer erkennt Marie ein Buswartehäuschen mitten im Wald. Es ist nur schemenhaft zu erkennen, da es nicht beleuchtet ist. Die Seitenwände sind aus Milchglas und lassen keinen Blick ins Innere zu.

Plötzlich kommen fünf dunkel gekleidete Gestalten aus dem Wald.

«Jay?», flüstert Marie. «Was geht hier vor? Was machen Mian und Jano?»

«Ich weiß es auch nicht. Sie wollen scheinbar irgendjemandem helfen...», sagt er. Offensichtlich hatte auch Jayden nicht mehr aus dem hitzigen Gespräch heraushören können.

Jano und Mian stehen dicht nebeneinander an der Haltestelle. Marie kann nicht erkennen, was sie machen, sie sieht nur, wie die fünf Männer zielstrebig das Buswartehäuschen ansteuern. Zwei von ihnen halten etwas in den Händen, das wie Schlagstöcke aussieht. Dann geht alles ganz schnell.

Mian und Jano drehen sich zu den Typen um und sind von einer Sekunde auf die andere in einen handfesten Streit verwickelt. Jano schafft es, einen Schlagstock an sich zu reißen, holt aus und schlägt einem der Männer in die Seite. Dieser geht sofort zu Boden. Marie schreit auf. Mian schnappt sich einen weiteren Mann, dreht ihm die Arme auf den Rücken und bringt ihn zu Fall.

Ein Schauer läuft Marie den Rücken hinunter. Sie würde am liebsten wegrennen, aber sie kann sich nicht rühren. Wie erstarrt sitzt sie da. Dann sieht sie aus dem Augenwinkel, wie Jayden seine Tür öffnet. Panisch greift sie nach seinem Arm. «Was machst du?», schreit sie. «Bleib hier!»

«Ich muss ihnen doch helfen», sagt Jayden.

«Wobei denn? Wir wissen nicht einmal, was sie tun!»

«Doch, sie helfen dem Mädchen!»

«Welchem Mädchen?», kreischt Marie hysterisch.

«Na, das an der Bushaltestelle.» Hektisch schüttelt er ihre Hand ab und greift nach der Tür. «Ich kann meine Freunde jetzt nicht im Stich lassen.»

«Freunde? Aber du kennst sie kaum!», ruft sie und krallt ihre Finger in Jaydens Arm. «Bitte bleib bei mir!»

Marie sieht, wie Jano einen Typen mit dunklen Locken von Mian wegreißt und ihm ins Gesicht schlägt. Sie kneift die Augen zu und atmet tief ein, bevor sie es wagt, wieder hinzuschauen. Jano steht aufrecht da, während der andere reglos am Boden liegt. Dann erkennt sie an der Bushaltestelle ein blondes Mädchen, das eben zum ersten Mal hinter den Seitenwänden hervorkommt.

Das Mädchen, dem Jano helfen will ...

Maries Herz setzt einen Takt aus, und ein weiterer eisiger Schauer kriecht ihre Wirbelsäule hinunter. Sie hat nicht gezählt, wie oft sie im Verlauf dieses Abends trotz der kalifornischen Temperaturen schon gefröstelt hat.

Ihr Blick huscht zu Jayden, um sich zu vergewissern, dass er das Mädchen ebenfalls gesehen hat.

«Ich helfe ihnen», sagt er entschlossen. Er befreit sich aus Maries Griff und steigt aus. «Verriegle die Türen! Wenn wir in zehn Minuten nicht wieder da sind, rufst du die Polizei.»

Marie nickt. Sie entsperrt ihr Handy und überlegt bereits, wie sie ihre Position mitten im Wald beschreiben soll. Sie hält einen zitternden Finger über das Wählfeld des Telefons. Ihren runden Bauch verbirgt sie hinter einer großen Handtasche, als könnte dieses dünne Stück Leder ihrem ungeborenen Baby irgendeine Art von Schutz bieten.

Im Licht der Scheinwerfer sieht sie, wie Jayden zwischen die raufenden Männer tritt und einen von ihnen von Jano wegzerrt. Jano hält kurz inne, behält aber seinen Stock in der Hand, bereit, auf den nächsten loszugehen. Mian befindet sich in einem Zweiergefecht, in dem er ganz offensichtlich die Oberhand behält.

Jayden schreit irgendwas, was Marie nicht versteht, und stellt sich einem der Männer in den Weg.

Sirenenschrillen zerreißt plötzlich die Nacht. Die Dunkelheit wird durch blaues flackerndes Licht durchbrochen. Ungläubig starrt Marie auf ihr Display. Sie hat die Notfallnummer zwar eingetippt, aber nicht auf Anrufen gedrückt.

Binnen weniger Sekunden realisiert Marie, dass die Streifenwagen aus beiden Richtungen kommen, was eine Flucht für sie alle unmöglich macht.

«Jano!», ruft Mian seinem Bruder zu. «Lauf weg!» Er hat ebenfalls erkannt, dass er mit seinem Wagen nicht davonkommen würde.

Statt die Flucht zu ergreifen, zerrt Jano einer der Männer

auf die Beine und hält ihn fest, vermutlich, um ihn gleich der Polizei zu übergeben.

Jay, fleht Marie in Gedanken, *lauf du wenigstens weg!*

Doch sie weiß, dass er es ebenfalls nicht tun wird.

Wir kommen in Teufels Küche!

Verzweifelt knetet sie ihre Finger. Ist sie die Einzige hier, die den Durchblick behält? Die Einzige, die in der Lage ist, die Gefahr zu erkennen, und die Einzige, die sich Gedanken darüber macht, wie man das später der Polizei erklärt?

«Jay...», murmelt sie in die Stille des Wagens.

Er ist damit beschäftigt, Mian zu helfen, zwei weitere Typen festzuhalten. Die anderen beiden rennen davon und verschwinden in der Dunkelheit. Kurz sieht es so aus, als würde Mian sie verfolgen wollen, dann überlegt er es sich aber anders und bleibt stehen. Wahrscheinlich, um es vor der Polizei nicht so aussehen zu lassen, als würde er ebenfalls türmen wollen.

Unmut macht sich in Marie breit. Er gilt vor allem den Brüdern, die das Ganze angezettelt haben. Sie vermeidet es, gründlicher in sich hineinzuhorchen, sonst müsste sie sich eingestehen, dass Ärger nicht das ist, was sie verspürt. Sondern Angst. Urplötzlich keimt die Erkenntnis in ihr auf, dass sie hier mitten im Wald mit zwei vielleicht Wahnsinnigen unterwegs ist, die ohne Grund Passanten zusammenschlagen.

Ihr Blick fällt wieder auf ihre drei Begleiter, die nun auf ihre Festnahme warten. Zwei der fünf Männer werden von Mian und Jayden festgehalten, der dritte von Jano.

Die Streifenwagen kommen direkt vor und hinter dem Mitsubishi zu stehen. Mehrere Polizisten springen aus den Wagen. Noch bevor sie die Gruppe Männer erreicht haben, fährt ein gelber Linienbus an Mians Auto vorbei, den Waldweg hinauf und hält an dem Buswartehäuschen. Das blonde Mädchen steigt ein. Trotz der Entfernung erkennt Marie, dass sie einen Minirock und ein knallrotes Top trägt.

Sie hat die Polizei gerufen!

Jemand klopft an das Autofenster. Ein Polizist. Marie atmet tief durch, um sich etwas zu sammeln, und lässt dann die Scheibe hinunter.

«Guten Abend, Miss.» Der Polizist ist äußerst freundlich. «Würden Sie bitte bei uns einsteigen und uns auf das Revier begleiten? Wir hätten ein paar Fragen an Sie.»

«Natürlich», antwortet Marie und wartet geduldig, bis ein weiterer Polizist Mians Wagen in die Wiese gefahren und ordnungsgemäß abgestellt hat. Sie beobachtet durch die Windschutzscheibe, wie sowohl ihr Ehemann als auch die beiden Brüder und drei der fünf Männer in die Einsatzwagen verfrachtet werden.

Außerdem beobachtet Marie den Linienbus, der gerade in diesem Moment wieder von der Bushaltestelle abfährt. Der Bus mit dem Mädchen in dem Minirock darin. Dem Mädchen, das Jano und Mian gerade so vehement beschützt haben, ohne sie zu kennen.

Marie

Das Herz fühlt das,
was der Geist schon weiß.

Nervös klammert sich Marie an das Glas Wasser, das der Polizist ihr gegeben hat. Sie sitzt allein in dem kleinen Zimmer auf einem bequemen Stuhl und starrt durch die Glasscheibe hinaus in den Flur. Gerade wird Mian von einem Polizisten vorbeigeführt. Er wird am Arm festgehalten, ein weiterer Polizist folgt ihnen dicht auf dem Fuß. Mian wird kurz langsamer und schaut durch die Scheibe direkt zu Marie, als hätte er bereits im Vorfeld gewusst, dass sie sich hier in diesem Raum befindet. Sie erkennt, dass er Nasenbluten gehabt haben muss. Über dem Auge scheint er ebenfalls eine Schramme abbekommen zu haben. Marie hofft, dass Jayden glimpflicher davongekommen ist, obwohl sie weiß, dass ihr Mann weder zimperlich noch sonderlich schmerzempfindlich ist. Als Basketballspieler ist er Blessuren gewohnt, und er hat sich zu Collegezeiten mehr als einmal für sie geprügelt.

Als die anderen mir mal wieder das Leben zur Hölle machten ...

Für einen Moment stellt Marie sich vor, wie sie sich gefühlt hätte, wenn sie das Mädchen an der Bushaltestelle gewesen wäre. Ob sie begriffen hatte, was geschehen war? Und dass die ganze Aktion lediglich stattgefunden hat, um ihr zu helfen? Marie wünscht es sich und ärgert sich gleichzeitig darüber, dass sie nicht auf die Polizei gewartet hat, um ebenfalls eine Zeugenaussage zu machen.

«Mrs. Summers?», sagt der Polizist von vorhin, als er sich ihr gegenübersetzt. «Mein Name ist Jack Smith. Ich sehe, dass Sie in anderen Umständen sind. Ich versuche, das Gespräch so kurz wie möglich zu halten, damit Sie nach Hause können. Einverstanden?»

«In Ordnung.» Marie nickt und klammert sich noch fester an ihr Glas. Angesichts der Tatsache, dass der Beamte nicht weiß, was genau passiert ist, ist er sehr zuvorkommend. Marie fragt sich, ob das ein gutes oder ein schlechtes Zeichen ist. Sie versucht, ihre Nervosität zu verdrängen und sich ihre im Streifenwagen zurechtgelegte Schilderung der Geschehnisse wieder ins Gedächtnis zu rufen.

«Dann erzählen Sie mal», fordert Jack Smith sie auf. «Was ist passiert?»

Marie schluckt schwer. Da ist es, das Problem, das sie vorhin am Auto schon geistesgegenwärtig erkannt hatte.

«Wir... wir sind v... vom Kino ge... gekommen», stammelt sie. Wie immer, wenn sie nervös ist, verfällt sie in ihre alten Muster und beginnt zu stottern. Das Bild von dem zitternden Jano schießt ihr in den Kopf. Unmöglich, das dem Polizisten zu sagen. Damit würde sie sich nur unglaubwürdig machen. Marie schlägt die Augen nieder und versucht, alles vage zu halten. «Dann haben wir da dieses Mädchen an ... an der Bushaltestelle gesehen und ... na ja ... fünf ziemlich dunkle Gestalten. Irgendwie kam uns das unheimlich vor.»

Sie verstummt und schaut auf ihre Hände.

«Was ist dann passiert, Mrs. Summers?»

«Dann haben wir angehalten, um das Mädchen zu fragen, ob alles in Ordnung ist.»

«So weit entfernt von der Bushaltestelle?» Jack Smith hebt eine Augenbraue und schaut sie prüfend an.

«Ja, ähm... Wissen Sie, ehrlich gesagt, weiß ich auch nicht ganz genau, was passiert ist. Es ging so schnell. Ich weiß nur, dass es um das Mädchen ging, das an der Bushaltestelle saß und das durch die Männer in Gefahr war. Meine Freunde wollten ihr helfen...» Marie spürt, wie ihr die Röte in die Wangen schießt, und verstummt. Spätestens jetzt muss Jack Smith ihre Unsicherheit erkannt haben.

«Verstehe. Ihre Begleiter hatten also ein ungutes Gefühl...»

Was soll sie darauf antworten? Irgendwie hat sie den Verdacht, dass Jayden oder einer der Brüder schon die Wahrheit erzählt haben.

Der Polizist sieht sie immer noch fragend an.

Ihr fällt so schnell keine andere, glaubhaftere Erklärung ein. Zumal sie nicht weiß, was die anderen ausgesagt haben.

«Ja», sagt sie deshalb. «So ist es gewesen. Jano war so davon überzeugt, das Richtige zu tun, dass Mian ihm blind geholfen hat. Das Mädchen war definitiv in Gefahr.»

«Ja, so hat sie das selbst auch gesehen», bestätigt Jack Smith. Er lehnt sich entspannt in seinem Sessel zurück. «Sie hat völlig aufgelöst die Polizei gerufen.»

«Oh», macht Marie. «Ich wusste nicht, dass sie doch einiges mitbekommen hat von dem Geschehen.»

«Kannte Jano Wolf einen der fünf Männer?»

«Nein, mit Sicherheit nicht. Er handelte wirklich aus einem Impuls heraus.»

«Interessant», murmelt Jack Smith und kratzt sich mit den Fingernägeln seinen Dreitagebart. «Wirklich interessant.»

«Ich weiß, es klingt seltsam, aber er wusste irgendwie, dass das Mädchen in Gefahr ist. Sie saß an der Bushaltestelle, und die Typen wollten ihr etwas tun.»

«Woher wusste er das? Konnte man das im Vorbeifahren sehen?»

«Nein. Jano wusste es einfach.» Marie merkt selbst, wie schwach ihre Aussage klingt.

«Aha», macht der Polizist.

Marie schaut den Polizisten das erste Mal direkt an. «Sie glauben mir nicht.»

«Doch», gibt dieser zurück. «Ich glaube Ihnen.»

«Wie bitte? Ehrlich?»

«Ja, ehrlich. Wir haben die Personalien von den drei Männern, die wir in Gewahrsam nehmen konnten, überprüft. Sie sind alle drei vorbestraft.» Er macht eine Pause, bevor er fortfährt. «Schwere Körperverletzung. Sexuelle Belästigung. Vergewaltigung. Das Mädchen hat am Telefon erzählt, dass die Typen sie im Laufe des Abends schon einmal belästigt hatten.»

Marie hört nur noch die Hälfte.

Schwere Körperverletzung ...

Jayden hatte sich ihnen entgegengestellt. Vergewaltigern ...

Maries Magen krampft sich so heftig zusammen, dass sie dessen Inhalt nicht zurückbehalten kann. Schwallartig erbricht sie sich auf den gefliesten Boden der Polizeiwache. Plötzlich beginnt das ganze Zimmer, bedrohlich zu schwanken, und grelle Lichtpunkte erscheinen an der weißen Wand.

Jack Smith springt auf, legt ihr eine Hand an die Schlagader und bellt in sein Funkgerät: «Tabea? Kommen Sie schnell! Bringen Sie mir einen feuchten Waschlappen und etwas Traubenzucker.» Er lässt die Sprechtaste los, und ein kurzes Rauschen ertönt, bevor er sie erneut drückt: «Und bringen Sie Jayden Summers mit.»

✶

Marie öffnet vorsichtig ihre Augen und blickt in die von Jayden. Zwischen den Brauen hat sich eine steile Falte gebildet. Wie immer, wenn er sich Sorgen macht. Langsam richtet sich Marie auf. Sie wurde auf eine Liege gebettet, einen kalten Waschlappen im Nacken und einen weiteren auf der Stirn. Jayden hält ihre Hand fest in seiner. Dicht neben ihr sitzt Mian und schaut sie ebenfalls besorgt an.

«Wie geht es dir?», will Jayden wissen.

«Geht schon», murmelt sie und erschrickt darüber, wie zerschlagen sie klingt. «Wo sind wir?»

«Noch auf der Polizeiwache, aber sobald es dir besser geht, können wir nach Hause.»

«Wir dürfen gehen?»

«Ja, weil wir ihnen glaubhaft versichern konnten, dass wir nicht zu dritt mit einer schwangeren Frau im Schlepptau ohne Grund mitten in der Nacht fünf Typen angreifen.»

«Wir haben Glück», fügt Mian leise hinzu, «dass die anderen alle vorbestraft sind.»

Sein Blick huscht kurz in die Zimmerecke, in der Marie nun auch Jano entdeckt. Er kauert auf einem Stuhl, die Beine angewinkelt und die Knie schützend an sich gezogen. Fast schon finster erwidert er den Blick seines Bruders, und obwohl kein Wort gesprochen wird, weiß Marie, dass die beiden Brüder sich einig sind, dass es sich bei den Vorstrafen der anderen weder um Glück noch um einen Zufall handelte. Sie legt die Hände an die Schläfen und versucht, sich zu sammeln.

«Die anderen sind weitgehend unverletzt und müssen erst einmal in U-Haft bleiben», beantwortet Mian die Frage, die gerade in Maries Kopf zu einem Satz heranreifen wollte.

Sie nickt knapp und richtet sich langsam auf. Jayden legt ihr stützend den Arm um die Taille, und Mian hält ihr zur Sicherheit auch noch den seinen hin.

«Geht schon», flüstert sie ihm zu und lässt sich von Jayden nach draußen bringen. Immer wieder schaut sie sich suchend um. Sie hat den Eindruck, es müsste jeden Moment eine Handvoll Polizisten mit geladenen Schusswaffen hinter ihnen auftauchen und sie doch noch zum Bleiben zwingen. Aber nichts dergleichen geschieht. Stattdessen wartet vor der Polizeiwache ein beiges Taxi mit geöffneten Türen auf sie.

«Der Fahrer bringt erst dich und Jayden nach Hause», sagt Mian zu ihr, bevor er sich auf den Rücksitz fallen lässt. «Dann holen Jano und ich meinen Wagen.»

«Okay», willigt Jayden ein und rutscht ans Fenster, um Mian und Jano Platz zu machen.

Jano steigt als Letzter ein und beugt sich zu Marie vor. So weit, dass sie seinen Atem im Nacken fühlen kann. Für einen Sekundenbruchteil legt er ihr die Hand auf die Schulter. «Es tut mir leid», flüstert er ihr zu. Sofort zieht er seine Hand wieder weg. Es geht zu schnell, als dass Marie hätte sagen können, ob sie seine Berührung als angenehm oder eher störend empfunden hat. Sie hört ihn ausatmen, als er seinen Satz von eben wiederholt. «Es tut mir so leid.»

Damals

Josephine konnte nicht mehr stillstehen. Seit Stunden lief sie im Kreis, wechselte jede Minute die Richtung, und obwohl ihre Füße von den Strapazen der letzten Tage wund waren, schaffte sie es nicht, sich hinzusetzen.

«Ich geh jetzt unsere Kinder holen», sagte sie und ging auf die Bäume zu, hinter denen der Priester vor Ewigkeiten mit ihren beiden Söhnen verschwunden war.

«Nein!» Fast schon grob wurde sie von Alvaro am Arm gepackt. «Du darfst das Ritual nicht stören!»

«Lass sofort meine Frau los!» Andreas trat einen Schritt auf den Einheimischen zu. Auch seine Nerven waren zum Zerreißen gespannt, und Josephine beschlich die schreckliche Gewissheit, dass irgendetwas in dieser Nacht noch eskalieren würde.

«Sie muss hierbleiben!», verlangte Alvaro mit Nachdruck, ohne auf Andreas' Forderung einzugehen.

Josephine hörte auf, sich losmachen zu wollen. «Ich bleibe hier», versprach sie. Nervös fuhr sie sich mit den Fingern durch den langen Zopf. Wenn sie keinen Kampf zwischen den beiden Männern provozieren wollte, dann musste sie die Nerven behalten.

Augenblicklich löste Alvaro seinen Griff.

«Warum dauert das so lange?», fuhr Andreas ihn an. «Was machen die mit meinen Kindern?»

Alvaro schaute hinauf zum Mond, der hell vom Himmel schien, und schwieg eine ganze Weile, bevor er endlich sagte: «Sie müssten in den nächsten Minuten fertig sein.»

«Na hoffentlich», fauchte Andreas. «Sonst geh ich selbst hin und hole ...»

Ein spitzer Schrei durchriss die Nacht. Josephines Herz setzte einen Takt aus, und sie atmete scharf ein. Trotz der tropischen Luft gefroren ihre Lungen zu Eis. «Mian!», schrie sie und rannte los.

Alvaro und Andreas hasteten ihr nach, aber sie konnten sie nicht einholen. Josephine rannte um das Leben ihres Sohnes.

Mian!

Ihr Puls pochte so laut, dass sie glaubte, ihr Kopf würde zerspringen. Zitternd lief sie auf die Lichtung, auf den Zirkel der Einheimischen zu, der sich gerade aufzulösen begann. Nur am Rande nahm sie wahr, dass alle eine Art Kriegsbemalung trugen, und dumpf wurde ihr klar, wie beängstigend das für ihre Kinder gewesen sein musste.

Das konnte aber nicht der Grund für Mians Schrei gewesen sein.

Dann sah sie ihre Söhne und blieb stehen.

«Oh Gott», flüsterte sie. «Oh mein Gott!»

Mian saß, nur mit der Unterhose bekleidet, auf einer schmutzigen Decke in der Mitte dessen, was vor wenigen Minuten noch ein Kreis aus Menschen gewesen war. Seine Augen waren weit aufgerissen und starrten Josephine an, ohne sie zu sehen. In seinem linken Arm hielt er Jano, drückte dessen Gesicht fest an seine Brust und wiegte ihn rhythmisch vor und zurück. Mit der freien Hand streichelte er mechanisch die Haare seines Bruders, während er ihm immer und immer wieder die gleichen Worte sagte: «Alles wird gut. Alles wird gut. Ich bin da. Alles wird gut.» Blut klebte an seinem Arm und seinen Fingern und an Janos Wange.

«Jano!», kreischte Josephine.

Im gleichen Moment war Andreas bei den Jungs angekommen, griff nach Jano und riss ihn hoch. Der Junge weinte laut und klammerte sich an den Hals seines Vaters. Er war vollständig bekleidet, und Josephine konnte auf die Schnelle nicht erkennen, ob er verletzt war oder ob das Blut von Mian stammte. Sie ließ sich vor ihm auf die

Decke fallen, um ihn anzusehen. Mian zeigte weiterhin keine Regung. Er hielt seinen blutverschmierten linken Arm in der Luft, als läge sein kleiner Bruder noch immer darin. Aus der langen Schnittwunde tropfte Blut auf die verkrustete Decke.

«Mian!», *rief Josephine.* «Steh auf! Komm mit, bitte steh auf!»

«Alles wird gut», *flüsterte Mian.* «Alles wird gut. Du wirst sehen, alles wird gut.»

Hinter Josephine gerieten Andreas und Alvaro mit mehreren Stammesmitgliedern in ein lautstarkes Wortgefecht, aber sie blendete es aus.

Entschlossen griff sie Mian unter die nackten Schultern, um ihn hochzuheben, und er schrie ein weiteres Mal auf. Erst jetzt bemerkte sie, dass sich auf seiner Brust ebenfalls eine lange Schnittwunde befand. Direkt über dem Herzen. So tief, dass dunkelrotes Blut daraus tropfte.

«Was haben sie mit dir gemacht?» *Tränen rannen Josephine über die Wange, als sie ihren Sohn aufhob und ihn fest an sich drückte.*

«Wie geht es ihm?», *wollte Andreas wissen, der auf einmal neben ihr stand. Er drückte Jano immer noch fest an sich und streckte die freie Hand nach seinem zweiten Sohn aus.* «Jano ist okay, denke ich.»

«Er blutet. Er blutet aber», *rief sie und wusste selbst nicht genau, ob sie Mian oder Jano meinte. Hektisch begutachtete sie ihren Jüngsten und stellte fest, dass sie sich um ihn gerade weniger Sorgen machen musste.*

«Jano hat nur eine kleine Verletzung am Arm.» *Andreas versuchte offensichtlich, die Ruhe zu bewahren, aber seine Stimme überschlug sich fast.* «Ansonsten ist er unversehrt.»

«Wir müssen hier weg», *kreischte Josephine. Sie wollte nur noch raus aus dem Dschungel, zum Arzt oder wenigstens in ein sauberes Zimmer, um ihre Söhne zu versorgen.* «Alvaro! Bring uns sofort hier weg.» *Neue Panik machte sich in ihr breit, als ihr bewusst wurde, dass es Tage dauern würde, den Jeep zu erreichen und medizinische Hilfe zu bekommen.*

«Ihr solltet euch bedanken», warf Alvaro ein. «Der Priester könnte sonst beleidigt sein.»

«Halt's Maul!», schrie sie ihn an und ging den Weg zurück, den sie gekommen war. Sie musste runter von der Lichtung, hin zu ihrem provisorischen Lager und der Erste-Hilfe-Ausrüstung, um die Wunden ihrer Kinder zu versorgen. Um die seelischen Wunden mussten sie sich später kümmern.

«Wir sind wieder bei euch», flüsterte sie ihrem Ältesten zu, ohne zu merken, dass er nicht damit aufgehört hatte, die immer gleichen Worte vor sich hin zu murmeln. «Alles wird gut.»

«Ihr könnt nicht davonlaufen», schrie Alvaro ihnen hinterher. «Denn Geister vergessen nie!»

Amy

Trauer ist das Heimweh unseres Herzens nach dem Menschen, den wir lieben.
Irmgard Erath

Mit einem feuchten Tuch wische ich mir den Kajalstift wieder von den Augen. Es sieht falsch und aufgesetzt aus. Wie wenn man einem weinenden Menschen einen lachenden Clownsmund aufmalen würde. Ein bisschen Wimperntusche ist in Ordnung, aber alles, was darüber hinausgeht, ist für mich nicht mehr akzeptabel.

Mein Herz schlägt schneller, als es an der Tür klingelt. Ich bereue es längst, dass ich eingewilligt habe, mit auf diese Segelreise zu gehen. Es bedeutet Anstrengung. Ich muss mich jetzt mit den Jungs zusammensetzen, mit ihnen alles planen und meine Sachen packen. Dazu muss ich mich aufraffen, meinen Alltagstrott durchbrechen, die Routine verlassen. Ich frage mich, welcher verdammte Teufel mich geritten hat, dieser bescheuerten Idee zuzustimmen.

Ich will weg von hier. Raus aus den Erinnerungen und dem Schmerz.

Ich wäre überallhin mitgegangen, denn alles ist besser, als hier zu sein.

Das ist einer der Gründe, wieso ich zugesagt habe. Der zweite Grund heißt Mian. Diese Erkenntnis kommt mir auf dem Weg zur Haustür, als ich an dem großen Küchenfenster vorbeigehe, durch das ich niemals wieder blicken kann, ohne einen Zusammenbruch zu bekommen.

Ich gehe durch den Flur. Wie oft habe ich mich früher über die hier herumliegenden Schuhe geärgert? Sie wütend zur Seite gekickt und *ihn* angeschnauzt, er solle sein Zeug gefälligst wegräumen? Mein Hals fühlt sich plötzlich an, als würde eine Murmel darin stecken. Langsam, aber sicher scheint sie auf die Größe eines Tischtennisballes anzuschwellen...

Ich gehe aus meiner Wohnung ins Treppenhaus und öffne betont schwungvoll die Haustür in der Hoffnung, der Luftzug könnte meine aufsteigenden Tränen wegwehen. «Hallo», grüße ich und setze mein bestes Lächeln auf.

«Hey, Amy.» Collin tritt als Erster zu mir, nimmt mich kurz in den Arm und gibt mir einen flüchtigen Kuss auf die Wange. Jayden nickt uns nur kurz zu und bleibt in einigem Abstand stehen, als wolle er unsere Begrüßung nicht stören. Ich lasse Collin trotzdem los und schüttele erst Jayden und dann dessen Freund Ben die Hand.

Ben umschließt meine Finger und fragt mit freundlicher Stimme: «Alles gut bei dir?»

«Ja, danke, und bei dir?»

«Klar, immer. Schön, dass es geklappt hat und wir uns heute alle hier treffen können.»

«Ohne Auto ist es immer schwierig, irgendwo hinzukommen», sage ich entschuldigend und mustere Bens warme schokobraune Augen. Ein mulmiges Gefühl überkommt mich, weil mir bewusst wird, dass ich in wenigen Tagen mit diesen Männern über den Pazifik schippern werde, obwohl ich fast nichts von ihnen weiß.

Genauso wenig wie von ihm ...

Mein Blick fällt auf Mian, der gerade aus einem schneeweißen Mitsubishi steigt. Er geht über die Straße, stößt mit dem Fuß das stabile Gartentor auf und kommt fast schon im Laufschritt zum Haus. Grüßend hebt er zwei Finger. Er macht keine Anstalten, mir die Hand geben zu wollen, also verzichte ich darauf.

«Na dann, kommt rein», presse ich steif hervor. Ohne mich umzudrehen, gehe ich ins Wohnzimmer und deute auf die große, gemütliche Eckcouch, auf der ich und *er* früher gemeinsam saßen. Damals, in einem anderen, besseren Leben. «Setzt euch. Wollt ihr was trinken?»

«Ein Wasser bitte», sagt Ben, während Collin dankend ablehnt. Jayden breitet die große Seekarte, die er bis eben unter dem Arm hatte, auf dem Wohnzimmertisch aus. Mian schweigt. Aufmerksam schaut er sich im ganzen Raum um, bevor er seine ungewöhnlich grünen Augen auf mich richtet und mich zu durchleuchten scheint. Es fühlt sich an, als würde er in mir lesen wie in einem offenen Buch. Schnell drehe ich mich weg und gehe in die Küche, um Wasser und Gläser zu holen.

Keine drei Sekunden später ist Collin an meiner Seite, fährt mit dem Finger über seinen Nasenrücken und sieht mich fast schon finster an.

«Was ist los?», frage ich. «Hast du schlechte Laune?» Die Ironie dieser Frage entgeht mir nicht. Es dürfte kaum einen Menschen auf der Welt geben, der schlechtere Laune hat als ich selbst.

«Oh ja, allerdings», schnaubt er und schließt geräuschlos die Küchentür. «Was bitte macht dieser Milan hier?»

«Heißt er nicht Mian?»

«Es ist mir schnurzegal, wie er heißt! Was macht er hier? Hast du ihn eingeladen?»

«Jayden hat ihn eingeladen. Warum bist du so verwundert? Wir haben doch gesagt, alle, die zusammen auf die Schifffahrt gehen...» Ich verstumme mitten im Satz. Bis eben hat Collin feuerrote Wangen gehabt. Nun ist alle Farbe aus ihnen gewichen.

Und so wird aus der Rothaut ein Bleichgesicht ...

Manchmal, ganz selten, kommen noch Teile von meinem zynischen Humor zum Vorschein. Doch genauso schnell verschwindet er wieder tief in mir drinnen.

«Ernsthaft?», will Collin wissen. «Der kommt echt mit? Ich dachte, Jay macht Scherze.»

«Anscheinend nicht.» Ich merke, wie meine Gedanken mir entgleiten. Fort von dem rothaarigen Jungen in meiner Küche.

«Das ist ja unglaublich.» Trotzig wie ein Kind verschränkt Collin die Arme vor der Brust.

Fehlt nur noch, dass er wütend sein Spielzeug in die Ecke kickt.
Wie Timmy ...

Alles in mir krampft sich zusammen, und ich will nur noch raus aus dieser Situation. «Ach komm schon, Collin!», sage ich und klemme mir die Wasserflasche unter den Arm. «Was ist denn nur los mit dir?»

«Es ist nichts.» Collin lässt die Schultern sinken und lehnt sich gegen die Küchentheke. Er wirkt unsicher und presst die Lippen zu einem schmalen Strich zusammen. «Alles okay.»

«Dann ist gut.» Ich mache einen Schritt zur Seite, um an ihm vorbeizugehen. Mir wird das alles bereits zu viel.

Am besten, ich sage das Ganze wieder ab.

«Ach, wir werden schon Spaß haben zusammen, oder?», sagt er. Es klingt unsicher, bettelnd. Als würde Collin hoffen, dass ich laut «Ja, ich freue mich!» schreie, während ich jubelnd in die Luft springe.

Damals, als noch nicht alles leer und tot in mir war, habe ich es immer unsexy gefunden, wenn Männer anfangen zu betteln. Ich stelle fest, dass sich das nicht geändert hat.

«Ich bleibe jedenfalls nicht zu Hause.» Erst als ich den Satz ausspreche, merke ich, dass ich mich wirklich entschlossen habe mitzugehen.

«Ich auch nicht», beschließt Collin, und es klingt, als hoffe er, ich würde mich darüber freuen.

«Schön. Dann lass mich jetzt zurück ins Wohnzimmer, bevor die Jungs noch verdursten.»

Wir sitzen um den Tisch in meinem Wohnzimmer und beratschlagen.

«Wir starten also in Santa Barbara», fasst Jayden den aktuellen Stand zusammen, «fahren zu den Inseln San Miguel, Santa Cruz und Anacapa. Diese werden wir achtförmig umsegeln und an ihren Riffs tauchen oder schwimmen gehen. Anlanden können wir nicht, da die Inseln unbewohnt sind und es keinen Hafen gibt. Wir müssen deswegen allerspätestens am zehnten Tag einen Stopp auf der Insel Santa Rosa machen, um unsere Wasservorräte aufzufüllen, zu tanken und Lebensmittel zu besorgen und so weiter...»

Die Inseln sagen mir alle nichts. Das Geld, das ich beim Kellnern verdiente, reichte immer gerade so zum Überleben. Für Segeln oder irgendeinen anderen Urlaub hatte ich nie etwas übrig.

«Wie viel Wasser haben wir denn dabei?», unterbricht ihn

Mian. Im Gegensatz zu Collin scheint er die ganze Planung interessiert und konzentriert zu verfolgen.

«Die Wassertanks fassen sechshundert Liter.»

«Ah», macht Mian. «Das reicht bei fünf Personen für acht Tage zum Duschen, Kochen, Trinken.»

Ich staune über seine blitzschnelle Hochrechnung.

«Ja, das müsste passen», pflichtet Ben ihm bei. «Wir waren noch nie zu fünft so lange segeln, aber das ist eher großzügig geplant.»

«Wenn wir auf Santa Rosa waren», fährt Jayden fort und studiert weiterhin die Karte, «können wir zurück zu dieser Inselgruppe und dort noch einen Nationalpark besuchen und dann noch ein Weilchen in diesem Gefilde bleiben.»

«Perfekt. Ich werde das so aufschreiben, dann kannst du Marie die Route hinterlegen.» Ben macht sich daran, die Seekarte wieder einzurollen, und drückt sie dann Jayden in die Hand. «Santa Rosa wird dann die einzige Insel sein, auf der wir Handyempfang haben. Das heißt, da können wir uns alle mal zu Hause melden.»

«Damit Mami und Papi sich keine Sorgen machen», lacht Jayden.

«Ich dachte eher an deine Frau...»

«Das weiß ich doch.»

Collins Augen blitzen plötzlich auf, und er deutet mit dem Kinn auf Mian. «Vielleicht muss ja er sich bei Mami und Papi melden?»

«Ja, vielleicht», gibt Mian seelenruhig zurück.

Ich unterdrücke den Impuls, mit den Augen zu rollen. So kenne ich Collin gar nicht. Ich muss zugeben, dass mir sein zickiges Verhalten nicht gefällt, und es passt auch überhaupt nicht zu ihm.

Ich versuche einzulenken. «Ich denke, wir alle müssen uns zu Hause melden», sage ich, obwohl es mir schwerfällt. Bei mir zu Hause gibt es niemanden mehr, bei dem ich mich melden könnte. Ich spüre, wie die Trauer mich packt, von mir Besitz ergreift und mich hinabzieht.

Zeitgleich erhebt sich Mian aus seiner legeren Position, setzt sich aufrecht hin und sagt leise zu mir: «Wir melden uns dann einfach zusammen bei niemandem.»

Verwirrt schaue ich ihn an. «Wieso?» *Woher weißt du das?*

«Meine Eltern leben in Deutschland», beantwortet er die Frage anders, als ich sie gemeint hatte. «Wenn ich ihnen nicht erzähle, ob ich auf See bin oder nicht, wissen sie es gar nicht. Insofern muss ich auch nicht Bescheid geben, wenn ich wieder an Land bin.»

«Ach so.» Seine Worte sind eine willkommene Einladung, meinen Gedanken eine andere Richtung zu geben. «Stimmt, du kommst ja aus Deutschland. Was machst du hier in Kalifornien?»

«Ich bin zusammen mit meinem Bruder für ein Jahr hier. Work and Travel sozusagen.»

«Wow», mache ich anerkennend und ignoriere Collins abschätziges Schnalzen. «Warum gerade hier?»

Er zuckt die Schultern. «Uns gefällt es hier. Das Meer tut meinem Bruder gut. Er leidet zu Hause unter Neurodermitis, aber hier ist das weg. Hier kann man toll surfen. Außerdem gibt es hier gute Spielcasinos. Man kann mit wenig Aufwand viel Geld machen.»

«Um damit in die Karibik auszuwandern», grinst Jayden und klopft ihm anerkennend auf die Schulter. «Nicht schlecht, Mann. Wenn ihr im Paradies seid, dann denkt mal an uns und ladet uns auf einen Urlaub ein.»

«Das machen wir», verspricht Mian, und irgendwie hab ich das Gefühl, dass er es ernst meint.

«Yeah, nächster Urlaub ist auch gesichert.» Ben klatscht sich auf den Oberschenkel und steht auf. «Packen wir's, Jungs?»

«In Ordnung», willigt Jayden ein.

Ich erhebe mich ebenfalls und mache mich daran, die Gläser einzusammeln.

«Ich helf dir schnell», bietet sich Mian an, nimmt die Wasserflaschen und folgt mir in die Küche. Er zieht den Vorhang zur Seite, um Licht hereinzulassen, während ich die Gläser in die Spülmaschine räume. Unsere Finger berühren sich, als er mir dabei helfen will. Ich richte mich wieder auf, und es passiert. Mein Blick geht aus dem Küchenfenster. Panik wallt in mir auf und überrollt mich wie heiße Lava. Vielleicht kommt die Hitze auch von Mian, von seiner Hand, die immer noch auf meiner liegt, obwohl er sie längst hätte wegziehen können. Erst Sekunden später tut er es endlich.

Die Hitze verebbt so schnell, wie sie gekommen ist, und mein Herz vereist sofort wieder. Nur so bin ich in der Lage, diesen immensen Schmerz zu ertragen.

«Oh Gott», sagt Mian unvermittelt. «Es tut so sehr weh.»

Seine Worte reißen mich aus meinem Zustand. Ich sehe ihn an in der Erwartung, dass er irgendwo blutet, sich verletzt hat. Aber da ist nichts. Völlig unversehrt steht er da und schaut in den Garten.

«Was hast du gesagt?», frage ich völlig entgeistert.

Ist es tatsächlich möglich, dass er von meinem Schmerz spricht?

Doch Mian schweigt nur, deswegen spreche ich die Frage aus, die mir schon vorhin im Kopf herumging. «Woher weißt du das?»

Mian steht noch immer reglos da, scheint durch mich hindurchzuschauen und spricht fast monoton. Wieder beantwortet er meine Frage anders, als sie gemeint ist. «Ich weiß es ja gar nicht. Ich habe keine Ahnung von dieser Art Schmerz. Ich hab noch nie einen geliebten Menschen verloren.»

Ein eisiger Schauer kriecht mir in die Glieder, und in mir wird alles noch kälter, als es ohnehin schon ist. Ich bekomme kein Wort über die Lippen.

Langsam, fast ehrfurchtsvoll schaut Mian erst mich an und dann wieder zu dem großen Küchenfenster hinaus.

«Es ist das Fenster», flüstert er. «Die Erinnerung kommt durch das Fenster. Durch das kannst du einen geliebten Menschen sehen, wann immer du willst.»

Dann kommt er zwei Schritte auf mich zu und legt behutsam seine Hand auf meine Schulter. Wärme sickert in mich hinein wie Schmelzwasser, das von einem Eisblock tropft. Es rinnt von meiner Schulter hinunter in meine Brust, durch mein kaltes Herz hindurch und in meinen Bauch hinein.

Für einen Atemzug verharrt Mian in dieser Position, bevor er leise sagt: «Ich habe keine Ahnung von dieser Art Schmerz, und doch weiß ich ganz genau, wie du dich fühlst. Es tut mir leid.»

Langsam zieht Mian seine Hand weg und verlässt lautlos die Küche. Sofort kehrt die Kälte zurück, und eine fast greifbare Leere hängt in der Luft.

Die Murmel in meiner Kehle ist wieder da, gepaart mit jener eisigen Hand, die in meine Brust greift und mein Herz zum Stillstand bringt. Aber da ist nun noch etwas in mir, das es vorher nicht gegeben hat. Etwas Fremdes, aber auch Warmes, ganz tief in meinem Bauch. Das Gefühl, Trost zu bekommen, verstanden zu werden und nicht vollkommen allein zu sein.

Damals

«Das war's», sagte der Arzt mit den eisgrauen Augen. Worte, die eigentlich etwas Gutes bedeuten sollten, aber sich anfühlen, als hätte jemand ein Bolzenschussgerät an Josephines Schläfe gelegt und zweimal abgedrückt. «Wir werden den Jungen von der Liste streichen.»

«Welche Liste?», fragte sie, immer noch damit beschäftigt, die Bedeutung des vorherigen Satzes zu erfassen. Zu sehr waren ihr diese Worte negativ ins Gedächtnis gebrannt, als dass sie nun etwas Positives damit verbinden könnte.

«Die Organspenderliste.» Der Arzt sprach weiterhin emotionslos und kalt. Kein Lächeln nahm seinen Worten die Schärfe. «Ihr Sohn braucht kein Spenderherz mehr.»

«Wir hätten doch ohnehin nie rechtzeitig ein Kinderherz bekommen», warf Andreas ein. «Mal davon abgesehen, dass Sie uns immer prophezeit haben, dass Mian zu schwach für eine solch große Operation sei.»

«Wie auch immer.» Mit einem lauten Knall schloss der Arzt den Ordner. Damit schien der ganze Fall für ihn erledigt zu sein. «Ich wünsche Ihnen alles Gute. Seien Sie doch einfach froh, dass es gut ausgegangen ist, und machen Sie sich nicht so viele Gedanken drüber.»

«Er ist wirklich gesund?» Josephine wusste nicht mehr, wie oft sie diese Frage gestellt hatte. Gefühlte zwölf Mal in den letzten zehn Minuten, eher öfter.

«Das Loch in der Herzscheidewand ist definitiv geschlossen. Und Sie sehen doch, dass es dem Jungen deutlich besser geht.» Der Arzt seufzte tief. «Ich erkläre es Ihnen noch mal: Es ist äußerst ungewöhnlich, dass das im Alter von sieben Jahren bei einem inoperablen

Ventrikelseptumdefekt noch geschieht, aber es ist nicht unmöglich, wie Sie sehen. In der Medizin ist nichts unmöglich. Nehmen Sie Ihr Kind, gehen Sie nach Hause und danken Sie Gott dafür.»

Gott? Oder den Geistern ...

«Sie haben recht», murmelte Josephine und warf einen Blick zu Mian, der sich aufmerksam im Raum umsah. «Wir müssen froh und dankbar sein, dass unser Sohn wieder gesund ist. Der Grund ist vollkommen egal.»

Die Autofahrt zog sich endlos. Es waren über zweihundertfünfzig Kilometer von der kardiologischen Praxis bis nach Hause, und der Stau hatte nicht gerade zu einem schnellen Vorankommen beigetragen.

Josephine hoffte inständig, dass ihre Mutter es geschafft hatte, Jano ins Bett zu bringen. Sie war froh gewesen, ihren jüngsten Sohn zu Hause lassen zu können. Er steckte so voller Energie, dass es für ihn unmöglich war, stundenlang still zu sitzen. Mian war auf der Hin- und Rückfahrt problemlos gewesen. Er hatte die ganze Zeit aus dem Fenster gesehen und schien es zu genießen, so viele neue Eindrücke in sich aufsaugen zu können, ohne dabei müde zu werden.

Andreas seufzte erleichtert auf, als er in die Garage fuhr. Leise betraten sie das Wohnzimmer.

«Gott sei Dank, ihr seid da!» Aufgeregt lief ihnen Josephines Mutter entgegen. Schweiß glänzte auf ihrer Stirn, in die sich tiefe Falten eingegraben hatten.

«Ist was passiert?» Andreas warf seinen Autoschlüssel auf die Kommode.

«Jano ...», stammelte sie. «Irgendwas stimmt nicht mit ihm.»

Noch bevor sie den Satz ausgesprochen hatte, hastete Josephine die Treppen hoch und stürzte ins Kinderzimmer.

Jano saß kerzengrade im Schneidersitz auf seinem Bett und starrte die Wand an.

«Was ist los, Schatz?», flüsterte Josephine. «Kannst du nicht schlafen?»

Ungewöhnlich langsam drehte er sich zu ihr um und schaute sie vorwurfsvoll an. «Jetzt hast du sie erschreckt.»

«Wen?»

Mittlerweile waren auch Andreas und Mian im Kinderzimmer erschienen.

«Ihr macht ihnen Angst», zischte Jano in den Raum. «So, wie sie mir Angst machen.»

Andreas setzte sich behutsam neben ihn aufs Bett und nahm seine Hand. «Kannst du mir sagen, was du siehst?»

«Es sind drei», erklärte Jano geduldig. «Sie sehen aus wie ganz normale Menschen, aber sie sind tot.»

Das Zimmer begann sich bedrohlich um Josephine zu drehen, und sie musste sich am Schreibtisch festhalten, um nicht das Gleichgewicht zu verlieren.

«Sind es Engel?» Mian folgte neugierig dem Blick seines Bruders.

Erleichterung machte sich auf Janos Gesicht breit. «Siehst du sie auch?»

Stumm schüttelte Mian den Kopf.

«So, jetzt ist aber genug.» Andreas stand auf, als könne er damit den Spuk durchbrechen. «Hier ist nichts.»

«Es sind Geister.» Jano sprach nur noch zu Mian. «Sie wollen nach Hause, und ich soll ihnen helfen. Aber ich weiß nicht wie. Sie machen mir Angst.»

«Andreas?», wimmerte Josephine. «Bitte mach was.»

«Woher weißt du, dass es Geister sind?» Mian war ganz dicht zu Jano ans Bett getreten.

«Engel sind himmlische Wesen, die nie eine Form auf der Erde gehabt haben, was bedeutet, dass sie mit einer höheren Frequenz schwingen. Sie sind die Boten Gottes, voller Licht und Wärme.» Seine

Stimme war nur noch ein Hauch. «Die Geister hier sind tot und kalt und irren rum. Sie haben sich verlaufen.»

Andreas drehte sich zu seiner Schwiegermutter um. «Hör dir an, wie er redet! Was hast du ihn für einen Mist im Fernsehen sehen lassen?», *fuhr er sie an.*

«Wir haben ein Buch gelesen, und plötzlich hat er angefangen, mit sich selbst zu reden ...»

«Was sagen sie?», *drängte Mian.* «Wie können wir ihnen helfen?»

«Jetzt sind sie weg.» *Jano lief zum Fenster. Tränen rannen ihm die Wangen hinunter.* «Ihr habt sie verjagt.»

Auf wackeligen Knien trat Josephine zu ihm und hob ihn hoch. «Schatz, sei doch froh, dass sie weg sind, wenn sie dir solche Angst gemacht haben ...»

Andreas schnaubte durch die Nase. «Hör auf, diesen Unsinn auch noch zu bestätigen! Er glaubt das sonst noch.»

«Wie kommen sie jetzt nach Hause?», *heulte Jano.*

Mian machte ebenfalls ein langes Gesicht und sah aus, als würde er gleich mitweinen.

«Es reicht mit dem Quatsch!», *schimpfte Andreas.* «Josephine, bring die Jungs ins Bett. Sie sollen heute Nacht bei uns schlafen. Und ich rede mal ein ernstes Wörtchen mit deiner Mutter.»

Josephine seufzte tief, streckte Mian die Hand hin und trug Jano hinüber ins Elternschlafzimmer.

«Ich ziehe mich kurz um», *sagte sie leise.* «Dann leg ich mich zu euch. Jano, du erzählst mir dann noch mal ganz genau, was du gesehen hast, und ich erkläre dir, warum du keine Angst haben musst, einverstanden?»

Jano nickte. Sie legte ihn ins Bett.

«Ich bleibe bei ihm», *verkündete Mian.*

Josephine lächelte ihrem Ältesten dankbar zu. Schnell schlüpfte sie in ihren Pyjama, und tief in ihrem Bauch meldete sich das dumpfe Gefühl, dass das heute nur der Anfang von etwas war, das sie noch nicht erfassen konnte.

Marie

Abenteuer erlebt man dann,
wenn man bewusst vom Weg abkommt.
Volksweisheit

Ohne zu grüßen, tritt Collin ins Haus. Seine feuerroten Locken stehen ihm wirr vom Kopf ab. Das T-Shirt, das er trägt, hängt auf einer Seite aus den Shorts und hätte definitiv ein paar Nuancen weißer sein können.

«Was ist passiert?», fragt Marie erschrocken. Sie sieht sofort, dass irgendetwas ihren Bruder aufgewühlt hat. Im Normalfall ist Collin ruhig, zurückhaltend und geduldig. Wenn er sich aufregt, dann nicht ohne Grund.

«Mian ist passiert», sagt er und kickt seine Turnschuhe in die Ecke. «Mir reicht es jetzt mit dem.»

«Komm doch erst mal rein und erzähl in Ruhe, was ...»

«Hey, Kleiner.» Jayden streckt seinen Kopf in den Flur. «Hast du schon gepackt? Morgen müssen wir unser Boot fertig machen und tanken, da brauche ich dich. Da hast du keine Zeit mehr für etwas anderes.»

«Mian oder ich!» Collins Worte kommen abgehackt und kalt. «Entweder er kommt mit oder ich!»

«Sag mal, was hast du denn für ein Problem mit Mian?» Missbilligend zieht Jayden eine Augenbraue hoch. «Was ist mit dir los, du bist doch sonst nicht so?»

«Willst du nicht erst mal hören, was er zu sagen hat?», verteidigt Marie ihren Bruder.

«Eifersüchtig ist er», schlussfolgert Jayden. Er geht ins Wohnzimmer und lässt sich auf die große graue Couch fallen. Einladend klopft er auf den freien Platz neben sich. «Komm, Kleiner, setz dich her. Wir müssen reden.»

Widerwillig geht Collin zu ihm ins Wohnzimmer. Marie kann nur ahnen, wie viel Überwindung es ihn kostet, seinen Ärger hinunterzuschlucken und sich zu Jayden zu setzen. Lieber hätte er weiter geschimpft und seiner Wut freien Lauf gelassen.

«Ich dachte, ich soll Amy mitnehmen, damit ich unterwegs Zeit habe, sie kennenzulernen», platzt Collin heraus. «So wird das nichts.»

«Warum nicht?», will Jayden wissen. Er greift nach einer Colaflasche, öffnet den Verschluss und streckt sie Collin entgegen.

«Wegen Mian», schnauzt Collin und klammert sich mit beiden Händen an der Flasche fest.

«Ich wusste gar nicht, dass du sie so sehr magst.» Marie überlegt für eine Sekunde und entscheidet sich dann, sich bei ihrem Bruder an die Seite zu setzen.

«Tu ich auch nicht», rutscht es Collin heraus. «Es geht ums Prinzip.»

«Jetzt wird es aber albern.» Jayden nimmt Collin die Cola weg, trinkt selbst einen großen Schluck, bevor er sie ihm wieder zurückgibt.

«Albern? Ich möchte, dass sie mit mir zusammen sein will, und du? Du nimmst einen anderen Kerl mit, der sie mir vor der Nase wegschnappt!»

«Wieso sollte er das tun?» Sanft legt Marie ihre Hand auf

Collins Schulter, wie sie es schon früher immer bei ihm getan hatte. «Ich denke nicht, dass er Interesse an ihr hat.»

«Ach ja?» Collins Augen funkeln böse. «Was macht er dann bei ihr zu Hause?»

«Mian ist bei Amy?»

«Zumindest steht sein Schlitten bei ihr vor der Tür.»

«Woher weißt du das?», mischt sich Jayden ins Gespräch ein.

«Weil ich gerade von ihr komme, ich ...» Collin unterbricht sich selbst, als hätte er etwas verraten, was er nicht preisgeben wollte.

«Jay ...», beginnt Marie zögernd. «Also, wenn Mian echt bei Amy ist, dann finde ich das schon ein wenig merkwürdig, wenn ich ehrlich bin.»

«Warum das denn?»

«Weil es falsch ist.» Collin springt von der Couch auf und beginnt, im Zimmer hin- und herzulaufen. «Das macht man nicht. Man macht es einfach nicht.»

«Ich finde nichts Schlimmes dabei», beharrt Jayden. «Sie können sich doch anfreunden. Immerhin sind wir ab übermorgen für zwei Wochen auf engstem Raum zusammen und ...»

«Er oder ich!», wiederholt Collin.

«Weißt du, Jay», versucht Marie einzulenken. «Ich kann Collin da schon verstehen. Es war etwas anderes ausgemacht, und jetzt plötzlich kommt dieser Typ und schmeißt alles durcheinander.»

Dieser Typ ...

Marie schämt sich schon fast für ihre Gedanken, die auch in keiner Weise ihre Meinung wiedergeben. Wenn sie ehrlich ist, mag sie Mian. Sehr sogar. Sie kann sich auch gut vorstellen, dass Amy ihn mag. Irgendwie war es ein Ding der Unmöglichkeit, ihn nicht zu mögen.

«Ich soll Mian also ausladen?», fragt Jayden ungläubig. «Und wie soll ich das begründen? Sorry, aber das geht gar nicht.»

«Was ist so schlimm daran?» Marie schlägt die Augen nieder. Sie weiß die Antwort auf die Frage genau. So geht man nicht mit Menschen um, wobei sie sich nicht vorstellen kann, dass es Mians Selbstbewusstsein einen Abbruch täte, wenn er ausgeladen würde. Fairer macht es die Sache dennoch nicht. Vor allem wenn sie daran denkt, was sie und ihr Bruder selber immer und immer wieder mitgemacht haben.

«So, jetzt passt mal auf!» Jayden richtet sich auf der Couch auf. Seine grünblauen Augen blitzen, wie sie es immer tun, wenn er aufgeregt ist. «Mian wird mitkommen und damit basta.»

«Dann komme ich ...»

«Hör mir zu!» Automatisch spricht Jayden lauter, und Collin verstummt. «Erstens habe ich eine Abmachung mit ihm, und ich werde mein Wort nicht brechen. Zweitens gibt es keinen Grund, ihn nicht mitzunehmen. Und drittens wirst du ebenfalls mitkommen!»

«Er ist gruselig.»

Gruselig? Du solltest Jano sehen ...

«Viele Menschen verhalten sich auf den ersten Blick anders als andere. Die meisten haben dafür einen Grund.»

Marie weiß, worauf Jayden anspielt. Auf sie selbst und darauf, wie die anderen sie immer als Freak abgestempelt hatten. Sogar Jayden, bis er angefangen hatte umzudenken und Marie näher kennenlernte ...

Collins Stimme wird brüchig. «Ich vertraue ihm nicht. Ist das nicht Grund genug, ihn dazulassen?»

«Nein.»

«Toll! Dann nimmt er mir eben Amy weg.»

«Kleiner, hör mal zu.» Jayden gibt seine aufrechte Position wieder auf und beugt sich vor, um Collin besser ansehen zu können. «Wenn Amy dich mag, dann wird sie das tun, auch wenn hundert Mians auf meinem Schiff sind.»

«Mian ist toller als ich. Er sieht besser aus, kann freier sprechen, hat den besseren Humor. Er hat eine total einnehmende Art. Ich hab keine Chance gegen ihn.»

«Das ist Unsinn», widerspricht Jayden. «Weißt du auch wieso?»

«Nee.»

«Weil du einzigartig bist. Niemand hat deine Augen, niemand dein Lachen. Niemand strahlt so wie du, niemand fühlt oder denkt so wie du, niemand ist so wie du. Deshalb hör auf, dich mit anderen zu vergleichen. Es gibt *dich* nur ein einziges Mal auf dieser Welt. Wenn wir uns mit anderen vergleichen, dann machen wir uns selbst klein. Du bist einzigartig. Und irgendwann wird ein Mädchen kommen und das entdecken. Wenn es nicht Amy ist, dann hat sie dich auch nicht verdient.»

«Jay hat recht», stimmt Marie ihrem Mann zu. «Du musst da drüberstehen und selbstbewusst und stark sein.»

«Wenn du wissen möchtest, was er bei Amy gemacht hat, dann frag ihn, wenn du ihn übermorgen siehst. Dann weißt du es.»

«Der Plan war aber, ohne ihn zu fahren», setzt Collin erneut an.

«Pläne ändern sich. Zum Glück. Wäre ja langweilig, wenn

alles nach Plan laufen würde. Wo bleibt denn da das Abenteuer?»

«Schon gut», seufzt Collin. «Ich höre ja schon auf.»

«Bitte gib Mian eine Chance. So wie auch du von den Menschen eine Chance haben möchtest.»

«Okay.»

«Und ...» Mahnend hebt Jayden den Zeigefinger. «Du kennst die oberste Regel auf meinem Boot.»

«Ja, weiß ich. Wir sind alle eine Mannschaft, ein Team. Wir halten zusammen.»

«Sehr gut!» Jayden steht auf und knufft Collin freundschaftlich in die Seite. «Sei ein Mann, hör auf zu jammern und kämpfe um Amy. Vielleicht findet sie Mian genauso daneben, wie du es tust. Und nun komm mit, wir fahren zur *Marie* und fangen schon mal an, alles vorzubereiten.»

Mian

Man muss nicht immer gewinnen, man muss nur immer gewinnen wollen.
Volksweisheit

Stumm sitzen sie nebeneinander und schauen seit fast zehn Minuten das heruntergekommene Haus an. Mian hat den Motor abgestellt, den Sitz nach hinten geschoben und die Beine unter sich geschlagen. Er spürt Janos Unruhe und weiß, dass sein Bruder lieber weiterfahren würde, um ins Casino zu kommen.

«Du solltest einfach klingeln», sagt er. «Anders kannst du ihr nicht helfen.»

«Was soll ich denn sagen?»

He du ... Ich hatte irgendwie das Gefühl, dass es dir heute besonders scheiße geht. Deswegen bin ich vorbeigekommen, um dich aufzumuntern.

«Ich weiß», gibt Jano tonlos zurück. Die beiden müssen nicht darüber sprechen, um zu wissen, wo das Problem liegt.

Sie schweigen ein paar weitere Minuten, bevor Jano einen Vorschlag macht. «Frag sie doch einfach, ob sie mitkommen mag ins Casino. Sag, wir sind zufällig hier vorbeigefahren und hatten spontan den Einfall, sie zu fragen.»

«Was eine Scheiß-Ausrede.»

Jano zuckt resigniert die Achseln. «Aber trotzdem noch besser als die Wahrheit. Wie immer eben.»

«Was machen wir, wenn sie wirklich mitkommt?»

«Dann ist es eben so. Dann gewinnen wir halt heute nichts. Dafür haben wir Amy aus ihrem Tief rausgeholt.»

«Okay», willigt Mian ein. Er zieht den Schlüssel aus dem Schloss und steckt ihn in seine Shorts. «Dann hält sie mich halt für einen aufdringlichen Verehrer.»

«Eben.» Jano lacht leise in sich hinein. «Lieber ein nerviger Stalker als ein spiritueller Irrer.»

«Einen Tod muss man halt sterben. Kommst du mit?»

«Soll ich denn?»

«Wäre sinnvoll. Ist sonst blöd, wenn ich sagen muss, ich hab meinen Bruder im Auto sitzen.» Mian kann das Grinsen ebenfalls nicht mehr verbergen. «Wenn du mitkommst, denkt sie bestimmt, ich hab mich nicht allein getraut.»

«Die lernt dich schon noch kennen.»

Sie steigen aus, lassen den Wagen unverriegelt stehen und gehen gemeinsam über die Straße.

Vor dem großen Mehrfamilienhaus bleiben sie einen Moment stehen. Es befindet sich mitten in einem der ärmsten Viertel von Santa Barbara. Mian und Jano wohnen hier in Kalifornien selbst nicht besonders nobel, weil es nur vorübergehend ist, dennoch wohnen sie gut und solide, in einer gepflegten Wohnung in ordentlicher Umgebung. Das hier ist einfach nur jämmerlich. Der Putz blättert von der Fassade, die hölzernen Rollläden hängen windschief in den Angeln, der Vorgarten gleicht einer Steppenlandschaft. In der steinernen Einfriedung klafft ein riesiges Loch.

«In der Wohnung ist es deutlich schöner», murmelt Mian und deutet auf das gusseiserne Tor. «Hier müssen wir rein.»

Sie betreten den holprigen Pflastersteinweg, der zur Haustüre führt. Schlagartig bleibt Jano stehen und sieht sich um. Kurz strömt Hitze von ihm aus, die sich urplötzlich in eisige Kälte verwandelt. Sein Blick klebt an der Stelle in der Gartenmauer, an der einige Steine fehlen.

«Hier ist jemand gestorben», wispert er.

«In diesem Vorgarten?»

«Ja.»

Mian geht zu ihm und legt ihm wortlos den Arm um die Schultern. Er zweifelt nicht an dem, was sein Bruder sagt. Das hatte er noch nie getan. Am Ende hatte Jano immer recht behalten. Er irrte sich nie.

«Es ist schon eine ganze Weile her ...», redet Jano weiter. Seine Stimme zittert.

In dem Moment erscheint schemenhaft Amys Gestalt hinter einem schweren Vorhang. Es ist das Küchenfenster.

Jenes Fenster, aus dem Amy nicht schauen konnte, ohne diese schmerzhafte Sehnsucht zu fühlen ...

«Jano.» Sanft, aber bestimmt zieht Mian seinen Bruder weiter. «Nicht jetzt, wir werden vielleicht beobachtet.»

«Er ist noch hier.»

«Oh Gott.» Es kostet Mian all seine Beherrschung, die aufkommende Verzweiflung zu ignorieren und Jano mit sich zu nehmen. Wenn er sich nun diesem Gefühl hingab, würde er binnen weniger Sekunden nicht mehr wissen, ob es zu seinem Bruder oder ihm selbst gehörte. Janos Emotionen würden die seinen werden.

Mian strafft die Schultern, als er die Haustür erreicht. «Ich komme mit dir heute Nacht noch mal her. Nach dem Casino. Versprochen.»

«Okay.» Jano nickt. Er ist kreidebleich geworden und

zittert am ganzen Körper. Wie ein Hund schüttelt er sich, als könne er damit all die Sinneseindrücke loswerden, die ungefragt auf ihn einströmen.

Mian wirft noch mal einen prüfenden Blick auf Jano, bevor er auf die Klingel drückt.

Die Haustür wird per Summer geöffnet, und Amy steht im Treppenhaus in der Wohnungstür.

«Hallo?», fragt sie verwundert. Ihre Augen sind rot und verquollen. Eine neue Welle Verzweiflung, wieder gemischt mit Trauer, schwappt zu Mian über. Unbemerkt seufzt er und versucht, auch diese Gefühle nicht zu den seinen werden zu lassen.

«He», sagt er unbeschwert. Über die Jahre hat er es perfektioniert, nichts von dem Aufruhr in seinem Inneren nach außen dringen zu lassen. «Wir sind hier gerade zufällig vorbeigefahren, weil wir ins Casino wollten, und wir dachten... ähm...»

Mitten im Satz bricht Mian ab, weil er merkt, wie dumm und lächerlich seine Argumentation wirken muss.

Wie eine Scheiß-Ausrede...

«Ja?», fragt Amy. Sie ist freundlich und versucht, sich nichts von ihrer Ungeduld anmerken zu lassen. Fragend wirft sie einen Blick zu Jano.

«Ach, verdammt.» Mian fährt sich mit der Hand durch die Haare und lächelt sie dann schief an. «Vergiss, was ich gesagt hab. Ich hab vorhin an dich gedacht und mich gefragt, ob du nicht Lust hast, den Abend mit uns zu verbringen.»

«Oh. Ich weiß nicht.»

«Darf ich erst mal vorstellen?» Er dreht sich ein wenig zu Jano. «Das ist Amy, das Mädel, das übermorgen mit uns aufs Schiff gehen wird. Amy, das ist mein kleiner Bruder Jano.»

«Hey», grüßt Jano und streckt Amy die Hand hin. Er hat sich bereits wieder im Griff, von seinem Anfall von eben ist nichts mehr zu spüren.

«Sehr erfreut.» Amy greift nach Janos Hand und schüttelt sie. Ganz allmählich wird der graue Schleier der Verzweiflung um sie herum heller. «Was habt ihr denn vor?»

«Na ja, eigentlich wollten wir ins Spielcasino. Aber wir sind flexibel. Wir können auch einfach was essen gehen.»

«Ehrlich? Ihr würdet euch für mich die Kohle aus dem Casino entgehen lassen?» Für einen Moment grinst Amy, und Mian wird bewusst, dass sie früher einmal ein lebensfrohes und toughes Mädchen gewesen sein musste. Bevor der Tod eines geliebten Menschen diese Teile ihrer Persönlichkeit mit fortriss.

Hier ist jemand gestorben ...

Mian kneift kurz die Augen zusammen, um all die Dinge zu sortieren, die er in diesem Moment begreift. Jano antwortet an Mians Stelle, um dessen Abwesenheit zu überspielen.

«Ganz ehrlich», sagt er. «Geld läuft nicht weg. Schöne Mädchen schon.»

Mian braucht den Bruchteil einer Sekunde, um sich auf den Stimmungswechsel einzustellen. Eigentlich ist ihm nicht nach Flirten zumute, nicht nach dem, was er gerade verstanden hat. Aber er geht auf Janos Vorlage ein.

«Stell dich gefälligst hinten an, mein Freund.» Gespielt genervt dreht Mian die Augen nach oben. «Ich war zuerst da.»

«Alles klar.» Jano tritt einen Schritt zurück.

Amy muss unwillkürlich lachen.

Erleichtert atmet Mian auf und dankt Jano im Stillen. Der Strudel der Abwärtsspirale, in der Amy an diesem Abend ganz massiv steckt, ist zumindest für den Moment gebrochen.

«Hört mal, Jungs», sagt sie und greift in ihr Haar, das nach oben gesteckt ist. «Wie ihr seht, bin ich überhaupt nicht ausgehfertig.»

«Ich finde, du bist wunderschön.» Übertrieben auffällig zwinkert Jano ihr zu.

«Okay, es reicht», knurrt Mian, obwohl er genau weiß, dass Jano nur sein Ablenkungsmanöver weiter durchführt. «Noch so ein Spruch, und du wartest doch im Auto.»

«Wollt ihr nicht wenigstens für eine Stunde reinkommen? Auf eine Cola oder ein Bier?»

«Wenn du mir das zusammenmixt, dann komm ich rein.» Mian lächelt schief.

Amy tritt zur Seite und gibt den Weg frei. «Wehe, du trinkst es dann nicht.»

«Ich trinke alles, was Alkohol enthält.» Zeitgleich mit diesem Satz wirft er einen prüfenden Blick zu Jano.

Ist das okay? Können wir rein?

Ein kurzes Nicken, und Mian tritt ein. Zielstrebig geht er zu der großen Couch, auf der sie auch schon das letzte Mal saßen. Jano setzt sich zu ihm und schaut sich ähnlich aufmerksam im Raum um, wie es vor ein paar Tagen Mian getan hatte. Seine Körperhaltung ist steif und angespannt. Eine Bestätigung für das, was Mian bereits weiß. Die Geschehnisse im Vorgarten und Amy stehen in engem Zusammenhang.

Amy bringt eine Bier- und eine Colaflasche sowie zwei Gläser. Grinsend mischt sie beide Getränke zu gleichen Teilen zusammen in ein Glas.

«Cheers.» Mian hält das Glas in die Luft, leert es dann in

einem Zug und verzieht angewidert das Gesicht. «Und jetzt erzähl, bei was haben wir dich gestört heute Abend?»

«Bei gar nichts.» Sie steckt die Hände zwischen die Knie und schaut Mian direkt an. «Ich war einfach nur allein zu Hause.»

«Und traurig dabei», schlussfolgert er trocken.

«Ein bisschen.» Nervös wippt sie auf den Fersen. «Sieht man das?»

«Ja.»

Man spürt es auch.

«Ich bin manchmal traurig», gibt sie zu, wirft einen schnellen Blick zu Jano und wechselt dann sofort das Thema. «Und ihr wolltet heute zocken im Casino? Um Geld zu sparen für euer Ziel, das Auswandern?»

«Ja, richtig. Mit etwas Glück können wir nächstes Jahr den Abflug machen.»

Jano steht langsam auf und geht zu dem kleinen Wohnzimmerschrank. Vorsichtig nimmt er einen blauen Stein aus dem Regal und hebt ihn ins Licht.

«Glaubst du an so was?», will er wissen.

«An Steine?», fragt sie.

«An ihre Wirkung. Das hier ist ein Saphir. Er wirkt besänftigend auf das Gemüt und sorgt dafür, dass Ziele und Wünsche gradlinig erfüllt werden.»

«Echt? Nein, an so was glaube ich überhaupt nicht.»

«Schade», sagt Jano und legt den Stein wieder hin. «Ich werde dir das nächste Mal, wenn ich komme, trotzdem einen Opal ins Regal legen.»

... gegen Depressionen und um Blockaden zu lösen ...

Aufmerksam schaut sich Jano auch die anderen Steine in Amys Sammlung an, und obwohl er sich nichts anmerken lässt, spürt Mian seine Enttäuschung. Alles wäre eventuell etwas einfacher gewesen, wenn Amy an die Kraft der Steine geglaubt hätte. Es hätte einen Hauch Spiritualität bedeuten können.

«Möchte jemand noch was trinken?», fragt Amy. «Immerhin müsst ihr noch eine halbe Stunde bei mir bleiben.»

Mian sitzt ein Stück abseits vom Spieltisch und schaut sich das Ganze aus der Entfernung an. Jano befindet sich mit fünf weiteren Männern am Tisch. Er trägt wie fast immer dunkle Sachen, die ihn zierlicher aussehen lassen, als er eigentlich ist. Zwischen den anderen Spielern wirkt er jung und unerfahren. Seine dunklen Haare sind etwas zottelig, die fast schwarzen Augen starren auf die Karten in seinen Händen. Einzig die Tattoos auf seinen Armen lassen ihn älter wirken. Der rechte Arm ist fast vollständig tätowiert. Vor ein paar Jahren haben sowohl der Rosenkranz als auch die brennende Kerze Farbe erhalten. Auf Janos linkem Unterarm befindet sich nur ein kleiner schwarzer Schriftzug: *Be yourself or be nobody.*

Mian bleibt schräg hinter der Stirnseite des Tisches, um den anderen Spielern zu gewährleisten, in keine Karten schauen zu können. Mittlerweile ist auch Jano volljährig und darf allein in jedes Casino. Die Zeiten, in denen er einen gefakten Ausweis von Mian gebraucht hatte, um hineinzukommen, sind längst vorbei. Dennoch geht Mian jedes Mal mit, in der Hoffnung, zu zweit nicht so angreifbar zu wirken.

Außerdem ist es besser, wenn sie zu zweit sind, falls sie wieder überfallen werden. Auch wenn Mian im Ernstfall nicht immer helfen kann. So wie damals, vor ein paar Jahren, als Jano an einem Abend fast 12 000 Dollar gewonnen hatte und die anderen Kartenspieler ihn einen Betrüger nannten. Nicht jeder nimmt es gut auf, wenn er so viel Geld verliert. Am Ende lauerten die Verlierer Jano vor dem Casino auf und wollten ihren Einsatz zurück. Jano hatte sich geweigert, das in seinen Augen rechtmäßig gewonnene Geld zurückzugeben, und sich verteidigt. So vehement, dass Mian eingreifen musste. Doch die anderen waren in der Überzahl gewesen und trugen Messer bei sich. Am Ende nahmen sie sich mit Gewalt das Geld zurück, und der Krankenwagen musste kommen. Jano und Mian lagen fast eine Woche im Krankenhaus, einer mit gebrochenen Rippen, einer mit einem Milzriss und beide mit unzähligen blauen Flecken und Schnittverletzungen.

Seitdem sind sie vorsichtiger geworden, checken das Umfeld besser und verlieren auch mal. Dennoch ändern sie ihren Stil nicht. Jano sitzt noch immer unvermummt am Tisch, sticht aus den anderen heraus und bewirkt damit, dass die ihn nicht ernst nehmen. Doch er hat es nicht nötig, sein Gesicht mit Sonnenbrille und Tüchern vor den anderen zu verstecken. Es ist ihm egal, wenn die Gegenspieler in seinen Augen lesen, ob er ein gutes oder schlechtes Blatt hat. Er ist ihnen dennoch einen Schritt voraus.

Es gibt kaum einen Abend, an dem er nicht mühelos gewinnt. Heute ist einer dieser wenigen Tage, an denen es nicht recht gelingt. Jano ist nicht ganz bei der Sache. Mit seinen Gedanken ist er bei dem Geist im Vorgarten. Er hätte dem Ganzen gerne nachgespürt, doch Mian hatte ihn fortgerissen. Jetzt sind zu viele Fragen offen, sodass er sich nicht auf ein Kartenspiel konzentrieren kann.

Bereits ein paarmal hat er zu früh gepasst, einmal sogar trotz Mians Warnung weitergepokert und fast einen Tausender verloren.

Ein König wird gelegt, und der Gegenspieler erhöht seinen Einsatz, was für Janos Blatt kaum eine Rolle spielt. Er zögert kurz, um zu tun, als würde er den Bluff des Gegenspielers glauben, aber er weiß bereits, dass dieser schlechte Karten hat. Deswegen geht Jano mit und zahlt den Einsatz.

Der Gegenspieler wird nervös, geht all-in und setzt alles auf sein hohes Paar. Jano setzt ebenfalls alles auf seine Karten. Beide drehen die Karten um, und Jano gewinnt mit einem Drilling.

«Okay, wir machen Schluss», ruft Mian dennoch zu dem Tisch hinüber. «Genug für heute.»

«Ist das dein Chef, oder was?», sagt ein Mann mit schwarzem Tuch über Mund und Nase. Er schiebt seine dunkle Sonnenbrille ein Stück nach unten, um Jano ansehen zu können. «Bleib doch noch eine Runde.»

«Nein. Der Chef hat gesagt, es ist Schluss. Wir können uns gerne nächste Woche noch mal treffen.» Mit diesen Worten legt Jano seine Karten zurück auf den Stapel und nimmt sich seine Jetons, um sie an der Kasse gegen Geld zu tauschen. Auch wenn das nicht der lukrativste Abend gewesen ist, zwei oder drei Tausender sind es bestimmt, und das ist für die heutigen Umstände mehr als zufriedenstellend.

Damals

Der Herd piepste im selben Moment, als Josephine ihre Backhandschuhe anzog. Ihr Timing war wieder einmal perfekt. Vorsichtig zog sie den Bienenstich aus dem Ofen. Sie wollten Mians zehnten Geburtstag ganz groß feiern, mit allen Verwandten und vielen Freunden. Den nächsten Geburtstag würde Mian nur im Kreise der engsten Familie in Papua feiern können. Das brachten ihr und Andreas' Job so mit sich. Als Entwicklungshelfer waren sie ständig auf Reisen, und Neuguinea war das nächste Ziel. Vierzehn Monate würden sie gemeinsam in einem Holzhaus mitten im Dschungel leben. Mit den Einheimischen zusammen und bei einem der wenigen Stämme, die noch heute als Kannibalen galten.

Sie hielt inne. Ihr Blick fiel durch die verschmierte Küchenscheibe hinaus in den Garten. Ihre Söhne standen mitten in der Wiese, hielten jeweils einen Spaten in den Händen und gruben Schulter an Schulter in der harten Erde.

«Das gibt es doch gar nicht», schimpfte sie. Hektisch klopfte sie an die Scheibe, aber keiner der Jungen reagierte.

Josephine streifte ihre Schürze ab und eilte in den Garten.

«Wenn ihr keinen Ärger wollt, dann macht das schnell wieder rückgängig, bevor euer Vater nach Hause kommt!», rief sie zu ihnen hinüber. Erst jetzt erkannte sie, dass das Loch bereits so tief war, dass Jano fast bis zum Oberschenkel darin steckte. Mian verharrte in der Bewegung und schaute sie an. An seinen Wangen klebten Erde und Schmutz. Josephine konnte nicht anders, als zu schmunzeln. Es war ein Wunder, dass ihr Sohn, der vor drei Jahren noch nicht mal Fahrrad fahren durfte, nun solche körperlichen Tätigkeiten ausführen konnte. Wen interessierte da schon eine zerstörte Wiese?

Der Garten ist ohnehin nur ein Wildwuchs, also was soll's ...

«Ach, dann macht halt weiter», lächelte sie. «Ich regle das mit eurem Vater.»

«Danke», sagte Mian und stieß den Spaten erneut in den Boden.

«Was baut ihr denn eigentlich?», wollte Josephine wissen.

«Frag das lieber ihn.» Mian zuckte mit der Schulter.

Jano tat, als hätte er nichts gehört, und grub verbissen weiter.

«Sagst du mir, was ihr da baut?», fragte Josephine, dieses Mal an Jano gerichtet.

«Wir bauen nicht», antwortete er knapp. «Wir schaufeln ein Grab.»

Eine eisige Hand legte sich um Josephines Hals und schnürte ihr für einen Moment die Luft ab.

«Ein Grab?», fragte sie verwirrt. «Warum?»

«Frag lieber für wen.»

Erneut stockte Josephine der Atem. Ihr Herz schlug plötzlich schmerzhaft schnell in ihrer Brust.

«Für wen?», stammelte sie tonlos.

«Für Bianca», erklärte Jano. Mit einem dreckverschmierten Finger deutete er auf ihre schwarz-weiß gescheckte Hauskatze, die ein paar Meter weiter auf der warmen Gartenmauer hockte und genüsslich ihre Pfoten leckte.

«Schätzchen», begann Josephine. «Bianca ist eine junge und gesunde Katze. Sie wird nicht sterben. Wenn wir in den Dschungel gehen, dann bleibt sie bei unseren Nachbarn. Und wenn wir wiederkommen, dann wird sie noch da sein und auf euch warten.»

«Wird sie nicht.» Janos Unterlippe bebte vor Schmerz. «Sie wird tot sein, noch bevor wir weg sind.»

Die Sonne im Rücken vermochte Josephine nicht mehr zu wärmen. Sie saß im Garten, beobachtete, wie ihre Söhne das Grab für ihre *putzmuntere Katze schaufelten. Es kostete sie alle Anstrengung, nicht auf der Stelle loszuweinen, aber sie beherrschte sich. Keine einzige Träne verließ ihre Augen.*

«Weine nicht, Mama», sagte Mian dennoch und krabbelte aus dem Loch. Er setzte sich dicht neben sie und legte seinen Kopf an ihren Arm. «Bitte weine nicht. Wir sind auch sehr traurig wegen Bianca, aber wir können ihr nicht helfen.»

«Vielleicht können wir sie gesund machen?»

«Sie ist nicht krank», sagte Jano, ohne aufzusehen. «Trotzdem können wir ihr nicht helfen. Aber sie wird ohne Schmerzen sterben.»

Er warf seinen Spaten auf die Wiese. Mian stand auf und streckte seinem Bruder die Hand hin, um ihm aus dem Grab zu helfen.

Sie schaute ihren Söhnen nach, wie sie zum Schuppen gingen und aus zwei Holzbrettern ein Kreuz zimmerten. Dann ließ Josephine den Blick hinab in das Loch gleiten und stellte erneut fest, dass sie jämmerlich fror.

Mian

*Die Seele eines Menschen zeigt sich nur
demjenigen, der sie sucht.*

J ano zittert. Seit sie in der dunklen Seitenstraße vor Amys Wohnung geparkt haben, zittern seine Hände. Er ballt sie zu Fäusten, um es zu unterdrücken, und kratzt sich immer wieder über die Ellbogen. Es ist mehr Gewohnheit als die Reaktion auf einen wirklichen Juckreiz. Seit seiner Pubertät hat er die Neurodermitis im Griff, und hier am Meer, dank des heilenden Salzwassers und der guten Seeluft, hat er überhaupt keine Hautprobleme mehr. Bei Mians Krankheitsgeschichte war es ähnlich gewesen. Als Teenager hatte er einen langen Prozess der Selbstfindung durchgemacht und irgendwann begriffen und akzeptiert, dass er ist, wie er ist. Auch wenn er sich bis heute einiges nicht erklären kann, ist er mit sich selbst im Reinen und hat sein inneres Gleichgewicht gefunden. Zeitgleich mit dieser Erkenntnis hatte Mians Asthma schlagartig aufgehört. Ein Zeichen dafür, dass es psychisch und stressbedingt gewesen war, so wie Janos Neurodermitis.

«Okay, alles ist dunkel, wir können», zischt Jano.

Unauffällig huschen sie in den Vorgarten.

«Ich warte hier», flüstert Mian. Er lehnt sich mit dem Rücken so an den Pfosten des gusseisernen Tores, dass er sowohl das Haus als auch Jano im Blick hat. Nervös verschränkt er die Arme vor der Brust und zwingt sich, still stehen zu bleiben. Automatisch beschleunigt sich sein Herzschlag, und sein Puls schießt in die Höhe, als sein kleiner Bruder zu dem Loch in der Mauer geht. Es dauert keine fünf Sekunden, bis Jano zusammenbricht. Ganz klein kauert er sich auf dem warmen Asphalt zusammen. Eine Hand an dem Loch in der Mauer, die andere Hand über die Augen gelegt, als wolle er sich davor schützen, irgendwas zu sehen. Seine Schultern beben. Immer wieder dringt ein verhaltenes Schniefen durch die Nacht. Dann plötzlich schreit Jano auf. Entsetzt reißt er die Hand von der Mauer und schlägt sie vors Gesicht. Sein leises Weinen wird zu einem unkontrollierten Schluchzen, das fast in ein Schreien übergeht. Mian stürzt zu ihm und lässt sich neben ihn auf den Boden sinken. Er bemerkt, dass er sich das Knie an einem Stein aufschlägt, aber er spürt nur den tiefen Schmerz seines Bruders, der alles andere überlagert.

«Jano!», ruft er und reißt ihm die Hände vom Gesicht. «Schau mich an. Komm, rede mit mir. Was hast du gesehen?»

«Ich kann nicht!», heult Jano. Ruckartig befreit er sich aus Mians Griff.

«Bleib hier! Rede mit mir!» Mian hält ihn erneut fest, zieht seinen Bruder in die Arme und drückt ihn an sich. Wie ein kleines Kind wiegt er ihn hin und her und streichelt ihm immer wieder durch die Haare, wie er es seit Jahren regelmäßig tut.

Wie vor vielen Jahren auf der Lichtung inmitten des Regenwaldes, wo alles begann ...

«Er hat mir alles gezeigt», schluchzt Jano. «Er war so froh, es jemandem zeigen zu können.»

«Warum ist er noch hier?»

«Sie lässt ihn nicht gehen!» Janos Hand schnellt nach oben und deutet auf Amys Wohnung. «Sie kann es nicht akzeptieren, und deswegen lässt sie ihn nicht los.»

«Weißt du, wie lange es her ist?»

«Nein. Er weiß es selbst nicht mehr.»

«Es ist ein Er? War er ihr Freund?» Mian schiebt seinen Bruder ein Stück von sich weg, um ihn ansehen zu können. Seine Finger legen sich auf Janos Arm. «Was ist hier passiert, Jano?»

«Er hat es mir gezeigt», stammelt Jano. Tränen laufen ihm die Wangen hinunter. «In Bildern.»

«Okay. Kannst du es beschreiben?»

«Er hat es mir *gezeigt*. Weil er nicht sprechen kann», wiederholt Jano, als wäre diese Tatsache das Schlimmste von allem.

«Okay.» Mian streichelt mittlerweile Janos Rücken.

«Seine letzte Erinnerung ist ein Gesicht in einem Fenster. Braune Haare, die zu einem Zopf gebunden sind. Ein Lächeln und ein Winken. Er hat zurückgewinkt. Und die Frau, die er so sehr liebte, hat noch mehr gelächelt...» Jano bricht ab und japst nach Luft.

«Sollen wir aufhören und ein anderes Mal wiederkommen?»

«Er war glücklich in der Sekunde seines Todes, und er war so voller Liebe und voller Leben.» Erneut reißt Jano sich los und schlägt mit der Faust auf den harten Boden. Sofort platzt die Haut auf, und seine Fingerknöchel beginnen zu bluten. Körperlicher Schmerz, den Jano in diesem Augenblick nicht fühlen kann. Mit rot verheulten Augen starrt er seinen Bruder an: «Was ist das für eine beschissene Welt, die so unfair ist? Wer entscheidet über Leben und Tod? Gott? Die Geister? Der Teufel? Wer? Und wonach?»

«Es war ein Unfall?»

«Das weiß er nicht. Er sieht nur diese Augen und dieses Lächeln, das alles für ihn ist.»

Amy ...

«Warum kann er denn nicht sprechen?»

«Er hat es noch nicht gelernt.»

«Oh Gott.» Mian hat das Gefühl, sich übergeben zu müssen, als er begreift. «Bitte nicht.»

«Er hatte nie die Chance, es zu lernen.» Ein Krampfanfall schüttelt Jano, als er abermals nach Luft schnappt. «Er hatte einfach nicht genug Zeit dafür.»

«Mein Gott», flüstert Mian, als Janos Schmerz zu seinem eigenen wird, und er merkt, wie sich seine Augen mit Tränen füllen.

Plötzlich fehlt ihm die Kraft, aufzustehen und mit Jano wegzugehen. Deswegen bleiben beide einfach sitzen, dicht beieinander, in einem fremden Vorgarten und beweinen einen kleinen Jungen, den sie nie kennenlernen durften.

«Seid ihr besoffen, oder was?» Die Stimme des älteren Mannes ist schneidend. Er ist zu weit entfernt, als dass Mian etwas von ihm fühlen könnte, aber er muss kein Empath sein, um zu wissen, dass Hass und Abscheu in der Luft liegen.

Noch bevor Mian etwas sagen kann, springt Jano auf. «Verpiss dich, Mann! Kümmere dich um deinen eigenen Mist!»

«Ich rufe die Polizei. Scheiß-Junkie-Pack! Überall lungern sie rum.»

«Halt deine Fresse, wenn du keine Ahnung hast!»

«Geht nach Hause, Dreckspack!», ruft der Alte. Er zieht den Pudel an der Leine dichter zu sich heran und hebt seinen Spazierstock.

Automatisch verstärkt Mian seinen Griff, weil er weiß, wenn er Jano jetzt loslässt, gerät er vollkommen außer Kontrolle. «Jano, hör auf!» Schnell steht Mian ebenfalls auf. «Ist gut. Er weiß nichts von deinem Schmerz, und er kann auch nichts dafür. Lass ihn einfach reden.»

«Er hat keine Ahnung, was hier passiert ist», sagt Jano. Seine Stimme bebt. «Die Menschen sind alle so schrecklich oberflächlich, unachtsam und blind und können nichts außer falsche Schlüsse ziehen.»

«Ich weiß», stimmt Mian zu. «Ich verstehe dich.» Es ist schwer für Jano, in Momenten so starker emotionaler Belastung ruhig zu bleiben. Der geringste Eindruck von Ungerechtigkeit oder Ignoranz reicht dann, dass der Schmerz sich Bahn bricht und als Wut nach außen explodiert.

In seiner Kindheit, als er noch weniger gut mit seiner Hochsensibilität und extremen Empathie umgehen konnte, waren solche «emotionalen Overkills» beinahe regelmäßig an der Tagesordnung, inzwischen hatte er es besser im Griff. Auch dank Mians Beistand. Deswegen ist er froh, wenn Mian ihn dann auffängt und ihm hilft, aus der Nummer herauszukommen. So wie jetzt, als er ihn am Arm hält und ihn an dem älteren Mann mit dem drohenden Spazierstock vorbeiführt.

«Toll, dass Sie auf Ihre Mitmenschen achtgeben», sagt Mian im Vorbeigehen mit einer Spur Hohn in der Stimme. «Solche Leute braucht die Welt. Ehrlich, Sie sollten sich zur Bürgerwehr anmelden. Nur an Ihrer Freundlichkeit müssen Sie noch ein bisschen arbeiten.»

«Verschwindet!», schnauzt der Alte. «Versoffenes Pack.»

Mian öffnet die Beifahrertür seines Wagens und lässt erst Jano einsteigen, bevor er sich selbst ins Auto begibt. Besorgt schaut er seinen jüngeren Bruder an. «Geht's wieder?»

«Wir müssen morgen noch mal herkommen», verkündet Jano. «Ich muss noch einiges von dem Jungen wissen. Wenn du mit Amy auf dem Schiff bist, musst du mit ihr reden.»

«Über das Kind?»

«Ja. Sie muss seinen Tod akzeptieren und ihn loslassen.» Jano seufzt schwer. «Damit er endlich nach Hause gehen kann.»

Damals

Die Veranda reichte einmal rund um die Holzhütte, die mitten im immergrünen Dschungel Neuguineas stand. Man konnte von dort den breiten Fluss sehen, der sanft und sauber genug war, um die Jungs darin schwimmen lassen zu können. Vor den Krokodilen oder sonstigen Gefahren fürchtete Josephine sich nicht. Sie vertraute auf Gott, wie sie es immer getan hatte.

Immer, bis auf dieses eine Mal, als sie die Geister um Hilfe bat...

Damit hatte sie genau genommen gegen das 1. Gebot verstoßen, und dennoch hatte sie keine Angst vor Gott. Josephine war sich sicher, der gütige Herr im Himmel würde ihr verzeihen, dass sie alles tun würde, um ihre Kinder zu retten. Ihre Angst galt also nicht den Krokodilen im Fluss, nicht den Krankheiten, die man sich im Dschungel holen konnte, und auch nicht den Einheimischen, mit denen sie hier zusammenlebten. Nicht mal im Hinblick darauf, dass diese Menschen als Kannibalen galten. Josephines Angst basierte auf etwas ganz anderem. Einem einzigen Satz, der immer wieder in ihrem Kopf nachhallte.

... denn Geister vergessen nie ...

Es schüttelte sie.

«Zeit fürs Bett, Kinder», sagte sie zu ihren Söhnen, die immer noch fasziniert auf den Dschungel schauten, der für die nächsten vierzehn Monate ihr Zuhause sein würde.

Widerstandslos gingen die Jungs hinein, was Josephine auf den endlosen Flug und die Tatsache schob, dass Mian und Jano hundemüde sein mussten.

Die Holzhütte verfügte nur über einen einzigen großen Schlaf-

raum, der in der Mitte mit großen, an Leinen aufgehängten Teppichen in Eltern- und Kinderzimmer geteilt war. Die Betten der beiden Jungen standen dicht nebeneinander und wurden durch Fliegennetze vor Ungeziefer geschützt.

«Schlaft schön, ihr beiden», sagte Andreas, der ihnen gefolgt war. «Ihr braucht keine Angst zu haben, wenn ihr heute Nacht ungewohnte Geräusche hört. Eure Mutter und ich sind die ganze Zeit gleich nebenan. Ihr müsst nur rufen, und wir sind sofort bei euch.»

«Träumt was Schönes», flüsterte Josephine, als sie Jano einen Gutenachtkuss auf die Stirn gab. «Meine Mutter hat früher immer zu mir gesagt, der Traum, den man in der ersten Nacht in einem fremden Bett träumt, der wird wahr.»

Sie zog die Fliegengitter zu und verschwand hinter den bunten Teppichen.

Mian spürte, dass die Stimmung schlagartig kippte. Gerade war noch alles warm und voller Zufriedenheit. Urplötzlich gefror die Luft zu Eis.

«Was ist passiert?», flüsterte er Jano zu.

Im gleichen Augenblick sprang dieser aus dem Bett und setzte sich lautlos auf den Holzboden. Er schlang die Arme um seine nackten Beine und blieb reglos in dieser Position sitzen.

«Was hast du?», fragte Mian wieder. Er kroch ebenfalls aus dem Bett, um sich neben seinen Bruder zu setzen.

«Ich werde bis morgen früh hier sitzen bleiben!»

«Warum?»

«Hast du nicht gehört, was Mama gesagt hat?», flüsterte Jano tonlos. Er war kreidebleich geworden.

«Doch», gab Mian zurück. «Aber das sagt man doch nur so. Das ist nicht wahr.»

«Ganz bestimmt?»

Mian überlegte eine Weile.

«Nein», räumte er schließlich ein.

«Dann darf ich nicht träumen!»

Mian nickte. Ohne Diskussion stellte er sich auf eine schlaflose Nacht ein. Er wusste bereits, was Jano befürchtete. Das Risiko eines Traumes war zu hoch. Der Schock über das, was mit Bianca passiert war, saß noch viel zu tief.

Keine zwei Wochen, nachdem Jano und Mian das Grab ausgehoben hatten, fand Andreas ihre Katze mit gebrochenem Genick am Straßenrand. Ganz offensichtlich war sie von einem Auto angefahren worden und auf der Stelle tot gewesen.

«Ich will auch nicht träumen», beschloss Mian. «Es ist ohnehin jede Nacht dasselbe. Ich träume von Feuer und Rauch. Immer wieder. Fremde Menschen, eine fremde Sprache und Feuer und Rauch.» Er wusste, woher dieser Traum rührte und welches Erlebnis sein Unterbewusstsein nicht verarbeiten konnte. Aber Mian wusste auch, dass er nicht zu viel sagen durfte. Jano war zwar klar, dass damals im Regenwald etwas Unheimliches geschehen war, aber er war zu klein gewesen, um sich im Detail an diese Geschehnisse zu erinnern, und Mian wollte diese nicht in seinen Kopf pflanzen.

Dennoch verstand Jano sofort, wovon sein Bruder sprach, und griff mitfühlend nach seiner Hand.

«Eines Tages», versprach er ihm, «werden wir einen Weg finden, unseren Geist zu steuern und nicht mehr zu träumen.»

Es war bereits nach Mitternacht, als ihre Mutter ins Zimmer trat und die beiden Kinder hellwach auf dem Boden sitzen sah.

«Oh nein!», rief sie. «Sagt jetzt bitte nicht, dass ihr Angst vor dem Einschlafen habt!»

«Angst vor dem Träumen», korrigierte Jano sie.

«Du musst keine Angst haben», beruhigte sie ihren Jüngsten und zog ihn vom Boden hoch. «Das gilt doch nur bei guten Träumen. Nur die guten Träume werden wahr.»

«Und die bösen?», wollte Mian wissen.

«Die nicht.»

«Was passiert mit denen?»

«Euer Vater und ich werden euch morgen einen Traumfänger basteln», versprach sie. «Der wird alle bösen Träume filtern und ihnen die Kraft nehmen. Nur die guten werden zu euch durchkommen, und es können nur die guten Träume wahr werden.»

«Was ist mit heute Nacht?», fragte Jano. «Es ist die erste Nacht in einem fremden Bett, und wir haben keinen Traumfänger. Was ist, wenn ich wieder so etwas träume wie den Tod von Bianca? Ich will nicht, dass noch etwas passiert.»

«Aber Schätzchen», setzte sie an. «Das ist doch nicht passiert, weil du es geträumt hast. Es war einfach eine Vorahnung.»

«Und wenn es auch andersherum funktioniert?», fragte Jano ängstlich.

Seine Mutter zögerte. Mian spürte eine Woge Unsicherheit durch den Raum wabern.

«Wir bleiben alle vier zusammen wach», beschloss sie. «Kommt mit. Wir setzen uns auf die Veranda, lesen Bücher und spielen Karten, bis der Tag anbricht.»

Jano und Mian standen auf und folgten ihrer Mutter nach draußen auf die Veranda, auf der ihr Vater saß und einen Stapel Dokumente sortierte.

«Wir bleiben alle vier wach bis morgen früh», verkündete Josephine in einem Ton, der keinen Widerspruch zuließ. «Sie haben Angst vor ihren Träumen.»

Andreas schaute skeptisch und nickte dann schließlich.

Mian setzte sich dicht neben seinen Vater und begann sich zu fra-

gen, ob seine Eltern sie wegen der Angst ihrer Söhne aufbleiben ließen oder wegen ihrer eigenen.

Amy

*Sei du selbst die Veränderung,
die du dir wünschst für diese Welt.*
Mahatma Gandhi

Meine Finger krallen sich immer fester um den Griff meines Koffers, aus dem ich die nächsten Tage leben werde. Ein letztes Mal schaue ich mich in meiner viel zu ordentlichen Wohnung um. Früher hatte ich das Chaos hier verflucht und mir immer Ordnung und Sauberkeit gewünscht. Heute habe ich das und frage mich, wieso ich das eigentlich immer wollte. Was mir fehlt, sind nicht der Staub und das dreckige Geschirr in der Spüle. Es sind die herumliegenden Schuhe, die verstreuten Autos, die klebrigen Handabdrücke auf jeder glänzenden Fläche…

Ich blinzle eine Träne weg und schaue auf mein Handy, um die Uhrzeit abzulesen. In zwei Minuten dürfte das Taxi da sein. Natürlich ist mir klar, dass es albern ist, mich nicht von Jayden abholen und zum Hafen mitnehmen zu lassen, aber irgendwas in mir weigert sich. Ich möchte auf eigene Faust zum Schiff kommen so wie alle anderen auch. Außerdem möchte ich als Erste da sein, um mir das Segelboot vorab anschauen und mich damit vertraut machen zu können. Es mag blöd sein, wie es will, irgendwie verschafft es mir eine Form der Sicherheit, auf die ich nicht verzichten möchte.

Der Koffer ist so schwer, dass ich ihn mit beiden Händen tragen muss, weswegen ich die Haustür mit dem Ellbogen öffne. Das Taxi steht bereits vor dem Haus. Es sitzt ein älterer Herr darin und wartet auf mich. Allerdings ist er nicht der Einzige, der wartet. Hinter dem Taxi steht ein schneeweißer Mitsubishi mit getönten Scheiben. Mian lehnt an der offenen Fahrertür, während Jano auf der Motorhaube sitzt. Das Lächeln kommt ganz automatisch auf mein Gesicht, als ich Mian sehe. Mein Körper scheint sich daran zu erinnern, dass dieser Mann vor kurzem ein wohlig warmes Gefühl in meinen Bauch gezaubert hatte, denn plötzlich schlägt mein Herz schneller.

Er ist der entscheidende Grund dafür, dass ich mit auf das Schiff gehe ...

In dem Moment, als sich dieser Gedanke in meinem Kopf manifestiert, weiß ich, dass es wahr ist. Obwohl die Trauer mein Herz niemals verlässt, fühle ich mich in Mians Gegenwart nicht so sehr davon erschlagen. Er bringt mich zum Schmunzeln, und irgendwie scheint seine Wärme für uns beide zu reichen.

Wenn ich eine Hand frei hätte, dann würde ich mir jetzt die Haare glatt streichen, aber es bleibt mir nichts anderes übrig, als darauf zu vertrauen, dass ich gut genug aussehe.

Mian entdeckt mich, noch bevor ich den ersten Schritt in seine Richtung machen kann. Sofort löst er sich vom Auto und läuft zu mir. Zeitgleich rutscht Jano von der Motorhaube und verschränkt die Arme vor der Brust, als müsse er sich vor irgendwas schützen.

«Darf ich dir den abnehmen?», fragt Mian, als er mich erreicht hat, und streckt seine Hand nach dem Koffer aus.

«Ähm», mache ich verlegen und spüre, wie mir die Röte

in die Wangen schießt. «Es tut mir leid, aber das Taxi da wartet auf mich.»

«Jetzt nicht mehr.»

«Wie meinst du das?» Ich schaue verwundert über Mians Schulter zum Straßenrand. «Es steht doch noch da.»

«Aber nicht mehr für dich, sondern für ihn.» Mian grinst und geht zu seinem Auto. Jano setzt sich steif in Bewegung und öffnet den Kofferraum, damit Mian mein Gepäck darin verstauen kann.

«Hey», murmelt er. Seine Stimme klingt abweisend, und der Tonfall passt nicht zu seinen Worten. «Ich hab was für dich.»

«Oh echt?» Verstohlen schaue ich erst Jano und dann Mian an und sehe gerade noch, wie er die Augen nach oben dreht.

«Ja echt», sagt Jano, ohne eine Miene zu verziehen.

«Woher wusstet ihr denn, wann ich losgehe?»

«Wussten wir gar nicht. Aber irgendwann musstest du ja rauskommen.»

«Bist du extra wegen mir mitgekommen?», frage ich an Jano gerichtet.

«Nicht ganz», gibt dieser zu. «Ich will meinen Bruder verabschieden, und ich hab hier noch was zu erledigen.»

«Hier?» Ich schaue mich verwundert um. «In dieser trostlosen Gegend?»

«Genau *hier*», wiederholt Jano mit Nachdruck und streckt mir seine Faust entgegen. Ich erkenne die Zweideutigkeit des Wortes.

«Okay», murmele ich und halte meine Hand unter die von Jano. Aber er legt nichts hinein, sondern er bindet mir ein Band um, an dem ein schwarzer Stein befestigt ist.

«Ich weiß, dass du nicht dran glaubst», räumt er ein. «Aber ich tue es.»

«Das ist wunderschön.» Fast ehrfurchtsvoll berühre ich die schwarzblau schimmernde Oberfläche. Sie ist glatt und fühlt sich fast seidig an. Krampfhaft versuche ich, mich daran zu erinnern, was für ein Stein es ist. «Welche Funktion hat er?»

«Los geht's», bestimmt Mian und schlägt übertrieben laut seinen Kofferraumdeckel zu. «Bevor wir hier noch anwachsen.»

«Es ist ein Opal. Am besten, du trägst ihn immer», erklärt Jano und geht einen Schritt auf mich zu. Er nickt knapp und streicht mir kurz mit der Hand über den Arm. Sofort ändert sich meine Stimmung. Ich fühle mich auf einmal, als würde ich entblößt beim Arzt stehen und von einem Röntgengerät durchleuchtet werden. Dennoch weiß ich Janos Geste als Fürsorge zu deuten. Binnen eines Herzschlags ist das unangenehme Gefühl verflogen und wird durch dieselbe wohlige Wärme ersetzt, die ich schon mit Mian erlebt habe. Ohne zu überlegen, wieso ich das mache, breite ich die Arme aus und drücke den jungen Mann, den ich kaum kenne, fest an mich. Es fühlt sich an, als könne ich dadurch all meine leeren Akkus wieder aufladen.

Mian lächelt, als er zu uns tritt. «Lass mir auch noch was von meinem Bruder.»

«Hab viel Spaß auf dem Schiff», sagt Jano und löst sich von mir, um Mian zu umarmen. «Du auch. Pass auf dich auf.»

«Pass lieber du auf dich auf», murmelt Mian und wuschelt seinem Bruder durch die Haare.

«Ich tu mein Bestes.»

«Kommst du klar?» Mian schiebt Jano ein kleines Stück

weg, lässt ihn aber nicht los und schielt in den Vorgarten meiner Wohnung. Mir wird schwindelig, als mein Blick dem seinen folgt.

«Ich komme klar», bestätigt Jano. «Meldest du dich mal?»

«Bestimmt. Wird aber vielleicht erst in zehn Tagen sein.» Mian boxt seinem Bruder freundschaftlich gegen die Schulter. «Mach ausnahmsweise keinen Quatsch.»

«Alles klar. Jetzt hau ab, Mann! Erschreck die Fische nicht. Und bring Amy heil zurück.»

«Mach ich», verspricht Mian und öffnet mir die Beifahrertür. «Vergiss nicht, dem Taxifahrer Trinkgeld zu geben.»

«Ich hab selbst ein Gehirn.»

Ich muss unwillkürlich lächeln. «Ihr liebt euch echt, oder?», sage ich grinsend.

«Geht.»

«Ist das dein Wagen?», will ich wissen, als ich zu Mian ins Auto steige. Irgendwie hätte ich bei den Brüdern eher eine alte Schrottmähre erwartet.

«Ja, wieso?» Verwundert schaut er mich an.

«Nur so», gebe ich zurück und überlege mir, ob ich es wagen kann, meine Gedanken zu äußern. «Dachte, ihr spart euer Geld auf das Auswandern. Hätte nicht vermutet, dass du Wert auf teure Autos legst.»

«Tu ich auch nicht. Aber ich lege durchaus Wert auf Komfort, und dieser Wagen hat mir gefallen», sagt er und zuckt eine Schulter. «Jano mag keine gebrauchten Gegenstände. Sie sind oft voller negativer Energien. Lieber kaufen wir unser Zeug neu, passen drauf auf und verkaufen es dann wieder.»

«Verstehe.» Ich lächle immer noch, während Mian vom Straßenrand fährt und ich Jano zuwinke. Im Rückspiegel sehe ich, wie Jano Richtung Vorgarten geht, und die Übelkeit trifft mich wie ein Vorschlaghammer. Mit einem Mal ist jede Freude in mir weg, und ich kann nicht mehr nachvollziehen, wie ich mich so sehr hatte gehen lassen können.

Wie kannst du fröhlich sein, wenn er *nicht mehr da ist?*

Tränen schießen mir in die Augen, und mein Hals wird plötzlich eng. Ich habe das Gefühl, nicht mehr atmen zu können. Mit meinen abgeknabberten Fingernägeln kralle ich mich in den Stoff des Autositzes und hoffe, dass Mian nichts von meinem Stimmungsumschwung bemerkt.

«Es hat einen Grund, warum ich auf dieses Schiff gehe», sagt er unvermittelt.

«Welchen?», presse ich hervor, ohne mich für die Antwort zu interessieren.

«Verrate ich dir vielleicht irgendwann mal.» Er wirft mir einen Blick zu. «Wenn du mir deinen Grund verraten hast.»

Vergiss es! «Okay.»

«Aber weißt du, so unterschiedlich unsere Gründe, auf dieses Schiff zu gehen, auch sind, eins können wir gemeinsam machen.»

«Und das wäre?»

«Wir können für die Zeit, in der wir auf dem Meer sind, einfach alles andere vergessen. Uns einfach nur auf uns selbst, unser Leben und den Moment konzentrieren und versuchen, das zu genießen. Was meinst du? Machen wir es so?»

Verblüfft starre ich ihn an und frage mich ein weiteres Mal, was er von mir weiß. «Versuchen können wir es», stimme ich zu, auch wenn mir jetzt schon klar ist, dass ich das niemals schaffen werde.

✶

Ich warte, bis Mian mein Gepäck aus dem Kofferraum ausgeladen hat. Er selbst hat nur eine Sporttasche dabei, und deswegen weigert er sich, mir meinen Koffer zum Tragen zu überlassen.

«Sollen wir hier irgendwo auf die anderen warten?», fragt er und deutet auf den großen Parkplatz.

«Ich will das Schiff sehen», antworte ich. «Weißt du denn, welches Jayden gehört?» Ich sehe mich um. Die Jachten sind schon imposant, und früher wäre ich sicher beeindruckt gewesen, aber im Moment interessiert es mich kaum.

«Wir suchen es einfach.»

«Gute Idee», stimme ich zu, und der Anflug eines Lächelns schleicht sich erneut auf mein Gesicht, weil es genau das ist, was ich auch gemacht hätte, wäre ich vorab allein mit dem Taxi hergekommen. «Es wird ja nicht so viele Segeljachten geben, die *Marie* heißen.»

Schweigend gehen wir die engen Stege entlang, als Mian plötzlich meint: «Schau mal, da vorne. Das müsste es sein.»

«Das ist ja ein gigantisches Teil.»

«Dürfte an die zehn Meter lang sein. Eine Bavaria Cruiser 33. Drei Segel. Nicht schlecht, Herr Specht.»

«Du kennst dich aus mit Schiffen?» Ich versuche, meine Überraschung zu verbergen, aber es gelingt mir nicht ganz.

«Nee, überhaupt nicht», erwidert er flapsig. «War mehr geraten als gewusst.»

«Ist klar.»

«Ach, sieh an. Da ist schon der Rest.» Mian läuft auf Ben zu, umarmt ihn kurz und boxt dann Jayden gegen die Schulter. Er streckt Collin die Hand entgegen, aber dieser ergreift sie nicht, sondern nickt ihm nur kurz zu.

Das kann ja lustig werden ...

«Alle startklar?», fragt Jayden, wie immer gut gelaunt. Er gibt mir zur Begrüßung die Hand, während ich von Collin ein Küsschen auf die Wange bekomme.

«Bereit, an Bord zu gehen», grinst Mian.

«Habt ihr eure Reisetabletten dabei?» Jayden schaut Mian und mich skeptisch an. «Oder alternativ wenigstens ein paar Papiertüten?»

«Wir kotzen dann ins Wasser», sagt Mian trocken. «Keine Sorge, deinem Schiffchen passiert nichts.»

Ich beobachte, wie Ben die *Marie* an einem dicken Seil näher an den Steg heranzieht. Es ist offensichtlich, dass er nicht das erste Mal auf einer Segeltour dabei ist, und irgendwie wirkt das beruhigend auf mich. Nicht, dass ich ernsthaft Angst gehabt hätte, auf das Schiff zu gehen. Aber ein bisschen mulmig ist mir schon.

Komm, es ist doch ohnehin alles egal ...

«Mach dir keine Sorgen», flüstert Mian mir zu, als hätte ihm jemand meine Gedanken verraten. «Das Ding ist seetauglich. Das sinkt schon nicht.»

«Amy, komm, wir gehen an Deck», verkündet Collin und streckt mir die Hand hin. Ich nehme sie, ziehe meine Schuhe aus und betrete das Schiff. Das Holz fühlt sich glatt und warm an unter meinen nackten Füßen, und es schwankt viel weniger, als ich mir das vorgestellt hatte.

«Ich zeig euch alles.» Jayden geht voraus und führt uns über das Schiff. «Hier ist der Bug. Ihr könnt euch an die Reling stellen, wann immer ihr wollt, aber bitte nicht ungefragt in den Bugkorb gehen. Hier befindet sich das Rollfocksegel und hier der große Hauptmast. Hinten am Heck ist auch noch ein kleiner Außenbordmotor für den Notfall.»

«Man kann auch noch ein Gennaker-Segel setzen», ergänzt Mian.

Jayden schaut ihn verblüfft an. «Spricht der, der noch nie auf einem Segelboot war.» Ihm ist genau das Gleiche aufgefallen wie mir vorhin. Mian gibt sich offenbar meist ahnungsloser, als er ist.

Was verheimlicht er? Und warum?

Mir entgeht Collins skeptischer Blick nicht. Misstrauisch mustert er Mian. Er scheint dasselbe zu denken wie ich, es aber in einem ganz anderen Licht zu sehen. «Gehen wir doch zu den Kabinen», sagt er gedankenverloren.

Jayden lässt sich nicht aus der Ruhe bringen. «Moment. Ich mache erst hier weiter und erkläre euch das Cockpit.»

Meine Gedanken schweifen ab, als Jayden all die technischen Geräte erklärt, die sich in seinem Cockpit befinden. Auf so was kann ich mich nicht konzentrieren, und noch weniger kann ich es mir merken. Stattdessen beobachte ich verstohlen die Jungs, mit denen ich die nächsten Tage verbringen werde. Ben, groß und dunkelhaarig und mit einer sehr selbstsicheren Art gesegnet. Ein Kumpeltyp, auf den man sich mit Sicherheit blind verlassen kann. Jayden, blond gelockt, gut aussehend und überaus redegewandt. Er war sicher einmal der Mädchenschwarm auf dem College gewesen.

Bens und Jaydens Alter kenne ich nicht, ich schätze die beiden auf Ende zwanzig. Mian ist siebenundzwanzig und steht Jayden in Sachen Aussehen und Redegewandtheit in nichts nach. Mit seinen blonden Haaren, den gebräunten Armen und dem einnehmenden Lächeln ist er trotz seines durchdringenden Blicks der typische Sonnyboy. Irgendwas an seiner achtsamen und positiven Art bringt alle dazu, ihn zu mögen. Alle außer einem: Collin mit den feuerroten Haaren und den Sommersprossen, der immer ein wenig skeptisch schaut. Ich mag ihn, weil er sich als guter Freund erwiesen hat und ein angenehmer Zeitgenosse ist. Er ist der Jüngste auf dem Schiff, drei Jahre jünger als ich.

«Wir haben zwei Kabinen», erklärt Jayden gerade. «Eine im Heck, die bekommen Ben und Mian. Eine etwas größere im Bug, die ist für die Lady und für Collin. Ich selbst schlafe im Mittelschiff auf der Couch.»

Mit Collin.

Davon bin ich ausgegangen, und es ist vollkommen in Ordnung für mich, die Kabine mit ihm zu teilen. Dennoch ertappe ich mich dabei, wie meine Augen zu Mian wandern. Er hat die Hände in den Shorts vergraben, sein weißes T-Shirt flattert im Wind, und er hört weiterhin aufmerksam Jayden zu. Falls er sich andere Hoffnungen gemacht haben sollte, lässt er sich nichts davon anmerken.

«Alles verstanden?», fragt Jayden in die Runde.

«Alles verstanden», echot Ben.

«Na, dann würde ich sagen: Leinen los und wir stechen in See.»

Damals

Josephine lächelte. Sie genoss es, im Kreise ihrer Liebsten zu sitzen. Es war so selten geworden in letzter Zeit. Dieses Mal waren fast alle ihre Verwandten gekommen, zum 70. Geburtstag der Oma. Die Zeit im Dschungel war wunderschön gewesen, und dennoch war sie froh, wieder zu Hause zu sein, bei den Menschen, die sie liebte und die ihr wichtig waren. Das war der einzige Nachteil an ihrem Job und der vielen Reiserei: so lange auf Freunde und Verwandte verzichten zu müssen.

Suchend schaute sie sich um, aber keiner ihrer Söhne war zu sehen. Sie waren schon vor Stunden mit ein paar älteren Jungs zum Spielen an den Fluss gegangen.

Den Kindern jedenfalls hatte die Zeit in der Wildnis gutgetan. Mians Asthma, das nach seiner wundersamen Gesundung urplötzlich aufgetreten war, hatte das gesamte Jahr Ruhe gegeben. Jano war ruhig und entspannt wie selten und schien einiges an Selbstvertrauen gewonnen zu haben. Beide Jungen hatten durch das gemeinsame Musizieren am abendlichen Lagerfeuer ihre Liebe und ihr Talent zur Musik entdeckt und Panflöte und Gitarre spielen gelernt. Josephine war sich sicher, dass dies ein dauerhaftes Ventil für ihre emotionsgeladenen Söhne sein könnte.

«Mama, schnell, wir brauchen Hilfe.» Jano kam um die Ecke gerannt, direkt auf sie zu. Dicht gefolgt von Mian und ein paar anderen Kindern.

«Was ist passiert?» Sofort sprang Josephine auf.

«Wir haben eine Fledermaus gefunden!», rief Mian. Obwohl er offensichtlich den ganzen Weg vom Fluss hier heraufgerannt war, schien er kein bisschen außer Atem zu sein. Merkwürdigerweise trat

sein Asthma nie in Belastungssituationen auf, sondern nur dann, wenn er hohen emotionalen Stress hatte und weinte.

«Eine Fledermaus? Wo habt ihr die denn her?»

«Aus einem Gartenhaus», keuchte Jano. Er griff in die Tasche seines Hoodies und zog ein kleines schwarzes Bündel hervor. «Sie ist verletzt und hat um Hilfe gerufen.»

Zwei der anderen Jungen lachten. Josephine ignorierte sie. «Zeig sie mir.»

Vorsichtig legte Jano seiner Mutter das zerbrechliche Geschöpf in die Hände. Sie hob es gegen das Licht und begutachtete es ausführlich.

«Ihr Flügel ist gebrochen», sagte Jano und stellte damit trotz seiner zarten acht Jahre die richtige Diagnose. «Kannst du sie gesund machen?»

«Ich denke, ja.» Sanft strich Josephine ihrem Sohn durch die Haare. Ein Anflug von Stolz überkam sie. «Wir werden den Flügel schienen. Sobald wir zu Hause sind. Dann kannst du sie gesund pflegen.»

«Wie hast du sie nur gefunden?», fragte Anton, ein Onkel. Seine Augen blitzten ungläubig hinter einer Brille mit viel zu dicken Gläsern. «In so einem dunklen Schuppen?»

«Ich habe ihren Schmerz gespürt und bin einfach zu der Stelle hingegangen.»

«Verarschst du mich?»

«Wieso?» Jano machte große Augen. «Sie hat große Schmerzen und ...»

Einer der Jungen kicherte und ließ den Zeigefinger um seine Schläfen kreisen. «Er ist verrückt.»

«Schmeiß das Vieh an die Wand, dann spürt es nichts mehr», sagte Anton zu Josephine.

«Warum sagst du das?», mischte sich Mian ein. «Komm, Jano, wir gehen woandershin.»

«Ich will zurück zu Aelfric», flüsterte Jano leise.

«Wer ist das denn?», wollte Anton wissen.

«Sein Kobold-Freund.» Mehrere der Jungen lachten.

«Er ist ein Waldgeist», rief Jano böse. «Er hasst es, wenn man ihn Kobold nennt.»

Die Kinder grölten vor Vergnügen. «Was glaubst du denn, warum nur du ihn siehst?»

Jano wurde rot und schwieg.

«Weil du irre bist.» Wieder gehässiges Gelächter. Einige Kinder deuteten einen Scheibenwischer an. «Du bist verrückt.»

«Ihr habt keine Ahnung.» Mian ergriff für seinen Bruder Partei. «Waldgeister zeigen sich nur bestimmten Menschen. Nicht jeder kann sie sehen.»

«Du bist auch irre!»

«Es reicht!», sagte Josephine. «Jungs, sucht euren Vater! Wir gehen nach Hause und verarzten die Fledermaus.» Sie schritt quer durch den Pavillon bis zu dem Biertisch, an dem sie ihren Mann zuletzt gesehen hatte.

«Hoffentlich stirbt die dumme Maus», stichelte einer der Jungen. «Das würde den Verrückten recht geschehen.»

«Halt's Maul», schrie Jano und drehte sich ruckartig um. Er griff nach einem Kuchenteller, der neben ihm auf dem Tisch stand, und warf ihn nach dem anderen. «So was darf man sich nicht wünschen. Es könnte wahr werden!»

«Du bist verrückt!», kreischte der Junge, als er dem Teller auswich.

Jano holte aus, trat mit aller Kraft gegen den Biertisch und warf ihn samt allem um, was sich auf ihm befand: Gläser, Teller, Geschirr, Essen – alles fiel laut klirrend zu Boden. Jano ging zum nächsten Tisch und tat dasselbe.

«Habt ihr eure Kinder nicht im Griff?», schimpfte Mians Tante.

«Was ist hier los?», donnerte Andreas, der plötzlich mitten im Chaos stand. Er legte seine Arme um seinen Sohn und hielt ihn fest. «Lass den Quatsch!»

«Papa!», rief Mian erleichtert. «Sie ärgern Jano.»

Mians Tante schnalzte mit der Zunge und schüttelte missbilligend den Kopf. «Das kommt eben dabei heraus, wenn man seine Kinder im Dschungel aufwachsen lässt. Sie werden selbst zu Wilden.»

«Sei ruhig!» Andreas' Worte waren hart und schneidend. «Du hast keine Ahnung.»

«Ich sehe aber, was hier geschieht, Andreas!» Ihre Stimme wurde schrill. «Wenn ihr eure Kinder zivilisieren wollt, dann müsst ihr euer Leben ändern!»

Josephine eilte zu ihnen, die Fledermaus noch immer fest in der Hand. «Jano ist verletzt und fühlt sich missverstanden», verteidigte sie ihren Sohn. «Nur deswegen reagiert er so.»

«Vergiss es, Josephine, das versteht hier keiner. Hol deine Sachen. Wir gehen.» Andreas nahm den tobenden Jano auf den Arm, gab Mian ein Zeichen, ihm zu folgen, und verließ ohne ein weiteres Wort den Geburtstag.

Mian war still geworden auf der Fahrt nach Hause. Er kauerte sich auf seinem Sitz zusammen und sagte kein Wort. Erst als sie alle gemeinsam im Wohnzimmer standen, sagte er leise: «Warum sind die anderen so gemein zu Jano? Sie hassen ihn.»

«Ich glaube nicht, dass sie ihn hassen», begann Andreas, während Josephine mit Jano die Fledermaus verarztete. «Sie verstehen es einfach nicht. Dinge, die Menschen nicht kennen oder nicht verstehen, werden ausgelacht oder niedergemacht.»

«Warum?»

«Weil ihr Verstand nicht groß genug ist, um andere Wahrheiten zuzulassen.»

«Und ihr Herz?», fragte Mian. Seine Stimme kippte und verriet, dass er den Tränen nahe war. «Warum ist ihr Herz nicht groß genug, die Menschen einfach so lieb zu haben, wie sie sind?»

«Wie gesagt, ich glaube nicht, dass sie ihn hassen.» Andreas setzte sich auf die Couch.

«Doch, das tun sie», flüsterte Mian so leise, dass Jano es nicht verstehen konnte. «Ich weiß, dass sie ihn hassen. Ich habe es gespürt. Ich spüre es jeden Tag.»

«Du spürst ihren Hass?»

«Ja. Und es ist schlimm, sehr schlimm ...» Mian unterbrach sich mitten im Satz und schnappte nach Luft. Sein Atem wurde plötzlich pfeifend und beschleunigte sich dramatisch.

Die Zeiten, in denen sich Andreas weigerte, seinen Söhnen zu glauben, was sie erzählten, waren längst vorbei. Spätestens nach der Sache mit Bianca war auch er überzeugt gewesen. Er nahm das Ganze ernst, nicht zuletzt wegen Mians Asthmaanfällen, die er in Situationen wie diesen hin und wieder bekam. Bei medizinischen Dingen wusste Andreas immer, was dann zu tun war.

«Setz dich», sagte Andreas und machte ihm einen Platz auf der Couch frei. «Und atme. Ein- und ausatmen. Ein und aus. Ganz langsam.»

Josephine versuchte, sich nicht von ihrer Arbeit an der Fledermaus ablenken zu lassen.

«Sie sind so unfair ... ich ...» Wieder unterbrach Mian sich selbst und griff sich an die Brust und an den Hals. Wenn er sich jetzt nicht entspannte, würde er gleich sein Asthmaspray benötigen.

Plötzlich war Jano an seiner Seite. «Mian, schau», sagte er, setzte sich neben seinen Bruder auf die Couch und legte ihm die Fledermaus in den Schoß. «Ich schenke sie dir.»

Mians Blick fiel auf das hilflose Wesen. Ein Lächeln huschte über sein Gesicht, und sofort beruhigte sich sein Atem.

«Ehrlich?» Er strahlte Jano an. «Wow. Danke. Ich werde sie Vampy nennen.»

Amy

Jede Reise
ist auch eine Reise zu uns selbst.
Sandy Taikyu Kuhn Shimu

Ich kann nicht leugnen, dass ich eine gewisse Faszination spüre, als die Jungs das riesige Segel hissen. Es wölbt sich im Wind, und das Schiff nimmt sofort Fahrt auf. Mian war von Jayden in die Arbeit eingewiesen worden und hatte seine Handgriffe innerhalb weniger Minuten drauf. Ich beobachte alles vom Deck aus, auf das ich mich gesetzt habe, die nackten Füße im Schneidersitz unter den Körper gezogen, die Haare wie immer zu einem festen Knoten geschlungen. Mein Blick bleibt an Mian hängen. Er hat sich ein buntes Tuch um den Kopf gebunden, das sowohl als Sonnenschutz dient als auch ihm seine Haare aus dem Gesicht hält. Jayden und Ben tragen ein Basecap und Collin einen Strohhut. Nur ich selbst sitze ohne Kopfbedeckung in der prallen Sonne und frage mich plötzlich, ob ich überhaupt richtig ausgestattet bin für so eine Reise.

Was mache ich hier?

Wir sind gerade auf das offene Meer gefahren, und schon stelle ich fest, dass mein Schmerz hier draußen genau derselbe ist wie zu Hause auch.

Weglaufen hat nicht funktioniert.

«Das Segel steht», ruft Jayden. Er geht ins Cockpit und stellt sich hinter das große Steuerrad.

«Wir steuern nun auf die Insel Santa Cruz zu», erklärt Ben, obwohl jeder an Bord die Route kennt. «Wenn der Wind mitspielt, können wir morgen Nachmittag den ersten Stopp machen und tauchen gehen.»

Tauchen – als würde ich das können ...

Ich seufze tief. Am liebsten wäre ich umgekehrt und zurückgegangen. In ein Zuhause, das seinen Namen nicht mehr verdient.

«Herrlich, oder?», sagt Collin und lässt sich neben mich auf das Deck fallen. «Ich liebe das Leben zwischen Himmel und Meer.»

«Ja», antworte ich. Mit einem Schlag wird mir klar, dass es ein Fehler war hierherzukommen. Es ist kein Weglaufen, das ich praktiziert habe. Es ist ein Sich-Ausliefern. Ich sitze auf einem Schiff fest, ohne flüchten zu können, ohne die Möglichkeit, mich abzulenken. Ausweglos muss ich mich mit meinem Schmerz konfrontieren. Mein Herz fängt an zu rasen, weil eine Panik-Welle heranrollt.

Collin scheint nichts davon zu merken, denn er redet einfach weiter: «Da haben wir richtig Zeit, uns kennenzulernen. Ich hab nämlich nichts vor, solange ich hier auf dem Schiff bin. Du etwa?»

Ich begreife viel zu spät, dass seine Aussage als Witz gemeint ist. Ich hätte es ohnehin nicht geschafft zu lachen. Stumm starre ich auf meine Hände und bemühe mich, die Panik in Grenzen zu halten.

«He.» Mian steht plötzlich neben mir. Überrascht schaue ich auf.

«Hallo», knurrt Collin. «Wir sind mitten im Gespräch.»

«Bin gleich wieder weg.» Entgegen seinen Worten kniet er sich neben mich. «Du solltest nicht ohne Kopfbedeckung hier sitzen. Die Sonne auf dem Meer ist tückisch, weil man sie nicht merkt durch den Wind ...»

Collin dreht stumm die Augen nach oben.

«Wusstest du natürlich», sagt Mian zu ihm. «Du als routinierter Seefahrer.»

Collin ignoriert den Seitenhieb und schweigt.

«Ich hab an so etwas gar nicht gedacht», gebe ich zu.

«Macht nichts. Schau mal, wir machen das so ...» Mian knotet ein rotes Halstuch, das er um den Arm gebunden trägt, los und zeigt es mir. «Das gehört jetzt dir. Darf ich?»

«Ja.» Ich neige meinen Kopf nach vorn und warte auf die Hitze, die mich gleich wieder durchströmen wird, sollte er mir näher kommen. Mian faltet das Tuch in ein Dreieck und legt es mir dann über Stirn und Haare, ohne mich dabei zu berühren. Vorsichtig verknotet er es in meinem Nacken.

«Alter!» Collin verdreht die Augen. «Jetzt sieht sie aus wie ein Waschweib.»

«Wie ein sehr schönes Waschweib. Und zwar wie eins, das nicht in vier Stunden einen Sonnenstich hat und kotzend über der Reling hängt.» Beim Aufstehen klopft Mian Collin freundlich auf die Schulter. «Hast du gut gemacht, mein Freund. Immer schön auf dein Mädel aufpassen.»

Ich kann nicht anders, als über Mians Auftritt zu lächeln. Das warme Gefühl in meinem Bauch ist wieder spürbar, als ich ihm hinterhersehe.

«Klasse. Das hat mir echt noch gefehlt», schimpft Collin leise vor sich hin und wendet sich dann wieder an mich. «Wo waren wir stehen geblieben?»

«Bei Himmel und Erde.»

«Ja, richtig. Das Tauchen wird super werden, Amy. Ich kann dir zeigen, wie es geht. Vielleicht magst du auch mal mitkommen?»

«Mal sehen.»

«Willst du das jetzt wirklich so lassen?» Mit dem Kinn zeigt Collin auf das Tuch in meinen Haaren.

«Ja, das bleibt. Will ja nicht kotzend über der Reling hängen», sage ich trocken.

Ich gebe nichts wieder her, was er mir geschenkt hat.

«Alles klar.» Collin schweigt wieder.

Plötzlich wallt Mitleid in mir auf. «Tut mir leid», flüstere ich. «Irgendwie bin ich heute nicht gut drauf und wäre gern ein bisschen allein.»

«Bist du deswegen auf das Schiff gekommen? Um allein zu sein?» In seiner Stimme schwingt kein Vorwurf mit. Es ist wirkliches Interesse.

«Ja, schon auch.»

«Verstehe. Dann geh ich mal zu den Jungs und lass dich allein. Wir sehen uns später beim Abendessen unter Deck?»

«Auf jeden Fall», verspreche ich ihm. «Wir können ja auch heute Nacht noch reden.» *Ist reden überhaupt das, was er möchte?* Dieser Gedanke ist mir bis eben noch nie gekommen. Ich habe in Collin immer einen Freund gesehen, einen Kumpel, so eine Art jüngerer Bruder. So sehr bin ich in meiner Trauer gefangen, dass mir erst jetzt bewusst wird, dass Collin schlichtweg eifersüchtig sein könnte.

«Dann bis später.» Er nickt mir kurz zu und verschwindet im Cockpit. Ich seufze wieder, und mein Blick wandert über das trostlose Meer. Es war ein Fehler herzukommen.

Ich bin hier genauso verloren wie überall sonst auf der Welt.

✶

Die Dämmerung kommt langsam den Horizont heraufgekrochen. Erst färbt sich der Himmel in weiter Entfernung hellrot und geht dann ins Lila über.

«Wir werden hier an den Sandbänken ankern», beschließt Jayden und beginnt, das große Hauptsegel einzuholen. «Hier ist das Wasser flach und ruhig genug. Morgen früh fahren wir dann weiter.»

«Ich geh runter zum Schlafen.» Ich gähne übertrieben und strecke mich ausgiebig. Das Bedürfnis, allein zu sein, lässt sich nicht weiter ignorieren. Hoffentlich kann ich das versprochene Gespräch mit Collin auf den nächsten Tag verschieben. Ich bin schon seit Stunden unglaublich müde und schrecklich einsam. «Gute Nacht, alle zusammen.»

«Gute Nacht, Amy», sagt Jayden. «Wenn du etwas brauchst oder dir bei etwas nicht wohl ist, dann lass es mich bitte wissen.»

«Mach ich. Bis morgen.» Halbherzig hebe ich die Hand und schaue noch einmal in die Runde. Mians Augen leuchten grün in der untergehenden Sonne.

Sein fixierender Blick bleibt auf meinem Gesicht hängen, als versuche er, durch meine Stirn hindurch meine Gedanken zu lesen. Ich höre noch, wie der Anker ins Meer geworfen wird, dann bin ich unter Deck und verschwinde im Bad. Schnell schließe ich die Tür hinter mir und ziehe mich aus. Ein Lächeln stiehlt sich auf meine Lippen, als ich das rote Tuch vom Kopf ziehe. Ich falte es ordentlich zusammen und nehme mir vor, es mir morgen wieder in die Haare zu binden. Dann stelle ich die Dusche an. Das Wasser ist warm und der Strahl überraschend breit, nicht so ein dünnes Rinnsal, wie ich es zu Hause habe. Am liebsten wäre ich stundenlang hier stehen geblieben und hätte all meine Trauer und meine Sehnsucht abgewaschen und im Ausguss verschwinden sehen. Aber wir müssen das Wasser einteilen, deswegen drehe ich nach drei Minuten den Hahn wieder zu, wickele ein Handtuch um meinen Körper und husche schnell in meine Kabine. Es sind nur zwei winzige Schritte bis zu dem kleinen Nachtkästchen. Ich nehme das Buch, in dem ich gerade lese, stecke es in die Schublade und hole dafür meine Schlafsachen hervor.

Schnell schlüpfe ich in ein paar weiche Shorts und ein bequemes Big Shirt, bevor ich mich auf das Bett lege, das ganz an der Wand steht. Die Schiffsbewegungen sind sanft und werden mich hoffentlich in den Schlaf schaukeln.

Das winzige Fenster über Collins Bett verrät mir, dass es draußen mittlerweile stockdunkel geworden ist. Auf dem Meer scheint das schneller zu gehen als mitten in der Stadt, wo ich wohne.

Es dauert nicht lange, bis Collin ebenfalls das Zimmer betritt.

«Amy?», flüstert er. Automatisch vertiefe ich meine Atemzüge und gebe leise Schnarchgeräusche von mir. Collin seufzt. Es dauert ein paar Augenblicke, bis ich höre, dass er sich in das Bett auf der anderen Seite unserer kleinen Kabine legt.

Nur wenige Minuten, nachdem Collin das Licht ausgeknipst hat, merke ich, wie ich in den Schlaf gleite. Die Seeluft und die Sonne fordern ihren Tribut. Ich schließe die Augen und lasse mich fallen...

In der gleichen Sekunde taucht Timmys Gesicht auf. Er schaut mich an und lächelt. Ich lächele zurück und winke ihm, um ihm zu zeigen, dass ich da bin und alles in Ordnung ist, bis plötzlich …

Ich schrecke auf. Mein Herz rast. Kalter Schweiß läuft mir den Rücken hinunter und in den Ausschnitt meines Shirts. Meine Hände zittern.

Tief einatmen!

Vom Bett auf der anderen Seite kommt kein Laut, was mich darauf schließen lässt, dass Collin schon eingeschlafen ist.

Ich kann nicht liegen bleiben. Das Adrenalin pulsiert durch meine Arterien und fordert mich zur Bewegung auf.

Langsam steige ich wieder aus dem Bett, gehe barfuß über den weichen Boden und schiebe die Tür einen Spalt auf. Leise gehe ich hinauf, in der Hoffnung, oben an Deck allein sein zu können, um durchzuatmen und die schrecklichen Bilder wieder aus meinem Kopf zu verdrängen.

Ich sehe Ben und Jayden im Halbdunkeln im Cockpit sitzen, ein Bier trinken und sich leise miteinander unterhalten. Beide bemerken mich, sprechen mich aber nicht an. Auf Zehenspitzen schleiche ich aufs Vorderdeck, wo ich schon den halben Nachmittag gesessen habe. Das Meer ist spiegelglatt und fast schwarz, an dem wolkenlosen Himmel leuchten ein großer gelber Sichelmond und die Sterne. Unzählige Sterne, viel mehr, als ich je zuvor auf einmal gesehen habe. Timmy wäre begeistert gewesen, er hatte die Sterne so sehr geliebt. Deswegen habe ich ihm eine Handvoll aus Plastik über sein Bett geklebt, die sich tagsüber aufluden und nachts dann für ihn leuchteten. So, wie sie es heute noch tun.

Umsonst, denn es ist niemand mehr da, der sie bewundern kann.

Mit einem Schlag ist die Verzweiflung da. Tränen laufen mir über die Wangen und tropfen auf das polierte Holz, auf dem ich sitze.

«Wolltest du nicht schlafen gehen?», fragt jemand hinter mir. Natürlich ist es Mian. Ich wundere mich nicht einmal mehr darüber. Er scheint Sensoren dafür zu haben, wenn es mir so geht wie in diesem Moment.

«Ich hab geschlafen, bin aber wieder wach geworden.»

«Schlecht geträumt?»

«Ich weiß nicht, vielleicht. Wenn ja, kann ich mich nicht erinnern», lüge ich.

«Wirklich nicht? Meistens träumt man doch immer dasselbe, etwas, das das Unterbewusstsein nicht verarbeiten kann.»

«Ah ja?», mache ich und starre auf das Armband, das mir Jano geschenkt hat. «Kennst du dich damit aus?»

«Ja», gibt er zu und setzt sich neben mich. «Als Kinder wollten Jano und ich immer luzides Träumen lernen, um unsere Albträume auszuschalten, aber bei mir hat das nie so richtig funktioniert.»

«Was ist das?»

«Was? Luzides Träumen?»

Ich nicke.

«Man nennt es auch Klartraum. Also, man weiß, dass man träumt, und kann den Traum beeinflussen.»

«Und Jano kann das?»

«Ja. Er kann seine Träume steuern und sich aus jedem Traum selbst wecken.» Mian zuckt eine Schulter. «Ich kann Träume dafür ganz gut unterdrücken. Ich träume seit Jahren kaum.»

«Ernsthaft? Das geht?»

«Bei mir schon. Ich überspringe die Traumphase und geh gleich in den Tiefschlaf. Der Nachteil ist, irgendwann gibt es einen Rebound, und man träumt dann wieder phasenweise sehr intensiv und ich dann leider auch meistens schlecht.»

«Ich möchte auch lernen, meine Träume zu unterdrücken. Kannst du mir zeigen, wie man das macht?»

«So einfach und schnell geht das nicht, man muss dazu sein Unterbewusstsein steuern.»

«Kann ich das lernen?»

«Im Grunde kann das jeder lernen. Wir können mal zusammen meditieren und Atemübungen machen. Warum willst du denn nicht träumen?» Mian beugt sich zu mir vor und fixiert mich. Seine Augen scheinen mich zu röntgen. Auf einmal überkommt mich wieder das Gefühl, dass er mehr weiß, als er zugibt.

«Warum willst *du* denn nicht träumen?», kontere ich.

«Ich verdränge ein schlechtes Erlebnis», erklärt er knapp. «Scheint so, als hätten wir etwas gemeinsam.»

Was ist ihm passiert? «Ja, möglicherweise.»

«Da haben wir ihn auch schon», sagt Mian plötzlich, völlig aus dem Kontext gerissen.

«Wen haben wir da?»

«Den Grund, warum ich auf diesem Schiff bin.»

Stirnrunzelnd schaue ich ihn an. «Wegen deinem schlechten Erlebnis?»

«Nein.» Er schüttelt den Kopf und fesselt dann wieder meinen Blick. «Wegen deinem.»

«Wie bitte?» Ich spüre, wie das Blut aus meinem Kopf nach unten sackt. «Keine Ahnung, wovon du redest.» Mehr kann ich nicht sagen. Ich habe das Thema noch nicht einmal angedeutet und spüre schon, wie sich mein Hals schmerzhaft verengt. Deswegen stehe ich auf, reibe mir die Augen und strecke mich übertrieben. «Ich glaube, ich versuche es noch mal mit Schlafen.»

«Alles klar», gibt Mian zurück, ohne sich von der Stelle zu rühren. «Falls du doch noch Lust auf eine Unterhaltung hast, ich bin noch eine Weile hier.»

Es überrascht mich nicht, dass er sofort bemerkt hat, wie ich mich vor dem Gespräch versperre, und mich widerstandslos gehen lässt.

Er wollte es nur andeuten. Er wird darauf zurückkommen.

Ich wundere mich dafür umso mehr über mein aufkeimendes Interesse an dem Schicksal eines Typs, den ich nicht kenne.

«Gute Nacht», sage ich zum zweiten Mal an diesem Abend und weiß, dass ich zumindest für heute meine Schlafkabine nicht mehr verlassen werde.

Es ist uns zur Gewohnheit geworden, nach dem Abendessen an Deck zusammenzusitzen, etwas zu trinken, Musik zu hören, uns zu unterhalten oder einfach nur den Sternenhimmel anzusehen. So, wie ich es auch an diesem Abend tue.

Jayden und Collin haben sich etwas zurückgezogen und unterhalten sich leise miteinander. Einmal ist mein Name gefallen und zweimal der von Mian. Viel mehr kann ich nicht verstehen, aber es geht wohl unter anderem um Collins seltsames Verhalten Mian gegenüber. Ich versuche, die

Gesprächsfetzen auszublenden und mich auf etwas anderes zu konzentrieren.

Automatisch wandert meine Aufmerksamkeit zu Ben und Mian, die sich dicht bei mir befinden. Sie haben eine Weile über ihre Klettertouren gesprochen, nun schauen sie gemeinsam hoch zum Segel, das sich auf halber Höhe sanft im Wind bläht. Mian greift nach dem Feuerzeug, das vor ihm auf dem Holzboden liegt, und öffnet damit eine Colaflasche. Er schüttet etwas davon in einen Plastikbecher und kippt einen Schluck Rum dazu. Dann hält er mir das Getränk hin und schaut mich fragend an: «Willst du?»

Will ich?

Aus einem Impuls heraus nicke ich, nehme den Becher entgegen und setze ihn an die Lippen. Der Alkohol löst sofort ein warmes Gefühl in meinem Bauch aus, und irgendwie ist das tröstend ...

«Nächstes Jahr möchte ich mal nach Australien», sagt Ben nachdenklich in die Stille. «Zum Klettern.»

«In Australien?» Meine Überraschung ist kaum zu überhören. «Im flachsten Kontinent von allen? Gibt es da nicht bessere Alternativen?»

«Auch Australien hat großartige Berge», lächelt Ben. «Die Blue Mountains vor Sydney sollen ein Traum für alle Kletterer sein.»

«Das sind sie auch», stimmt Mian zu. «Ich war da schon.»

Natürlich war Mian schon in dem Land, das ich so gerne mal sehen und kennenlernen würde ...

«Dann machen wir da mal zusammen eine Klettertour», sagt Ben zu Mian und nimmt einen Schluck von seinem Bier. «Oder wir gehen nach Nowra an die Küste von New South Wales, da können wir auch tauchen.»

«Was ist mit dir?», fragt Mian an mich gewandt.

«Ich gehe nicht mit», antworte ich scherzhaft. «Klettern ist nichts für mich.»

«Ich kaufe dir dann ein Kamel, dann kannst du reiten.» Grinsend sieht Mian mich an. «Aber eigentlich wollte ich nur wissen, ob du schon mal in Australien warst.»

«Leider nein. Aber ich wollte schon immer hin. Eigentlich wegen der Wombats...» Der Alkohol löst meine Zunge. «Ich liebe Wombats. Die sind so knuffig...»

«Oh warte, da muss ich dir was zeigen.» Mian steht auf, geht unter Deck und ist nach wenigen Minuten mit seinem Handy wieder zurück. Er setzt sich neben mich, so dicht, dass ich seine Wärme spüren kann, und öffnet seine Bildergalerie.

«Das war vor drei Jahren, als ich mit Jano in Tasmanien war.» Er zeigt mir Fotos von sich und seinem Bruder. Sie haben beide einen kleinen Wombat auf dem Arm, während sich zwei erwachsene Tiere zu ihren Füßen befinden.

«Ach je, sind die niedlich.» Ein Lächeln breitet sich auf meinem Gesicht aus, als ich ihm das Handy aus der Hand nehme, um die Bilder näher zu betrachten. «Wieso sind die so zahm?»

«Jano hat eine ganz besondere Verbindung zu Tieren», erklärt Mian. Er nimmt sein Handy wieder entgegen, reicht es weiter an Ben und wendet sich erneut an mich. «Gibt es einen Grund, wieso du bisher noch nie in Australien warst?»

«Wir konnten es uns einfach nie leisten», gebe ich zu. Ich überlege kurz und setze dann fast trotzig nach. «Meine Eltern waren sehr arm. Für mich gab es kein Startkapital ins Leben, ich musste mir immer alles selbst verdienen.» Fast erschrocken über mich selbst beiße ich mir auf die Lippe. Mein Blick fällt auf Ben, der noch immer Mians Bilder betrachtet.

Wieso hast du das gesagt, Amy?

Es ist mir klar, dass Ben und auch Jayden im Wohlstand aufgewachsen sind und viel mehr bekommen haben, als sie gebraucht hätten. Ich will hier keine Grundsatzdiskussion über Arm und Reich anfangen ...

«Das kenne ich», sagt Mian in die entstandene Stille hinein. «Das war bei uns zu Hause auch so. Wir konnten uns nie etwas leisten.»

«Wirklich?» Meine Neugier ist geweckt.

«Alles, was mein Bruder und ich an Geld hatten, mussten wir uns selbst verdienen», erzählt er. «Wir standen deswegen sehr oft mit unseren Gitarren in der Fußgängerzone und haben gesungen.»

«Oh, das hätte ich gerne gehört.» Ich muss schmunzeln bei dieser Vorstellung. «Ich hab immer Zeitungen ausgetragen, das war nicht besser.»

«Dafür nicht so peinlich.»

«Ich bin mir sicher, ihr wart sehr gut.» Herausfordernd sehe ich ihn an. «Irgendwann musst du mir mal etwas vorsingen.»

«Kein Problem», verspricht er.

«Vielleicht hätte ich mich auch mal mit meiner Blockflöte auf die Straße stellen müssen.»

«Als ich älter wurde, haben wir angefangen, in Casinos zu zocken, Wetten abzuschließen und in Aktien zu investieren.» Mian schaut auf seine Finger hinunter, als fiele es ihm schwer, das zuzugeben. «Damit haben wir dann richtig gut Geld verdient.»

«Ehrlich?» Ich wundere mich selbst über meine offene Neugier.

«Ja, ehrlich. Wir haben so alle unsere Reisen finanziert, unsere Tiere, unsere Hobbys und auch unsere Führerscheine. Und trotzdem waren wir immer sparsam, sind auf unseren Reisen getrampt und haben bei Gastfamilien gewohnt. So blieb noch genug übrig, um es zu sparen.»

Ich nicke anerkennend und nehme einen großen Schluck von meinem Getränk. Verwundert stelle ich fest, dass mein Becher schon fast leer ist. Der Alkohol scheint mich gesprächig zu machen.

«Wir waren echt arm», murmle ich. «Es war ein Highlight, wenn wir Schokolade bekamen. Einmal im Jahr an Weihnachten, mit ganz viel Glück.»

Ben steht plötzlich auf und murmelt: «Ich geh mal kurz rüber zu Collin und Jayden. Bin gleich wieder da.»

Mian schaut mich an, dann geht sein Blick nachdenklich in die Ferne. «Kenne ich auch, war bei uns nicht viel anders. Ich weiß auch noch genau, wie wir uns immer gefreut haben, wenn wir mal Limo zu trinken bekamen.»

«Wir mussten im Winter immer so blöde, kratzige Wollpullover anziehen, um Heizkosten zu sparen.» Ich muss ebenfalls lächeln, als ich an meine Kindheit zurückdenke. «Ich hatte nur zwei lächerliche Paar Schuhe.»

«Wir haben ganz viel im Garten selbst angebaut. Auf Brot gab es dann dünn Margarine mit ein paar Gartenkräutern oder Schnittlauch ...» Mian lacht mitten im Satz auf. «Wir haben echt eine tolle Art gefunden, uns gegenseitig zu übertrumpfen.»

Aus einem Impuls heraus lache ich mit. «Ich hatte eine schöne Kindheit.»

«Ich auch. Es waren alles nur materielle Dinge, die wir nicht hatten. An allem Wesentlichen hat es uns nie gefehlt.»

«Ja», sage ich und verschweige, dass mein Vater kurz nach meiner Geburt einfach abgehauen ist.

«Irgendwann», beginnt Mian, «wirst auch du nach Australien reisen, Amy. Auch für dich wird es diese Chance geben.»

«Bestimmt.» Lächelnd schaue ich aufs Meer. Hier draußen fühlt es sich so an, als wären Träume zum Greifen nahe. So als könnte man das Unmögliche möglich machen ...

... *und doch bringt mir nichts meinen Sohn zurück ...*

Die Erkenntnis kommt mit so viel Gewalt, dass sie mir nicht nur meine Träume, sondern auch meinen Atem nimmt.

Was mache ich hier eigentlich?

Unvermittelt stehe ich auf.

«Entschuldigung», sage ich zu Mian. «Mir geht es nicht gut. Ich muss mich hinlegen.»

«Was hast du?», fragt Ben, der gerade wieder auf dem Weg zu uns zurück ist. Für einen Moment sieht es aus, als wolle er mir folgen. Aber Mian schüttelt fast unmerklich den Kopf.

«Lass sie», flüstert er seinem Freund zu. Ich bin ihm dankbar dafür, denn plötzlich möchte ich einfach nur noch allein sein und nachdenken. Darüber, wie es passieren konnte, dass ich mich eben so habe gehen lassen und an Reisen in ferne Länder denke, während mein Timmy tot unter der Erde liegt und nie wieder Spaß am Leben haben kann.

Was passiert hier gerade mit dir, Amy?

Was immer es ist, es macht mir Angst, und es geht mir

viel zu schnell und weckt in mir den Wunsch, mich in mein Schneckenhaus zurückzuziehen und nie wieder hervorzukommen.

Mian

Jede Begegnung, die unsere Seele berührt,
hinterlässt eine Spur, die nie ganz verweht.
Volksweisheit

Mian ist als Erster aufgestanden an diesem Morgen, dicht gefolgt von Jayden, der aufwacht, als Mian an ihm vorbei ins Bad geht. In der winzigen Essecke unter Deck richten sie ein kleines Frühstück mit Toastbrot, Käse und Orangensaft. Amy ist die Nächste, die sich dazugesellt. Collin und Ben kommen fast zeitgleich ein paar Minuten später an den Tisch.

«Wir werden nach dem Frühstück gleich weiterfahren», erklärt Ben. «In einer Stunde werden wir auf Santa Cruz treffen und können dort ankern, tauchen und schwimmen gehen.»

«Können wir uns auch die Insel ansehen?», will Mian wissen.

«Sie ist unbewohnt, hat keinen Hafen und viel zu viele Riffs. Wir können nicht direkt ranfahren, aber wenn du ein paar hundert Meter schwimmen kannst, dann können wir das machen.»

«Krieg ich hin», gibt Mian zurück und beißt in seinen dritten Vollkorntoast. «Wer geht alles mit?»

«Bin dabei.» Collin hebt die Hand. Er sieht fragend zu Amy.

Sie schüttelt den Kopf. «Ich bleibe auf dem Schiff.»

«Warum?», fragt Collin und macht ein langes Gesicht. Eine kleine Welle Enttäuschung schlägt Mian entgegen. Was immer sich Collin von diesem Inselgang erhofft hat, es ist gerade zerschlagen worden.

«Ich traue mich nicht, so eine weite Strecke zu schwimmen», gibt sie zu.

«Dann bleibe ich auch auf dem Schiff», entscheidet Collin.

«Dann bleiben wir alle auf der *Marie*», beschließt Jayden.

«Lasst uns doch erst mal hinfahren», schlägt Mian vor. «Vielleicht finden wir eine Möglichkeit.»

Jayden erhebt sich vom Tisch. «Komm, Ben, wir holen den Anker ein und setzen die Segel.»

«Ihr könnt alle hoch an Deck, ich räume hier unten auf», bietet Amy an.

Collin schließt sich Ben und Jayden an und verlässt ebenfalls seinen Platz.

Mian bleibt einen Moment unschlüssig stehen und sieht zu Amy. Gerne wäre er bei ihr geblieben.

«Du kannst auch gehen», sagt sie freundlich. «Ich komm hier auch allein klar.»

«Bin schon weg.» Mian macht auf dem Absatz kehrt und folgt den anderen. Jetzt zieht es ihn an Deck, hinaus in das Tageslicht und in den Wind. Er muss die Augen gegen die noch tief stehende Sonne abschirmen, um Jayden und Collin im Cockpit erkennen zu können. Ben ist gerade dabei, das vordere Segel zu setzen. Er strafft es mit Hilfe einer Kurbel, die über eine Umlenkrolle einen Teil des hohen Kraftaufwands übernimmt.

Das Hauptsegel steht bereits in seiner vollen Größe. Es ist

weiß, nur die Spitze und die Seite sind von einem dunklen Blau.

«Wir haben Downwind», stellt Mian fest. «Wir können auch das Gennaker setzen, dann sind wir in der halben Zeit an der Insel.»

«Ja, können wir machen», gibt Ben verwundert zurück. «Hast du nicht gesagt, du warst noch nie segeln?»

«Hab ich so gesagt. Komm, ich helfe dir.» Mian faltet das dünne, federleichte Segeltuch auseinander.

«Wieso weißt du dann, was ein Gennaker ist?»

«Ein Gennaker ist ein asymmetrisches, bauchiges Vorsegel, das sich für Halb- und Downwinde eignet», erklärt Mian ausweichend. «Es wird mit fliegendem Vorliek vor dem Vorstag gefahren. Es ist im Gegensatz zum Spinnaker deutlich einfacher zu setzen, zu trimmen und zu halsen.»

«Beeindruckend», sagt Ben trocken. «Deine Mitleidsnummer merke ich mir.»

«Steht alles auf Wikipedia.» Mian tippt sich an die Stirn. «Gutes Gedächtnis.»

Gemeinsam setzen sie das Segel und stellen sich dann zu Jayden an die Reling. Mit den drei Segeln ist die kleine Jacht so schnell, dass sie mühelos aus der Verdrängerfahrt kommt und ins Gleiten übergeht. Der Wind reißt an Mians Haaren, und plötzlich vermisst er sein schnelles Sportboot, das auf den Bahamas liegt und das jetzt Freunde von ihm fahren, bis er seinen nächsten Aufenthalt dort hat.

Oder ich es endlich schaffe, dauerhaft auszuwandern.

Nach weniger als einer halben Stunde taucht die kleine Insel in ihrem Sichtfeld auf. Mian deutet mit dem Zeigefinger auf eine schmale Stelle zwischen zwei Felsen. Er weiß, dass er mit seinem nächsten Satz einen weiteren Hinweis gibt, dass er sich auf das Schiff gelogen hat. Möglicherweise möchte er einfach, dass die anderen nach und nach die Wahrheit erfahren.

«Kommst du da durch, Jay? Da halten sich die Riffs in Grenzen, und wir können hinten an der Klippe ankern. Da ist das Meer flach genug, und wir laufen trotzdem nicht Gefahr, irgendwo aufzusetzen.»

«Da müsste ich durchpassen», gibt Jayden zurück. «Wieso kennst du dich so gut aus auf dem Wasser?»

«Also, das ist so ...» Mian lächelt über Jaydens Verwunderung. Gerade als er sich überlegt, wie viel er von sich preiszugeben bereit ist, driftet Jayden ein Stück zu weit nach rechts. «Pass auf, rechts wird's eng.»

«Schon gesehen.» Souverän steuert Jayden seine kleine Jacht durch die eng stehenden Felsen, bis der Durchgang wieder breiter wird. Das Meer auf dieser Seite ist beeindruckend ruhig, kristallklar und wunderschön türkis.

Mian zeigt mit dem Finger vor sich. «Sieh an, wir sind nicht allein.»

Vor ihnen liegen mitten im flachen Wasser zwei kleine Sportboote vor Anker, auf denen sich eine Handvoll junger Männer sonnt. Ein paar von ihnen setzen sich auf und heben kurz die Hand, als sie das Segelschiff erblicken.

«Die stören uns doch nicht», erwidert Jayden und behält seinen Kurs bei.

«Nee, die stören nicht», pflichtet Mian ihm bei. «Ganz im Gegenteil. Sie verhelfen uns dazu, Amy auf die Insel zu bringen.»

«Ach ja?» Jayden hebt fragend eine Augenbraue.

«Ja, sicher. Sportboote sind super in Gewässern wie diesem. Macht euch alle fertig, ich besorge uns ein Wassertaxi.»

Ohne auf eine Antwort zu warten, zieht er sein Shirt aus, lässt es auf den Boden fallen und springt über die Reling ins Wasser. Es ist nur eine kleine Strecke zu schwimmen, bis er das erste Boot erreicht hat. Ein kleines Hartwig-Boot mit leistungsstarkem Außenbordmotor und einer deutschen Fahne unter der amerikanischen.

«He! Ich bräuchte mal eure Hilfe!», ruft er auf Deutsch zu den Jungs hinauf.

«Ersäufst du gleich?» Ein rotblonder Junge schaut ins Wasser herunter. Mian schätzt ihn auf höchstens achtzehn oder neunzehn Jahre.

«Wir würden gerne auf die Insel gehen, können mit unserem Schiff aber nicht nahe genug ranfahren und ...» Mian macht eine dramatische Pause und setzt ein mitleidiges Gesicht auf. «... wir können nicht schwimmen.»

«Ja, das sehe ich», sagt ein weiterer Junge mit dunklen Haaren und dunklem Teint. Skeptisch schaut er zu dem Segelschiff hinüber. «Seid ihr Piraten oder so und wollt uns ausrauben?»

«Genau.» Mian verdreht die Augen, auch wenn die Jungs das vom Boot aus sicher nicht sehen können. «Deswegen die Totenkopfflagge und die Kanonen auf dem Schiff, und deshalb bin ich auch auf Piratenart mit einem Säbel auf dem Rücken hierher geschwommen.»

«Schon gut», sagt der Rotblonde. «Wie können wir euch helfen?»

«Könnt ihr mit eurem Boot zu uns rüberkommen und uns auf die Insel bringen? Ihr könnt da bis auf ein paar Meter hinfahren, wir nicht.»

«Schöner Scheiß, wenn man so dekadent unterwegs ist, nicht wahr?»

«Könnt ihr?», fragt Mian, ohne auf die Provokation einzugehen. «Bitte. Wir sind zu fünft.»

«Von mir aus», willigt der Dunkelhaarige ein und setzt seine Sonnenbrille auf. «Schwimm zurück, Flipper. Wir chillen noch eine Runde, dann holen wir die Anker ein und kommen später zu euch rüber.»

✷

Die Jungs halten ihr Wort, und keine Stunde später sind sie mit einem der Boote vor der *Marie*.

«Ohne nass werden wird es allerdings nicht gehen», sagt der Rotblonde zur Begrüßung. «Die drei Meter zu uns rüber werdet ihr schon schwimmen müssen.»

«Das schaffst du, oder?» Collin schaut Amy fragend an.

«Natürlich.» Ihre Worte stehen wieder einmal im krassen Gegensatz zu den Emotionen, die sie verströmt.

«Ich bleibe direkt hinter dir», verspricht Mian.

«Keine Sorge.» Offensichtlich spürt auch Jayden Amys Angst. «Ben und ich haben den Rettungsschwimmer.»

Ich auch.

Amy steigt über die Treppe von der Segeljacht hinunter ins Meer, dicht gefolgt von Mian. Hintereinander schwimmen sie die wenigen Meter hinüber zu dem kleinen Hartwig-Boot, das den Namen *Hai* trägt. Die Jungen haben eine Badeleiter ins Wasser gelassen, über die Mian und seine Begleiter nun ins Boot klettern.

«Willkommen an Bord», sagt der Rotblonde. «Ich bin Max, und das ist Tobias.»

«Meine Freunde sprechen kein Deutsch», klärt Mian auf. Die restliche Vorstellungsrunde findet auf Englisch statt.

«Holt ihr uns auch wieder ab von der Insel?», fragt Jayden.

«Wir begleiten euch», beschließt Tobias.

Mian verharrt, weil eine Welle positiver Gefühle zu ihm überschwappt, die er nicht sofort eindeutig zuordnen kann.

Glücksgefühle.

Unwillkürlich tritt er ein Stück an Collin heran. Ganz offensichtlich ist er die Quelle. Verwundert schielt Mian zu ihm hinüber. So was hat Mian noch nie von Collin empfangen, nicht einmal gestern, als er ganz dicht neben Amy saß.

Tobias.

«Echt nett von euch beiden.» Freundschaftlich legt Mian Tobias eine Hand auf die Schulter, um über die Berührung dessen Emotion noch deutlicher lesen zu können. «Wenn ihr möchtet, könnt ihr mit uns auf die Insel kommen.»

«Machen wir gerne.» Tobias verströmt Aufregung, aber das kommt nicht durch Mians Angebot, sie auf die Insel zu begleiten.

Leise lacht Mian in sich hinein, als ihm klar wird, wer diese Stimmung um ihn herum erzeugt. *Tobias und Collin.* Zwei junge Männer, die sich das erste Mal begegnen und sich offenbar auf Anhieb mehr als nur sympathisch sind.

Die Insel hat viel Sehenswertes zu bieten. Sie ist unbewohnt, es gibt eine reichhaltige Pflanzenwelt und viele Möglichkeiten, an den Riffs zu tauchen. Es ist aber nichts dabei, was Mian nicht schon unzählige Male gesehen hat. Normalerweise hätte er sich dennoch für all das interessiert, aber heute ist er nur damit beschäftigt, Collin und Tobias zu beobachten. Ganz bewusst sucht er immer ihre Nähe und streift wie zufällig mit seiner Schulter die von einem der beiden Jungs. Es ist eindeutig, dass Tobias Interesse an Collin hat und sich dessen auch bewusst ist. Bei Collin hingegen ist Mian sich nicht sicher. Er spürt, dass Collin sich zu dem Deutschen, den er eben erst kennengelernt hat, sehr hingezogen fühlt, aber er ist überzeugt davon, dass Collin selber das nicht so richtig bemerkt.

Oder bewusst verdrängt.

Mian seufzt und überlegt, was er mit diesem neu gewonnenen Wissen, das alle anderen nicht haben, machen soll. Ihm ist klar, dass er es niemandem sagen oder Collin darauf ansprechen darf. Dann stiehlt sich ein Lächeln auf sein Gesicht: Ein Gutes hat die Sache wenigstens: Sein Weg zu Amy ist frei.

Damals

Der Esel schrie. Schlagartig war Josephine wach und setzte sich kerzengerade im Bett auf. Seit fast einem halben Jahr lebte Emil in ihrem Vorgarten, und noch nie hatte er so gebrüllt wie in dieser Nacht.

Andreas stand bereits am Fenster, als sie aus dem Bett sprang. Dicke Schneeflocken wirbelten im Sturm umher und erschwerten ihnen die Sicht nach draußen.

«Was ist da los?», fragte sie verwirrt. Die roten Zahlen auf ihrem Wecker zeigten an, dass es halb vier morgens war.

«Ist Mian schon zu Hause?»

«Ich glaube nicht.» Seit Mian sechzehn geworden war, jagte er von einer Party zur nächsten und kam selten vor dem Morgengrauen nach Hause. «Warum fragst du?»

Andreas kniff die Augen zusammen und starrte angestrengt hinaus. «Weil jemand in unserem Garten ist.»

«Jano!» Sie erkannte ihn sofort. Er rannte an dem kleinen Schuppen vorbei, kletterte hinter dem Haus über den Zaun und verschwand auf dem Stoppelacker aus ihrem Sichtfeld. Emil brüllte noch immer wie ein Wahnsinniger und trat mit dem Huf gegen den Zaun.

Josephine warf sich eine Strickjacke über, stürzte in die Diele und schlüpfte in ihre Stiefel. Dicht gefolgt von Andreas setzte sie ihrem Sohn nach, der zielstrebig über den Acker lief. Plötzlich blieb er stehen, als müsse er sich neu orientieren, änderte die Richtung und rannte weiter. Dieses Zögern ermöglichte es Josephine, ein Stück zu Jano aufzuschließen. Er war im Pyjama, hatte sich nicht einmal die Zeit genommen, einen Pullover anzuziehen.

Gott im Himmel, *betete Josephine.* Bitte lass es Mian gut gehen!

Erneut blieb Jano stehen. Er zitterte am ganzen Körper. Seine nackten Beine steckten fast bis zu den Knien im Neuschnee, die Lippen waren bereits dunkelblau verfärbt.

«Schatz, was hast du?» Schnell zog Josephine ihre Jacke aus und legte sie ihm über die Schultern. «Sag doch was.»

«Wir müssen zurück ins Haus», schrie Andreas in den Wind. «Du holst dir hier den Tod.»

Jano drehte sich einmal um sich selbst, machte zwei große Sätze nach vorne und sank auf die Knie. Mit den Händen wischte er den losen Schnee zur Seite.

Josephine erkannte sofort, wer da auf dem Boden lag. «Großer Gott!»

Andreas drängte Jano zur Seite und streckte die Arme nach Mian aus. Er hatte sichtlich Mühe, seinen bewusstlosen Sohn aufzuheben. Dicht drückte er ihn an seinen Körper, mehr als schnelles Gehen war ihm nicht möglich. «Nimm Jano und lauft zurück zum Haus!», rief er ihr zu.

Josephine nahm Janos eiskalte und stocksteife Finger in ihre Hand und zerrte ihn den Weg über den Acker zurück, an dem schreienden Esel vorbei ins Haus und drängte ihn ins Wohnzimmer. Sie gab ihm eine Wolldecke und dirigierte ihn auf die Couch, dicht vor den noch glimmenden Kamin. Hastig warf sie zwei Holzscheite hinein und breitete eine weitere Decke für Mian aus.

Andreas legte den reglosen Mian zu Jano auf die Couch. Josephine zog ihrem Ältesten die nasse Jacke und die Jeans aus, fühlte seinen Puls und deckte ihn fest zu.

«Brauchen wir einen Krankenwagen?», wollte Andreas wissen, während er den Wasserkocher anstellte.

Sorgfältig überprüfte Josephine Mians Finger und Zehen auf Erfrierungen, konnte aber nichts feststellen. Sie streichelte liebevoll seine Wange.

Er öffnete halb die Augen und starrte sie verwundert an. Er roch nach Alkohol und Zigaretten. «Wie habt ihr mich gefunden?», *lallte er. Trotz seines hohen Promillespiegels schien er seinen Zusammenbruch noch wahrgenommen zu haben.*

Josephine rutschte wortlos zur Seite, sodass sein Blick auf Jano fiel.

«Aso», *machte er, als wäre ihm nun alles klar. Er schickte sich an, wieder einschlafen zu wollen, aber Andreas drückte erst ihm und dann Jano einen heißen Tee in die Hand.*

«Bleib wach und trink das!», *befahl er ihm.* «Langsam in kleinen Schlucken.»

Stöhnend richtete Mian sich auf und nippte an seiner Tasse.

«Bist du losgelaufen, weil Emil geschrien hat?», *fragte Josephine.* «Oder hat Emil geschrien, weil du in Panik warst?» *Letzteres wäre durchaus denkbar. Seit Jano den kranken Esel heimgebracht und gesund gepflegt hatte, hing Emil wie ein Hund an ihm und begleitete ihn auf Schritt und Tritt.*

«Ich weiß es nicht.» *Jano zuckte die Achseln.* «Ich bin aufgewacht und wusste, Mian braucht mich.»

Mian schaute über den Rand seiner Tasse zu Jano und nickte ihm zu. Damit war alles gesagt zwischen den Brüdern. Worte waren nicht nötig, um sich zu verstehen.

«Warum bist du über den Acker nach Hause gelaufen?», *fragte Andreas an Mian gerichtet. Wut lag in seiner Stimme.*

«Bin auf der Party rausgeworfen worden», *gab Mian zurück. Er ging sofort auf Konfrontation, als er den Vorwurf seines Vaters vernahm.*

«Was hast du angestellt?!»

«Gesoffen und gekotzt.» *Mian schwieg eine Weile, dann fügte er trotzig hinzu.* «Und irgendein fremdes Mädel gevögelt. Auf dem Fußboden ...»

«Es reicht!», donnerte Andreas. «Du hast Hausarrest. Acht Wochen!»

«Darf ich keinen Sex haben?»

«Zehn Wochen!»

Mian verdrehte die Augen, legte sich wieder hin und zog sich die Decke über den Kopf.

«Ich rede mit dir!», schrie Andreas ihn an.

«Ich will schlafen.»

«Lass ihn.» Josephine griff nach Andreas' Arm und hinderte ihn daran, Mian die Decke wegzuziehen. «Das bringt doch jetzt nichts. Wir reden morgen mit ihm. Lass mich schnell Jano nach oben bringen, und du legst Mian ins Bett. Ich mache jedem eine Wärmflasche und geh dann gleich zu Mian ins Zimmer.»

«Na gut», seufzte Andreas und kratzte sich durch den Bart.

Josephine atmete erleichtert auf, dass ihr Mann so schnell klein beigab. Sie stand auf und ging mit Jano in sein Zimmer. Sorgfältig schaute sie auch ihn noch mal gründlich an, bevor sie ihn zudeckte.

«Du hast deinem Bruder das Leben gerettet», sagte sie. Ihre Stimme zitterte dabei, und ihr Herz schlug wild. «Ist dir das überhaupt bewusst?»

«Ihr dürft Mian nicht einsperren, Mama.»

«Er hat eine Strafe verdient, damit er lernt, nicht so leichtsinnig zu sein. Und ...», sie seufzte tief, «... er ist zu jung für das, was er macht.»

«Was meinst du? Sex oder Alkohol?»

«Du bist auch zu jung dafür!»

«Ihr dürft ihn nicht einsperren, Mama», wiederholte Jano. «Mian wird das, was er heute gemacht hat, noch viel öfter machen. Noch viel extremer, viele Jahre lang. Ihr könnt nichts dagegen tun.»

«Woher weißt du das?»

«Weil er damit eine Möglichkeit gefunden hat, die Emotionen

anderer für ihn auszuschalten. Und sei es nur für eine Nacht.» Jano überlegte kurz und fuhr dann fort. «In diesen Momenten spürt er nichts von den anderen Menschen.»

Josephine schaute Jano verdutzt an und sparte sich die Frage, woher er das alles wusste. «Wird er irgendwann damit aufhören?»

«Er wird aufhören, aber es wird lange dauern und es wird euch an eure Grenze bringen. Und doch müsst ihr es akzeptieren und dürft ihn nicht einsperren.» Er gähnte und ließ sich in sein Kissen sinken. «Ihr zerstört ihn, wenn ihr ihm seine einzigen Möglichkeiten nehmt, das auszuschalten, was zu viel für ihn ist.»

«In Ordnung», willigte sie ein. Wenn Jano in dieser Wortwahl über die Zukunft sprach, dann steckte meistens ganz viel Wahrheit drin.

«Ich werde dafür sorgen, dass dein Vater den Hausarrest aufhebt.»

«Danke», sagte Jano und rollte sich zum Schlafen ein.

Danke ...

Josephine hätte vor Rührung und Sentimentalität fast laut losgeheult.

Danke.

Jano bedankte sich bei ihr für eine Kleinigkeit, ohne zu realisieren, dass ihm selbst so viel Dank gebührte, wie ihm niemand auf der Welt jemals geben konnte.

Amy

*Es ist wichtig, den Blickwinkel zu ändern,
um neue Wege zu gehen.*

Das Tuch in meinen Haaren weht im Wind. Ich stehe an der Reling und schaue traurig hinaus auf das Meer. Der Alltag hier ist zur Routine geworden. Wir stehen bei Tagesanbruch auf und frühstücken gemeinsam. Anschließend setzen die Jungs die Segel, überprüfen den Kurs, und wir planen die Tagesroute. Meistens sitzen wir dann oben an Deck zusammen, hören laute Musik und genießen die Sonne und den Wind. Wann immer Jayden eine seichte Sandbank an einer Küste findet, ankern wir dort für eine oder zwei Stunden. Die Jungs gehen schnorcheln oder tauchen oder einfach schwimmen. Wenn das Wasser so flach ist, dass ich problemlos stehen kann, dann traue ich mich hinein und schwimme ein paar Runden. Die Dinge, bei denen ich den Kopf unter Wasser halten müsste, lasse ich lieber bleiben.

«Klappt nicht so ganz, was?»

Ich drehe mich nicht einmal um. In den letzten Tagen auf dem Schiff ist es Normalität geworden, dass Mian lautlos auftaucht und plötzlich neben oder hinter mir steht. Vor allem dann, wenn ich in dieser Stimmung bin. Dann kommen wieder seine unsichtbaren Sensoren zum Einsatz, und er ist da. Mein Herz macht einen kleinen Sprung wie immer, wenn er mich unerwartet anspricht.

«Was meinst du?»

«Wir wollten doch so tun, als wäre alles in Ordnung und als gäbe es keine düstere Vergangenheit.» Er stellt sich neben mich und lässt seine Hände auf die Reling sinken. So dicht, dass er mich berührt.

Automatisch ziehe ich meine Hände zurück und frage mich im gleichen Moment, warum ich das getan habe. «So einfach ist das nicht.»

«Das weiß ich. Deshalb musst du es immer wieder versuchen.» Mian richtet sich auf und rückt ein Stück von mir weg. «Du vergisst ihn ja nicht deswegen.»

Ich halte den Atem an. «Wen?» Die Frage dient lediglich dazu, Zeit zu schinden.

«Den Menschen, den du so schmerzlich vermisst.» Er redet leise, fast tonlos, und seine Aussage lässt keinen Zweifel offen.

Er weiß von Timmy.

Sofort kommen meine imaginären Schutzschilde zum Vorschein und barrikadieren mich ein, in meine eigene Welt, in der nichts von außen zu mir durchdringen kann. Schweigend presse ich meine Lippen aufeinander.

«Du musst mit mir nicht über ihn reden», sagt Mian. «Zumindest nicht jetzt. Aber irgendwann.»

«Was heißt das?»

«Das, was ich gesagt habe.» Er löst sich von der Reling, streicht sein Shirt glatt und nickt mir knapp zu. Dann geht er wortlos weg zum Heck des Schiffes und verschwindet dort aus meinem Sichtfeld. Verdutzt starre ich ihm hinterher. Für eine Sekunde überlege ich, ihm einfach nachzulaufen und ihn zur Rede zu stellen, aber Collin durchkreuzt mein Vorhaben. Wie bei einem Staffellauf haben sich die beiden eben abgewechselt. Plötzlich steht Collin anstatt Mian neben mir.

«Morgen erreichen wir die Insel Anacapa», verkündet er.

«Anacapa», wiederhole ich gedankenverloren.

«Richtig. Dort können wir gemeinsam auf Tour gehen, und dann fahren wir weiter nach Santa Rosa.»

«Was? Ach so, ja. – Entschuldige, ich hatte gerade etwas ganz anderes im Kopf.»

«Was denn?», fragt Collin neugierig. Er fährt sich mit dem Zeigefinger über den Nasenrücken und kaut auf seinem Kaugummi herum.

«Irgendwie hat mich Anacapa gerade an die Insel Avalon erinnert, und ich musste an jemanden denken», schwindle ich, um meine Unaufmerksamkeit zu rechtfertigen.

«Wen verbindest du denn mit Avalon, wenn ich fragen darf?»

... wenn ich fragen darf ...

Unwillkürlich muss ich lächeln. Meine Gedanken wandern zurück zu Mian, der stets seine Fragen herausschießt wie aus einem Maschinengewehr.

«Einen ganz lieben Menschen.» Es ist mir nicht ganz klar, ob ich nicht insgeheim von Mian spreche. «Eine Freundin, die ich seit Jahren nicht gesehen habe. Sie lebt auf Avalon.»

«Avalon ist keine Insel», korrigiert Collin. «Es ist die Hauptstadt. Die Insel heißt Santa Catalina.»

«Ja, das ist möglich. So gut kenne ich mich nicht aus.»

«Sie dürfte etwa hundertfünfzig Seemeilen von hier entfernt sein.»

«Okay.» Meine Augen wandern wieder zum Heck der *Marie*, aber Mian ist nicht dort.

«Ey», macht Collin und wedelt mit der Hand vor meinen Augen. «Kannst du meine Gedanken erraten?»

«Nein.» Ich verschweige ihm, dass ich es nicht einmal versucht habe.

Collin strahlt mich plötzlich an. Seine Augen leuchten. «Wir fahren da hin und besuchen deine Freundin.»

«Wie bitte?» Mein Puls schießt in die Höhe. Jetzt ist der Augenblick gekommen, in dem er meine volle Aufmerksamkeit hat. «Das wäre großartig, aber das geht doch nicht!»

«Warum nicht? Wir haben ein fahrbares Schiff unter uns. Natürlich geht das.»

«Weil es viel zu weit weg ist und ...» Es ist fast unmöglich, meine aufkeimende Freude zu unterdrücken. Auch wenn ich vorhin nur so getan habe, als hätte ich an Sophia gedacht, würde ich sie wahnsinnig gerne wiedersehen. «Das würde doch ewig dauern, dahin zu fahren.»

«Es kommt auf den Wind an. Wir müssten das ausrechnen. Ich denke, in zwei oder drei Tagen könnten wir es schaffen.» Collin legt die Stirn in Falten, als er anfängt, das alles durchzudenken. «Wir könnten Santa Rosa auslassen und dafür in Avalon tanken und unsere Vorräte auffüllen. Wir würden vielleicht ein oder zwei Tage länger brauchen, aber so lange kämen wir mit Essen und Wasser noch aus.»

«Das ist zu riskant. Das würde Jayden nie erlauben.»

«Er ist mein bester Freund. Ich bekomme ihn zu allem überredet. Komm mit.» Er streckt mir die Hand hin.

Ich zögere und folge ihm dann, ohne seine Hand zu ergreifen. Seufzend lässt Collin sie wieder sinken.

Wir finden Jayden im Cockpit. Er liegt ausgestreckt auf der kleinen Holzbank, die Arme hinter dem Kopf verschränkt, und schaut verträumt in den Himmel.

«Jay, ich muss mit dir reden!» Collin wirft einen vielsagenden Blick auf Ben und Mian, die auf der anderen Bank neben dem Steuerrad sitzen und sich offensichtlich miteinander unterhalten haben. Keiner der beiden macht Anstalten, das Cockpit zu verlassen. Ich muss lächeln, ohne dass ich hätte benennen können, warum eigentlich.

«Was ist los, Kleiner?», fragt Jayden und rührt sich nicht vom Fleck dabei. «Brennt es irgendwo?»

«Ja, es brennt. Und zwar in Avalon. Deswegen fahren wir da jetzt hin.»

«Hast du was gekifft?» Jayden schüttelt den Kopf. «Warum hast du uns nichts abgegeben? Geizkragen.»

«Ich meine das ernst.»

«Kann es sein, dass nicht Avalon, sondern Collin brennt? Und zwar für irgendeine Idee?», wirft Mian ein.

Im Geiste stimme ich ihm zu. Ich habe Collin noch nie so Feuer und Flamme für etwas erlebt.

«Also, noch mal von vorne.» Jayden richtet sich auf und reibt sich die Müdigkeit aus den Augen. «Ihr wollt nach Avalon? Warum das denn?»

«Kann ich kurz mit dir reden, Jay?» Collin wirft einen weiteren Blick auf Mian. «Allein.»

«Ja, ich komme.»

Gemeinsam verlassen sie das Cockpit. Irgendwie bin ich gerührt, dass Collin sich so sehr für mich einsetzt, und dennoch wage ich es noch immer nicht, meinen Hoffnungen freien Lauf zu lassen.

«Du willst also nach Avalon», stellt Mian an mich gewandt fest. «Kennst du da jemanden?» Wie immer hat er die Situation nach wenigen Sekunden erfasst.

«Sophia. Eine sehr liebe Freundin von mir. Sie wohnt da.

Wir standen uns einmal sehr nahe, haben uns dann aber aus den Augen verloren.» Mit diesen wenigen Sätzen habe ich Mian weit mehr Informationen gegeben, als Collin bekommen hatte. «Ich würde mich sehr freuen, sie wiederzusehen.»

Ben kramt nach der großen Seekarte, die sich unter der Holzbank befindet, und rollt sie aus. Er studiert sie eine Weile wortlos.

«Jungs?», sagt Jayden, als er zusammen mit Collin wieder ins Cockpit kommt. «Wir haben eine Idee für eine neue Route. Wir fahren nach Avalon. Was sagt ihr dazu? Ben? Studiere mal bitte die Karte.»

«Schon dabei. Die Insel Santa Catalina ist zweihundert Seemeilen von hier entfernt.» Ben ist sofort begeistert von der Idee, den Plan zu ändern. «Wenn wir jetzt Kurs auf Santa Catalina nehmen, sind wir in circa drei Tagen da, wenn der Wind so bleibt.»

«Wo liegt die Insel?», mischt Mian sich ein und wirft einen Blick in die Karte.

«Südöstlich von hier», erklärt Ben. «Wir müssen weg von der Küste, aufs Meer und ein ganzes Stück gen Süden.»

«Wir müssen Santa Rosa dann auslassen, richtig?» Jayden setzt sich neben Ben und schaut ebenfalls auf die Karte.

«Richtig. Beides geht nicht.»

«Reichen unsere Vorräte bis runter?», will Jayden wissen.

«Puh!», macht Ben. «Wenn wir bisschen haushalten und nichts dazwischenkommt, dann müsste das schon irgendwie passen.»

«Ihr müsst wegen mir kein Risiko eingehen.» Ich klinge angemessen zerknirscht. Ich hoffe, dass die Jungs mir meine Reue abkaufen. «Ich will euch keine Umstände machen.»

«Quatsch, alles ist gut. Wir fahren da hin», beschließt Collin. «Wie war das mit den Abenteuern und den Plänen, Jay?»

«Hm», macht er nachdenklich.

«Bin dabei», wirft Ben ein. «Ich plane gerne die Route.»

«Na gut», willigt Jayden ein. «Jungs? Wir fahren zur Insel Santa Catalina! Oder hat irgendwer Einwände?»

«Ja.» Mian hebt die Hand. «Ich.»

Verblüfft starren die anderen ihn an. Erst jetzt fällt mir auf, dass Mian schweigsam geworden war. Er steht an der Reling und schaut nachdenklich auf das Meer in die Richtung, in der ich die Insel vermute.

«Was denn für Einwände?», will Ben wissen.

«Schisser!», rutscht es Collin heraus. Er beißt sich sofort auf die Lippe und hüllt sich in schützendes Schweigen.

«Sprich dich aus!», fordert Jayden Mian auf. «Was stört dich?»

«Ich weiß nicht genau.» Mian wirkt auf einmal unsicher, fast schon nervös. «Wenn ihr mich fragt, ich bin dagegen.»

Collin seufzt tief, und ich sehe ihm an, dass er genervt ist.

«Lass ihn doch erst mal was dazu sagen», schimpfe ich mit ihm und wundere mich selbst über meinen Impuls, Mian zu verteidigen. Vor allem aber wundere ich mich über seine Reaktion. Gerade von ihm hätte ich erwartet, dass er meine Pläne gut findet und den Abstecher auf diese Insel befürwortet, um mir eine Freude zu machen.

Stattdessen zuckt er unschlüssig die Schultern. «Ich kann nichts dazu sagen. Nur, dass ich da nicht hinmöchte.»

«Was für ein hervorragendes Argument.» Collin strafft die Schultern, als er sich an Jayden wendet. «Der hat einfach nur Schiss.»

«Ja, möglicherweise hab ich das.»

«Brauchst du nicht.» Ben legt ihm eine Hand auf die Schulter. «Jayden segelt seit vielen Jahren kreuz und quer über den Pazifik. Er hat das im Griff.»

Mian ignoriert seine Worte und geht auf Jayden zu. «Wir können nicht in diese Richtung, Jayden. Bitte.»

«Warum nicht?»

«Es wird ein Sturm kommen. Im Süden.» Mian macht eine kurze Pause und fügt dann hinzu: «Wenn wir den Kurs ändern, werden wir direkt hineinfahren.»

«Was?» Jaydens Blick wandert in den strahlend blauen Himmel. «Sicher?»

«Ganz sicher, Jayden. Bitte. Lass uns auf diesem Kurs bleiben.»

Er fleht ihn geradezu an.

Noch nie habe ich Mian so unterwürfig erlebt. Es passt überhaupt nicht zu ihm. Ich halte die Luft an, als mir bewusst wird, dass die Fronten sich gerade zu spalten drohen.

«Ein Sturm? Aha.» Collin schüttelt den Kopf. «Was bist du? Das Orakel von Delphi?»

«So was in der Art, ja», antwortet Mian trocken.

«Keine Sorge», sagt Jayden und zwinkert Mian zu. «Ich hab ein gutes Gespür für das Wetter. Mich hat noch niemals ein Sturm überrascht.»

«Jayden», setzt Mian erneut an. «Es könnte bald dein erstes Mal sein...»

Ein Schauer läuft mir über den Rücken. Ich frage mich plötzlich, ob sich Jayden wirklich so sicher ist, dass sich das Wetter nicht ändern wird, oder ob er nur gekränkt ist und nicht mehr zurückkann, ohne sich unglaubwürdig zu machen. Auch Ben wirkt auf einmal nervös und scheint im

Zwiespalt zu sein, ob er Mian glaubt oder der Wettervorhersage und Jayden.

«Wir schauen uns gleich die Wetterkarten noch einmal ganz genau an. In Ordnung, Mian?», schlägt Jayden vor. «Ben, können wir?»

«Auf jeden Fall.» Ben ist hoch konzentriert, als er sich über die Karten beugt und alles genau studiert. Es dauert eine ganze Weile, bis er sagt: «Hm. Es sieht echt gut aus. Viel kann da eigentlich nicht kommen.»

«Dann können wir es riskieren?», will Collin wissen.

«Von meiner Seite aus würde ich ja sagen», bestätigt Ben, wirft aber einen skeptischen Blick zu Jayden.

«Von meiner Seite auch», sagt dieser. «Ich sehe kein größeres Risiko, auf diesem Kurs zu bleiben. Das Wetter ist immer unberechenbar, aber wir sind routiniert und haben Erfahrung, also von mir aus auch ein Ja.»

«Dann ist es beschlossene Sache!» Collin nimmt Ben die Wetterkarten weg und gibt ihm dafür die Seekarte. «Wir nehmen Kurs auf Santa Catalina.»

Ich lächle, aber es ist nur aufgesetzt, weil die anderen es in diesem Moment von mir erwarten. Tief in mir rebelliert etwas, mein Bauch zieht sich krampfartig zusammen, und das Schlucken fällt mir plötzlich schwer.

Mein Blick schweift über das Schiff zu Mian. Er ist leise davongegangen und steht nun allein am Heck. Plötzlich zieht es mich mit jeder Faser meines Körpers zu ihm. Mir ist schlecht, weil ich mich frage, ob die Jungs die richtige Entscheidung getroffen haben.

Mian

> Das Licht leuchtet in der Finsternis,
> und die Finsternis hat es nicht begriffen.
> *Johannes 1,5*

Mian zieht seine Panflöte aus dem Hosenbund hervor und setzt sich auf das vordere Deck der *Marie*. Eine Weile sitzt er einfach nur da und dreht die Flöte in seinen Händen. Sie ist aus echten Bambusrohren und wurde damals im Dschungel extra in Handarbeit für ihn angefertigt. 24 Loch, auf G-Dur gestimmt und mit fast 400 Gramm deutlich schwerer, als die meisten Menschen vermuten würden. In Momenten wie diesen, in denen er sich unverstanden und alleine fühlt, ist seine Musik das Einzige, das ihm hilft, nicht durchzudrehen. Seine Gitarre und das Klavier konnte er nicht mit auf Jaydens Schiff nehmen, aber die Panflöte reicht aus. Nachdenklich setzt er sie an die Lippen und beginnt, «Living without you» zu spielen, weil ihm das Lied immer wieder in den Sinn kommt, wenn er an Amy und den kleinen Jungen aus dem Vorgarten denkt. Wenn diese Gedanken aufziehen, muss er sie auf etwas anderes lenken, sonst wird er irre. Denn Mian hat sie oft. *Zu oft.*

Zu allem Überfluss kommt jetzt noch dazu, dass sie direkt in einen Sturm segeln, und obwohl Mian das weiß, kann er es nicht verhindern. Ihm ist von vornherein klar gewesen, dass die anderen ihm nicht glauben würden, wenn alles so offensichtlich gegen seine Aussage spricht.

Wie sollten sie auch?

Mian nimmt es ihnen nicht übel. Er ist gewohnt, dass es so ist, und nimmt es längst nicht mehr persönlich. Aber dieses Mal geht es nicht um gekränkten Stolz oder sonstige Nichtigkeiten. Möglicherweise geht es um das Leben von ihnen allen.

Ich sollte mich heute Nacht rausschleichen und heimlich die Route manipulieren.

Er hätte das sofort gemacht und in Kauf genommen, dass alle auf ihn sauer sind, aber er weiß, dass das zwecklos ist. Jayden und Ben sind viel zu erfahren in der Navigation, um einen derartigen Betrug nicht zu merken.

Es bleibt Mian also nichts anderes übrig, als abzuwarten und zu hoffen, dass er sich doch getäuscht hat oder dass der Sturm sich im letzten Moment verzieht oder die *Marie* solchen Naturgewalten standhält.

Obwohl Mian völlig in sein Spiel vertieft ist, merkt er sofort, dass Collin hinter ihn tritt. Nicht weil er ihn hört, sondern weil er seine Wut spürt. Eine Wut, die gegen ihn gerichtet ist und deswegen nur zu Collin gehören kann.

«Warum funkst du mir immer dazwischen?», schnauzt Collin ihn an. «Was passt dir nicht daran, dass ich Amy eine Freude machen möchte?»

Mian hört auf zu flöten und legt das Instrument in seinen Schoß. «Darum ging es mir sicher nicht.»

«Laber keinen Scheiß! Du hast damit ein ganz gewaltiges Problem. Gib es doch wenigstens zu!»

«Ich hab euch gesagt, warum wir nicht weg von der Küste segeln sollten.»

Collin verschränkt die Arme und starrt böse auf Mian hinunter. «Ich glaube dir kein Wort.»

«Ich weiß.»

«Weißt du auch, warum ich dir nicht glaube?»

Mian atmet tief ein und schließt für einen Moment die Augen. «Nein, aber du wirst es mir sicher gleich sagen.»

«Weil du dich bereits mit Lügen auf das Schiff geschlichen hast.» Collins Stimme wird mit jedem Satz lauter. «Dieses Mitleidsgeheuchel ... von wegen, du warst noch nie segeln. Wir wissen alle, dass das nicht stimmt.»

«Okay», sagt Mian und schweigt wieder. Er hat sich absichtlich verraten mit seiner Erfahrung. Die anderen haben das einfach hingenommen, doch für Collin scheint es ein echtes Problem zu sein.

«Glaubst du, ich merke nicht, was zwischen dir und Amy läuft?»

«Ich hab sie nicht angerührt. Wirklich.»

«Noch nicht.» Collin bebt vor Wut. «Wird wohl nicht mehr lange dauern ...»

Eigentlich wollte Mian nichts dazu sagen, aber das kann er nicht auf sich sitzen lassen. Langsam steht er auf. «Was genau wirfst du mir vor?» Er bereut es sofort, denn Collins Wut verwandelt sich augenblicklich in Unsicherheit.

«Amy ist mit *mir* hier auf dem Schiff.» Collin weicht einen Schritt zurück. «Mit mir. Nicht mit dir.»

«Ich weiß das», versucht Mian einzulenken. «Und ich wäre auch immer von ihr weggeblieben ...»

«Und weil du von ihr wegbleiben wolltest, bist du mit auf das Schiff gekommen – klar!»

«Ich wollte euch sogar helfen zusammenzukommen», sagt er. «Am Anfang jedenfalls. Inzwischen ...» Er stockt.

«Inzwischen was?»

«Du liebst sie doch gar nicht, Collin.»

«Wie bitte?» Er starrt Mian an.

«Du hast nicht mal ernsthaftes Interesse an ihr.»

Collins Kinnlade klappt runter. «Bist du bescheuert? Das entscheidest du, ja? Du ...» Er ringt um Worte.

«Nein», räumt Mian ein. «Das entscheide nicht ich. Das ist auch nichts, was man entscheiden kann. Auch wenn du das gern möchtest.»

«Und warum soll ich das wollen, du ... du Delphi-Orakel, du?»

«Weil es einfacher wäre», erklärt Mian ruhig. «Du könntest den Schein wahren.»

«Du spinnst doch ...» Collins Worte sind nur oberflächlich hart. Mian weiß, dass er im Inneren völlig verunsichert ist. Fast verzweifelt versucht er, sein Konzept beizubehalten. «Du hast keine Ahnung. Sie gehört zu mir. Ich hab mich in sie verliebt.»

«Nein», widerspricht Mian. «Du hast dich in Tobias verliebt. Amy ist nur deine Ausrede.»

In dieser Sekunde explodiert etwas in Collin. «Halt deine Schnauze!» Mit einer Mischung aus Verzweiflung und Panik macht er einen Satz auf Mian zu, packt ihn an seinem Shirt und hält ihm die Faust vors Gesicht.

«Na los!», fordert Mian ihn auf. «Schlag schon zu! Wenn es dir hilft.»

«Verpiss dich aus meinen Angelegenheiten!»

«Die Wahrheit tut halt manchmal weh», redet Mian ungerührt weiter. «In dem Fall dann erst mal mir. Also mach schon.»

«Halt doch einfach deine Scheiß-Fresse!», schreit Collin,

lässt aber dennoch seine Hand ein Stück sinken. «Es ist meine Wahrheit und nicht deine!»

«Ey!», schreit Ben und kommt angelaufen. «Auseinander, sofort!»

Augenblicklich lässt Collin Mians Shirt los und hebt beide Hände in die Luft. Mian bleibt weiterhin reglos stehen und hält seine Panflöte fest.

«Spinnt ihr?» Vorwurfsvoll schaut Ben beide abwechselnd an. «Was habt ihr denn für ein Problem?»

«Gar keins», sagt Mian. «Wir sind bereits fertig. Es ist alles geklärt. Stimmt's, Collin?»

«Stimmt», knurrt er, sich mühsam beherrschend.

«Das will ich auch hoffen.» Ben ist wirklich sauer. «Der Nächste, der hier Streit anfängt, fliegt raus und war das letzte Mal an Bord. Verstanden?»

Collin nickt.

«Verstanden», sagt Mian.

«Gut. Kann ich euch jetzt wieder allein lassen?»

Mian setzt ein beruhigendes Lächeln auf. «Klar. Alles gut.»

Ben wirft beiden noch einen prüfenden Blick zu, bevor er sich langsam entfernt.

Erst als er außer Sichtweite ist, sagt Mian leise zu Collin: «Du brauchst keine Angst zu haben, ich sag es niemandem. Aber ... von meinem Schweigen wird es nicht weggehen.»

Normalerweise kann Mian nahezu sofort einschlafen, aber an diesem Abend liegt er wach und starrt die Decke an, während Ben neben ihm längst schon friedlich schlummert. Mians Kopf ist voll mit Amy, dem toten Jungen, Collin, dem drohenden Sturm, und dennoch ist das alles nicht der Grund, warum er noch wach ist.

Er hat Angst einzuschlafen. Normalerweise träumt er überhaupt nicht, aber phasenweise suchen ihn seine Albträume doch heim. Es hängt mit dem Mond zusammen. Je voller der Mond, desto unruhiger träumt er. Mit dem Mond und dem Datum. Jedes Jahr, wenn es auf den 23. September zugeht, werden seine Albträume am schlimmsten. Der Tag, an dem vor zwanzig Jahren mitten im karibischen Regenwald jenes traumatisierende Ritual stattfand, an das er sich ganz genau erinnern kann. Wenn er die Augen schließt, sieht er noch immer das lodernde Feuer, riecht den beißenden Rauch, hört die fremde Sprache und spürt das warme Blut auf seiner Haut. Vor allem hört er jene Worte, die ihnen ihr Freund hinterherrief, als seine Eltern die Flucht ergriffen: ... *ihr könnt nicht davonlaufen. Denn Geister vergessen nie!*

Mian hatte mitbekommen, welchen Handel seine Eltern damals eingegangen waren. Als Kind hatte er jedes Jahr an diesem Tag Angst gehabt, dass irgendetwas Furchtbares passieren könnte. Ein Blitzschlag, ein Geist, der kommt, um ihn zu holen, ein brennendes Haus, aus dem er es nicht mehr hinausschafft, ein Erdbeben, das ihn tötet. Irgendetwas, was die Geisterwelt auslösen würde, um seine Seele zu sich zu holen.

Mian und seine Eltern sind immer froh darüber gewesen, dass Jano nicht viel mitbekommen hatte. Er weiß nichts von dem Datum, das Mian so fürchtet. Für ihn war das alles nur eine Reise in den Dschungel gewesen, um seinen Bruder gesund machen zu lassen. Erst über die Jahre stellte sich heraus, dass in Janos Unterbewusstsein deutlich mehr hängen geblieben war, als sie gedacht hatten. Dennoch versuchten sie, ihm die Details zu ersparen. Es reichte, wenn Mian sich fürchtete.

Nun, es war nie etwas passiert, und mit den Jahren hatte Mian die Angst vor diesem Tag verloren. Geblieben sind die Albträume. In dieser Sekunde, als Mian in den Schlaf gleitet, weiß er bereits, wovon er träumen wird.

... Das Feuer lodert hoch in den Himmel. Die Luft ist erfüllt von beißendem, dunklem Rauch und leisen Worten, deren Sinn Mian nicht versteht. Suchend blickt er sich um, aber seine Eltern sind nicht mehr da. Er sitzt auf einer schmutzigen Decke mitten in einem Kreis fremder Menschen. Sie haben Stöcke in den Nasen und den Lippen und blutrote Farbe im Gesicht. Jano befindet sich dicht an Mians Seite, klammert sich an seinem Arm fest und weint leise.

Mian versucht, sich auf ihn zu konzentrieren, streichelt ihm durch die Haare und spricht leise mit ihm.

Hab Vertrauen, hat seine Mutter zu ihm gesagt. Er will sich an ihre Worte halten und ein Gefühl von Sicherheit an seinen Bruder weitergeben.

Plötzlich beugt sich eine halb nackte Frau zu ihm herunter. Sie greift nach seinem Shirt und zieht es ihm über den Kopf. Mian starrt sie verwundert an. Ihre Wangen sind schwarz geschminkt, und wenn sie blinzelt, sieht es aus, als hätte sie noch immer die Augen offen, weil jemand auf ihre Lider gelbe Schlangenpupillen gemalt hat.

Mian erschrickt, als er das Messer in ihrer Hand sieht. Es glänzt unheilvoll im Schein des Feuers. Die Frau mit den Schlangenpupillen gibt ihm zu verstehen, dass er seine Hand nach vorne strecken soll, und Mian gehorcht. Sie setzt die Messerspitze auf seinen Unterarm und schneidet tief in das Fleisch. Janos erschrockener Schrei vermischt sich mit dem brennenden Schmerz. Warmes Blut tropft an seinem Handgelenk hinunter, und eine Frau mit weißen Haaren fängt es mit einer Schale auf. Mian beginnt erst zu weinen, als er sieht, dass bei Jano das Gleiche gemacht wird. Sein Blut kommt in dieselbe Schale. Ein alter Mann nimmt diese entgegen, schüttet eine Flüssigkeit hinzu und rührt alles mit einem Stab um.

Hab Vertrauen …

«Bleib ruhig», *flüstert Mian seinem Bruder zu.* «Wir werden gleich wieder abgeholt. Bleib ganz ruhig.»

Die Frau mit den weißen Haaren hat nun eine andere Schüssel in der Hand. Sie steckt eine Spritze hinein und zieht einen Teil der Flüssigkeit durch die Kanüle nach oben. Dann drückt sie Mian die Schüssel in die Hand und gibt ihm zu verstehen, dass er den Inhalt trinken soll. Es sieht aus wie Milch, riecht aber sauer und verdorben. Zaghaft schüttelt Mian den Kopf, aber die Frau bleibt hartnäckig. Jano beginnt zu schluchzen.

Plötzlich ist Mian alles egal. Er will nur noch fertig werden und nach Hause gehen. Deswegen hält er sich die Nase zu und stürzt das Gesöff hinunter. Die Frau lächelt. Sie zeigt ihre spitzen Zähne und beugt sich nach vorne. Doch sie nimmt nicht die leere Schale entgegen, sondern greift nach Jano.

Das ist der Augenblick, in dem alles in ihm zusammenbricht.

Mian schreit. Panisch springt er auf, schlägt nach den Menschen um sich herum und versucht, seinen Bruder festzuhalten. Doch die Frau reißt ihn einfach von ihm fort. Der alte Mann nimmt ihn entgegen, hält den weinenden Jano auf dem Arm fest, während die Frau mit den Schlangenpupillen nach Mians Handgelenken greift. Er versucht, sich zu wehren, sich aus ihrem Griff zu lösen, doch sie bleibt unerbittlich. Sie zieht ihn grob nach vorne, sodass er bäuchlings hinfällt, und hält ihn in dieser Position fest.

Mian kann sich nicht mehr aufrichten, weil eine weitere Person seine nackten Fußgelenke fixiert. Er spürt, dass sich jemand über ihn lehnt und sich halb auf seine Oberschenkel setzt. Ein stechender Schmerz jagt in seinen Rücken, als die Spritze hineingerammt wird.

Es dauert quälende Minuten, bis die Kanüle leer ist und sich die heiße Flüssigkeit in seinem Körper verteilt hat. Doch auch dann darf er sich nicht aufsetzen. Die Frau dreht ihn um, sodass er nun auf dem Rücken liegt und in viele fremde Augen schaut. Seine Arme und Beine werden noch immer festgehalten, als die weißhaarige Frau das Messer auf seine Brust setzt. Mian schreit ein weiteres Mal laut auf. Dann gibt er keinen Ton mehr von sich. Die Tränen laufen stumm seine Wangen hinunter, während auf Höhe seines Herzens ein tiefer Schnitt gemacht wird. Sein Blick sucht Jano. Die Angst um seinen Bruder lenkt von seiner eigenen Todesangst ab.

Die Schale mit dem Blut von ihm und Jano wird zurückgebracht. Die Frau tropft es mit den Fingern in die offene Wunde auf Mians Brust.

Gleiches mit Gleichem heilen ...

Ein Satz, den er vorhin aufgeschnappt hat und dessen Bedeutung er nicht versteht.

Hab Vertrauen ...

Er versteht gar nichts mehr.

Blätter werden auf die Wunde auf seiner Brust gelegt, um die Blutung zu stoppen. Resigniert schließt er die Augen. Es fühlt sich endlos lange an, bis er losgelassen wird. Seine Finger zittern, als er damit über seinen immer noch blutenden Arm streicht.

Plötzlich ist Jano zurück. Irgendwer hat ihn wieder zu ihm gesetzt. Jano weint und klammert sich an seinem Bruder fest. Mian nimmt Jano in den Arm, streichelt seine Wange, fährt mit seinen blutverschmierten Fingern durch sein dunkles Haar und wiegt ihn liebevoll hin und her.

«Alles wird gut», flüstert er ihm zu. «Alles wird gut. Ich bin da. Alles wird gut.»

Amy

Jeder große Sturm und jeder starke Wind
lehrt die Menschen, wie klein sie sind.
Volksweisheit

Ich kann nicht mehr schlafen. Es ist drei Uhr morgens, als ich wieder aufstehe. Mit der Dunkelheit kam die Trauer, hüllte mich ein und lässt mich nun nicht mehr los. Ich denke an das einzige Mal, an dem ich mit Timmy auf dem Wasser war. Auf einer kleinen Fähre, die uns von einem Ufer zum anderen gebracht hatte. Zehn Minuten nur, und dennoch hatte Timmy so viel Freude und Faszination dabei empfunden.

Wir machen das einmal wieder, mein Schatz!
Ein Versprechen, das ich nicht gehalten habe.
Und niemals halten werde ...
Ich spüre, wie mir die Luft knapp wird, als die Verzweiflung meinen Hals zudrückt. Entschlossen wische ich mir eine brennende Träne aus den Augen und verlasse die Kajüte.

Es ist kalt geworden. Ich fröstle, schlinge die Arme fest um meinen Körper und kneife schützend die Augen zusammen, um sie vor dem Wind zu schützen, der deutlich aufgefrischt hat.

Collin ist bereits seit über einer Stunde an Deck, weil er versprochen hat, Jayden abzulösen und die zweite Hälfte der Nachtschicht zu übernehmen. Ursprünglich hatte Jayden vorgeschlagen, die Nacht in einer geschützten Bucht zu verbringen und erst am nächsten Tag weiter Richtung Santa Catalina zu fahren, aber Collin war dagegen. Ihm ist es unheimlich wichtig gewesen, keinen Zwischenstopp zu machen, sondern so schnell wie möglich nach Avalon zu kommen. Dafür übernimmt er gerne die Nachtschicht, und das, obwohl er kein Nachtmensch, sondern eher der Lerche-Typ ist. Ich bin gerührt, dass er sich so für mich einsetzt, und dennoch überkommt mich das ungute Gefühl, dass es besser gewesen wäre, auf Mian zu hören. Oder wenigstens auf Jayden und irgendwo an einem sicheren Platz zu ankern.

Leise schleiche ich mich am Cockpit vorbei. Eine heftige Windbö trifft mich. Ich muss mich am Geländer festhalten, um nicht das Gleichgewicht zu verlieren. Collin liegt ausgestreckt auf der Bank, mit Kopfhörern in den Ohren, und schaut in den Nachthimmel. Es ist nichts Ungewöhnliches, dass die Jungs in ihrer Nachtschicht Musik hören oder etwas lesen. Manchmal dösen sie auch einfach vor sich hin und stellen zur Sicherheit alle zwanzig Minuten den Wecker, damit sie den Kurs überprüfen und nach Hindernissen Ausschau halten können.

Ich wundere mich nicht, dass Mian am Bug an der Reling lehnt. In einigem Abstand bleibe ich stehen und beobachte ihn. Er trägt ein ausgeleiertes Shirt, das er mit Sicherheit zum Schlafen angezogen hatte, und eine lange schwarze Jogginghose. Ich räuspere mich, aber er reagiert nicht. Völlig reglos steht er da, den Blick in die Ferne gerichtet. Der heftige Wind reißt an seinen Haaren.

Er wartet auf den Sturm.

«Kannst du nicht schlafen?», frage ich ihn leise.

Falls ich ihn überrascht habe, so lässt er sich nichts davon anmerken. «Du solltest unter Deck bleiben.»

«Wegen dem drohenden Sturm?»

«Ja.»

«Wird er uns denn treffen?» Mein Blick folgt dem seinen über das Meer hinaus. Das Wasser ist unruhig geworden, und vom Horizont rollen dicke Wellen heran.

«Ich weiß es nicht», antwortet er.

«Aber du weißt, dass es einen Sturm geben wird?»

«Ja», gibt er leise zurück. «Hier irgendwo. Ich hoffe, er zieht an uns vorbei.»

«Woher weißt du das?» Ich beuge mich ein Stück über die Reling, um ihn unbemerkt ansehen zu können, aber er schaut über mich hinweg zum Horizont.

«Intuition», sagt er.

Ich glaube ihm. Mit einem Schlag weiß ich todsicher, dass er recht hat mit seiner Vorahnung und mit dem, was er prophezeit. «Wir müssen Jayden wecken. Er weiß, was zu tun ist.»

Verwundert dreht Mian sich um und schaut mich fragend an. «Ist das dein Ernst?»

«Ich helfe dir, ihn zu überzeugen.» Aus einem Impuls heraus greife ich nach seiner Hand und ziehe ihn hinter mir her am Cockpit vorbei.

«Was macht ihr?» Fragend blickt Collin auf meine Hand.

Automatisch schließen sich meine Finger fester um die von Mian.

«Wir wecken Jayden ...», erkläre ich.

«Hand in Hand?»

«... wegen des aufziehenden Sturms», ergänze ich meinen Satz.

«Ahh, verstehe. Er hat dich eingelullt.»

«Das ist kein Spiel!», herrscht Mian ihn an. «Wenn der Sturm kommt, haben wir ein echtes Problem. Wir alle.»

«Ja klar doch. Weil wir sitzen ja alle im gleichen Boot, nicht wahr?»

«Hahahaaaa. Toller Witz.»

«Hu, der böse Sturm», macht Collin. «Und wenn er gar nicht kommt?»

«Dann ziehen wir die Segel wieder nach oben und die Rettungswesten wieder aus, und keinem hat es was geschadet.»

«Versuch dein Glück bei Jay», sagt Collin und schüttelt den Kopf. «Er wird dir ohnehin nicht glauben.»

«Jetzt schon.» Ich deute mit dem Zeigefinger zum Horizont. Zwei gleißende netzartige Blitze durchziehen die Nacht, und eine riesige Wetterfront kommt auf uns zu. Ein dicker Regentropfen trifft auf meine nackte Haut. Mein Puls schießt in die Höhe.

«Verdammt!», flucht Mian. Er greift im Cockpit unter die Bank und zieht zwei Rettungswesten hervor. Eine wirft er Collin zu, die andere legt er mir um die Schultern. «Hier, zieh die an!» Dann deutet er auf die Stufen, die vom Deck abwärtsführen. «Amy, hol Ben und Jayden! Collin, wir reffen die Segel!»

«Ich weiß nicht», stammelt er. «Es ist Jaydens Schiff, er hat das Kommando.»

«Halt die Fresse und hilf mir!»

Mian wartet nicht länger, stemmt sich gegen den Wind, der schlagartig mit einer heftigen Bö die Segel erfasst, und geht zu der großen Kurbel des Hauptsegels.

Ein weiterer Blitz durchzuckt die Nacht und taucht für

ein paar Sekunden alles in gleißendes Licht. Ich schreie laut auf und will mich in Bewegung setzen. Im gleichen Moment sind Jayden und Ben schon an Deck. Jayden verharrt eine Sekunde und starrt in den Himmel.

«Collin!», schnauzt er. «Hol die verfluchten Segel runter!»

«Ich bin dabei», verteidigt er sich.

«Zieht die Rettungswesten an», befiehlt Ben. «Alle!»

Mein Herz schlägt auf einmal bis zum Hals. Entgegen Mians Anweisung gehe ich nicht unter Deck, sondern vor zum Bug und blicke zum Horizont. Er ist nachtschwarz, durchzogen von einem leuchtenden Rot und grellen Blitzen, die sich spinnennetzartig über den Himmel spannen. Der Wind hat sich in den letzten Minuten auf mindestens die doppelte Geschwindigkeit verstärkt, und ich spüre dicke Regentropfen auf meinen Armen.

Mian hatte recht!

Obwohl ich ihm längst geglaubt habe, trifft mich die Erkenntnis mit ähnlicher Wucht wie der Sturm das Schiff.

«Ben, mach im Cockpit alles aus, hol die Leinen ein, wir müssen die Segel reffen und den Baum festbinden!», schreit Jayden über das Schiff.

Mein Blick geht zu der unteren Stange, die quer zu dem großen Mast das Hauptsegel hält. Ich habe keine Ahnung, wie die Jungs dieses Ding festbinden wollen …

Eine weitere Windbö erfasst das Schiff und fährt in das Hauptsegel, das immer noch halb oben steht. Ein ohrenbetäubendes Pfeifen ertönt, der Bug der *Marie* hebt sich aus dem Wasser und klatscht nach ein paar Sekunden zurück ins Meer. Die Wellen spritzen rechts und links nach oben, schwappen über das Deck und überschwemmen den Boden.

«Zieht das verdammte Segel doch endlich runter!», flucht

Jayden, der zeitgleich das kleinere Vorsegel eingeholt hat. «Wird das heute noch was?!»

«Zwei Leinen sind gerissen», schreit Collin zurück. «Wir kriegen es nicht weiter runter.»

Jayden stürzt zum Hauptsegel. «Vergesst die Kurbel! Wir müssen es von Hand einholen!»

Während Ben im Cockpit alles abschaltet, zerrt Jayden zusammen mit Mian an den Leinen des Hauptsegels.

Eine Windbö erfasst plötzlich die Querstange und dreht sie im Halbkreis über das Deck. Ich schreie auf und springe zur Seite. Meine nackten Füße rutschen auf dem nassen Holzboden weg. Erschrocken rudere ich einen Moment mit den Armen in der Luft und schlage dann frontal auf dem Deck auf. Ein heißer Schmerz schießt mir in den Kopf, und ich schreie erneut auf, als ich das Blut auf dem Boden entdecke.

Alles um mich herum dreht sich. Schnell schließe ich die Augen. Es dauert eine Weile, bis ich begreife, dass meine nassen Wangen nicht vom Blut kommen, sondern von dem Regen, der in jeder Sekunde stärker wird und mir ins Gesicht peitscht.

Panisch öffne ich meine Augen wieder und blicke mich entsetzt um. Binnen dieser wenigen Minuten hat sich das Leben auf dem Schiff in einen Albtraum verwandelt. Mian und Jayden zerren noch immer an den Leinen des Segels, das sich auf halber Höhe heftig im Sturm bläht. Ben hält verzweifelt ein Stahlseil fest, von dem ich nicht sagen kann, welche Funktion es hat. Collin flucht und lehnt sich gegen den Wind, während er den Baum fixiert.

Unter Deck ertönt ein Scheppern, als irgendwas umkippt und zerbricht. Die *Marie* hat bedrohliche Schräglage bekommen. Ich rutsche auf die Seite des Schiffes, die tiefer im Wasser liegt. Verzweifelt versuche ich, mich mit meinen nassen Fingern an dem glatten Boden festzuhalten. Es ist unmöglich. Ich hinterlasse einen schmierigen blutigen Handabdruck, der vor meinen Augen im Regen verschwimmt.

«Ganz ruhig.» Mians Stimme ist direkt an meinem Ohr. «Es ist nur die Nase. Es ist alles in Ordnung, es ist nur Nasenbluten.»

Ich habe keine Ahnung, wie er so schnell bei mir sein konnte. Gerade ist er noch am Segel gewesen ... Aber ich spüre seine Hand auf meinem Arm. Seine Wärme, die trotz der kalten Nässe meinen Körper durchdringt.

Plötzlich bin ich unglaublich erleichtert, dass ich nicht mehr alleine mitten im Unwetter liege. Ich möchte dieses Gefühl einfach festhalten und den Rest um mich herum für immer vergessen.

«Komm hoch», herrscht Mian mich an. Er schiebt seine Arme unter meine Achseln und zieht mich auf die Beine. Mit einer Hand hält er sich an der Reling fest, mit der anderen zieht er mich am Handgelenk zu sich heran. Das Schiff bebt bedrohlich, grollender Donner mischt sich unter das Rauschen des Sturmes und der brechenden Wellen.

«Halt dich fest!» Mian legt meine Hand an die nasse Reling, aber meine Finger rutschen immer wieder ab. Er legt meine zweite Hand ebenfalls an das Geländer und stellt sich dicht hinter mich, sodass er mich mit seinem Körper an der Reling fixiert, damit ich endlich Halt finde. Eine weitere Sturmbö, gefolgt von einer gigantischen Welle, klatscht auf die Breitseite des Schiffes. Die *Marie* wird einseitig kurz in die Luft katapultiert. Ich mache mich ganz klein, kauere mich an Mians Brust zusammen und halte mich mit aller Kraft an der Reling fest. Dann fällt die *Marie* zurück ins Wasser. Eine Wasserfontäne trifft mich mit voller Wucht und nimmt mir kurz den Atem. Ich habe keine Hand frei, mir das Blut oder die Nässe aus dem Gesicht zu wischen. Jede Faser in mir konzentriert sich auf Mian, der ebenfalls erschrocken nach Luft schnappt. Ich spüre, wie seine Arme vor Anstrengung zu zittern beginnen.

Wenn nicht ein Wunder passiert, sind wir verloren.

Lange wird Mian es nicht schaffen, uns beide in dieser Position zu halten. «Oh Gott! Wir werden ertrinken!» Die Erkenntnis überkommt mich schlagartig. «Wir werden ins Wasser fallen.»

«Wir müssen das Schiff drehen!», schreit Mian hinter mir. «Jayden! Wir müssen das Schiff drehen!»

«Es geht nicht!», ruft Ben. «Wir kriegen das Segel nicht runter.»

«Ihr müsst erst den Baum freigeben!», flucht Jayden.

Ein unnatürliches Quietschen mischt sich in die Geräusche des Sturms. Jayden lässt die Leinen los, greift nach dem dicken Stahlseil, das quer zum Segel gespannt ist, und hält es fest. Collin will dasselbe tun, doch noch bevor er nach dem Stahlseil greifen kann, reißt es.

«Ahhh», schreit Jayden. Er schlägt beide Hände vors Gesicht. Blut quillt zwischen seinen Fingern hervor.

Jayden schreit erneut auf, als er seinen Halt verliert und eine Welle ihn zu Boden schlägt. Er bleibt reglos auf dem Deck liegen. Collin wirft sich hastig über ihn, hält ihn fest und verhindert so in letzter Sekunde, dass die nächste Welle ihn von Bord holt und mit sich nimmt.

«Mian?», brülle ich in den Sturm. «Was passiert da?»

«Das Vorstag ist gerissen. Das Stahlseil, das den Mast hält.»

«Was heißt das?»

«Der Mast wird kippen.»

«Geh! Hilf ihnen. Ich komme klar», lüge ich.

«Ich bringe dich erst unter Deck.» Hektisch blickt er sich um. «Ben? Du musst das verdammte Schiff drehen! Den Bug in den Wind.»

«Es geht nicht», wiederholt Ben. «Wir kommen nicht gegen den Sturm an. Ich muss den Motor starten, um eine Chance zu haben.»

«Mach es nicht! Es ist zu riskant», schreit Mian zurück. «Wir müssen versuchen, mit dem Wind zu wenden! Hörst du? *Mit* dem Wind! Nicht gegen ihn.»

«Die Wellen drücken das Schiff weg! Wir haben keine Wahl! Wir kippen sonst.» Ben läuft in geduckter Haltung über das Deck. Er verschwindet im strömenden Regen aus meinem Sichtfeld.

«Oh Gott.» Meine Stimme bricht. «Was passiert, wenn er den Motor startet?»

Mian gibt keine Antwort. Er lässt eine Hand los, um die nächste Querstrebe zu fassen, und zieht mich hinter sich her. In dem winzigen Moment zwischen den Wellen löst er sich von der Reling und geht hastig mit mir an der Hand über das Deck zum Cockpit. An dessen Geländer klammert er sich erneut fest. Mian schiebt mich vor sich, sodass er mit dem Rücken zum Sturm steht und sich schützend vor mich stellen kann. Er greift nach der Tür, die ins Innere führt, schafft es aber nicht, sie gegen den Sturm zu öffnen, ohne mich loszulassen.

«Collin!», schreit Mian ihm zu. «Hilf mir!»

Collin erfasst die Situation sofort. Er sichert Jayden mit einer Leine und läuft über das Deck. Eine Welle erfasst das

Schiff, Collin rutscht aus und fällt hin, richtet sich aber sofort halb auf und geht geduckt weiter. Mit beiden Händen öffnet er die Tür und stemmt sich dann mit der Schulter dagegen. Mit einer Hand hält er sich am Rahmen fest und streckt mir die andere entgegen.

«Geh mit ihm runter», zischt Mian mir zu. «In deine Kabine. Hinlegen. Zudecken.»

«Und du? Was ist mit dir?» Mein Blick huscht von Mian zu Collin, dann wieder zurück zu Mian. Seine Haare sind völlig zerzaust und vom Regen dunkler als sonst. Sein Shirt klebt klatschnass an seinem Körper.

Er hatte noch nicht mal Zeit, eine Rettungsweste anzuziehen.

«Ich komme nach. Geh!»

«Amy, komm!», brüllt Collin.

Eine weitere Welle trifft das Schiff auf die Breitseite und hebt es hoch aus dem Wasser. Ich verliere den Halt, pralle hart mit der Lippe gegen Collins Schulter. Mian zieht mich nach hinten und hält mich fest, damit ich meinen Stand wiederfinde.

«Geh», flüstert er tonlos. Ich erkenne das Wort an der Lippenbewegung.

Seine Hand zittert, als er ganz kurz die Reling loslässt und mir mit den Fingern über die Wange streicht. Von seinen Wimpern tropft ihm Wasser auf die feuchte Wange.

Ich blicke tief in Mians Augen, die in diesem Moment magisch grün wirken.

Panik erfasst mich, als mich ein Déjà-vu überkommt.

Ich werde ihn nie wiedersehen!

Anstatt ihn loszulassen, schlinge ich meinen Arm um ihn, ziehe ihn für eine Sekunde fest an mich und drücke ihm einen Kuss auf den Mund.

«Amy», schreit Collin wieder. «Komm jetzt endlich!» Er greift nach meinem Handgelenk, um mich unter Deck zu ziehen.

Mian nickt mir kurz zu, dann lasse ich ihn los und folge Collin.

Damals

Josephine verhielt sich vollkommen still und beobachtete ihre Jungs. Mian saß am Klavier und sang den Refrain des Liedes, das er mit Jano performte. Die gemeinsamen Auftritte ihrer Söhne waren zu ihrem persönlichen Highlight geworden. Ihre Angst, dass Mian sich durch seine wiederkehrenden Partyexzesse verändern würde, war Gott sei Dank unbegründet gewesen. Er ging zwar jedes Wochenende weg, kam sturzbesoffen und mit ständig wechselnden Mädchen nach Hause, aber sein Charakter war derselbe geblieben. In seiner sonstigen Freizeit machte er Musik, kümmerte sich um den Esel und das jüngere Nachbarmädchen und bereiste zusammen mit seinem Bruder die Welt. Dass Jano erst vierzehn Jahre alt war, hielt keinen der Jungs davon ab. Josephine wusste, dass diese Freiheitsliebe auch ihrer und Andreas' Erziehung geschuldet und nicht mehr umkehrbar war. Zudem brauchten Mian und Jano die Auszeit und die Flucht aus der zivilisierten Welt. Es war für die beiden notwendig, um immer wieder zu sich selbst zu finden.

Hochintelligent, hochbegabt und hochsensibel.

So lautete die Diagnose der beiden, die Andreas und sie schon lange wussten. Unzählige IQ-Tests hatten das bestätigt und ihnen einige Möglichkeiten eröffnet.

Seit kurzem gingen die Brüder zusammen in den Mensa-Club. Ein Treffpunkt, der nur Menschen mit einem IQ über 130 seine Türen öffnete. Mit ihrer Intelligenz kamen die beiden klar. Sie hatten gelernt, sich zurückzunehmen und das Gegenüber nicht spüren zu lassen, wie hoch überlegen sie ihm waren.

Was ihnen allerdings wirklich zu schaffen machte, war ihre Hypersensibilität. Jano und Mian gingen mit derart feinen Antennen durch das Leben, dass sie schnell überladen waren mit äußeren Reizen. Sie empfingen die Emotionen und Energien der anderen Lebewesen und verfügten über ein Wissen, das sie nicht rational erklären konnten. Oft war ihnen diese Flut von Einflüssen viel zu viel: Janos Neurodermitis verstärkte sich, und hin und wieder kam es vor, dass Mian wieder einen Asthmaanfall bekam.

Deswegen erlaubten Josephine und Andreas ihrem minderjährigen Jano, zusammen mit Mian nach Portugal und in die USA zu fliegen, teilweise auch während der Schulzeit. Halten konnten sie die beiden längst nicht mehr. Die fehlenden Unterrichtszeiten schadeten ihnen nicht. Sie langweilten sich ohnehin in der Schule, konnten den quälend langsamen Informationsfluss in einer viel zu langen Zeitspanne kaum ertragen. Sie lernten den Unterrichtsstoff deswegen überwiegend zu Hause in einem Bruchteil der Zeit. Mittlerweile konnten beide drei Sprachen fließend und beschäftigten sich mit Dingen, die Josephine nicht mal im Ansatz verstand.

Die Tatsache, dass Mian sein Abitur vor wenigen Wochen mit einem Notendurchschnitt von 1,2 abgeschlossen hatte, zeigte ihr, dass Andreas und sie alles richtig machten, auch wenn viele Menschen sie nicht verstehen konnten.

Aber das war schon immer so gewesen. Schon damals ernteten sie nur Unverständnis, als Andreas und Josephine für einen Hungerlohn in Entwicklungsländer reisten, um den Menschen dort zu helfen, und dafür selbst auf Luxus und Wohlstand verzichteten.

Später, als sie ihre Söhne mit in diese Verhältnisse nahmen, wurde die Verachtung ihrer Mitmenschen noch größer. Als sich dann herausstellte, dass Jano und Mian einfach anders waren als andere Kinder in ihrem Alter, wussten sämtliche Nachbarn und Verwandte Bescheid: Die ungewöhnlichen Lebensumstände der Familie Wolf hatten dazu geführt!

Gemischte Gefühle machten sich in Josephine breit, wenn sie an diese Vorwürfe dachte. Es wäre ihr recht gewesen, wenn ihr idealistischer Lebensstil ihre Kinder zu den empathischen und liebevollen Menschen gemacht hat, die sie heute sind. Allerdings fragte sie sich immer und immer wieder, ob nicht jenes Ritual damals im Dschungel der Stein war, der die Lawine ins Rollen gebracht hat. Und sie fragte sich zudem, wo diese Lawine zur Ruhe kommen würde und ob diese Ruhe dann etwas Gutes oder etwas Schlechtes bedeuten würde.

Amy

> Beende den Tag nicht im Streit,
> es könnte kein Morgen geben.
> *Volksweisheit*

Ich liege einfach da und warte. Der Motor wird gestartet, und ich spüre, wie sich das Schiff dreht. Entgegen meiner Vermutung ist Collin sofort wieder an Deck gegangen und hat mich hier unten alleine gelassen.

Mein Magen dreht sich um. Ich kann nicht sagen, ob es an der Welle liegt, die an das Schiff donnert, oder an meiner Panik. Die Jungs kämpfen draußen gegen eine Naturgewalt, wie ich sie noch nie zuvor gesehen oder erlebt habe. Jayden ist bereits verletzt...

In der kleinen Küche klirrt das Geschirr, als ein Schrank aus der Verankerung bricht. Es kostet mich alle Willenskraft, liegen zu bleiben. Fest zugedeckt, wie Mian es angeordnet hat. Die Decke verhindert ein wenig, dass ich allzu sehr im Bett hin- und herrolle und ständig an der Wand anschlage. Sobald ich aufstehen würde, müsste ich mich unweigerlich übergeben.

«Die Spitze in den Wind!», höre ich Mian an Deck rufen, gefolgt von einem lauten Donnergrollen.

Ich muss meine Augen zumachen, weil ich das Gefühl, brechen zu müssen, nicht loswerde. Kalter Schweiß dringt aus all meinen Poren und sorgt dafür, dass ich zu frieren beginne. Mir ist so unglaublich schlecht. In meinem Kopf beginnt sich alles zu drehen. Mein Herz hämmert wild gegen die Brust, und in meinem Magen braut sich etwas zusammen. Ich muss mich ablenken, um mich nicht zu übergeben. An Deck ertönen immer wieder gerufene Anweisungen, und ich höre, wie die Wellen an der Seite des Schiffs brechen. Gleißende Blitze erhellen in unregelmäßigen Abständen meine Kabine und tauchen alles in so unwirkliches Licht, dass ich das Gefühl bekomme, ich würde träumen. Immer und immer wieder zähle ich bis hundert und lausche, ob der Donner leiser wird und der Sturm abebbt.

Irgendwann lässt das stürmische Pfeifen etwas nach, und das Schiff wird ruhiger.

Das ist mein Zeichen. Entgegen aller Vernunft stehe ich auf, gehe zur Tür, öffne sie und trete hinaus. Ben und Jayden sind im Cockpit. Jayden hält sich an der Scheibe fest und starrt zum Horizont. Er hat eine lange Schnittwunde im Gesicht, die immer noch blutet. Seine Schläfe weist einen dicken roten Fleck auf. Ben steht am Steuerrad, das er krampfhaft mit beiden Händen umklammert, um dessen Position zu halten. Meine Augen suchen Collin und Mian. Sie holen mühelos das Hauptsegel ein, das durch die Drehung des Schiffes nun locker im Wind flattert.

Vereinzelte Windböen preschen noch immer über das Schiff und peitschen mir den Regen ins Gesicht, sind aber insgesamt um einiges schwächer geworden. Am Horizont zucken gleißende Blitze ins Meer.

«Amy, komm hierher!» Jayden gibt mir zu verstehen, dass ich mich dicht neben ihn hinter die schützende Scheibe stellen soll. Ich mache, was er sagt, ohne Mian aus den Augen zu lassen. Er und Collin haben inzwischen das Segel verstaut und gehen geduckt über das Deck in Richtung Cockpit.

Ein lautes Krachen ertönt, als bräche etwas Großes entzwei.

«Collin, bleib stehen!», schreit Mian.

Collin blickt sich suchend nach dem Geräusch um und geht dabei weiter.

«Weg da!» Mian macht einen Satz auf Collin zu und stößt ihn grob zur Seite. Collin rutscht aus und fällt gegen die Reling.

Im gleichen Moment ertönt ein weiteres Krachen. Der Mast bricht aus seiner Verankerung und stürzt nach hinten Richtung Cockpit.

«Runter!», schreit Ben, packt meinen Arm und zieht mich zu Boden. Aus dem Augenwinkel sehe ich noch, wie Mian zeitgleich mit dem Mast zu Boden gerissen wird. Mein Schrei durchdringt die Nacht. Dann kracht der schwere Pfosten mit einem ohrenbetäubenden metallischen Geräusch auf das Cockpit, das Steuerrad und schlägt dann auf dem Heck auf.

Ich springe auf und will losrennen, aber Ben hält mich unerbittlich fest. Für einen Moment herrscht Todesstille. Reglos stehen wir da, während mein Blick erst zu Jayden und dann panisch über das Schiff huscht.

Jetzt erst gibt Ben mich frei. Ich klettere durch das zerstörte Cockpit ins Freie, dicht gefolgt von Jayden und Ben.

Collin kommt uns bereits entgegen.

«Es hat Mian getroffen», keucht er atemlos.

«Bitte nicht.» Ich schluchze auf, doch dann sehe ich Mian dicht neben dem umgestürzten Mast sitzen. Er hält sich die linke Schulter und starrt mich verwirrt an. Ich eile zu ihm, lasse mich auf die Knie fallen und nehme sein Gesicht in meine Hände. Sein Blick wird etwas klarer, er erkennt mich, und er ist nicht unter dem Mast eingeklemmt.

Gott sei Dank!

Ich umarme ihn. Mian stöhnt auf.

«Er ist verletzt», stellt Jayden fest. «Wir müssen ihn runterbringen.»

«Kannst du laufen?», fragt Ben und versucht, ihn hochzuziehen.

Mian schreit kurz auf und drückt seinen offenbar verletzten Arm dicht an den Körper. «Ich kann laufen», erwidert er tonlos. Er kommt langsam auf die Füße und muss sich dabei an Ben hochziehen. Das Schiff schwankt so heftig, dass es Mian kaum möglich ist, das Gleichgewicht zu halten.

«Lass dir helfen.» Jayden legt Mians unverletzten Arm über seine Schulter und führt ihn vorsichtig zurück in Richtung Cockpit.

«Kommen wir noch rein?», will Ben wissen.

«Die Tür ist frei», ruft Collin erleichtert. Er reißt am Griff. «Und auf geht sie auch noch.»

Nacheinander steigen wir unter dem Mast durch. Ben hält uns die Tür auf, während ich mit den anderen nach unten gehe. Ich muss mich die ganze Zeit irgendwo festhalten, um bei dem Geschaukel nicht den Halt zu verlieren.

«Setz dich», weist Jayden Mian an und zeigt auf seine Schlafcouch.

Mian lässt sich darauf fallen und zieht die Beine unter den Körper. Mit dem Rücken lehnt er sich gegen die Außenwand, um die heftigen Bewegungen des Schiffes abfangen zu können. Er ist kreidebleich im Gesicht, und seine Hände zittern.

Über uns grollt der Donner so heftig, dass seine Druckwelle das Schiff zum Vibrieren bringt.

«Was tut dir weh?», flüstere ich ihm zu.

Wo hast du dir weh getan, Timmy?

Ich schiebe die schmerzhaften Erinnerungen zur Seite und konzentriere mich nur auf Mian, der auf meine Worte hin ein halbes Lächeln zustande bringt.

«Ich hab mir den Oberarm gebrochen», sagt er leise. «Und die Schulter glaub ich auch.»

«Oh verdammt», flucht Jayden. «Zieh dein Shirt aus, ich muss mir das ansehen.»

«Ich mach das.» Ich drehe mich um und gehe zu der weit aufgerissenen Schublade der Bordküche. Gerade als ich hineinfassen will, trifft eine heftige Welle das Schiff. Mian schreit erneut auf. Zeitgleich reißt es mich von den Füßen, und ich lande auf dem Boden.

«Amy», ruft Mian erschrocken. Er will mir seine Hand reichen, aber Jayden ist schneller.

«Geht schon», murmle ich hastig, ziehe mich an Jayden hoch und hole eine Schere aus der Schublade. Ich stelle meine Füße hüftbreit auf, um einen einigermaßen sicheren Stand zu bekommen. Vorsichtig mache ich mich daran, Mians klatschnasses Shirt zu zerschneiden. Bei jeder Welle muss ich eine Pause einlegen, aus Angst, Mian sonst mit der Schere zu verletzen.

«Collin, geh und hilf Ben!», ordnet Jayden an. «Du kannst hier ohnehin nichts tun.»

«In Ordnung.» Collin löst sich von dem Griff, an dem er sich festgehalten hatte. Kurz bevor er die Tür erreicht, bleibt er stehen, dreht um und kommt noch mal zurück. Er legt Mian seine Hand auf die unverletzte Schulter und nickt ihm zu. «Danke.»

«Na klar», sagt Mian knapp.

Er streckt seinen Arm aus, damit ich ihm das zerschnittene Shirt ausziehen kann. Schon geht die nächste gewaltige Erschütterung durch das Schiff, und ich verliere erneut das Gleichgewicht. Aber dieses Mal steht Jayden dicht hinter mir, fängt meinen Fall ab und sorgt dafür, dass ich auf den Beinen bleibe. Ich halte mich an Jayden fest, der sich mit dem Rücken an den Türrahmen stützt.

Voller Sorge begutachte ich Mian. Inmitten einer geschwollenen Prellung an Schulter und Oberarm klafft eine mehrere Zentimeter tiefe Wunde. An dem Schiffsmast muss irgendwas Scharfkantiges herausgestanden haben …

«Lass mich mal hin», bittet Jayden.

Ich setze mich dicht an Mians rechte Seite und schließe die Augen, um der erneut aufkommenden Übelkeit entgegenzuwirken. Mian zieht schmerzerfüllt die Luft zwischen den Zähnen ein, als Jayden ihn abtastet.

Eine weitere Welle trifft das Schiff mit voller Wucht, sodass Jayden kurz nach hinten geworfen wird. Er fängt sich aber sofort wieder und fährt mit seiner Untersuchung fort.

«Der Oberarm ist gebrochen, genau wie du schon selbst diagnostiziert hast», stellt er fest. «Die Schulter ist nicht gebrochen, aber stark geprellt. Die Wunde ist ziemlich tief, doch sie klafft nicht. Man kann sie leicht nähen. Das machen wir, sobald der Sturm vorüber ist. Jetzt werde ich den Bruch notdürftig schienen und fixieren.»

«Ich hole dir erst ein neues Shirt.» Ich schaffe es, mich noch mal aufzuraffen. «Welcher Schrank ist deiner?»

«Hinter der Tür. Links.»

«Bring bitte den Verbandskasten mit!», ruft Jayden mir nach. «Der ist im Bad.»

Auf wackeligen Beinen gehe ich zuerst ins Bad und öffne

mit zitternden Fingern den Apothekerschrank an der Wand. Ich entdecke sofort den kleinen Kasten mit dem grünen Kreuz darauf und klemme ihn mir unter den Arm. Dann gehe ich vorsichtig weiter zu der Kabine unter dem Bug, entscheide mich für ein blaues T-Shirt, nehme es heraus und gehe zurück zu Mian.

«Ich helfe dir», sage ich, ziehe ihm das Shirt vorsichtig erst über den verletzten Arm und dann über den Kopf.

Mian heult auf und wird blass. Kurz fürchte ich, dass er das Bewusstsein verliert. Er atmet ein paarmal tief durch, dann hat er sich wieder gefangen.

«Weißt du, wie man das näht und schient?» Mian schaut Jayden fragend an. Er klingt so atemlos, als wäre er gerade einen Marathon gelaufen. «Sonst sag ich es dir oder mach es notfalls selbst.»

«Ich kann das», sagt Jayden.

Erneut müssen wir warten, bis die Wellen draußen unter dem Schiff durchgelaufen sind und es wieder einigermaßen zur Ruhe kommt. Dann greift Jayden nach einem großen Leinentuch und schneidet es in lange Streifen. «Ich hab nicht nur den Rettungsschwimmer, sondern auch eine Ersthelferausbildung. Berufsbedingt.»

«Hab ich auch», erwidert Mian.

«Dachte ich mir. Hast du auch den Segelschein?»

«Nein. Aber Motorboot für See- und Binnengewässer, und ich gehe seit vielen Jahren windsurfen. Außerdem hab ich Erfahrung mit Überlebenstraining im Dschungel.»

«Überlebenstraining können wir jetzt gut gebrauchen», gibt Jayden zu, während er das Verbandszeug in Position legt. «Kannst du fischen? So mit Töten und Ausnehmen?»

«Ja.»

«Sehr gut. Ich bin froh, dich an Bord zu haben.»

«Der Motor ist hinüber, oder?»

Jayden nickt unmerklich. Er sprüht ein Spray großflächig auf die Verletzung. «Den hat es durch die starke Unterwasserströmung zerfetzt. Die Funkantenne ist mitsamt dem Mast runtergebrochen und kaputt. – Halt still, ich fixiere dir den Arm erst im rechten Winkel und dann an den Körper.»

«Alles klar.»

Ich nehme nur am Rande wahr, wie Jayden die langen Tuchstreifen um Mians Arm wickelt. Die eben gehörten Worte dringen wie durch dicke Watte zu meinem Verstand durch: *Motor zerfetzt ... Funkantenne hinüber ... Überlebenstraining ... fischen ...*

Ganz langsam realisiere ich, was das bedeutet.

«Gehen wir unter?», frage ich.

Mians warme Finger legen sich vorsichtig auf meine und drücken sanft zu.

«Wir sinken nicht», verspricht Jayden. «Aber das Schiff ist nicht mehr manövrierfähig.»

«Was heißt das?» Im gleichen Moment, in dem sich meine Panik verstärkt, hält Mian meine Hand fester. *Er spürt meine Angst.*

«Das heißt abwarten. Wir müssen den Schaden bei Tag begutachten.» Jayden wirft den restlichen Stoff einfach zu dem Chaos auf den Boden. «Der Sturm lässt nach. Das ist alles, was im Moment zählt. Ich geh nach draußen zu den anderen.»

«Jayden!», ruft Mian und deutet auf seine Wange. «Deine Wunde muss erst versorgt werden. Die ist tief. Wir können uns jetzt keine Entzündung erlauben.»

«Okay», willigt er ein und greift nach dem Desinfektionsmittel.

«Ich mache das», sage ich entschlossen und nehme ihm das Spray aus der Hand. Ich gebe ein paar Stöße auf die Wunde und tupfe mit einem Mulltuch vorsichtig über Jaydens Wange. Er verzieht das Gesicht.

«Geht's?», frage ich ihn, während ich meine Hand zurückziehe und warte, bis die Welle abebbt.

«Alles gut», gibt er zurück. «Hauptsache, es ist gründlich sauber.»

Zur Sicherheit gehe ich ein zweites Mal mit dem Mull darüber, bevor ich ein steriles Tuch auspacke, es drauflege und mit einem großen Pflaster fixiere.

Plötzlich bin ich unglaublich müde, aber ich lasse mir nichts davon anmerken. Mit einem Lächeln auf den Lippen setze ich mich zu Mian und versuche, Zuversicht auszustrahlen und ihm Trost zu spenden. Ich lege mich neben ihn. Mian gibt mir einen sanften Kuss auf die Stirn und schlingt dann seinen Arm um meine Hüfte. Mein Herz macht trotz meiner Erschöpfung einen Sprung, und in meinem Bauch breitet sich eine Erkenntnis aus, die ich niemals für möglich gehalten hätte: Bis vor kurzem dachte ich noch, dass mir alles scheißegal ist und mir jedes Mittel und jeder Weg recht ist, um irgendwie meinem Timmy wieder nahe sein zu können. Jetzt hier, mitten auf dem Pazifik, auf einem defekten Schiff, im Arm eines Mannes, der mir auf einmal unglaublich wichtig ist, stelle ich fest, dass ich nicht sterben will.

Amy

*Empathie ist das Mittel,
das Du mit dem Ich zu verbinden.*

Die Sonne steht bereits hoch am Himmel, scheint durch das kleine Fenster ins Innere des Schiffes und weckt mich auf. Mühsam versuche ich, meine Augen zu öffnen. Sie brennen wie Feuer, und meine Lider sind verklebt vom Salz des Meeres. Es dauert eine Weile, bis ich begreife, was passiert ist, und die Details der letzten Nacht in meine Erinnerung zurückkommen.

Mit der Erkenntnis ist auch schlagartig die Angst wieder da. Ich will mich aufrichten, aber es geht nicht. Suchend blicke ich mich um. Mian ist verschwunden, und ich liege auch nicht mehr auf Jaydens Schlafcouch, sondern in meiner eigenen Kabine, fest zudeckt mit einer dünnen Baumwolldecke, die irgendjemand straff um mich herumgewickelt und an den Seiten fest unter die Matratze gesteckt hat. So war ich trotz des Sturms sicher fixiert und konnte wenigstens einigermaßen ruhig schlafen.

Es kostet mich Anstrengung, bis ich die Arme unter der Decke hervorgebracht habe. Endlich habe ich mich befreit, schlage die Decke zurück und richte mich auf. Für ein paar Atemzüge bleibe ich einfach sitzen und spüre die Bewegungen des Schiffes, die deutlich ruhiger geworden sind. Dennoch höre ich noch immer den Wind, der über das Deck pfeift. Das Bett auf der anderen Seite der Kabine ist unberührt, und mir ist klar, dass keiner der Jungs auch nur eine Minute geschlafen hat, seit der Sturm auf uns getroffen ist.

Langsam stehe ich auf und stelle fest, dass ich andere, trockene Sachen trage. Irgendjemand muss mich in der Nacht umgezogen haben, ohne dass ich davon aufgewacht bin.

Collin hat mir etwas zu trinken gegeben ...

Plötzlich tut es mir unglaublich leid, dass ich die letzten Tage so abweisend zu ihm gewesen war. Ich mochte ihn immer gern, aber auf einmal hatte ich das Gefühl, er wolle mir zu nahe treten. Er sollte mich allein lassen in meiner Trauer um Timmy.

Erst jetzt, als ich hier in meiner Kabine ausharre und beginne, mir große Sorgen um Collin zu machen, begreife ich, was eigentlich passiert ist.

Mian.

Er ist der Grund, dass sich mein Verhältnis zu Collin geändert hat. Weil ich Mian mag, und zwar auf eine gänzlich andere Weise als Collin. Nun sind beide Jungs dem fürchterlichen Sturm ausgesetzt gewesen, den Mian vorausgesagt hatte.

Weil ich nach Avalon wollte.

Mian hat die ganze Zeit auf mich aufgepasst und dafür gesorgt, dass mir nichts passiert, und jetzt ist er selbst schwer verletzt.

Und trotzdem, er hat uns belogen!

Schlagartig ist dieser unschöne Gedanke in meinem Kopf. Ich will das nicht denken, aber ich weiß, dass es stimmt. Es ist eine Lüge von Mian gewesen, dass er noch nie auf einem Segelschiff war. Keiner kann so blind sein und seine

Erfahrung auf dem Wasser übersehen, und er hat es ja auch bereits selbst zugegeben.

Warum wollte er unbedingt mit uns mit, ohne uns wirklich zu kennen?

Ich muss die Augen schließen, weil ich wieder einmal das Gefühl habe, brechen zu müssen. Die Antwort ist mir längst klar. Es gibt nur einen Grund, warum Mian sich auf das Schiff gelogen hat.

Er ist meinetwegen hier. Weil er von Timmy weiß!

Es ist offensichtlich, dass er wegen mir hier ist. Um mir zu helfen. *Warum will er das?*

Mit dem Ärmel wische ich mir die kleinen Schweißperlen von der Stirn. Mit erschreckender Nüchternheit stelle ich fest, dass ein fremder Mann mein bestgehütetes Geheimnis weiß, ohne dass es ihm jemand gesagt hat.

So wie er wusste, dass wir in einen Sturm kommen.

Mit den Fingern fahre ich durch meine langen und immer noch feuchten Haare und versuche, die Strähnen zu entwirren.

Ich binde mir einen Zopf, straffe die Schultern, nehme all meinen Mut zusammen und gehe an Deck, um mir die Realität da draußen anzusehen. Ich muss in gebückter Haltung unter dem Mast durchschlüpfen, bevor ich mich aufrichten kann. Zuerst sehe ich das halb zerstörte Cockpit, das zertrümmerte Steuerrad und den riesigen Mast, der längs über dem Heck liegt. Anschließend wandert mein Blick auf das Meer, das deutlich ruhiger geworden ist, aber immer noch hohe Wellen schlägt. Der Horizont ist trüb und grau, bleierne Wolken hängen tief am Himmel und ermöglichen kaum eine Sicht in die Ferne.

Versehentlich trete ich in eine große Wasserlache und

wäre fast ausgerutscht, weil das Schiff noch immer schaukelt. Sofort greife ich nach dem Geländer und suche mit den Augen den Boden ab. Überall sind Pfützen, und große Holzteile liegen herum. Ich bin froh, dass ich meine Flip-Flops angezogen habe. Ein Barfußlaufen ist hier nicht mehr möglich. Auch Taue, Fender und sonstiges Zubehör sind über das gesamte Schiff verteilt. Es sieht verheerend aus.

Eine eisige Windbö trifft mich und bringt mich dazu, noch mal hineinzugehen. Ich hole mir einen Pullover aus dem Schrank, ziehe ihn über und gehe erneut nach draußen.

«Wie geht es dir?», fragt Mian. Er steht mit den anderen zusammen am Bug. Offenbar sind sie gerade dabei, Kriegsrat zu halten. Die Luft um sie herum vibriert förmlich, so angespannt sind alle. Ein falsches Wort könnte ausreichen, damit irgendjemandem die Nerven reißen.

Mians verletzter Arm ist eingebunden und liegt in einer Schlaufe aus weißen Tuchstreifen. Die Wunde auf Jaydens Wange ist mit mehreren Klammerpflastern zusammengeklebt und wird mit Sicherheit eine ordentliche Narbe hinterlassen. Irgendwie ist dieser Gedanke ganz schrecklich für mich, dass bei ihm etwas dauerhaft Sichtbares zurückbleiben wird.

Ein optischer Makel, der ihn immer an seinen Fehler erinnern wird.

Collins Gesichtsfarbe ist eine Mischung aus Weiß und einem hellen Grün, auf der seine dunklen Augenringe noch extremer wirken. Beide Knie sind blutig aufgeschlagen. Lediglich Ben scheint die ganze Sache unbeschadet überstanden zu haben.

«Ich bin okay. Und ihr?», fragend schaue ich Mian an. «Was macht deine Verletzung?»

«Alles gut. Jayden hat die Wunde heute Morgen mit ein paar Stichen zusammengeflickt.»

Besorgt wende ich mich Jayden zu. «Wie geht es dir?»

«Mein Schiff ist kaputt», stößt der mit gepresster Stimme hervor und wirkt auf einmal aufgelöst. «Es ist völlig zerstört.»

Für ihn scheint sein Schiff das viel größere Problem zu sein als die Narbe in seinem Gesicht.

«Wir kriegen das hin», sagt Ben und klopft ihm tröstend auf die Schulter. «Sobald wir zu Hause sind, bauen wir das gemeinsam wieder auf.»

Jayden hat sich sofort wieder im Griff. «Schon okay. Hauptsache, wir haben alle überlebt.»

«Wenn wir irgendwann zu Hause sind», wirft Collin gereizt ein und starrt Mian an. «Komm schon, du willst bestimmt einen blöden Kommentar dazu abgeben.»

«Ich hab kein Wort gesagt», verteidigt sich Mian.

«Aber gedacht. Du hast dir gedacht, das kommt davon, dass ihr nicht auf mich gehört habt.»

«Ich hab gar nichts gedacht.»

«Auch wieder wahr...»

«Hört jetzt auf», knurrt Jayden. «Fakt ist, dass Mian recht hatte, und ich bereue es, nicht auf ihn gehört zu haben. Es tut mir leid, Mian.»

«Mir auch», wirft Ben ein. «Aber jetzt ist es zu spät. Nun müssen wir mit der Situation klarkommen.»

Ich blicke in lauter ernste Gesichter und traue mich kaum, meine Frage zu stellen: «Was ist euer Plan?»

«Tja.» Ben schaut verstohlen auf die Flip-Flops an seinen Füßen und seufzt tief. «Der Motor ist kaputt. Der Mast ist umgekippt, damit sind alle Segel weg. Die Funkantenne zerbrochen und die Reichweite dadurch drastisch eingeschränkt. Unsere Navigation ist nutzlos geworden, weil wir nicht vom Fleck kommen. Die *Marie* verfügt leider nicht über einen Transponder, über den man uns finden könnte. Handyempfang gibt es hier keinen, und Mian braucht dringend ärztliche Versorgung. – Kurz gesagt: Wir haben ein Problem.»

«Aber sie werden uns doch suchen kommen?» Ich bemühe mich, ruhig zu bleiben.

«Marie wird spätestens am zehnten Tag merken, dass etwas nicht stimmt. Wenn wir uns nicht aus Santa Rosa melden. Dann wird sie die Küstenwache nach uns schicken.» Jayden seufzt ebenfalls. «Nur werden die uns hier niemals suchen, weil wir unsere Route spontan geändert haben. Mittlerweile sind wir über hundertfünfzig Seemeilen von unserem ursprünglichen Kurs entfernt. Wir lagen ohnehin schon zu weit südlich, der Sturm hat uns noch weiter in diese Richtung getrieben, und die Strömung wird uns in den nächsten Tagen noch weiter aufs offene Meer ziehen. Hier draußen wird uns kein Mensch vermuten und deswegen auch niemand suchen.»

«Die Küstenwache fängt erst in drei Tagen an, uns überhaupt zu suchen.» Collin fährt sich mit dem Finger über den Nasenrücken. «Vorher wird uns niemand vermissen.»

«Was machen wir denn jetzt?» Heiße Tränen steigen mir in die Augen.

«Wir müssen die Lebensmittel, die wir haben, streng rationieren. Wir teilen sie zu, niemand darf sich selbst etwas nehmen.» Jayden wirkt plötzlich unglaublich müde und setzt sich auf den Boden. Er reibt sich mit den Händen die Schläfen und verstummt.

«Wasser darf nur noch zum Trinken und Kochen verwendet werden. Nicht mehr zum Waschen», fährt Ben fort. «Und dann werden wir ausharren müssen, bis uns jemand findet.»

«Aber sie suchen hier doch nicht mal.»

Ben ignoriert meinen Einwand. «Wir werden jeden Abend zwei Leuchtraketen in den Nachthimmel schießen und hoffen, dass jemand auf uns aufmerksam wird. Das machen wir so lange, bis uns die Raketen ausgehen.»

«Wir müssen ruhig bleiben und warten», beschließt Jayden. «Mehr können wir nicht tun.»

«Ich geh runter und sehe nach, was wir noch an Lebensmitteln haben. Dann teile ich uns allen einmalig eine Ration Wasser zu, damit wir das Salz, das vom Sturm überall an uns klebt, herunterwaschen können. Ab morgen waschen wir uns mit Meerwasser und kommen mit dem Salz klar, oder wir lassen das Waschen bleiben. Auch Zähneputzen geht wunderbar mit Salzwasser, da gewöhnt man sich dran.» Ben verschwindet in Richtung Cockpit.

«Ich werde schauen, ob ich die Funkantenne repariert bekomme. Dann können wir Hilferufe absetzen.» Jayden setzt sich ebenfalls in Bewegung. «Collin, du überprüfst die Wassertanks und unsere Ausrüstung. Amy, du gehst bitte unter Deck und beseitigst so gut wie möglich das Chaos. Mian, du musst dich schonen. Wir wissen nicht, wie lange du durchhalten musst, bevor wir ärztliche Hilfe bekommen.»

«Gib mir einfach eine Aufgabe.» Mian lächelt schief. «Du musst mich ja nicht unbedingt das Deck schrubben lassen.»

«Du kennst dich bestimmt mit Seekarten aus. Kannst du die genaue aktuelle Position berechnen?»

«Ja, das kann ich machen», antwortet er.

«Prima.» Auch Jayden ringt sich zu einem Lächeln durch. «Dann haben wir nun alle unsere Aufgaben. Wir treffen uns in zwei Stunden hier und besprechen die weitere Lage.»

Amy

Das Geheimnis des Könnens
liegt im Wollen.
Giuseppe Mazzini

Erst als Ben mir einen kleinen Eimer Wasser bringt, der nicht einmal halb voll ist, begreife ich so richtig, welche Konsequenzen das alles nach sich zieht.

Wir haben Schiffbruch erlitten.

Ich würde niemals bei Sophia in Avalon ankommen. Auch das gemeinsame Tauchen mit Collin fällt nun aus, und es wird keine weiteren Besichtigungen von irgendwelchen Inseln geben. Wir sitzen mitten auf dem Pazifik auf einem kaputten Boot, unfähig, irgendwo hinzufahren oder auf uns aufmerksam zu machen. Wir hatten Wasser und Lebensmittel für insgesamt zehn Tage dabei, und bevor diese um sind, würde sich nicht mal jemand auf den Weg machen, uns zu suchen. Ich schlucke schwer, als ich meine Hände in den Eimer tauche und mir vorsichtig Wasser ins Gesicht schöpfe. Meine Haut ist vollkommen ausgetrocknet und spröde, und es tut unglaublich gut, das Salz herunterzuwaschen, sodass ich nachher eine Feuchtigkeitscreme auftragen kann.

Dann halte ich einen Waschlappen ins Wasser, begnüge mich mit einer gründlichen Katzenwäsche und gehe wieder nach draußen.

Bis auf Collin sind schon alle an Deck. Sie haben sich ebenfalls gewaschen und frisch angezogen. Nur Mian trägt noch das Shirt von letzter Nacht.

«Zieh deine Rettungsweste wieder an», sagt Ben zu mir. «Die Wellen sind immer noch verdammt hoch, und wir wissen nicht, ob der Sturm zurückkommen wird.»

Ich gehorche ihm und lege mir die Weste, die aussieht wie ein schwarzes gepolstertes Kissen, über die Schultern. Die Jungs haben ihre längst wieder ausgezogen, was vielleicht dadurch gerechtfertigt wird, dass sie um einiges besser schwimmen können als ich.

«Die Funkantenne ist halbwegs einsatzbereit. Wir können funken, aber die Reichweite dürfte verschwindend gering sein», erläutert Jayden.

«Sie ist immer noch größer als die Sicht», stellt Ben fest. «Die beträgt aktuell keine zwei Kilometer. So dicht fährt doch hier niemand vorbei.»

«Wir haben keine anderen Möglichkeiten.» Jayden verschränkt die Arme vor der Brust und starrt seinen Freund an. «Wir müssen es so versuchen.»

«Wir werden immer noch abgetrieben. Die Strömung zieht uns weiter und weiter aufs Meer hinaus.»

«Das hast du bereits gesagt», knurrt Jayden genervt.

«Entschuldigung, dass das nun unser vorherrschendes Problem ist», gibt Ben gereizt zurück.

«Jungs», sagt Mian warnend. «Wir sollten jetzt noch nicht anfangen zu streiten. Heben wir uns das dafür auf, wenn unsere Nerven irgendwann wirklich blank liegen.»

«Lang dauert das nicht mehr», murmelt Ben.

Ich seufze unbemerkt und stelle mich neben Mian. Er greift sofort nach meiner Hand und hält sie fest.

Im gleichen Moment kommt Collin an Deck. Gespielt übertrieben stöhnt er auf und verdreht die Augen.

«Hast du ein Glück, dass deine rechte Hand noch funktionsfähig ist», stichelt er, aber in seiner Stimme liegt ein Lächeln. «Sonst könntest du Amy ja gar nicht vernünftig antatschen.»

«Ich bin Linkshänder, du Idiot», gibt Mian zurück.

Ich kann mir ein Grinsen nicht verkneifen. Sanft löse ich mich von Mian, gehe auf Collin zu und schließe ihn in die Arme.

«Tut mir leid», flüstere ich ihm ins Ohr. Mit dem Kinn deute ich auf Mian. «Das alles.»

«Schon okay.» Collin zögert, dann umarmt er mich. Es tut gut, ihn so nah bei mir zu spüren und zu wissen, dass alles in Ordnung ist zwischen uns.

Sanft schiebt er mich wieder von sich weg, um einen warnenden Blick zu Mian zu werfen. «Pass mir gut auf sie auf, sonst breche ich dir den zweiten Arm auch noch.»

«Zu Befehl!» Mian legt Zeigefinger und Mittelfinger an die Schläfe und salutiert. Dann streckt er mir seine Hand wieder hin, und ich greife danach.

Collins Aufforderung ist lieb gemeint und ich weiß sie zu schätzen, auch wenn sie etwas lächerlich klingt, da Mian ihm kräftemäßig vermutlich weit überlegen ist.

Mian zieht mich dicht zu sich heran, und ich schaue zu ihm auf. Das mystische Grün seiner Augen nimmt mich gefangen. Ich erwidere seinen Blick und stelle mich auf die nackten Zehen.

Sein Geruch steigt mir in die Nase. Er riecht nach Sonne, Wind und Meer und ein bisschen einfach nach sich selbst. Sofort beschleunigt sich mein Herzschlag, und automatisch rutsche ich dichter zu ihm hin, um mehr von ihm einzuatmen und zu spüren.

Mian beugt sich zu mir hinunter und gibt mir einen Kuss auf den Mund. Seine Lippen sind sanft und weich und schmecken heute nicht mehr nach Salz. Er berührt mit seiner Zunge vorsichtig die meine, und ich schließe die Augen, lasse mich von ihm küssen. Er tut es ausgiebig und hingebungsvoll, nicht flüchtig und in Eile wie das letzte Mal.

In meinem Bauch breitet sich die wohlige Wärme aus, die ich bereits kenne und die mittlerweile untrennbar mit Mian verbunden ist. Mein Herz schlägt ein paar Takte schneller und kräftiger. Zum ersten Mal seit über zwei Jahren spüre ich positive Emotionen in mir. Irgendwie habe ich auf einmal das Gefühl, wieder am Leben zu sein...

«Bah», stöhnt Collin. «Jetzt ist aber genug.»

Mian hört nicht auf, mich zu küssen. Er lässt mich nur ganz kurz los. Aus dem Augenwinkel sehe ich, wie er Collin den Mittelfinger entgegenstreckt. Dann legt er seine Hand zurück auf meine Hüfte, knapp über meinem Hintern. Wenn er mit den Fingern nur noch ein Stück tiefer rutschen würde...

«Na dann», sagt Jayden laut und klatscht in die Hände. «Toll, dass wir uns alle lieb haben. Aber vielleicht kann das warten bis später? Wir sollten mal eben kurz schauen, dass wir hier überleben.»

«Kinderspiel.» Mian löst sich von mir, lässt aber seinen Arm auf meiner Schulter liegen und sieht Jayden an. «Ich kann das Fischen übernehmen. Ich brauche aber einen Helfer, weil mit nur einer Hand wird es schwierig, die Fische human zu töten.»

«Ähm», macht Ben. «Welche Fische? Wir haben keine Angel.»

«Oh super.» Mian wirft einen fragenden Blick zu Jayden. «Du hast mich gefragt, ob ich Fische ausnehmen kann...»

«Ich dachte, wir fangen die ohne Angel», murmelt Jayden zerknirscht.

«Auch gut. Dann machen wir das.» Mian lässt sich nicht aus der Ruhe bringen, während ich mich in Gedanken bereits vom Fischessen verabschiede.

Collin scheint das ähnlich zu sehen. «Ohne Angel? Sollen wir die mit der Hand fangen oder was?»

«In einem Bach ist das durchaus möglich...»

«Wir sind aber nicht in einem Bach», kontert Ben. «Können wir die Theorie mal in den Büchern lassen und in die Praxis übergehen?»

«Okay», lenkt Mian ein und wendet sich an Jayden. «Hast du Angelschnur auf deinem Schiff?»

«Nein.»

«Angelhaken?»

«Nein! Ich bin Segler und kein Angler!»

«Verstehe», murmelt Mian nachdenklich. Er scheint im Kopf bereits einen Schritt weiter zu sein.

Mir wird plötzlich schwindelig, und ich muss mich setzen. Mian greift nach meiner Hand und zieht sie zu sich heran.

«Macht nichts, wir improvisieren einfach», beschließt er, während er beruhigend mit dem Daumen meine Finger streichelt. «Ich brauche ein Tau, am besten aus Hanf. Mehrere Sicherheitsnadeln aus dem Erste-Hilfe-Kasten und vier oder fünf kleine Holzstücke. Maximal zehn Zentimeter lang. Geht das?»

Jayden nickt. «Ja, das kann ich dir besorgen.»

«Sehr gut», lobt Mian. «Daraus können wir mehrere Angeln bauen, die dann jemand beobachten muss. Schauen wir, ob es funktioniert.»

«Klingt zuversichtlich», brummt Collin ironisch.

«In einem Bach ist auf diese Art fischen einfach. Hier ist es durch die Wellen um einiges erschwert. Aber wir versuchen es.»

«Brauchst du noch was?», will Jayden wissen.

«Alufolie. So viel du finden kannst.»

«Sollen wir uns Hüte basteln?» Ben kann sich das Lachen nicht verkneifen. «Gegen Chemtrails und Verschwörungstheoretiker?»

«Wenn was von der Folie übrig bleibt, kriegst du einen.» Mian muss ebenfalls grinsen. «Ansonsten nehmen wir sie für die Funkantenne.»

«Gute Idee.» Jayden scheint bereits begriffen zu haben, was Mian vorhat. «Ich geh runter und hole die Sachen.»

Jayden verschwindet unter Deck. Mian setzt sich zu mir auf den Boden, ganz dicht neben mich, und ich bin froh darüber. Sofort fühle ich mich nicht mehr so allein. Collin und Ben tun es Mian gleich und setzen sich zu uns.

Das Schiff schaukelt sanft auf den Wellen, während wir schweigend warten, bis Jayden mit einer kleinen Papiertüte zurück ist. Er packt die Sachen aus und legt sie fein säuberlich vor uns auf den Boden.

«Noch etwas», wirft Mian ein. «Wir sollten auch überlegen, ob wir das Trinkwasser nicht mit Salzwasser strecken.»

«Ich bin dagegen», sagt Ben. «Das ist zu riskant.»

Plötzlich komme ich mir unglaublich dumm und überflüssig vor, weil ich von all diesen Dingen keine Ahnung habe und nicht den geringsten Beitrag leisten kann.

«Wir können damit ja noch warten, es aber im Hinterkopf behalten», schlägt Mian vor. «Je eher wir das machen, desto mehr Trinkwasser können wir gewinnen.»

«Weil es länger dauert, bis die Grenze des Verträglichen erreicht ist», schlussfolgert Jayden.

«Genau. Wir müssen aufpassen, dass das osmotisch geregelte Verhältnis von Wasser und Salz im Körper nicht kippt», erklärt Mian. «Auch bei zu viel Fisch.»

Jayden grinst und drückt Mian ein Hanfseil in die Hand: «Ich glaube kaum, dass wir hiermit so viele Fische fangen, dass die Osmose für uns problematisch werden könnte.»

«Wer weiß», sagt Mian, nimmt Jayden das Tau ab und drückt es mir in die Hand. «Amy, drösele das bitte auf. So fein wie möglich. Sobald Jayden die Sicherheitsnadeln bringt, biegst du daraus kleine Haken. Ich zeige dir, wie die aussehen müssen, damit der Fisch dran hängen bleibt. Die knotest du dann fest. Die Holzstücke dienen als Schwimmer und kommen in die Mitte der Schnur.»

«Mach ich.» Sofort fange ich an, das Hanfseil in seine einzelnen Fasern zu teilen, froh darüber, dass meine Finger beschäftigt sind.

«Mit der Alufolie verbinden wir die beiden Teile der Funkantenne wieder miteinander», stellt Ben fest und greift sich eine Rolle.

«Mit etwas Glück bekommen wir so die alte Reichweite zurück», erklärt Mian. «Irgendwer sollte stündlich einen Funkspruch absetzen.»

Collin hebt die Hand. «Das mache ich.»

«Dann überwache ich die Angeln», bietet sich Ben an. «Was nehmen wir als Köder? Fleisch?»

«Ja, oder?» Jayden zuckt die Achseln. «Würmer haben wir ja keine.»

«Fleisch ist gut. Federn als Kunstköder gehen auch», bestätigt Mian. «Den ersten Fisch, der zu klein zum Essen ist, nehmen wir dann als Köder.»

«Wenn wir einen fangen, dann machen wir das so», nickt Ben. «Mian, ich rufe dich dann, zum Töten und Verarbeiten.»

«Okay», willigt er ein. «Wichtig ist, wenn du einen am Haken hast, hol ihn nicht mit Gewalt ein. Sondern gib ihm erst einmal Leine, bis der Fisch den Köder richtig gefressen hat. Dann hol ihn her und gib ihm wieder Leine. Mach ihn müde, drille ihn und hol ihn dann erst ein. Sonst reißt die Schnur.»

«Verstanden», sagt Ben. «Wo am Schiff machen wir die vielen Angeln fest?»

«Hinten am Heck. Dann können wir uns direkt daneben setzen.»

Ich verfolge staunend das Gespräch über Fische-Drillen, während ich beobachte, wie Ben aus der Alufolie flache Streifen faltet, um nachher damit die Antenne wieder instand zu setzen. Trotz unserer Situation fühle ich mich plötzlich geborgen. Heimisch. Sicher.

Mit niemandem auf der Welt wäre ich lieber hier auf dem Schiff gewesen als mit diesen vieren, die in diesem Augenblick um mich herum sind.

Unsere Aufgaben werden zu unserm Alltag. Collin hat das Funken übernommen, und Ben und Mian kümmern sich um das Fischen.

Bereits nach wenigen Stunden hat ein Mini-Fischlein angebissen, das Ben mühelos aus dem Wasser ziehen kann. Es misst nur wenige Zentimeter und ist viel zu klein zum Essen, sodass Ben ihn sofort wieder als Köder auswirft.

Jayden versucht, den Motor zu reparieren, und hat das Kommando auf dem Schiff. Er sorgt dafür, dass alles reibungslos funktioniert. Ich habe das Aufräumen unter Deck übernommen und bemühe mich, irgendwie wieder Ordnung in das Chaos zu bringen.

«Wir haben einen Fisch am Haken», ruft Ben in die Stille.

Sofort springe ich auf und laufe hin, und auch Jayden kommt hinzu.

«Gib ihm Schnur», ordnet Mian an. «Warte, bis er sich richtig festgebissen hat, warte ...»

«Ich warte doch ...» Ben starrt gebannt ins aufgewühlte Wasser, das kaum einen Blick darauf zulässt, was er eigentlich am Haken hat. Mit beiden Händen hält er die dünne Schnur fest, die ich aus dem Hanfseil gelöst habe.

«Jetzt hol ihn langsam ein.»

«Verdammt, er bricht aus.»

«Gib ihm Schnur», sagt Mian geduldig.

Ich lasse mich auf Hände und Knie sinken und krabble ganz ans Ende der Heckklappe, um ebenfalls ins Wasser zu schauen. Ein großer silberner Fisch zappelt an der Leine und kämpft um sein Leben.

Sein Widerstand wird schwächer.

«Zieh ihn langsam raus, Ben!», befiehlt Mian. «Jayden, sobald er aus dem Wasser ist, nimmst du ihn mit den Händen.»

«Alles klar.»

Gespannt beobachte ich, wie Ben den Fisch Zentimeter für Zentimeter in Jaydens ausgestreckte Hände zieht. Er ist viel größer, als ich angenommen hatte.

Kaum ist er halb aus dem Wasser, packt Jayden zu und

hält den Fisch fest. Blitzschnell greift Mian nach dem großen Steakmesser und schlägt dem Tier mit dem Griff auf den Kopf. Ein Zittern läuft durch den Körper des Fisches, dann erstarrt er.

«In den Eimer! Ich muss ihm die Kiemenbögen durchschneiden.» Mit dem Kinn deutet Mian auf den großen Plastikeimer und Jayden tunkt das Tier unter Wasser. Mian dreht das Messer in der Hand um und taucht seine Hand in den Eimer. Ein roter Schwall schießt aus den Kiemen des Fisches. Mir wird schwindelig, und unwillkürlich drehe ich meinen Kopf zur Seite.

«Ich halte ihn unter Wasser», erklärt Jayden mir. «Dann blutet er schneller aus. In einer halben Minute ist es vorbei.»

Mir tut das Tier unheimlich leid. Stumm verendet es in Jaydens Händen. Plötzlich frage ich mich, wie das für Mian sein muss. Ob es für ihn wirklich so einfach ist, wie er tut, ein anderes Lebewesen zu töten?

Spürt er das Leid und den Schmerz des Tieres, so wie bei Menschen auch?

Heimlich mustere ich ihn. Seine Augen fixieren den Fisch, aber er verzieht keine Miene. Er lässt sich nicht in die Karten schauen, und doch bin ich mir sicher, dass er das hier niemals getan hätte, wenn er es nicht für lebensnotwendig halten würde.

«Okay», macht er. Aus irgendeinem Grund scheint er sich sicher zu sein, dass der Fisch nun tot ist. «Du kannst ihn rausholen. Dann kann ich ihn ausnehmen.»

«Hm», brummt Jayden und hält den großen Fisch über den Eimer. Mian setzt das Messer an und schneidet bis vor zu den Kiemen.

«Halt still», sagt er zu Jayden. «Ich mach das nicht so oft

mit der rechten Hand, und wenn ich die Gallenblase erwische, wird das Fleisch ungenießbar.»

Wie oft hat er das schon gemacht?

Sehr oft vermutlich. Obwohl Mian Linkshänder ist und nun alles mit der Rechten machen muss, sieht es zweifellos gekonnt aus. Jeder Handgriff sitzt – die Routine, die dahintersteckt, ist nicht zu übersehen.

«Ben, schau zu, damit du das auch kannst, falls ich aus irgendeinem Grund ausfalle.»

Ben nickt und beobachtet Mian genau.

Mit den Fingern entfernt er die Eingeweide und lässt sie direkt in den Eimer fallen, sodass die ganze Prozedur reibungslos vonstattengeht.

«Woher kannst du das?», will ich wissen. Ich muss ihn das einfach fragen.

«Hab jahrelang mit meiner Familie im Dschungel gelebt.» Mian spricht leise und an mich gewandt. «Da mussten wir unser Essen selbst beschaffen.»

«Leute, heute gibt es Fisch», verkündet Jayden und wischt sich die Finger an den Shorts ab. «Groß genug ist er ja, dass er für alle reicht.»

«Ich kann ihn braten», biete ich mich an und frage mich im gleichen Moment, ob ich das wirklich hinbekomme. «Wenn ihn jemand zerteilt.»

«Das ist kein Problem», sagt Mian und schickt sich an, mit mir unter Deck zu gehen. «Ben, bring du die Angel neu in Position. In einer halben Stunde gibt es Essen.»

Amy

> Nur Bäume mit starken Wurzeln
> überstehen einen Sturm.

Für eine Sekunde ist der Nachthimmel in ein gleißendes Licht getaucht, dann verglüht die Rakete, und alles ist wieder dunkel.

«Das machen wir so lange, bis es jemand sieht», beschließt Jayden. «Wer übernimmt das heute? Ich muss dringend schlafen.»

«Ich mach das», bietet sich Mian an. «Ich mach die Nachtschicht und behalte hier alles im Auge.»

Collin schaut ihn skeptisch an: «Kriegst du das hin mit einer Hand?»

«Nee. Weil, wenn man sich die Knochen bricht, wird man automatisch blind davon.» Mian zieht eine Grimasse.

«Heißt das ja?»

«Grad so.»

«Ich bleibe ohnehin bei ihm.» Ich deute auf die große Baumwolldecke in meiner Hand. «Wir machen es uns hier oben gemütlich.»

Für einen Wimpernschlag sieht es so aus, als müsse Jayden überlegen, ob er das gut findet.

Bestimmt hat er sich insgeheim gewünscht, ich würde mit Collin zusammenkommen.

Dann nickt er uns zu und sagt: «Bin schon weg. Wenn was ist, dann weckt uns einfach.»

«Ich geh auch schlafen, gute Nacht.» Collin erhebt sich ebenfalls, zögert kurz und fügt dann an Mian gewandt hinzu: «Ich werde zu Ben in die Kabine ziehen. Dein versifftes Zeug werfe ich dir vor die Tür. Du wirst auch mit einer Hand schaffen, es zu Amy in die Kabine zu schleifen.»

«Krieg ich hin», gibt Mian zurück. «Danke schön.»

«Gerne doch.»

Das ist einer der vielen Gründe, warum ich Collin von Beginn an so sehr gemocht habe. Er ist ein super Freund. Auch wenn es ihm anfangs etwas schwerfiel, nun hat er seine Position akzeptiert und scheint damit im Reinen zu sein.

«Ein bisschen leid tut es mir schon für ihn», sage ich leise zu Mian, als ich meine Schwimmweste ausziehe und mir dafür die Decke über die Schultern lege. In Mians Nähe brauche ich keine Rettungsweste und auch sonst nichts, das für meine Sicherheit sorgt. Ich bin überzeugt davon, dass das niemand besser kann als Mian.

Von Anfang an hab ich mich wohl und sicher gefühlt bei ihm.

Ich setze mich ganz nach vorne an die Reling und schaue hinaus in die Schwärze. Der Wind ist immer noch frisch und steif, und ich bin froh, als Mian sich dicht an meine Seite setzt und mir den Arm um die Taille legt. Sofort ist die Kälte weg. Mian ist wie eine Heizung. Nicht nur sein Körper ist angenehm warm, sondern er strahlt eine wohlige Wärme aus, die sich schützend über mich legt, in mein Inneres kriecht und mein Herz berührt. Ganz tief drinnen, an einer Stelle, die ich für immer tot gehalten habe.

«Es muss dir nicht leidtun», sagt Mian. Sein Blick geht suchend über das Wasser. «Er kommt darüber hinweg.»

«Glaubst du das oder *weißt* du das?» Eine durchaus berechtigte Frage, denn mir ist längst klar, dass Mian oft über ein Wissen verfügt, das anderen Menschen verborgen bleibt.

«Ich weiß es.»

«Und woher?» Nervös beiße ich mir auf die Lippe und schlage die Augen nieder. Ich will ihm nicht zu nahe treten mit meinen Fragen.

«Soll ich dir nun wirklich mein Geheimnis verraten?» Er wendet sich mir zu und schaut mich durch seine langen Wimpern von unten nach oben an. Es hat etwas Düsteres, wenn er mich so ansieht, und ich bereue schon, so neugierig gewesen zu sein.

«Ja, wenn das geht?», bringe ich kleinlaut hervor.

«Pass auf, ich sag's dir», flüstert Mian. Er fixiert mich und spricht leise weiter. Tonlos und geheimnisvoll. «Ich hab eine Glaskugel. Die sagt mir alles, was ich wissen will.»

«Alles klar, du nimmst mich auf die Schippe.»

«Niemals. Ich schwöre!» Mian hält zwei Finger zum Schwur nach oben. «Wenn du mir nicht glaubst, teste mich. Frag mich etwas, und ich sage es dir.»

«Ehrlich?»

«Na klar.»

«Okay.» Ich muss nicht lange überlegen, sondern stelle eine der Fragen, die mir schon die ganze Zeit auf der Seele brennen. «Warum hat mir dein Bruder ausgerechnet einen Opal geschenkt? Ich hab die Bedeutung von diesem Stein nachgelesen, nachdem er mich drauf angesprochen hat, und ... na ja.»

«Weil er wusste, was du brauchst.» Mian lächelt mich an. «Vielleicht hat es ja geholfen, ich hab den Eindruck, es geht dir etwas besser.»

Das liegt aber nicht an einem Stein, sondern an dir.

Entschlossen schiebe ich meine Gedanken beiseite: «Aber *woher* wusste er, dass ich genau *das* brauche? Hat er auch eine Glaskugel?»

«Ach Unsinn.» Mian lacht kurz auf, schüttelt den Kopf und wird dann wieder ernst. «Jano ist viel cooler. Er hat ein Witchboard und fragt die Geister.»

«Du veralberst mich», sage ich, ohne böse auf ihn zu sein.

«Ein bisschen», gibt Mian zu. «Er hat natürlich kein Hexenbrett, er fragt per Telefon. Möchtest du sonst noch etwas wissen?»

«Ja. An dem Tag, an dem du das erste Mal bei mir warst... Woher wusstest du...» Meine Stimme wird plötzlich dünn. Ich kann einfach nicht mehr weitersprechen, deswegen verstumme ich.

«Ja?» Er schaut mich abwartend an und zieht seinen Arm von mir weg zurück an seinen eigenen Körper.

«Woher wusstest du... ähm... Ach, schon okay, vergiss es.»

«Nein. Es ist nicht okay. Stell deine Frage. Ich werde sie dir ehrlich beantworten.»

«Als ich aus dem Fenster gesehen habe... Woher...?» Ich nehme allen Mut zusammen. «Woher wusstest du, wie es mir in dem Moment ging?»

«Ich habe deinen Schmerz gespürt.»

«Wie geht das?» So absurd es klingt, ich weiß, dass er dieses Mal die Wahrheit sagt. Ich zweifle nicht an seinen Worten. Meine Frage zielt darauf ab zu verstehen, wie er das macht.

Mian zögert kurz, verlagert seine Position und fügt dann hastig hinzu: «Ich weiß, dass du deinen Sohn verloren hast.»

Mit einem Schlag pressen diese Worte alle Luft aus mir.

Ich starre ihn an, während meine ohnehin sehr instabile Welt wie ein Kartenhaus in sich zusammenbricht.

Mian sitzt reglos im Schneidersitz auf dem Deck und betrachtet seine Finger, die in seinem Schoß liegen.

«Woher?», hauche ich. Es ist alles, was ich hervorbringe.

«Keine Ahnung, ob du mir das überhaupt glaubst. Ich bin auf jeden Fall kein Stalker oder so.»

«Woher?», wiederhole ich.

Mian schaut weiterhin auf seine Finger und wirkt äußerlich total ruhig, aber ich sitze so dicht bei ihm, dass ich spüre, wie sich sein Atem beschleunigt. Er schweigt eine ganze Weile, bis er schließlich sagt: «Sein Geist ist noch da. Mein Bruder hat ihn gesehen.»

«Okay, das reicht!», schreie ich ihn wütend an und springe auf. «Ich lass mich von dir doch nicht verarschen. Es reicht!»

«Ja. Tut mir leid.»

«Das sollte es auch. Du bist vollkommen durchgeknallt!»

«Ja.»

«Erzähl deinen Wahnsinn jemand anderem!» Ich gehe davon, ohne mich noch mal umzudrehen. Erst jetzt bemerke ich, dass ich zu weinen begonnen habe.

Er ist verrückt. Und er lügt schon wieder.

Da lerne ich jemand kennen, der es schafft, mein völlig vereistes Herz zum Schmelzen zu bringen, und dann stellt sich nach kürzester Zeit heraus, dass er irre ist. Nur darauf bedacht, mich an der Nase herumzuführen und mich lächerlich zu machen. Es gelingt mir nicht, meine Schluchzer zu unterdrücken. Deswegen gehe ich nicht unter Deck, wo die anderen schlafen, sondern flüchte so weit wie möglich weg von Mian zum Heck des Schiffes. Dort lasse ich mich auf den Boden sinken und weine.

Mian macht keine Anstalten, mir zu folgen. Völlig ungerührt bleibt er auf seinem Platz sitzen und beobachtet wieder das Meer. Ich vergrabe meinen Kopf in den Armen und schluchze haltlos vor mich hin. Immer und immer wieder versuche ich, damit aufzuhören und stark zu sein, aber ich habe die Kontrolle verloren. Ich weine um meinen toten Sohn und um den Mann, von dem ich dachte, ich könne ihn irgendwann lieben. Die ganze Angst jener Nacht, in der uns der Sturm traf, steigt in mir auf und verlässt in dicken Tränen meinen Körper. Die ausweglose Situation sorgt dafür, dass sich tiefe Verzweiflung in meinen Schmerz mischt, und ich schluchze noch lauter.

Mir ist klar, dass mein Verhalten nicht fair war, denn obwohl ich das mit der Glaskugel nicht glaube, weiß etwas tief in mir, dass er die Wahrheit über Timmy sagt. Und diese Wahrheit tut so sehr weh. Viel zu sehr. Ich hätte alles versucht, sie nicht glauben zu müssen. Aber natürlich ist es vergeblich. Mir ist längst klar, dass ich vor allen Dingen deswegen weine, weil der Geist meines Sohnes immer noch hier ist und offenbar keine Ruhe findet.

An diesem Morgen bin ich froh, dass Mian die Nachtschicht macht und nicht in unsere Schlafkabine gekommen ist. Ich will ihm heute nicht begegnen. Meine Reaktion von gestern Nacht ist mir total peinlich, und ich habe ein schlechtes Gewissen wegen meiner Worte und meiner Gedanken ihm gegenüber. Es war mir einfach zu viel gewesen. Schlimm genug, dass Mian über Timmy Bescheid weiß. Aber zu hören, dass sein Geist noch da ist ...

Wie soll ich nun mit diesem Wissen klarkommen, was kann ich tun, um diese Situation zu ändern?

Ich bin hin und her gerissen zwischen schlichter Verdrängung, dem Wunsch nach ewigem Vergessen und der Möglichkeit, Mian darauf anzusprechen, was er glaubt, was es für eine Lösung für Timmy geben könnte.

Bestimmt weiß er eine.

Irgendwie ist es mir vollkommen klar, dass Mian eine Lösung hat, aber ich weiß nicht so richtig, wie ich ihm nun unbefangen begegnen soll.

Als ich die Kabine verlasse, sitzen Ben und Jayden zusammen an dem kleinen Tisch im Flur und fahren mit den Fingern über eine große Seekarte. Ein Handy liegt daneben, die Taschenrechner-App ist offen.

«Wie sieht es aus?», will ich wissen und setze mich auf die Bank. Mein Blick fällt auf den Kaffeeautomaten. Ich traue mich nicht zu fragen, ob ich mir ausnahmsweise einen Kaffee machen darf oder ob das als Wasserverschwendung zählt. Vermutlich schon, denn seit der Sturm uns getroffen hat, ist hier niemand mehr auf die Idee gekommen, einen Kaffee zu trinken.

«Es sieht düster aus», sagt Jayden und wirft das Lineal, das er in der Hand hält, auf den Tisch.

«Düster?», höhnt Ben. «Stockfinster trifft es eher.»

«Sie werden uns doch suchen kommen?» Abwechselnd mustere ich die beiden Männer, die keine Miene verziehen. «Die Küstenwache wird nach uns suchen, oder?»

«Sobald sie uns vermissen, sicher.»

«Es ist ja nicht mehr lange hin, bis sie merken, dass wir verlorengegangen sind. Dann kommen sie mit Schiffen und Hubschraubern und ...»

Ben schnaubt durch die Nase und verschränkt die Arme vor der Brust.

«Nicht?», frage ich ihn. «Warum nicht?»

«Los, Jay, erklär ihr das Problem», schnauzt Ben. «Sag ihr, was Sache ist. Du kannst es nicht ewig verschweigen.»

Jayden seufzt tief, als mein verzweifelter Blick ihn trifft. «Wir sind zu weit von der Küste entfernt. Hier kommt kein Motorboot raus, ohne dass es eine Tankstelle hinter sich herziehen müsste. Außerdem sind die Wellen immer noch viel zu hoch, das sorgt für noch mehr Spritverbrauch und knockt kleinere Boote aus.»

«Aber die Hubschrauber werden uns finden.» Ich bin zuversichtlich. In Filmen läuft es immer so ab, also wird das bei uns nicht anders sein. «Die suchen von oben alles ab und...»

«Rettungshubschrauber haben eine Reichweite von knapp vierhundert Meilen. Das bedeutet, sie können maximal zweihundert Meilen aufs Meer fliegen, wenn sie wieder zurückkommen wollen.» Jayden fährt sich nervös durch die lockigen Haare, bevor er fortfährt. «Sie müssten schon absolut zielgerichtet und schnurgerade unterwegs sein, um uns zu erreichen. Aber sie werden zickzack fliegen, um möglichst viel Fläche abzusuchen. Um uns ausfindig zu machen, braucht man Propellerflugzeuge. Unwahrscheinlich, dass man die sofort aussendet.»

«Zumal sie uns in ganz anderer Richtung vermuten.» Ben springt auf und beginnt, nervös auf und ab zu laufen. «Da schicken sie eher U-Boote und Taucher aus, weil sie davon ausgehen, dass wir gesunken sind.»

Mein Magen zieht sich zu einem schmerzhaften Klumpen zusammen. «Das bedeutet, wir sind verloren hier draußen? Wir werden verhungern?»

«Eher verdursten», knurrt Ben. «Mitten auf dem Wasser.»

«Hör auf mit dieser Schwarzmalerei», schimpft Jayden. «Es wird ein Tanker vorbeikommen ...»

«Ein Tanker? Mitten auf dem Pazifik? Wen willst du verarschen? Mich oder dich?»

«Hör auf zu jammern, Ben. Das hilft jetzt nichts.»

«Oh doch, ich jammere!» Ruckartig greift Ben nach dem Handy auf dem Tisch und wirft es in die Ecke. «Das brauchen wir ja nun nicht mehr hier draußen.»

«Jetzt reiß dich zusammen, Mann», schreit Jayden ihn an. «Glaubst du, ich finde das toll? Ich hab eine schwangere Frau zu Hause, ihren Bruder an Bord, und mein Schiff ist am Arsch und ...»

«Und was?», brüllt Ben zurück. Seine Wangen glühen plötzlich. «Wir werden alle hier draußen verrecken. Dann bist du genauso tot wie ich. Du bist nicht toter, nur weil es dein verdammtes Schiff ist!»

Collin kommt aus seiner neu bezogenen Kabine.

«Super gemacht, Leute, jetzt bin ich wach», flucht er. «Habt ihr nichts Besseres zu tun, als euch anzuschreien?»

«Nein, haben wir nicht», giftet Jayden. «Willst du mitmachen?»

Verwirrt starre ich Jayden an. Diesen Tonfall kenne ich nicht an ihm. Er war bisher immer ruhig, vernünftig und souverän. Wenn jetzt sogar schon Jayden anfängt, die Nerven zu verlieren ...

... ist es umso wichtiger, dass ich meine behalte.

Ich straffe meine Schultern, und plötzlich passiert etwas in mir. Es ist wie früher. Wenn um mich herum das Chaos tobte und Timmy sich verletzte und blutend und völlig aufgelöst zu mir kam, dann wurde ich ruhig. In solchen Momenten, wenn andere mich brauchten, wusste ich, dass ich stark sein muss und zu funktionieren habe.

«Sie werden uns finden», sage ich mit einer Zuversicht, die ich nicht empfinde. «Bis dahin müssen wir die Nerven behalten.»

Ich ignoriere die erstaunten Blicke der Jungs und gehe hoch an Deck. Noch bevor ich die Tür aufstoßen kann, wird sie von außen geöffnet und Mian steht vor mir. Er schaut mich an, und alle meine Bedenken ihm gegenüber sind verflogen. Sein Lächeln ist warm und liebevoll, und nichts an ihm deutet darauf hin, dass er eingeschnappt sein könnte. Nach zwei Sekunden in seiner Nähe ist alles zwischen uns wieder wie immer. *Wie es sein soll.*

«Guten Morgen», sagt er. «Ich wollte dich soeben zu mir nach oben holen.»

«Wieso das denn?»

«Weil die Stimmung da unten ganz offensichtlich gerade kippt.» Er macht einen Schritt zur Seite, damit ich unter dem Mast durchschlüpfen und zu ihm aufs Deck kommen kann.

Verwundert sehe ich ihn an: «Woher weißt du denn das schon wieder?»

«Glaskugel.» Er grinst schief.

Für einen Moment halte ich inne und mustere ihn. Obwohl Mian die ganze Nacht nicht geschlafen hat, wirkt er nicht müde. Allenfalls etwas erschöpft. Seine Haare sind vom Wind zerzaust, die hellen Shorts schmutzig und an einer Stelle zerrissen.

«Wenn du später Hilfe brauchst beim Umziehen, dann lass es mich wissen», biete ich ihm an.

«Okay», willigt er ein. «Wir sollten erst einmal was essen. Wenn die da unten fertig sind mit Zanken.»

Ich nicke und spüre, wie die Angst in mir aufsteigt. Jene Angst, die ich mir vor den anderen nicht habe anmerken lassen wollen. Wie heißes Magma in einem Vulkan kriecht sie langsam höher und immer höher, bis sie überschwappt.

«Wir sind verloren, Mian», bricht es aus mir heraus. Tränen brennen in meinen Augen. «Wir sind zu weit entfernt für Hubschrauber, und die Küstenwache wird uns hier niemals suchen. Niemand wird uns finden.»

«Doch», sagt Mian. Er bleibt vollkommen ruhig. «Sie werden uns finden.»

«Aber wie?» Immer wieder wische ich mir mit dem Handrücken über meine feuchten Wangen. «Es weiß ja niemand, dass wir hier sind.»

«Doch», wiederholt Mian. «Einer weiß das.»

«Wer?»

Mian schweigt und schaut mich herausfordernd an. Plötzlich verstehe ich, was er mir damit sagen will.

«Der mit der anderen Glaskugel», flüstere ich atemlos.

«Witchboard», korrigiert Mian gespielt vorwurfsvoll und hält seinen Zeigefinger in die Höhe.

«Du meinst das ernst?»

«Ja. Er wird wissen, wo wir sind, und er wird Hilfe schicken.»

«Wie kann er das wissen?»

«Komm mit.» Mian streckt mir seine Hand hin und führt mich in die Hälfte des Cockpits, die nicht vom Mast zerstört wurde. Er hat bereits das Sonnensegel aufgespannt und greift nun nach einer Thermoskanne, die er zwischen die Knie klemmt, um sie zu öffnen. Dann schüttet er heißes Wasser in eine Tasse und reicht mir die Packung mit den Teebeuteln. «Setz dich. Ich erzähle dir jetzt eine verrückte Geschichte aus meiner Jugend, von mir, meinem Bruder und Emil, unserem Esel. Es war tiefster Winter, und ich kam total besoffen mitten in der Nacht von einer Party. Das Ganze klingt wirklich vollkommen unglaubwürdig, aber ich schwöre dir: Es ist wahr. Also, das war so...»

Marie

Distanz bedeutet nichts,
wenn dir jemand nahe ist.
Volksweisheit

Das Läuten an der Tür lässt Marie aus ihrem Dämmerschlaf hochschrecken. Es klingelt bereits ein zweites Mal, bevor sie es überhaupt schafft, sich zu erheben. Schwerfällig stemmt sie sich von der Couch hoch und geht zur Haustür.

«Jano», ruft sie überrascht, als sie den schwarz gekleideten jungen Mann auf ihrer Türschwelle stehen sieht. «Was ist los?»

«Es ist etwas passiert», sagt er grußlos. «Zieh dich an, wir müssen zur Küstenwache.»

«Was redest du da?» Verwundert schüttelt sie den Kopf, aber Jano lässt sich nicht beirren. Er schiebt seinen Motorradhelm durch die offene Tür in den Flur und tritt ungeduldig von einem Bein auf das andere. «Hast du ein Auto da? Auf dem Motorrad kann ich dich schlecht mitnehmen.»

«Ja, ich hab einen Wagen.» Sie nimmt den Autoschlüssel vom Haken und hält ihn in die Luft. «Ich muss mich nicht anziehen, ich kann so gehen, aber was ist denn los?»

Jano greift nach dem Autoschlüssel, drückt auf eine der Tasten und schaut auf den Kleinwagen, dessen Warnblinker kurz aufleuchten. «Ich fahre. Komm schon.»

Marie schlüpft in ihre Flip-Flops und greift geistesgegenwärtig nach dem Zettel mit der Route, den ihr Jayden auf der Kommode hinterlassen hat, damit sie immer Bescheid weiß, wo er sich gerade befindet. Sie faltet den Zettel zusammen, steckt ihn in ihre Handtasche und eilt dann zu Jano, der schon in ihrem Auto sitzt und den Motor startet.

Er legt einen Arm über die Kopfstütze des Beifahrersitzes, um sich nach hinten zu drehen und ausparken zu können. Anstatt zu wenden, fährt er die ganze Straße rückwärts und biegt dann auf die Hauptstraße ein.

«Ich wollte direkt zur Küstenwache», beginnt er, «aber dann hab ich gedacht, es ist nur fair, dich mitzunehmen.»

«Was wollen wir bei der Küstenwache, Jano?» Maries Herz schlägt ihr bis zum Hals, während sie ihn beobachtet. Von Anfang an ist er ihr unheimlich gewesen, und sein Verhalten heute macht ihr richtig Angst.

«Wir lassen nach eurem Schiff suchen», antwortet er knapp. «Sie sind in einen Sturm gekommen.»

«Jano ...», setzt sie an und atmet erleichtert auf. «Ich hab das Wetter die ganze Zeit verfolgt. Es gab keinen Sturm.»

«Oh doch. Den gab es.»

«Hattet ihr Funkkontakt?» Marie kann sich nicht vorstellen, wie dieser hätte zustande gekommen sein können und warum Jayden ihr dann nicht auch Bescheid gegeben hat. «Oder woher willst du das sonst wissen?»

«Ich weiß es einfach.» Er presst die Lippen zu einem dünnen Strich zusammen. Mehr würde er nicht sagen.

Nachdenklich schaut Marie aus dem Fenster und wartet, bis Jano ihren Wagen auf dem Parkplatz vor dem großen Gebäude der Küstenwache abgestellt hat. Sie ist hin und her gerissen zwischen der Option, ihm zu glauben, und der, davon auszugehen, dass er nicht ganz klar im Kopf ist und sich die Realität anders macht, als sie tatsächlich ist.

Jano springt förmlich aus dem Auto, geht einmal ums Heck und öffnet ihr die Beifahrertür. Er wartet jedoch nicht, bis sie ausgestiegen ist, sondern geht sofort los und betritt das Gebäude. Als Marie ebenfalls hereinkommt, steht er bereits am Empfang und spricht mit der Frau hinter dem Schreibtisch.

«Ich möchte ein vermisstes Schiff melden», erklärt er gerade. «Wo mache ich das?»

«Da sind Sie bei mir richtig.» Die ältere Dame mit dem knallroten Lippenstift lächelt ihn freundlich an. *Brittany* steht in kleinen Druckbuchstaben auf ihrem Namensschild. «Um was geht es denn genau, und in welchem Gebiet befindet sich das vermisste Boot?»

«Es gab einen starken Sturm, und es gibt möglicherweise Verletzte», schildert Jano. «Haben Sie eine Seekarte oder Ähnliches, damit ich Ihnen die ungefähre Position zeigen kann? Ich weiß sie leider nicht genau, aber ich kann das Gebiet in etwa eingrenzen.»

«Ich hab die exakte Route aufgeschrieben», sagt Marie freundlich, greift in ihre Handtasche und schiebt der Frau den Zettel zu. «Hier können Sie alles nachverfolgen.»

Janos Seufzen lässt sie zusammenzucken. Verwirrt schaut Marie ihn an. Er wirft ihr einen bösen Blick zu und schüttelt den Kopf. In diesem Moment begreift Marie, dass sie einen Fehler gemacht hat. Aber es ist zu spät. Brittany hat das Papier bereits in den Händen und studiert es ausführlich.

«Ich kann Sie beruhigen», flötet sie. «Im weitläufigen Umkreis gab es keinen Sturm. Noch nicht einmal ein starkes Windchen.»

«Sie sind nicht dort», sagt Jano gereizt. «Vergessen Sie den Scheiß-Zettel.»

«Oh.» Brittany sieht plötzlich motiviert aus und zückt einen Kugelschreiber. «Wann wurde die Route geändert und wie genau? Können Sie mir die Koordinaten nennen?»

«Nein.» Jano zieht die Augenbrauen zusammen, verschränkt die Arme vor der Brust und löst sie dann doch gleich wieder. «Das kann ich nicht. Haben Sie keine verfluchte Karte hier? Ich kenne mich nicht aus in diesen Gebieten, ich muss es *sehen*, um es Ihnen zeigen zu können.»

«Na, hören Sie mal.» In einer Seelenruhe steckt die Dame hinter dem Schreibtisch ihren Kugelschreiber wieder zurück in die Halterung. «Die vermisst Geglaubten werden ja wohl ihre Position genannt haben, wenn sie Ihnen schon gesagt haben, dass sie die Route ändern.»

«Die *vermisst Geglaubten*?», echot Jano böse.

Marie kann förmlich hören, wie sein Geduldsfaden reißt.

Es macht ihn aggressiv, dass niemand ihn ernst nimmt, weil er weiß, dass er recht hat.

Vermutlich wurde er genauso oft ausgelacht und verspottet wie sie und Collin früher. Wenn auch aus völlig anderen Gründen.

Brittany lässt sich von Jano nicht aus der Routine bringen. Ganz bewusst wendet sie sich Marie zu. «Hier in Ihrer Liste steht, dass die vermisst Geglaubten sich von Santa Rosa aus melden wollen. Wann wären sie planmäßig dort?»

«Übermorgen», antwortet Marie. Sie erntet dafür einen weiteren finsteren Blick von Jano. Schnell beißt sie sich auf die Zunge und nimmt sich vor, lieber ihm das Reden zu überlassen. Doch Brittany scheint von diesem Vorhaben nichts zu halten. Sie schaut weiterhin Marie an. «Dann warten Sie doch bitte diese zwei Tage noch ab. Wenn Sie bis dahin nichts von den vermisst Geglaubten gehört haben, dann senden wir einen Suchtrupp aus.»

«Noch einmal dieses Wort», knurrt Jano, «und ich laufe hier Amok. Was verstehen Sie nicht an dem, was ich sage? Sie *sind* bereits vermisst! Das hat nichts mit *glauben* zu tun! Schauen Sie doch Ihre verfluchten Wetteraufzeichnungen an. Dort, wo es einen Sturm gab, da sind sie.»

«Sie sind extra in den Sturm gefahren?» Brittany macht ein erstauntes Gesicht.

Marie spürt, wie eine leise Wut in ihr aufsteigt. Dieselbe Wut, die sie von früher kennt, wenn ihre Mitschüler diese Spielchen mit ihr getrieben hatten.

Sie lässt Jano mit Absicht auflaufen.

Gerade will Marie den Mund öffnen, um einzulenken, aber Jano ist schneller.

«Wollen Sie mich verarschen?», schreit er Brittany an. Drohend beugt er sich zu ihr hinunter, hebt den Zeigefinger und funkelt sie mit seinen schwarzen Augen wütend an. «Ich schwöre Ihnen, wenn einem an Bord etwas passiert, weil *Sie* unfähig sind, Ihren Job zu machen, dann sind Sie bald nicht nur arbeitslos, sondern im Knast wegen unterlassener Hilfeleistung.»

«Guter Mann», antwortet sie völlig unbeeindruckt. «Ich brauche handfeste Beweise, *wo* wir jemanden suchen sollen und *warum*. Ich habe noch keinen einzigen überzeugenden Grund gehört.»

«Herrgott noch mal, ich *weiß* es einfach! Ich *weiß*, dass etwas passiert ist, und ich *weiß*, dass sie Hilfe brauchen. Reicht Ihnen das nicht als verfickter Grund?»

«Nein.»

Jano atmet tief durch, zwingt sich dazu, nicht zu explodieren, und zeigt mit dem Daumen auf Marie. «Hier steht eine hochschwangere Frau, die ihren Mann sucht. Es könnte ein Kind ohne Vater aufwachsen wegen Ihrer verschissenen Ignoranz. Ist das ein Grund für Sie?»

«Nein», wiederholt Brittany.

«Dann leck mich doch am Arsch, du dumme Kuh! Der Teufel soll dich holen!» Mit dem Fuß tritt Jano die Tür auf und knallt sie hinter sich zu.

«Es tut mir leid», murmelt Marie schnell und eilt ihm hinterher.

Jano wartet vor dem Auto auf sie.

«Verdammte Scheiße», flucht er.

«Ich hab's versaut.» Marie schaut verlegen auf ihre Schuhe. «Es war keine Absicht.»

«Es ist mir klar, dass du nicht absichtlich das Leben deines Bruders und deines Mannes riskiert hast.»

«Glaubst du denn, sie sind in Lebensgefahr?»

«Nein», sagt er. «Noch nicht. Aber finden müssen wir sie.»

«Was macht dich so sicher in dem, was du sagst?», fragt Marie, ohne sich wirklich eine Antwort zu erhoffen.

Aber Jano kommt einen Schritt auf sie zu, und sein Blick wird weich, als er sie ansieht. Zum ersten Mal, seit sie ihn kennt, wirkt er zugänglich und nahbar.

«Ich spüre es», sagt er leise und legt sich eine Hand auf die Brust. «Hier drin.»

Ohne dass sie erklären könnte, warum, glaubt Marie ihm plötzlich.

«Oh Gott», flüstert sie. Sie zweifelt keine Sekunde länger, dass Jano recht hat. «Was sollen wir denn jetzt machen? Wie finden wir sie? Ich hab nicht mal eine Seekarte, die ich dir geben könnte.»

«Ich bringe dich nach Hause», beschließt er. «Dann fahre ich in die Richtung, in der ich sie vermute, halte am nächsten großen Hafen an und informiere da die Küstenwache. Vielleicht finde ich den Ort, in dessen Nähe sie auf dem Meer sind. Auch dort werde ich die Küstenwache informieren und mir ein Boot mieten und selbst suchen.»

«Du hast einen Bootsschein?»

«Ja», sagt er. «Wir haben lange in der Karibik gelebt. Da hat man so etwas.»

«Kannst du mich mitnehmen?», fleht sie, aber er schüttelt den Kopf.

«Das ist viel zu anstrengend für dich. Außerdem kann ich allein mit dem Motorrad fahren, da bin ich viel schneller. Gib mir deine Nummer. Ich rufe mehrmals am Tag an und halte dich auf dem Laufenden.»

Marie diktiert ihm ihre Telefonnummer. Sie greift nach der Autotür, um einzusteigen, hält dann aber noch mal inne, um ihn anzuschauen. «Wie willst du sie finden? Also, ich meine... Was ist deine Orientierung? Woher weißt du überhaupt die Richtung?»

«Ich lasse mich leiten.» Wieder legt er die Hand auf Höhe seines Herzens auf die Brust. «Von meinem Gefühl. Hier drin.»

Amy

Du kannst die Zukunft verändern
mit dem, was du heute tust.
Volksweisheit

Die Abenddämmerung legt sich bereits als grauer Schleier über das immer noch aufgewühlte Meer, als ich unter Deck gehe, um Mian zu wecken. Er hat am Tag ein paar Stunden geschlafen, um bei Bedarf einen der anderen Jungs bei der Nachtschicht ablösen zu können.

Leise betrete ich die Schlafkabine, die nun auf unabsehbare Zeit uns beiden gehört, und werfe einen Blick auf das leere Bett. *So viel zum Thema wecken.*

Dabei habe ich mir das den halben Tag so schön ausgemalt. Ich wollte mich neben ihn setzen und ihn sanft streicheln, durch seine Haare wuscheln und leise mit ihm reden. Darauf hat er in meiner Vorstellung nicht reagiert, deswegen wollte ich mich dann zu ihm legen, ihn kitzeln oder kneifen oder einfach liebevoll wach küssen.

Aber Mian ist bereits auf, steht nur in Boxershorts vor dem Spiegel und versucht umständlich, mit Hilfe seiner Zähne ein frisches Shirt anzuziehen.

«Ich hab doch gesagt, ich helfe dir beim Waschen und Umziehen», schimpfe ich mit ihm, während ich mich von all den schönen Bildern aus meinem Kopf verabschiede.

«Danke, es geht wunderbar», gibt er zurück und zerrt an dem Baumwollstoff. «Siehst du doch.»

«Na ja ... Es sieht eher so aus, als würdest du ganz verzweifelt deine Klamotten essen.»

«Was anderes kriegt man hier ja nicht mehr», witzelt er grinsend. «Baumwolle ist doch auch nahrhaft.»

«Wir könnten uns Pfeil und Bogen bauen und die Vögel vom Himmel schießen.»

«Klar», macht Mian. «Und dann freunden wir uns alle mit einem Volleyball an und nennen ihn Wilson.»

Ich muss schon wieder lachen. Es geht nicht anders. Es überkommt mich plötzlich, und ich kann nichts dagegen tun.

Es ist fast unheimlich, wie leicht mir ein Lachen über die Lippen geht. Kann man mir das wirklich vorwerfen?

Timmy hat auch so gerne gelacht.

«Jetzt lass dir halt helfen, du sturer Esel», sage ich entschlossen, als er weiter an seinem Shirt nestelt. Automatisch muss ich an den Esel aus Mians Erzählung denken. Ich nehme mir fest vor, Mian zu bitten, mehr über seinen Bruder und sich selbst zu erzählen. Denn dass es da noch mehr gibt, steht vollkommen außer Frage.

«Ach, von mir aus, dann mach du das.» Resigniert wirft Mian mir das T-Shirt zu und setzt sich auf das Bett. Ich drehe das Kleidungsstück wieder richtig herum und gehe zu ihm. Brav hält Mian seinen Arm in die Luft und lässt sich das Shirt erst über die Hand und dann über den Kopf ziehen.

Endlich hab ich die Gelegenheit, das zu tun, was ich mir den ganzen Nachmittag schon ausgemalt habe. Vorsichtig streichle ich kurz über seinen verletzten Arm. Diese Berührung reicht aus, um sofort wieder die Hitze zu spüren. Dann lasse ich meine Finger hauchzart zu seiner Schulter wandern, über das Schlüsselbein in Richtung Wange, um sein Kinn anzuheben und ihn anzusehen.

Gerne hätte ich ihm gesagt, wie sehr ich ihn mag und wie viel er mir mittlerweile bedeutet, aber ich bekomme kein Wort heraus. Deswegen drücke ich ihm stumm einen Kuss auf die Lippen. Er erwidert ihn sofort, und ich spüre sein Lächeln. Seine Hand greift nach meiner. Er hört auf, mich zu küssen, und rutscht ein Stück auf dem Bett nach hinten, damit ich mich zu ihm setzen kann.

«Soll ich dir noch schnell deinen Arm neu einbinden?», biete ich ihm an.

«Ich denke, das reicht morgen. Viel machen können wir eh nicht.» Er seufzt kurz und fügt dann hinzu: «Ich fürchte, es wird sich entzünden. Eigentlich brauche ich Antibiotika, aber die haben wir nicht an Bord.»

«Oje», sage ich leise, ohne mir die Folgen einer Entzündung vorstellen zu können. «Und was machen wir dann?»

«Wir können nichts machen», erwidert er knapp und abgehackt. Aus irgendeinem Grund wirkt er plötzlich abweisend.

«Verstehe», gebe ich zurück und frage mich, ob er möchte, dass ich gehe. Kurz bin ich ratlos, stehe einfach da, blicke zu der Schiebetür und will mich gerade in Bewegung setzen, als Mian erneut sanft an meiner Hand zieht.

Ich setze mich zu ihm aufs Bett, und er beugt sich zu mir, und nun küsst er mich erneut. Ich öffne sofort den Mund, und er schiebt seine Zunge zwischen meine Lippen. Unwillkürlich kuschle ich mich noch dichter zu ihm, immer bemüht, nicht an seine Verletzung zu kommen.

«Es tut mir leid», sage ich plötzlich. Irgendwie habe ich

auf einmal das Bedürfnis, mich zu entschuldigen. «Dass ich so blöd reagiert habe, als du mir das alles gesagt hast...»

... das mit Timmy.

Ich kann es wieder einmal nicht aussprechen, aber Mian weiß sofort, was ich meine.

«Schon gut», flüstert er mir zu. Er lässt sich vorsichtig nach hinten auf das Bett sinken und streckt seinen Arm aus, um mir zu verdeutlichen, dass ich mich dazulegen soll. Wir liegen stumm nebeneinander, ganz nah, spüren die Bewegungen des Schiffes und den Körper des anderen.

Wenn es nach mir ginge, könnten wir für immer hierbleiben. Gerne hätte ich noch eine Erzählung von ihm gehört wie die faszinierende Eselgeschichte und die grandiose Leistung, die sein Bruder in dieser Nacht erbracht hatte.

Zentimeter für Zentimeter rutsche ich dichter an Mian heran, mit meinem Kopf auf seiner Brust. Ich lausche seinem gleichmäßigen Herzschlag und seinen ruhigen Atemzügen. Meine Augen hätten mir mühelos zufallen können, aber ich bin viel zu aufgeregt, um einzuschlafen, weil ich nichts von diesen wunderbaren Momenten verpassen will.

Auf einmal schaut er zu mir und beginnt von neuem, mich zu küssen.

Seine Hand liegt in meinem Nacken, krault mich dort. Ganz langsam lässt er sie auf meine Brust gleiten. Ich stöhne kurz auf bei dieser unerwarteten Berührung und spüre erneut sein Lächeln an meinen Lippen. Langsam lässt Mian seine Hand tiefer rutschen, auf meinen Oberschenkel, unter den Saum meiner kurzen Shorts. Dort bleibt sie einen Moment liegen, während er mich immer intensiver küsst. Wieder spüre ich die Hitze in meinem Bauch, dann merke ich, wie Mian an meinem Oberteil zieht. Plötzlich überkommt mich eine Unbeschwertheit, von der ich dachte, sie wäre mit Timmy für immer verlorengegangen...

«Blöd mit nur einer Hand, was?», lache ich.

«Tja», macht Mian ergeben und lässt sich nach hinten in die Kissen sinken. «Du wirst mir wohl noch mal helfen müssen.»

Es sind nur wenige Millimeter, die er von mir weggerutscht ist, und doch wird es sofort kühl um mich herum. Leer.

Ich ziehe mein Oberteil aus und beuge mich über Mian. Meine Hände gleiten unter sein Shirt und ich nehme mir ganz viel Zeit, ihn überall zu berühren. Unter der weichen Haut spüre ich gut definierte Muskeln, die überall, wo ich sie berühre, leicht zucken.

Sanft schiebe ich sein Shirt ganz nach oben, küsse seinen Oberkörper und bereue bereits, ihn angezogen zu haben. Dann halte ich inne und nehme ihn fest in meine Arme.

Für einen Moment genügt es mir, mich fest an Mian zu drücken, meine Nase an seinem Hals zu vergraben und seinen Geruch einzuatmen. Er riecht wie immer ganz wunderbar nach Sonne und nach Meer...

Mit meiner Genügsamkeit ist es sofort vorbei, als Mians Hand erneut meine Brust streift. Er schiebt vorsichtig seine Finger unter meinen BH. Seine Haut ist direkt auf meiner. Die Wärme fließt sofort durch mich hindurch und in mich hinein. Ich spüre jeden einzelnen seiner Finger, die mich fast verbrennen, dort, wo sie mich berühren. Es entsteht ein Feuer in meinem Bauch, das das Atmen schwer macht und ein Gefühl der Ohnmacht auslöst. Die Flamme wandert in meinen Schoß, als Mians Hand sich zwischen meine Beine legt.

Plötzlich zieht er seine Hand wieder zurück und streichelt mein Bein, bis sich meine Atmung etwas beruhigt hat.

Umständlich richtet Mian sich auf und zieht schmerzerfüllt Luft zwischen die Zähne, als er sein Gewicht verlagert. Sanft beißt er mir in den Oberschenkel und schiebt dann den störenden Stoff meines Slips zur Seite.

Kurz schreie ich auf, während Mians Zunge in mich eindringt, die dann irgendwann seinen Fingern Platz macht.

In mir rauscht ein heftiger Orgasmus unaufhaltsam heran.

Das Licht über mir beginnt, sich wie ein schneller werdender Kreisel zu drehen, und reißt mich mit ...

Unkontrolliert greife ich in seine Haare, um mich festzuhalten.

Doch Mian zieht seine Finger zurück und lächelt mich an. Mein brennendes Verlangen ist ihm ganz offensichtlich bewusst und scheint ihn noch mehr anzustacheln.

Ich versuche, gefasst zu wirken, aber es ist einfach viel zu lange her, dass ich diese Form der Liebe gespürt habe.

Oder irgendeine Form der Liebe.

Mian verzieht kurz das Gesicht, als ich ihm die Boxershorts über die Oberschenkel nach unten streife und er sein Gewicht auf die Schultern verlagern muss.

Mir ist nicht klar, ob er noch etwas sagen wollte oder nur deswegen nach Luft schnappt, weil ich auf ihn klettere und ihn das überrascht, oder ob ihm die Schulter weh tut. Aber er entspannt sich sofort und kommt mir mit der Hüfte entgegen, als ich mich auf ihn setze.

Tiefer und immer tiefer ...

Mein Bauch ist nur noch Gefühl, ein heißes, brennendes Gefühl. Schon der Gedanke an Mian treibt die Erregung in die Höhe. Das Wissen, ihm nahe zu sein, ist in diesem Augenblick mit nichts zu vergleichen und durch nichts zu ersetzen.

Die Spannung weicht in einem Atemzug aus mir, als Mian meinen tiefsten Punkt erreicht...

Sein Atem, der jetzt beinahe stürmisch kommt, versetzt mich in Ekstase. Trotzdem zwinge ich mich dazu, meine Bewegungen kleiner werden zu lassen. Ich versuche, das Tempo herauszunehmen und die Sache zu entschleunigen.

Es dauert ein paar Sekunden, bis wir uns aufeinander abgestimmt haben, uns einig werden und den gleichen Rhythmus finden, uns so bewegen, dass er seine linke Seite so wenig wie möglich belastet.

Mians Lippen liegen auf meiner Brust, seine Hand an meiner Taille. Energisch drückt er meine Hüfte ganz dicht zu sich heran und kommt mir mit seinem Becken entgegen.

Tiefer geht es nicht mehr.

Die Langsamkeit hält nicht lange an. Was wir beide gerade in sanfte Bahnen gelenkt haben, wird schon wieder drängender und wilder. Wir bewegen uns gemeinsam. Schneller, atemloser, haltloser.

Er jammert kurz auf, weil ich mich auf seine Brust stütze. Sofort ziehe ich meine Hand zurück und halte mich an der Matratze fest.

«Warte», flüstere ich ihm zu, weil ich plötzlich Angst habe, der Moment würde für immer vergehen und nie wiederkommen.

Mian zeigt sich der Herausforderung gewachsen und hält inne. Seine Hand findet wieder meine Brust und umschließt sie. Fester dieses Mal, und löst damit die berauschenden Wellen der Lust aus, die bis in meinen Hals ausstrahlen.

Ich spüre Mians Anspannung, als er sich erneut zu bewegen beginnt. Ganz dicht zieht er mich an sich heran und kommt mit der Hüfte hoch. Aus seinem Stöhnen wird ein leiser Schrei, als sich seine Lust mit dem Schmerz vermischt.

Eine Explosion schießt heiß in meine Mitte, fährt durch den Bauch in meinen Kopf und löscht alles andere aus. Es ist nur noch Fühlen, nur noch Treiben auf dieser hohen Welle, die mich aufnimmt, mitnimmt und davonträgt.

Dann ist Ruhe.

Wir halten still, um dem Gefühl in uns nachzuspüren, das langsam verebbt. Jede Bewegung würde es jetzt nur zerstören, deswegen heißt es verharren, warten und spüren ...

Zeitgleich atmen wir auf, bevor ich in mich zusammensinke.

Schwer atmend rutsche ich von Mian hinunter und lege mich neben ihn, so dicht, dass ich seine feuchte Haut spüren kann. Sein Schweiß verbindet sich mit meinem. Sanft legt er seinen Arm um meine Hüfte und haucht mir einen Kuss auf die Stirn.

Plötzlich fällt mir etwas ein. Wieder merke ich, dass meine alte unbeschwerte Fröhlichkeit aus mir herausbricht. Ich greife in die Nachttischschublade und ziehe das hier auf dem Meer nutzlos gewordene Handy heraus.

Mit einem Klick öffne ich die Kamera-Funktion und halte das Handy eine Armlänge weg.

«Streck mal die Zunge raus», fordere ich Mian auf. Er schaut mich kurz verwirrt an, aber er gehorcht. Ich mache aus Zeigefinger und Mittelfinger ein V, halte sie als Hasenohren hinter Mians Kopf und drücke genau in diesem Moment den Auslöser.

«Falls wir hier auf See sterben», sage ich lächelnd, «sollen unsere Freunde und Verwandten wenigstens wissen, dass wir bis zu unserem Tod Spaß hatten.»

Es dauert eine ganze Weile, bis Mian sich langsam aufsetzt, sich von mir wieder anziehen lässt und mich neugierig anschaut.

«Was ist?», will ich wissen.

«Ich frage mich, warum es dir so wichtig ist, dass unsere Freunde später sehen, dass wir glücklich gestorben sind.»

Woher nimmt er das?

«Nur so.» Ich zucke die Schultern, schlüpfe in einen viel zu weiten Pullover und drehe ihm schnell den Rücken zu. «Hatte keinen besonderen Grund.»

«Glaub ich dir nicht.» Er greift in seine Sporttasche und zieht einen Energydrink hervor. «Hier. Aber verrate es nicht den anderen.»

«Auf keinen Fall.» Ich öffne die Dose und nehme einen großen Schluck. Es schmeckt wunderbar, erfrischend, und es weckt die Lebensgeister. Eine herrliche Abwechslung zu dem schalen Wasser, das wir sonst trinken. Kaum zu glauben, wie dankbar man für so eine Kleinigkeit ist, wenn alle Lebensmittel streng rationiert sind und man nicht in jedem Discounter freien Zugang dazu hat.

«Also?» Abwartend beobachtet er mich. «Was ist der Grund?»

«Frag doch deine Glaskugel», sage ich und gebe mir Mühe, nicht bissig zu klingen. «Du weißt wohl doch nicht alles.»

«Doch», erwidert er. «Ich weiß es. Stell die Dose hin, dann sag ich es dir.»

«Warum muss ich dazu die Dose hinstellen?»

«Weil ich Angst habe, dass du sie mir sonst an den Kopf wirfst.»

Trotz des seltsamen Gefühls in meinem Bauch muss ich schmunzeln. Mein Puls beschleunigt sich um ein paar Schläge, als ich den Energydrink in den Getränkehalter stelle und mich wieder zu Mian setze. «Ja?»

«Es ist wegen deines Sohns.» Mian spricht hastig. «Weil auch er glücklich war, als er starb, und dir dieses Wissen sehr geholfen hat.»

«Was erlaubst du dir?!» Meine Stimme wird sofort aggressiv, und alles in mir geht zum Angriff über. «Du hast keine Ahnung, also halte dich zurück!»

«Amy, bitte!», fleht er. «Lauf nicht wieder weg. Hör dir an, was ich zu sagen habe, und entscheide dann, ob du mir glaubst.»

«Sicher nicht.» Ruckartig stehe ich auf, aber er hält mich am Handgelenk fest.

Mein Blick streift den seinen.

«Bitte!», wiederholt er eindringlich. «Es ist wichtig. Für deinen Sohn.»

«Ich kann das nicht.» Fast panisch reiße ich Mian meine Hand weg, würde mir am liebsten beide Ohren zuhalten und schreiend davonlaufen. Dann erinnere ich mich an seine Worte.

Sein Geist ist noch da ...

«Er war noch ganz klein», redet Mian drauflos. «Zu klein, um zu sprechen. An dem Tag des Unfalls hat er im Vorgarten gespielt. Mit einem grünen Traktor, den du ihm zu Weihnachten geschenkt hast ...»

«Woher weißt du das alles?» Mein Herz hämmert bis zum Hals. Ich starre Mian an, der reglos auf dem Bett sitzt, den gesunden Arm zusammen mit dem verletzten dicht an den Körper gepresst.

«Jano hat es mir gesagt. Dein Sohn war froh, jemanden getroffen zu haben, der versteht, was er mitteilen wollte.»

«Ah ja», zische ich verächtlich. Ich bin komplett in Abwehrhaltung und kämpfe das brennende Gefühl in meinem Hals nieder. «Und was wollte er euch mitteilen?»

«Dass er nach Hause möchte, Amy.» Mian schaut zu mir auf. Sind das Tränen in seinen Augen? «Er möchte heim. Am liebsten natürlich zurück zu dir. Aber da das nicht geht, musst du ihn dort hinlassen, wo alle Seelen hingehen.»

«Ich weiß doch nicht wie!»

«Lass ihn los. Du musst ihn gehen lassen. Zieh aus der Wohnung aus, fang wieder an zu arbeiten oder geh sonst wie einen Schritt weiter. Es ist eine mentale Sache. Zeig ihm, dass es okay ist, dass er geht. Er muss *wissen*, dass er nun nach Hause *darf*.»

«Hör auf damit», brülle ich ihn an, und obwohl ich genau weiß, dass er die Wahrheit sagt, setze ich hinzu: «Ich glaube dir kein Wort.»

Mian greift erneut nach meiner Hand und zieht mich zu sich aufs Bett. Automatisch wehre ich mich und halte gegen, aber er lässt mich nicht los, sondern schließt seine Finger fest um die meinen.

«Du hast am Küchenfenster gestanden an diesem verfluchten Tag, der dir alles genommen hat. Er hat zu dir geschaut, und du hast ihm zugelächelt. Das ist seine letzte Erinnerung. Dein Gesicht und dein Lächeln.» Mian macht eine kurze Pause und fährt dann leise fort. «Er hat nichts mitbekommen von dem Auto, das in euren Vorgarten gerast ist. Er hat nichts davon gespürt. Er war auf der Stelle tot, mit dem Lächeln seiner Mutter vor Augen.»

Alles in mir bebt. Meine Seele brüllt vor Schmerz. Mein

ganzer Körper ist ein einziges Brennen, auf ganz andere Weise als vorhin. So fühlt sich das Fegefeuer der Hölle an.

Und dennoch: Da ist ein winziger Schimmer Hoffnung. «Er hat nichts gemerkt von dem Unfall?», stammele ich.

«Nein. Er hat das Auto nicht einmal bemerkt. Jano und ich haben das nur kombiniert, weil wir das Loch in der Mauer gesehen haben und die roten Lackspuren, die sich daran befinden...»

«Der Fahrer war betrunken. Sturzbesoffen...» Meine Stimme bricht mitten im Satz.

«Das dachte ich mir.»

«Der Vater hat mir die Schuld gegeben, weil ich nicht aufgepasst habe. Ich hab ihn das letzte Mal auf der Beerdigung gesehen, dann ist auch er für immer aus meinem Leben verschwunden.»

«Du hast keine Schuld. Es war ein Unfall.» Mian drückt meine Hand noch fester. «Verrätst du mir seinen Namen?»

«Timmy.»

Timmy. Mein Timmy. Mein Ein und Alles.

Mein Herz, das mir aus dem Körper gerissen wurde, das für immer fort ist und ein klaffendes Loch hinterlassen hat.

«Lass Timmy gehen, Amy», flüstert Mian. «Lass ihn los, damit er nach Hause kann.»

«Ich werde es versuchen.» Ich will schlucken, aber es geht nicht. Der Kloß in meinem Hals ist wieder da, und ich habe die Befürchtung, ihn nie loszuwerden. «Woher weißt du das alles, Mian?», frage ich ihn. «*Was* bist du? Und Jano? Warum seid ihr *so*?»

«Keiner weiß, woher das kommt. Vielleicht ist es angeboren. Vielleicht auch nicht. Meine Familie und ich haben eine Vermutung. Familie-Wolf-Theorie.» Er versucht zu lächeln.

«Erzählst du sie mir?»

«Ich versuche es. Mal schauen, ob es geht, ich erzähle das nicht so gerne.» Mian lässt meine Hand wieder los und steckt sie unter seinen Oberschenkel. «Ich war sieben Jahre alt und hatte seit meiner Geburt einen Herzfehler, von dem niemand mehr glaubte, dass ich ihn überlebe. Wir waren auf der Insel Andros, in der Karibik. Damals, an jenem Tag, von dem wir glauben, dass da alles begann...»

Amy

Verstand braucht man, um die Welt zu verstehen,
Herz, um sie zu überleben.

«Wird das heute noch was, oder fangt ihr jetzt etwa noch mal von vorne an?» Bens genervte Stimme dringt durch die geschlossene Schiebetür in die Kabine. «Wenn ihr nicht sofort rauskommt, futtere ich eure Ration jetzt selbst.»

«Wir kommen», ruft Mian. «Wage es nicht, unser Essen anzurühren.»

Ich schaue auf mein Handy. Es ist mittlerweile nach zehn, und obwohl mein Magen knurrt, haben wir das Abendessen verpasst. Ich hätte noch stundenlang an Mians Seite liegen und seinen Erzählungen lauschen können. Aber für heute habe ich genug zu verkraften. In meinem Kopf schwirren die Bilder von zwei kleinen Jungen herum, die im Regenwald auf einer Lichtung sitzen und sich weinend aneinanderklammern, während sie einem Voodoo-Ritual unterzogen werden, das meine Vorstellungskraft übersteigt. Ich erschauere.

«Lass uns zu den anderen gehen», beschließt Mian, öffnet die Tür und geht zur Seite, um mir den Vortritt zu lassen.

Die Jungs sitzen alle unter Deck an dem kleinen Tisch und rücken enger zusammen, damit wir uns ebenfalls setzen können.

Collin wirft uns einen vielsagenden Blick zu, verkneift sich aber seinen Kommentar.

«Na endlich.» Ben verdreht die Augen. Er hebt beide Hände hoch und malt bei den einzelnen Worten mit den Fingerspitzen Gänsefüßchen in die Luft. «Wir dachten schon, ihr *schlaft* noch ewig. So *leise* war es bei euch.»

«Ist gut», gibt Mian ungerührt zurück. «Dann wisst ihr ja jetzt alle Bescheid.»

«Allerdings. So viel wollten wir gar nicht wissen.»

Ich spüre, wie mir die Röte in die Wangen schießt, und konzentriere mich darauf, in die Ecke zu rutschen.

Es ist nicht viel Platz hier unten, aber er reicht aus für fünf Personen, und seit der Mast mitten auf dem Cockpit liegt, ist es hier um einiges komfortabler als oben.

Prüfend schaue ich auf den Teller, den Ben zu mir rüberschiebt. Es liegen zwei Toastscheiben drauf, ein Stück Trockenfleisch und ein paar Essiggurken. Die erste Mahlzeit seit dem Mittagessen vor über neun Stunden. Zum Nachtisch erhält jeder eine Handvoll Cranberrys. Bis zu unserer Ration Zwieback am nächsten Morgen würde es nichts mehr geben.

«Das ist für heute alles», murmelt Jayden entschuldigend zu Mian, auf dessen Teller sich immerhin zwei Stücke Dörrfleisch befinden. «Wir wissen ja nicht, wie lange wir hier ausharren müssen.»

«Ich hab mich nicht beschwert», gibt Mian zurück und beißt in eine Essiggurke. Schweigend lege ich ein Stück Toastbrot von meinem Teller auf seinen.

Collin schielt auf Mians Essen, sagt aber kein Wort.

«Du brauchst nicht so zu gucken.» Mian verdreht die Augen. «Ich will das doch gar nicht. Oder glaubst du, ich nehme ihr was weg?»

«Es ist Amys Ration», knurrt Ben genervt. «Sie kann damit machen, was sie will. Und wenn sie es an die Fische verfüttert, das ist nicht dein Problem.»

«Hört auf zu zicken», schimpft Jayden. «Das ist ja schlimmer als bei America's Next Top Model oder dem Bachelor.»

Wortlos nehme ich meinen Toast wieder entgegen, als Mian ihn zurückschiebt. Ich werde ihn einfach aufheben, bis wir später in der Kabine sind. Es wäre nicht klug, nun eine Grundsatzdiskussion anzufangen und zu riskieren, dass es sich weiter hochschaukelt und wir uns streiten. Es ist gerade schwierig und angespannt genug. Irgendwann könnte der kleinste Funke reichen, um hier alles zum Explodieren zu bringen.

«Was macht deine Verletzung?», will Jayden wissen.

«Geht», antwortet Mian schnell und wechselt dann das Thema. «Wie viele Vorräte und Leuchtraketen haben wir noch?»

«Wir haben noch zehn Raketen», berichtet Ben. «Sie reichen also noch vier Tage. Zwei oder drei Raketen sollten wir zurückbehalten, falls wir spontan auf uns aufmerksam machen müssen. Die Vorräte können wir auf etwa fünf Tage strecken. Das Wasser ist erst mal nicht das Problem. Wir haben noch über 100 Liter im Tank. Wenn wir es nur zum Trinken verwenden, kommen wir damit auf jeden Fall elf oder zwölf Tage aus. Sollte uns in einer Woche noch keiner gefunden haben, werden wir es mit Meerwasser strecken.»

«Klingt doch gut», meint Mian. «In zwei Wochen wird uns wohl jemand aufgespürt haben.»

«Ich denke auch», pflichtet Jayden ihm bei. «Morgen wird

Marie merken, dass wir uns nicht wie vereinbart melden, und dann wird sie die Küstenwache informieren.»

Ben schweigt, und ich kann ihm förmlich ansehen, was er denkt. Er setzt keine großen Hoffnungen in den Suchtrupp, der uns in völlig anderer Richtung vermuten wird.

«Ihr dürft nicht den Mut verlieren», mahnt Mian. «Wichtig ist jetzt, dass wir die Nerven behalten und unsere Zuversicht. Dann kommen wir hier alle auch unbeschadet raus.»

«Toll gesagt.» Unbeeindruckt klatscht Ben in die Hände und stiert auf meinen Teller. Allmählich macht sich das wenige Essen bemerkbar. Alle sind hungrig, müde und gereizt.

«Das ist wie auf einer Beerdigung hier, diese Stimmung. Das hält ja keiner aus.» Collin steht auf und setzt sich ans Funkgerät. «Ich mache weiter meine Arbeit, bevor ich hier noch irre werde.»

Das hält ja keiner aus.

Irgendetwas löst dieser Satz in mir aus. Ich überlege fieberhaft, warum ich deswegen plötzlich so besorgt bin.

Er spürt meine Angst.

Dieser Gedanke ist mir durch den Kopf gegangen, als Mian nach dem Sturm meine Hand gedrückt hat. Mir bleibt das Toastbrot im Hals stecken, als ich begreife:

Mian spürt alle Emotionen um sich herum.

Es ist lange her, aber ich erinnere mich daran, mal etwas über diese Menschen gelesen zu haben. Man nennt sie hypersensibel, hochsensibel oder auch Empathen, und sie sind in der Lage, die Gefühle und Energien um sich herum so wahrzunehmen, als wären es ihre eigenen.

Krampfhaft versuche ich, den Bissen hinunterzuschlucken. Wenn das tatsächlich so stimmt und Mian zu seinen eigenen Emotionen auch noch die Zweifel und Ängste der anderen abbekommt, dann wird er früher oder später hier auf dem Schiff durchdrehen.

Damals

Mit einem Springmesser schnitzte Mian ein kleines Stück von dem hölzernen Tor ab, um den neuen Beschlag zu befestigen und den Stall ausbruchsicher zu machen. In der Regel störte es zwar niemanden, wenn Emil aus seinem Gatter lief, um Jano von der Bushaltestelle abzuholen, aber in den letzten Wochen war es dem Esel zur Gewohnheit geworden, auch vormittags auszubüxen und bei den Nachbarn das Gemüsebeet zu plündern. Gerade, als Mian das Messer hatte wegstecken und den Schraubenzieher zur Hand nehmen wollen, hielt er inne. Sein Blick ging suchend in die Ferne, und obwohl weit und breit nichts zu sehen war, rannte er los. Er nahm sich nicht die Zeit, das Gartentor zu öffnen, sondern sprang mit einem Satz darüber. Das beengende Gefühl in seiner Brust nahm zu, als er die Straße hoch Richtung Bushaltestelle lief. Er erblickte seinen Bruder inmitten von vier älteren Jungen und blieb stehen, um alles zu beobachten. Stolz machte sich in ihm breit. Ungerührt ließ Jano die Beleidigungen der anderen über sich ergehen, während er langsam vorwärtsging. Emil folgte ihm in einigem Abstand.

«Schon Scheiße, wenn ein stinkender Esel der einzige Freund ist, was?», höhnte ein dunkelhaariger Typ.

Jano nickte ihm freundlich zu und ging schweigend weiter.

«Mensch Tom, er hat doch seine Geisterfreunde!» Ein Junge mit einem Karton in der Hand lachte auf. «Das reicht dem.»

«Stimmt.» Tom ließ den Zeigefinger über seiner Schläfe kreisen. «Irre, der Typ.»

«Komm, zeig doch mal eine Regung.» Ein weiterer aus der Gruppe hob einen Ast auf und warf ihn Jano gegen den Rücken. «Oder bist du auch schon tot?»

Mian atmete tief in den Bauch ein und wieder aus und zwang sich zur Ruhe. Die anderen waren zu weit entfernt, als dass er ihre Emotionen hätte wahrnehmen können, aber auch so war es schwer genug für ihn.

«Der zeigt gleich eine Regung!» Der Junge mit dem Karton blieb stehen und öffnete den Deckel. Blitzschnell griff Tom hinein und zog eine kleine Katze hervor. Er packte sie am Schwanz und wirbelte sie im Kreis durch die Luft.

«Was machst du?», rief Jano entsetzt. «Lass sie los!»

«Zu Befehl!» Tom öffnete seine Hand, und die Katze flog verzweifelt schreiend ins Gebüsch. Jano wollte hinrennen, um nach ihr zu sehen, aber Tom hielt ihn im Laufen am Pullover fest.

«Ich will ihr helfen!», schrie Jano und schlug mit der Faust nach Tom. Er traf ihn, und sofort spritzte Blut aus dessen Nase. Binnen weniger Augenblicke waren die anderen Jungs bei Jano, rissen ihn von Tom weg und warfen ihn zu Boden. Mit den Füßen traten sie nach ihm, trafen ihn an den Schienbeinen, dem Rücken und in den Bauch ...

Mian war längst losgerannt. Er griff den Erstbesten, den er erwischte, packte ihn am Kragen und donnerte ihn mit dem Kopf gegen ein parkendes Auto. Einem anderen drosch er den Ellbogen ins Gesicht und zerrte ihn von Jano weg, um diesem vom Boden aufhelfen zu können.

In dieser Sekunde griff Tom nach Mian.

Mian spürte die Hand auf seinem Oberarm. Eine Berührung, durch die Toms ganzer Hass, seine Wut und Verachtung in Mian flossen, ohne dass dieser etwas dagegen tun konnte.

Erschrocken über die Wucht dieser Emotionen schnappte Mian nach Luft. Dann zog er sein Springmesser aus der Jeans. Er wollte nichts mehr, als diese Berührung und die damit verbundenen Gefühle loszuwerden. So stark er konnte, rammte er das Messer an die Stel-

le, von der alles ausging. Tom schrie auf, als die Klinge seine Hand durchbohrte. Die unerträglichen Emotionen wurden abgelöst durch einen brennenden Schmerz in Mians Oberarm. Hektisch riss er an dem Messer. Er bekam es nur mit Anstrengung wieder heraus, so fest hatte er Tom an sich selbst geheftet. Blut tropfte von der Klinge, von Mians Arm und aus Toms Handfläche.

«Mian, hör auf!», schrie Jano und schüttelte ihn an der Schulter. «Hör auf damit! Du bringst noch jemanden um! Komm weg!»

Jano packte ihn am Arm, zerrte ihn die Straße hinunter, rein in den Garten und schob ihn ins Haus.

Ihre Mutter stand im Flur und starrte ihre Söhne entsetzt an.

«Mama, ruf einen Krankenwagen», befahl Jano. «Schnell.»

«Mir geht es gut», winkte Mian ab. «Es ist nur eine kleine Wunde.»

«Nicht für dich, für die anderen!»

Ohne weitere Fragen eilte ihre Mutter ans Telefon und wählte die Notrufnummer.

«Hör zu, Mian, hör zu!», sagte Jano hastig und suchte seinen Blick. «Wenn die Polizei gleich hier auf der Matte steht, dann sagen wir, ich war das. Hörst du?»

«Warum?», fragte Mian verwirrt und schaute auf seine blutverschmierten Finger.

«Weil du gerade schwere Körperverletzung begangen hast und ich noch nach Jugendrecht bestraft werde, du nicht mehr.» Er nahm Mian das Taschenmesser aus der Hand. Sorgfältig wischte er das daran klebende Blut mit den Fingern ab, schmierte es an seine Kleidung und ins Gesicht.

«Ich mach das nicht», sagte Mian. «Ich werde das sicher nicht auf dich schieben.»

«Oh doch, das wirst du.» Janos Blick wurde finster. «Sonst muss ich leider auch noch auf die Polizisten losgehen, um das glaubhaft zu machen.»

«Lass den Scheiß», flüsterte Mian entsetzt, wohl wissend, dass Jano nicht bluffte.

«Es ist unsere einzige Chance, wenn wir später in die Karibik auswandern wollen. Du weißt, mit Vorstrafen kommt da keiner rein. Also geh dich waschen!»

Die Mutter hängte das Telefon auf die Station und kam zurück zu ihren Jungs.

«Was ist passiert?», fragte sie.

«Sie haben mich geärgert und eine Katze gequält.» Jano sprach hastig und warf Mian einen warnenden Blick zu. «Ich bin ausgerastet und hab einen von ihnen gegen ein Auto geschlagen und einen anderen mit meinem Messer angegriffen.»

«Oh mein Gott. Wie konnte das passieren? Was ist mit Mian?»

«Den hab ich versehentlich auch getroffen.»

Mian schaute abwechselnd von seinem Bruder zu seiner Mutter und spürte sofort, dass sie durchschaut hatte, dass die beiden etwas verheimlichten. Doch sie nickte ihnen zu. Sie würde ihnen vertrauen und mitspielen, ohne zu wissen, um was es eigentlich ging.

«Ich verbinde das, dann gehst du dich waschen, Mian», ordnete sie an. «Währenddessen sehe ich nach den anderen, und anschließend werde ich dich zum Arzt fahren.»

Marie

In der Dunkelheit leuchtet der kleinste Stern
wie helles Licht.

Marie geht unruhig im Wohnzimmer auf und ab. Das Ziehen in ihrem Bauch ist heute besonders stark, sie hat Sodbrennen, und ihr ist schwindelig, weil sie die ganze Nacht keine Minute geschlafen hat. Die unterschwellige Angst von vorgestern, als Jano bei ihr aufkreuzte und ihr gesamtes Leben aus den Bahnen warf, hat sich mittlerweile in eine Panik gesteigert. Immer wieder beginnt ihr Puls, haltlos zu rasen. So heftig, dass es ihr den Schweiß auf die Stirn treibt und ihre Hände zu zittern beginnen. Immer wieder stolpert ihr Herz für ein paar Takte, vielleicht weil es dieser enormen Belastung nicht gewachsen ist. In diesen Momenten hat Marie das Gefühl zu ersticken. Sie muss dann ans offene Fenster gehen, die Arme weit nach oben strecken und tief einatmen, um genug Sauerstoff zu bekommen.

Nervös öffnet sie ihre Kontakte auf dem Handy und will gerade Janos Nummer aufrufen, als jemand mit unbekannter Nummer anruft.

«Summers?», meldet sie sich.

«Ich bin es, Jano», sagt er. «Ich weiß, wo sie sind.»

«Woher? Hast du sie gefunden?» Ihre Gedanken überschlagen sich. «Wo seid ihr?»

«Ich bin allein», erklärt er. «Aber ich war gestern in Los Angeles bei der Küstenwache und hab mir alles auf einer Seekarte angesehen. Die Pisser hier meinten aber nur, ich solle mich an die Küstenwache des Heimathafens wenden. Von denen brauchen sie das Go, um ihren Trupp schicken zu können. Wie ist der Stand bei dir?»

«Wenn sich bis heute Abend niemand bei uns gemeldet hat, werden sie hier suchen», erklärt sie hastig. «Was machst du in Los Angeles?»

«Ich bin mittlerweile in Torrance und fahre weiter die Küste runter nach Huntington Beach. Da werde ich mir ein Boot mieten und auf die Insel Santa Catalina fahren.»

«Was ist da?» Marie versucht, sich eine Karte vor ihrem geistigen Auge aufzurufen. Sie hat noch nie von dieser Insel gehört und kann sich nicht vorstellen, was Jayden und die anderen dort wollen könnten.

«Hast du was zu schreiben?», unterbricht Jano ihre Gedanken.

«Ja, warte. Okay.»

«Euer Schiff treibt südwestlich der Insel Santa Catalina auf dem Meer. Mittig zwischen den Inseln San Nicolas und San Clemente, nur viel weiter draußen.»

«Bist du sicher?» Marie spart sich die Frage nach dem Woher. Ihr ist alles egal, Hauptsache, das Schiff wird bald gefunden.

«Ganz sicher.» Jano seufzt und fährt dann fort. «Sie sind zu weit draußen, um von Hubschraubern erreicht werden zu können. Das Meer ist immer noch total unruhig und wellig, die Sicht auf dem Wasser dürfte unter drei Meilen liegen. Die Küstenwache soll sich was einfallen lassen!»

«Zu weit entfernt für Hubschrauber?» Ganz langsam nur

dringt das Gehörte wie durch einen dichten Nebel in Maries Gehirn. «Das kann nicht sein. Die können doch von den Inseln aus starten.»

«Die sind alle unbewohnt», erklärt er trocken. «Da startet nichts, da gibt es auch keinen Sprit zum Tanken. Die müssen, wenn überhaupt, von Santa Catalina aus fliegen, aber die Insel ist zu weit weg, und mit jedem Tag treiben sie durch die Strömung weiter ab.»

«Jano», sagt sie verzweifelt. Tränen steigen ihr in die Augen. Seit ihrer Schwangerschaft ist sie noch näher am Wasser gebaut als früher.

«Wir finden sie», verspricht er. «Ich schwöre es dir. Wichtig ist, dass du dir die Position aufschreibst, die ich dir gerade genannt habe, und dafür sorgst, dass dort gesucht wird. Ich weiß, dass sie dort sind, bitte vertrau mir. In die Gegend um Santa Rosa brauchen sie niemanden zu schicken.»

«Verstanden», sagt sie. Es wäre nicht nötig gewesen, dass Jano versucht, sie zu überzeugen. Marie glaubt ihm längst. Wenn einer weiß, wo sich die anderen befinden, dann ist er es.

«Ich wollte sie selbst suchen gehen, mit einem Motorboot, aber das ist aussichtslos. So weit raus komme ich nicht.»

«Was hast du jetzt vor?», fragt sie ihn.

«Ich werde auf Santa Catalina schauen, was ich erreichen kann. Vielleicht hat die Küstenwache dort Propellerflugzeuge oder Ähnliches. Dann kann man sie von oben suchen und die genauen Koordinaten weitergeben und einen Abschlepper schicken. Ich hoffe, sie nehmen mich mit ins Flugzeug oder auf ein Schiff, dann kann ich sie leiten.»

«Das ist gut. Sie müssen dich einfach mitnehmen.»

«Ich melde mich, sobald ich einen Schritt weiter bin.»

«Ja, bitte.» Marie atmet tief durch und wischt sich mit zitternden Händen die Tränen von den Wangen. «Du bist ihre einzige Hoffnung.»

Mian

> Geduld ist, wenn du zuhörst,
> obwohl du reden willst.
> *Volksweisheit*

Mian sucht mit seinem Blick den Nachthimmel ab. Er ist blauschwarz, und ein paar Sterne leuchten darin. Der Mond spendet das einzige Licht auf dem kleinen Schiff. Die Beleuchtung haben sie ausgemacht, um die Akkus zu schonen. Vom Verstand her weiß Mian, dass sie zu weit auf dem offenen Meer sind, um von Helikoptern erreicht zu werden, und dennoch hat er immer wieder das Bedürfnis, in den Himmel zu schauen.

Seine Schulter pocht. Diese Art von Schmerzen, die abends, wenn alles dunkel und ruhig ist, schlimmer und schlimmer werden. Nachts, wenn der Körper zur Ruhe kommt, spürt man alles deutlicher. Mittlerweile kann Mian es nicht mehr ignorieren. Heute früh, als Jayden seine Wunde verbunden hat, gab es noch keine äußerlichen Anzeichen. Nicht die kleinste Rötung war zu sehen gewesen, aber das hat nichts zu sagen. Es ist bei Schulterinfektionen häufig der Fall, dass sie anfangs unterschwellig und unbemerkt verlaufen. Deswegen sind sie auch so gefährlich. Wenn man sie entdeckt, ist das Stadium oft schon so weit fortgeschritten, dass man dringend Antibiotika braucht.

Mian weiß, dass sich die Wunde in seiner Schulter bereits infiziert hat. Er atmet tief in den Bauch, um zu verhindern, dass sein Puls mit dem langsam aufkommenden Fieber ebenfalls steigt. Trotz der nächtlichen Wärme beginnt er zu frieren. Lange würde er seinen Zustand nicht mehr vor Amy geheim halten können. Schon jetzt beobachtet sie ihn fürsorglich und liebevoll und studiert jede seiner Bewegungen. Unwillkürlich muss Mian lächeln, als er an Amy denkt. So tragisch der Sturm auch war, er hat sie wachgerüttelt und die Lebensgeister in ihr geweckt. Endlich ist sie wieder bereit weiterzumachen.

Wenn er an ihr erstes Treffen zurückdenkt, dann ist ihre Entwicklung in den letzten Tagen mehr als bemerkenswert. Es ist noch nicht lange her, da war sie noch voller Trauer, Verzweiflung und komplett ohne Lebensmut. Dann kam der Sturm, und als diese heftige Welle sie traf, wusste Mian, sie würde zu ihrem alten Selbst zurückfinden. Sie hatte in Todesangst geschrien und um ihr Leben gekämpft. So etwas tut man nicht, wenn einem alles egal ist. Die Liebe zu ihm, die täglich spürbar stärker wird, hilft ihr zusätzlich, ihre Vergangenheit zu verarbeiten. So, wie er sich das gewünscht hat, auf welchem Weg auch immer. Nichts anderes, als ihr zu helfen, ist seine Intention und sein Ziel gewesen, als er sich mit einer Lüge auf das Schiff geschlichen hat. Nur eine Sache hat er dabei nicht bedacht: dass er etwas mit Amy anfangen und sich in sie verlieben würde.

Von Beginn an hat er sie gemocht und eine Art Zuneigung für sie empfunden, aber alles Weitere ist nicht geplant gewesen. Normalerweise macht Mian um die Liebe einen großen Bogen. Er hat Angst vor diesen starken Emotionen, denn er weiß, wenn er liebt, dann tief und unwiderruflich.

Aufrichtig, bedingungslos und mit ganzem Herzen. Diese Intensität versetzt ihn in Panik, denn mit dieser Tiefe an Gefühlen kommt eine Verbundenheit, der er nichts entgegenzusetzen hat.

So wie ich unwiderruflich mit Jano verbunden bin.

Egal, wo auf dieser Erde sie sich befinden, man ist im Geiste immer bei dem anderen. Somit ist man nie wieder allein, aber ja auch nie wieder wirklich frei... Die Verbindung zu Jano ist gut so, wie sie ist, weil Jano so ist wie Mian – die allermeisten Frauen sind es nicht.

Mit seinem Bruder ist diese Art von Verbundenheit etwas Gutes. Sie sind zusammen aufgewachsen, haben gemeinsame Wurzeln und gemeinsames Blut.

Aber eine Beziehung zu einer fremden Person? Das ging noch nie gut. Nicht bei ihm jedenfalls. Bei den meisten Mädchen hatte er sofort gespürt, dass sie nicht mehr erhofften als eine heiße Nacht. Bei den anderen, bei denen er etwas wie liebevolle Bande zu erkennen geglaubt hat, erwiesen diese sich als schwach, ichbezogen, oberflächlich. Zwei-, dreimal hatte er sich dennoch geöffnet, war bereit gewesen, sich einzulassen – die Ernüchterung danach war umfassend gewesen. Deswegen machte er es sich früh zur Gewohnheit, keine Beziehung einzugehen. Es immer zu beenden, bevor es ernst wird. Es war in Ordnung, sich das Bett zu teilen, aber nach dem Frühstück suchte er stets das Weite. Spätestens jetzt wäre also auch bei Amy die Zeit gekommen, sich auf den Weg zu machen. Aber er sitzt hier auf einem defekten Schiff fest, und das ist nicht der einzige Grund, der ihn daran hindert, sich so zu verhalten, wie er es sonst tun würde. Er tut ihr so gut, und sie blüht in seinen Händen regelrecht auf.

Ein bisschen kann ich ja noch bei ihr bleiben.

Mian schnaubt durch die Nase bei diesem Gedanken, weil er weiß, dass er sich damit selbst betrügt. Wenn er nicht sofort den Absprung schafft, würde es bald zu spät für ihn sein...

Er hört Schritte hinter sich, und ohne sich umzudrehen, weiß er, dass es Collin ist. Seine Emotionen verraten ihn. Collins Wut ist längst verflogen. Sie ist nur noch aufgesetzt und gespielt. Mittlerweile umgibt ihn etwas ganz anderes, wenn er in Mians Nähe kommt: Zuneigung.

«Hallo, Collin», grüßt Mian über seine Schulter hinweg.

Collin setzt sich neben ihn. «Störe ich?»

«Nee.»

«Ich würde gern mit dir reden.»

«Dann mach das doch», sagt Mian freundlich. Der Schmerz in seiner Schulter strahlt mittlerweile in den ganzen Arm aus, und es kostet ihn Anstrengung, sich nichts davon anmerken zu lassen. «Was kann ich für dich tun?»

«Ich wollte mich bei dir bedanken», beginnt er. «Dass du mich zur Seite gezogen hast, als der Mast umgekippt ist.»

«Das hast du bereits.»

«Ich wollte es noch mal anständig machen.»

«Ich würde jederzeit wieder so reagieren.» Mian lächelt ihm zu und nutzt die Gelegenheit, Collin zu beobachten. Obwohl er eine Leuchtrakete in den Händen hin- und herdreht, strahlt er Ruhe aus. Die Dunkelheit, die sie beide umgibt, scheint ihm Sicherheit zu geben und das Gefühl, freier mit Mian sprechen zu können.

«Du hattest recht», bricht es plötzlich aus Collin heraus. «Mit Tobias.»

«Ja. Ich weiß.»

«Ich war mir darüber selbst nicht im Klaren, und irgendwie hab ich es lange Zeit verdrängt.»

«So was ist nie eine gute Idee.»

«Nein, wahrscheinlich nicht. Tut mir leid, dass ich so blöd zu dir war. So kindisch ...», Collin stockt kurz und fährt dann fort. «So bin ich eigentlich nicht. Aber ich war so versessen darauf, dass das mit Amy klappt, weil das bedeutet hätte, dass ...»

«... du dich nicht für Männer interessierst», vollendet Mian den Satz.

«Richtig. Ich hab dir die Schuld gegeben, dass es nicht funktioniert hat mit ihr, und mich benommen wie ein Idiot. Es tut mir leid.»

«Ist doch schon vergessen. Ehrlich.»

«Wie hast du es herausgefunden? Hat man das so deutlich gesehen?»

«Nein», beruhigt ihn Mian. «Ich kann nur die Zeichen deutlicher lesen als andere.»

«Wirklich?» Collin sieht ihn von der Seite her an. «Meinst du, weil du ...?» Er unterbricht sich und beginnt, an der Papierhülle der Leuchtrakete herumzuzupfen. Dann sagt er: «Ich dachte, du magst Amy.»

«Ich mag sie wirklich», versichert Mian ihm. In dem Moment, in dem er es ausspricht, weiß er, dass es die Wahrheit ist. «Sehr sogar.»

«Also bist du nicht ... ähm ... du bist ...»

«Ich bin nicht schwul», unterbricht Mian ihn. «Wenn du das meinst.»

«Meinte ich», murmelt Collin.

«Weißt du, Collin.» Mian nimmt ihm die Leuchtrakete aus den Fingern, bevor er sie in ihre Einzelteile zerlegen kann. «Es ist doch vollkommen egal, ob du schwul bist oder hetero oder was auch immer. Wichtig ist, dass du auf dein

Herz hörst und nicht auf die anderen Leute. Wenn du jemanden kennenlernst und liebst, ist es doch scheißegal, was die anderen darüber denken oder davon halten.»

«Was ist, wenn sie es nicht akzeptieren?»

«Das müssen sie. Weil es zu dir gehört. Wer dich mag, der nimmt dich so, wie du bist. Und alle anderen brauchst du nicht. Es wird vorkommen, dass Menschen sich von dir abwenden und es nicht akzeptieren. Dann lass sie gehen! Die richtigen werden bleiben.»

«Klingt, als wüsstest du, wovon du redest.» Collin wirft ihm einen fragenden Blick zu, schaut aber sofort wieder auf den Boden.

«Ja.»

«Und woher?»

«Auch bei mir gibt es Dinge, die zu mir gehören, die andere Menschen aber nicht verstehen. Viele Jahre hab ich versucht zu verleugnen, wer ich bin.» Mian gibt Collin die Leuchtrakete zurück, weil dieser anfängt, nervös seine Hände zu kneten. Offensichtlich ist es wichtig, dass seine Finger beschäftigt sind, während er dieses Gespräch führt. Auf eine Rakete mehr oder weniger kommt es nicht an. «Ich habe lange versucht, es zu verdrängen. Das war psychischer Stress und hat mich krank gemacht. Ich hab Asthma davon bekommen. Aber irgendwann konnte ich es akzeptieren, und alle Symptome verschwanden. Ich binde den Menschen heute noch nicht freiwillig auf die Nase, wie anders ich bin, aber ich laufe auch nicht mehr davor weg. Verstehst du?»

«Ich denke schon.» Collin macht eine Pause und fügt dann hinzu. «Was für Dinge sind das bei dir?»

«Es ist schwer zu erklären.» In dem Augenblick wünscht

sich Mian die Leuchtrakete zurück, weil er selbst etwas in den Händen braucht. Es ist ihm noch nie leichtgefallen, über dieses Thema zu reden. «Ich habe ein Wissen, das ich nicht haben dürfte.»

«Wie das mit Amy und Tobias und die Sache mit dem Sturm.»

«Ja.»

«Wo kommen diese Informationen her?»

«Ich weiß es nicht.» Mian schaut auf und sucht Collins Blick. «Ich weiß es wirklich nicht. Sie sind plötzlich einfach da.»

«Ein sechster Sinn?»

«Ja, kann man wohl so bezeichnen.»

Collin macht Anstalten aufzustehen, verharrt dann aber noch kurz in seiner Position. «Ich danke dir. Ich werde, wenn ich nach Hause komme, mit meiner Schwester reden und es dann irgendwann auch meinen Eltern sagen.»

«Du kriegst das hin. Marie wird dich verstehen. Ihre Liebe und ihr Verständnis für dich sind unglaublich stark.»

«Danke, Mann.» Jetzt steht Collin endgültig auf und legt Mian die Hand auf die Schulter. «Du bist echt... ähm... ganz okay.»

«Das fällt dir jetzt erst auf?»

«Besser spät als nie», grinst Collin.

«Verlieb dich ja nicht in mich.» Freundschaftlich boxt Mian ihm gegen den Arm. «Das bleibt unerwidert, das garantiere ich dir.»

«Ach, fick dich doch.»

«Ja, lieber mich als dich, da kannst du Gift drauf nehmen.» Mian lächelt, um seine Worte zu entschärfen. «Und jetzt verpiss dich.»

Collin hält ihm grinsend den Mittelfinger entgegen. «Ich konnte dich noch nie leiden.»

«Weiß ich, und das soll auch so bleiben.» Er schaut zu, wie Collin unter Deck verschwindet. Dann atmet er auf und greift sich an die verletzte Schulter, die sich mittlerweile sogar durch das Shirt heiß anfühlt. Ein Zittern durchläuft seinen Körper, und für einen Moment wird ihm schwarz vor Augen. Er fängt sich sofort wieder, schließt seine Augen und konzentriert sich auf seine Atmung.

Gerade in der Sekunde, als er in den Schlaf gleitet, kommt Amy an Deck. Mian unterdrückt ein Seufzen, als sie sich zu ihm setzt. Er weiß nicht, wie lange er sich noch zusammenreißen kann.

«Mian», sagt Amy und beugt sich zu ihm.

Er erwidert ihren Kuss und hofft inständig, dass seine Haut nicht so warm ist, wie sie sich anfühlt.

«Ich hab nachgedacht.»

«Erzähl», fordert er sie auf. Wenn er nur einzelne Worte spricht, kann er seinen schneller werdenden Atem verbergen.

«Wegen Timmy.»

Er nimmt ihre Hand, verschränkt seine Finger mit ihren und spürt ihre Entschlossenheit. Auffordernd schaut er sie an.

«Ich werde ihn gehen lassen. Er soll seinen Frieden finden.» Sie schluckt schwer. Die Tränen auf ihren Wangen schimmern im Mondlicht. «Ich werde mir, wenn ich nach Hause komme, eine andere Wohnung und einen Job suchen und neu starten.»

Sanft zieht Mian sie dichter zu sich heran und küsst ihr eine Träne weg. Er ist zu müde, um sich erst etwas einfallen zu lassen, was er sagen könnte. Deswegen nimmt er Worte, die aus seinem Herzen kommen.

Worte, die ihn selbst überraschen.

«Ich unterstütze dich und bin an deiner Seite ... Wenn du mich lässt.»

«Nichts lieber als das.»

«Dann machen wir das so.» Jetzt ist es ausgesprochen, und es gibt kein Zurück mehr. Sein Herz schlägt ein paar Takte lang schneller. Aus Freude oder aus Angst? Vielleicht ein wenig von beidem. So sicher er sich bei den Emotionen anderer ist, seine eigenen kann er in diesem Moment nicht zuordnen.

Amy kuschelt sich dicht an seine Brust und ist in diesem Moment so voller Gefühle, dass sie gar nicht merkt, wie schlecht es ihm geht.

«Mian.» Amy spricht seinen Namen zärtlich aus. Liebevoll. Sie dreht sich zu ihm um und blickt ihm in die Augen.

Erneut beschleunigt sich sein Puls. «Ja?»

«Ich hab mich in dich verliebt.»

«Das weiß ich.» Ein Lächeln huscht über seine Lippen. «Ich glaube, ich hab mich auch verliebt.»

«Mit dir zusammen werde ich es schaffen.» Amy schmiegt ihren Kopf an ihn, und Mian legt seine Wange auf ihre Haare.

Sie braucht mich.

«Wird Zeit, dass Jano uns findet», flüstert er und schaut automatisch erneut in den Himmel.

Er muss runter von dem Schiff, und zwar schnell, damit er das dringend benötigte Antibiotikum bekommt. Sonst kann die Infektion kritisch werden.

Ich darf nicht sterben.

Noch einen Verlust würde Amy nicht verkraften. Seine Gedanken wandern zurück zu Jano.

Auch er würde es nicht verkraften, mich zu verlieren.

Mian zieht Amy noch enger an sich.

Es wird wirklich Zeit.

Damals

Die Sonne schien hoch vom Himmel, das klare Wasser in dem kleinen Bach neben der Eisdiele plätscherte friedlich dahin. Genüsslich lehnte Mian sich nach hinten, verschränkte die Arme hinter dem Kopf und beobachtete seinen Bruder, der genau wie er auf seine Verabredung wartete.

Doppeldate. Etwas, das an den letzten Wochenenden immer häufiger vorkam und über das Mian sich freute. Er fand es gut, dass Jano das Interesse der Mädchen seit neuestem genauso auf sich zog wie er selbst.

Heute waren sie etwas früher dran, weil sie direkt von ihrem Termin auf der Polizeiwache hierhergekommen waren. Ein weiteres Mal hatten sie eine Aussage machen müssen, und es würde auch noch ein Termin vor Gericht folgen. Janos Verteidiger, den Andreas eingeschaltet hatte, beruhigte sie aber. Aufgrund des Jugendschutzgesetzes würde Jano maximal vierzig oder fünfzig Arbeitsstunden bekommen, und damit wäre die Sache abgegolten. Und das, obwohl zwei der Jungen schwer verletzt waren. Ein dritter war mit Nasenbluten davongekommen. Tom hatte großes Glück gehabt. Obwohl Mian ihm mit dem Messer versehentlich mehrere Sehnen in der Handfläche durchtrennt hatte, konnte in einer mehrstündigen Operation alles wieder so hergestellt werden, dass er weiterhin alle Finger uneingeschränkt benutzen konnte. Der andere schwer verletzte Junge hatte eine Gehirnerschütterung und musste drei Tage im Krankenhaus bleiben.

Die Opfer selbst waren sich schlussendlich nicht mehr sicher, ob Mian oder doch sein Bruder schuld an ihren Verletzungen war, und da sie Jano hassten, akzeptierten sie sein Geständnis ohne Widerworte.

Weder die Polizei noch der Strafverteidiger stellte in Frage, dass Jano das alles verursacht hatte. Und auch wenn sich Mian in hohem Maße unwohl fühlte, seinem Bruder die Schuld zuzuschieben, wusste er, dass es für ihre gemeinsame Zukunft das Beste war.

«Da kommen sie», sagte Jano, ohne sich zu den beiden Mädchen umzudrehen, die sich von hinten näherten.

Mian stand auf, um seine Freundin zu begrüßen. Sofort spürte er, dass etwas Negatives in Ninas Stimmung war. Obwohl in ihrem Gesicht ein freundliches Lächeln lag, brodelte unter dieser Fassade etwas.

«Was ist passiert?», fragte er sie anstelle einer Begrüßung.

«Nichts, es ist alles in Ordnung.» Ninas Lächeln wurde noch breiter. Ein Hauch Überraschung mischte sich unter ihren Groll, und Mian wusste sofort, dass er auf der richtigen Fährte war.

«Oh», machte er. «Irgendjemand hat dich heute verärgert.»

«Woher weißt du das?» Beeindruckt schaute Nina ihn an, und Mian lachte leise in sich hinein über diesen Satz, den er in letzter Zeit immer häufiger hörte. Er wurde immer besser darin, Emotionen zu filtern und die richtigen Fragen zu stellen, um zu erfahren, was er wissen wollte. Dass man damit Mädchen beeindrucken konnte, war ein positiver Nebeneffekt, den er prima nutzen konnte.

Mian legte den Arm um Nina und bedeutete ihr, sich neben ihn auf die Bank zu setzen. Jano und Clara hatten sich ebenfalls an den Tisch gesetzt, studierten die Eiskarte und unterhielten sich leise.

«Wer hat dir was getan, Nina?» Eindringlich schaute er sie von unten nach oben an. «Sag es mir, und ich verspreche dir, der tut es nie wieder.»

«Mein Ex-Freund.» Sie seufzte tief, bevor sie fortfuhr. «Stand heute bei mir auf der Matte und hat mir wieder eine Szene gemacht.»

«Was genau hat er zu dir gesagt?»

Die Kellnerin trat an den Tisch und zückte ihren Notizblock. «Wissen Sie schon, was Sie möchten, oder brauchen Sie no...»

Die Schreie mehrerer Menschen gellten durch die Luft, überlagerten die Unterhaltungen und die Geräusche des Alltags. Die Kellnerin schreckte zusammen und drehte sich um. Sie schrie ebenfalls, als sie den großen grauen Esel sah, der schnurstracks über den Weg in die Eisdiele galoppierte. Er machte nicht halt vor den Tischgarnituren, sondern preschte direkt drauf zu, sodass die dort sitzenden Gäste rechts und links zur Seite stoben.

Mian seufzte tief und rieb sich mit Daumen und Zeigefinger die Augen. Er ließ den Kopf in die Hand gestützt, den Blick auf den Tisch gerichtet und hoffte inständig, Emil würde einfach wieder nach Hause laufen.

Stattdessen blieb er vor der Kellnerin stehen und schnaubte freundlich.

«Wem gehört der Esel?», kreischte sie und schaute sich hektisch um.

«Keine Ahnung!», rief Mian. «Nie gesehen dieses Vieh!»

In der gleichen Sekunde sprang Jano auf. «Emil, mein Freund! Schön, dass du da bist!» Mitten in der Eisdiele fiel er dem Tier um den Hals und umarmte es fest.

«Aha!», machte die Kellnerin und warf Mian einen vorwurfsvollen Blick zu.

«Alles klar», sagte dieser und nickte kurz. «Wir räumen hier auf. Stellen Sie uns den Schaden einfach in Rechnung.»

«Ich helfe dir.» Grinsend stand Nina auf.

Clara erhob sich ebenfalls.

«Wir beide helfen euch», verkündete sie. «Gemeinsam sind wir schneller.»

Amy

Wunder werden dann geboren,
wenn die Hoffnung stirbt.

Es dämmert bereits, als mich laute Stimmen aufwecken. Verwirrt öffne ich die Augen und stelle fest, dass ich auf Mians Brust liege. Zu meiner Verwunderung schläft er. Ich hätte ihn eher so eingeschätzt, dass er nicht irgendwo mitten auf dem Schiff einfach einschläft. Langsam erhebe ich mich und betrachte ihn. Er hat sich auf dem Deck des Schiffes zur Seite gerollt, soweit es ihm möglich war, ohne mich von sich runterzuschieben. Seine Haare wirken feucht und verschwitzt, was ich an ihm noch nie bemerkt habe. In der ganzen Zeit auf dem Boot habe ich ihn trotz der Hitze nie verschwitzt gesehen.

Automatisch strecke ich die Hand nach ihm aus und berühre seine Stirn.

Er hat Fieber!

Ich beuge mich über ihn und berühre mit den Lippen seine Augenbraue. Jene Stelle, an der Mütter sofort merken, ob ihr Kind Fieber hat.

Es sind mindestens 40 Grad.

Das weiß ich sofort. Unzählige Male habe ich bei Timmy gefühlt und nachgemessen und ein Gespür dafür entwickelt.

«Mian», flüstere ich ihm zu und schüttle ihn sanft. «Wach bitte auf. Ich muss dich ins Bett bringen, du bist krank.»

Mian zeigt keine Regung. Angst kriecht in mir hoch.

Die Stimmen unter Deck werden lauter, und irgendwas geht zu Bruch.

«Spinnst du?», flucht Jayden. «Einmal noch, und du verlässt mein Schiff.»

«Würde ich ja gerne, aber wohin?» Ben klingt verzweifelt, fast schon panisch. «Wooohiiin?»

«Reiß dich zusammen, Mann!»

Ein paar Minuten später kommt Ben an Deck, tritt gegen den Motor und schlägt irgendeinen Gegenstand auf das Steuerrad. «Wir kommen hier nie wieder weg», schreit er.

Mein Magen krampft sich schmerzhaft zusammen.

Bitte lass die Situation nicht völlig eskalieren ...

«Was ist los, Amy?» Mian setzt sich langsam auf und wischt sich mit dem Handrücken den Schweiß von der Stirn. «Was hat Ben?»

«Er dreht durch!», flüstere ich ihm zu. «Mach langsam. Du bist krank.»

Ben läuft schnurstracks an uns vorbei, geht zur Reling, holt aus und wirft etwas ins Meer. «Das scheißnutzlose Handy brauch ich ja jetzt nicht mehr.»

Mit einem dumpfen Platschen landet das Telefon im Wasser und sinkt für immer auf den Meeresgrund.

«Hör auf zu spinnen», schnauzt Jayden ihn an und geht ebenfalls an uns vorbei, um zu Ben zu gelangen.

«Lass ihn», sagt Mian und versucht aufzustehen. Seine Beine zittern. Er schwankt kurz und setzt sich dann zurück auf den Boden. «Lass ihn, Jayden.»

Aber der hört nicht auf ihn. Wütend geht Jayden seinem

Freund hinterher und packt ihn an der Schulter: «Wenn du hier noch einmal randalierst, dann ...»

«Was dann?» Grob stößt Ben Jayden von sich weg. Er hebt drohend seine Faust. «Willst du dich mit mir anlegen?»

«Hört doch endlich auf.» Collin ist dazugekommen. Unentschlossen nimmt er Ben am Arm, um ihn wegzuziehen. «So kommen wir doch nicht weiter.»

«Finger weg von mir!», brüllt Ben. Er macht auf dem Absatz kehrt, geht über Deck zum Cockpit und tritt mit dem Fuß gegen die Scheibe.

Jayden geht hinter ihn, packt ihn an den Armen und zieht sie ihm auf den Rücken. Er kann ihn kaum halten, weil Ben anfängt, sich wie ein Wahnsinniger zu wehren.

«Mian! Collin!», ruft Jayden. «Helft mir, ihn in seine Kabine zu bringen!»

Sofort ist Collin zur Stelle und versucht, Ben ebenfalls festzuhalten. Doch der macht eine rasche Drehung und schüttelt Collin so heftig ab, dass dieser das Gleichgewicht verliert und zu Boden stürzt.

«Mian, jetzt hilf mir doch mal», schnauzt Jayden.

Ich will nach Mian greifen, aber der ist bereits aufgestanden. Die ersten zwei Schritte schwankt er, dann hat er sich im Griff. Er geht auf Bens linke Seite, Collin auf die rechte. Gemeinsam zerren sie Ben ins zerstörte Cockpit, am Mast vorbei und unter Deck. Ich stehe ebenfalls auf, um ihnen hinterherzugehen, und sehe gerade noch, wie die drei Jungs Ben in seine Kabine sperren und die Tür von außen zuziehen.

«Bleib gefälligst da drin», schnauzt Jayden ihn an. «Wehe, du kommst da noch mal raus!»

«Ich bleib am besten hier stehen und schieb Wache, bis er

sich beruhigt hat», schlägt Collin vor. Dann fällt sein Blick auf Mian. «Wow. Mann, du siehst heute aber scheiße aus.»

«Danke. Solange es nur heute ist ...»

«Er hat hohes Fieber», stelle ich klar und hake mich bei Mian ein. «Komm, ich bring dich in die Kabine.»

Jayden folgt uns. Er wartet, bis Mian sich aufs Bett gesetzt hat, und schaut ihn dann prüfend an: «Das ist keine Grippe, oder?»

«Nein.»

«Verdammt!», flucht Jayden. «Amy, nimm bitte den Verband runter, ich muss mir das ansehen.»

«Mach ich.» Vorsichtig setze ich mich zu Mian und beginne, den Verband abzuwickeln. Sofort spüre ich die Hitze, die von dem verletzten Arm ausgeht. *Hoffentlich kann Jayden da was machen.*

«Ich schau mal, ob wir irgendwelche Antibiotika dahaben», sagt Jayden und geht zum Medizinschrank.

«Ist nichts drin», erwidert Mian. «Hab schon geschaut.»

«Irgendwas muss doch da sein.» Er wühlt eine Weile herum und flucht dabei leise vor sich hin. Dann kommt er mit zwei Packungen in der Hand zurück und wirft sie auf Mians Kissen. «Hier, das nimmst du.»

«Was ist das?» Kritisch schaut Mian sich die Medikamente an. «Ibuprofen nehme ich schon seit Tagen. Aber Flucloxacillin? Das ist ein Staphylokokkenpenicillin. Das bringt doch nichts.»

«Nimm es!»

«Meinetwegen», willigt Mian resignierend ein.

Ich sage lieber nichts dazu. Ich kenne mich nicht aus mit Antibiotika und weiß nicht, ob ein falsch verordnetes Medikament gefährlicher ist, als einfach gar nichts zu machen.

«Die Wunde heilt gut.» Mit spitzen Fingern ziehe ich die Mullauflage herunter. «Man sieht überhaupt nichts.»

«Zeig mal.» Jayden reibt kurz seine Finger aneinander, um sie anzuwärmen, bevor er vorsichtig das um die Wunde liegende Gewebe abtastet.

«Aua», macht Mian und zieht scharf die Luft ein.

«Tut mir leid, das muss sein. Hier ist was. Ein unter der Haut liegender Abszess.»

«Was bedeutet das?», frage ich. «Das ist doch nicht schlimm, oder?»

«Das muss operativ geöffnet und der Eiter entfernt werden», erklärt Jayden und legt nachdenklich die Stirn in Falten. «Dann muss es eigentlich mit Antibiotika von innen und außen behandelt werden. Vielleicht wird sogar eine Drainage nötig sein. Es ist eine Schulterinfektion.»

«Ich weiß», sagt Mian. Er presst seine Lippen zusammen und wirft Jayden einen vielsagenden Blick zu.

«Okay.» Jayden nickt und wendet sich dann an mich. «Wir können es eine Weile offen lassen, damit Luft rankommt. Willst du es dann später wieder verbinden?»

«Müssen wir es nicht desinfizieren?»

«Bringt nichts», sagt Jayden knapp. «Der Infektionsherd sitzt viel zu tief.»

«Was heißt das?» Meine Stimme wird schrill. «Können wir überhaupt nichts machen?»

«Das heißt, Mian muss ins Krankenhaus. Dringend. Er braucht eine Operation. Wenn es zu einer Sepsis kommt, dann ...» Wieder tauscht er einen vielsagenden Blick mit Mian.

«... dann ist schlecht», vollendet dieser den angefangenen Satz.

«Was passiert dann?» Die Frage ist rhetorisch. Natürlich weiß ich, was eine Blutvergiftung ist, und ich weiß auch, dass sie tödlich enden kann.

«Nichts passiert dann. Ich werde operiert, und alles ist gut.» Mian lächelt zuversichtlich. «Glaskugel, du weißt doch.»

Jayden zieht fragend die Augenbrauen zusammen, sagt aber nichts.

«Du musst dich ausruhen, Mian. Ich bring dir was zu trinken und ein feuchtes Handtuch.» Herausfordernd sehe ich Jayden an, bereit, meine Forderung irgendwie durchzusetzen. «Er kriegt ab heute die doppelte Essensration und unbegrenzt Wasser. Zieh das meinetwegen bei uns anderen ab.»

«In Ordnung», willigt Jayden sofort ein. «Sagt es aber vorerst nicht Ben, sonst läuft der noch ganz Amok.»

«Danke. Ich mach Mian gleich mal einen Tee, und dann sollte er etwas schlafen.» Vorsichtig schiebe ich Jayden aus der Kabine und werfe noch mal einen prüfenden Blick auf Mian, um mich zu vergewissern, ob dieser auch brav liegen geblieben ist.

Ich seufze tief, als ich sehe, dass er bereits eingeschlafen ist. Leise schleiche ich mich zu ihm und lege das dünne Leinentuch locker über seine nackten Beine.

«Du wirst wieder gesund werden. Noch mal lasse ich mir nicht jemanden wegnehmen.» Sanft gebe ich ihm einen Kuss auf die Lippen. «Du bleibst bei mir.»

Seit Timmys Tod habe ich nicht mehr gebetet, aber ich nehme mir ganz fest vor, das heute zu tun und um ein Wunder zu bitten.

In dieser Nacht schleiche ich mich leise hinauf an Deck. Ben hat sich beruhigt und hält Nachtwache. Er sitzt im Cockpit, nickt mir kurz zu, als ich an ihm vorbei zum Bug gehe, sagt aber kein Wort.

Ich ziehe das kleine Passbild von Timmy, das ich bis vorhin in meinem Portemonnaie hatte, aus meiner Tasche und setze mich auf den Holzboden. Das Foto meines Sohnes liegt auf meinem Knie, während ich die Hände falte und ein stummes Gebet in den Nachthimmel schicke:

Segne und behüte uns durch deine Güte, Herr, erheb dein Angesicht über uns und gib uns Licht. Amen.

Dann stehe ich langsam auf. Ich halte das Foto fest in meinen Fingern, während ich in den Bugkorb steige und das nächste Gebet spreche. Dieses Mal laut und deutlich: «Bitte, Gott, lass meinen Sohn zu dir nach Hause kommen...»

Tränen laufen mir die Wangen hinunter, als ich einen letzten Kuss auf das Foto drücke, meine Hand in die Luft halte und die Finger öffne. *Loslasse.*

Das Foto segelt durch die Luft und verschwindet im schwarzen Wasser.

«Finde deinen Frieden», flüstere ich.

Es dauert sehr lange, bis ich es schaffe, mich abzuwenden und umzudrehen. Erst jetzt bemerke ich, dass Ben die ganze Zeit ein Stück hinter mir stand und alles mitangesehen hat. Stumm beobachtet er, wie ich aus dem Bugkorb steige und zurück an Deck gehe. Er wartet, bis ich an ihm vorbeigegangen bin, dann bückt er sich, hebt seinen Pullover vom Boden auf und zieht ihn an.

Er dachte offensichtlich, ich springe.

Ich bin gerührt über die Erkenntnis, dass Ben bereit war, mich zu retten.

Auf einmal habe ich das Bedürfnis, die Situation klarzustellen. Ich bleibe stehen und drehe mich zu ihm um.

«Danke», sage ich leise. «Aber ich wollte nicht springen. Ich habe nur Abschied genommen.» Mit diesen Worten lasse ich Ben stehen, gehe weiter und begreife, dass ich gerade einen großen Schritt in die richtige Richtung gemacht habe.

Mian

Schwimme nicht mit und nicht gegen den Fluss,
steige aus dem Wasser, schaue und verstehe.
Unbekannt

Hart schlägt sein Herz gegen die Brust und erschwert ihm das Atmen, als ein Fieberschub ihn trifft. Er fröstelt erst, dann plötzlich krampfen seine Muskeln. Nur ein paar Sekunden, dann ist es vorbei. Sein Puls beschleunigt sich stetig, das Fieber treibt ihn in die Höhe. Mians aufsteigende Panik macht die Sache nicht besser.

Er ist froh, dass Amy eingeschlafen ist. Die halbe Nacht war sie damit beschäftigt, ihm immer wieder mit einem nassen Tuch das Gesicht abzureiben und ihm feuchte Wickel um die Fußgelenke zu legen. Anfangs hat er sich schwergetan, diese liebevolle Versorgung zuzulassen, aber er hat sich überraschend schnell daran gewöhnt. Sein Blick fällt auf Amys Gesicht. Ihre nussbraunen Haare sind strähnig geworden und fallen ihr offen auf die Schultern. Die Tage auf dem Schiff bei strahlendem Sonnenschein haben unzählige Sommersprossen auf ihrer Nase und ihren Wangen zum Vorschein gebracht. Unwillkürlich muss Mian darüber lächeln.

Oh Gott, ich liebe sie!

Plötzlich überkommt ihn eine Welle der Panik. Er hat das

Bedürfnis, aufzuspringen und vor seinen eigenen Gefühlen davonzulaufen. So schnell und so weit er kann. Was aufgrund seiner Verfassung und der aktuellen Situation nicht allzu weit sein dürfte.

Außerdem hast du ihr bereits zugesichert, an ihrer Seite zu bleiben, bis es ihr besser geht. Das hatte er ihr versprochen, und das würde er halten. Amy konnte ja schließlich nichts dafür, dass er sich in sie verliebt hatte.

Sie selbst empfand das Gleiche für ihn. Vielleicht sogar noch mehr. Eine aufrichtige und ehrliche Zuneigung, die sie ihm jeden Tag zeigte und die Mian mit seinem Emotionensensor, wie er selbst es nannte, mehr als deutlich wahrnahm. Ihre Gefühle boten genug Potenzial, um daraus eines Tages eine dauerhafte und unerschütterliche Liebe werden zu lassen.

Ja, er wird an ihrer Seite bleiben, wenn er darf.

Wenn es nicht die Geister sind, die bereits an meiner Seele zerren und versuchen, mich aus der Welt zu reißen.

Mian schließt die Augen und legt sich die Hand auf den Bauch. Langsam und gleichmäßig atmet er gegen seine Hand, tief ins Zwerchfell hinein. Mit jedem Atemzug nimmt er Ruhe und Frieden in sich auf, während er seine Gedanken und fremde Emotionen aus sich herausfließen lässt. Nach wenigen Minuten wird sein Puls bereits gleichmäßiger, und er schafft es, ihn trotz des Fiebers auf sechzig Schläge die Minute zu reduzieren.

Jetzt ist er in einem Zustand geistiger Leere und in der Lage, die Dinge von außerhalb zu betrachten. Als neutraler Beobachter und nicht als Beteiligter. Schon früh haben Mian und Jano gelernt, sich auf diese Weise aus dem Leben zu klinken, Wissen zu sortieren, Träume zu unterdrücken und

Situationen zu begreifen. Jano hört auf diesem Weg auch den Geistern zu, die so oft mit ihm sprechen ...

Schwimme niemals mit dem Strom.

Ein Satz, den Mian und Jano schon früh von ihrem Vater gehört hatten. Aber es war ihre Mutter gewesen, die ihnen zu verstehen gab, dass ein Schwimmen gegen den Strom anstrengend und kräftezehrend ist und dass es klüger ist, einfach auszusteigen.

Der Tag, an dem du aufhörst, das Rennen mitzumachen, ist der Tag, an dem du das Rennen gewinnst.

Jano und Mian haben bereits gewonnen. Nicht mehr lange, und sie würden ihren Sieg damit besiegeln, dass sie in die Karibik auswanderten.

Die Erkenntnis, dass er sich wünscht, Amy würde ihn begleiten, zieht mit seinen Gedanken an ihm vorbei.

Mian hört ein leises Klopfen, aber er ignoriert es. Kurz darauf wird die Tür aufgeschoben.

«Hey.» Es ist Jayden, der da spricht. «Seid ihr wach?»

«Mhm», macht Mian und öffnet langsam die Augen, während er seine Sinne zusammensammelt. «Ich schon. Amy schläft.»

«Gut.» Jayden scheint froh darüber zu sein, und Mian kann sich bereits denken, was er mit ihm besprechen will. «Wie ist der Stand bei dir?»

«Mir ging es tatsächlich schon mal besser.»

«Hältst du durch?» Jayden guckt besorgt, und er strahlt die Besorgnis auch aus.

«Ich hoffe es. Das Ibuprofen senkt das Fieber ganz zuverlässig, aber ewig wird es nicht wirken.» Mian seufzt. «Es kommt in Schüben, und es wird immer stärker.»

«Mian.» Jayden flüstert fast. «Ich weiß nicht, wann sie

uns finden. Tu mir einen Gefallen und bleib am Leben, okay?»

«Das ist ganz in meinem Sinne.» Mian zwingt sich zu einem Lächeln, das aber sofort erlischt, als er Jaydens Verzweiflung spürt, von der er sich nach außen hin nichts anmerken lässt. Die ganze Zeit ist Jayden für seine Truppe stark und präsent, behält die Nerven und strahlt Zuversicht aus, aber in seinem Inneren hat auch er Angst.

Immerhin hat er eine schwangere Frau zu Hause.

Wahrscheinlich fürchtet er bereits, sein Kind niemals zu Gesicht zu bekommen und Marie allein lassen zu müssen.

«Wenn du was brauchst, lass es mich wissen», sagt Jayden, nickt Mian kurz zu und wendet sich zum Gehen.

«Jay!» Es ist das erste Mal, dass Mian ihn so anspricht. «Warte.»

«Ja?» Jayden bleibt stehen und sieht Mian fragend an.

«Du machst das großartig. Wir könnten uns hier keinen besseren Kapitän wünschen.»

«Danke.»

«Es dauert nicht mehr lange, bis sie uns finden.» Mian geht es nicht gut genug, irgendwas zu erklären oder um den heißen Brei zu reden. «Mein Bruder ist bereits auf dem Weg.»

Für einen Moment macht sich Verwunderung auf Jaydens Gesicht breit, dann nickt er Mian erneut zu. «Ich glaube dir», sagt er. «Ich wünschte, ich hätte das bereits früher getan.»

Amy

*Empathie bedeutet, die Gefühle der anderen
in sich selbst wiederzufinden.*

Stunde um Stunde sitze ich an Mians Bett und kümmere mich um ihn. Irgendwann schlafe ich vor lauter Müdigkeit einfach am Fußende ein, und erst eine ganze Weile später werde ich wieder wach, um dann aber sofort mit meiner Tätigkeit fortzufahren. Ich tauche das rote Handtuch in den Eimer Meerwasser, wringe es aus und fächere es dann eine Weile durch die Luft, um es abzukühlen. Das Wasser ist warm geworden, während ich geschlafen habe, und ich werde gleich frisches holen müssen.

Liebevoll tupfe ich Mians Handgelenke und seine Wangen mit dem Tuch ab und lege es ihm auf die Stirn.

Er öffnet die Augen und lächelt mich schief an. «Ich komm mir vor, als wäre ich sieben Jahre alt», murmelt er.

«Das ist mir egal. Ich werde hier sitzen bleiben, bis du wieder gesund bist.»

«Welchen Tag haben wir heute?», will er wissen.

Ich bin also nicht die Einzige, die das Zeitgefühl verloren hat.

«Mittwoch», antworte ich. «Sie wissen nun schon seit drei Tagen, dass etwas passiert sein muss, weil wir uns nicht gemeldet haben.»

«Okay», sagt er und schließt wieder die Augen.

«Das gute oder das schlechte Okay?», hake ich nach. «Müssten sie uns nicht längst gefunden haben?»

«Wie ist die aktuelle Sicht draußen?»

«Jayden sagt, die Sichtweite liegt unter drei Meilen.»

«Dann ist es das gute Okay.» Mian dreht sich zur Seite und döst vor sich hin.

Ein leises Klopfen ertönt. Auf mein «Herein» wird die Tür vorsichtig aufgeschoben, und Ben tritt ein. Er hält eine Schüssel mit Instantsuppe in der Hand und reicht sie mir. Kein Wort hat er dazu gesagt, als Jayden die Anweisung gegeben hat, dass künftig jeder der Jungs einen Teil der eigenen Ration an Mian abgeben muss. Ben wirkt wieder gefasst und souverän, so wie ich ihn kennengelernt habe. Ich nehme ihm die Suppe ab und stelle sie auf das Nachtkästchen. «Danke.»

«Viel ist nicht mehr da.» Ben schaut besorgt auf Mian. «Wie geht es ihm?»

«Nicht gut. Er fiebert hoch und war heute Nacht teilweise nicht ansprechbar.»

«Sie müssten uns ja demnächst finden», sagt Ben und senkt seinen Blick. «Sie werden immer weitere Kreise ziehen, bis sie auf uns stoßen.»

Ich muss nicht über Mians Fähigkeiten verfügen, um zu wissen, dass er selber nicht glaubt, was er sagt. «Warum dauert das so lange? Das kann doch nicht sein, dass uns keiner findet.»

«Wir hatten einen echt heftigen Sturm», erklärt Ben. «Draußen ist alles grau und trüb, das Meer aufgewühlt, und teilweise haben wir hohe Wellen. Die Schiffe kommen nicht vernünftig voran, die Sicht ist miserabel. Sie müssen alles im Zickzack absuchen, das dauert halt.»

«Verstehe», gebe ich schwach zurück.

«Bleib zuversichtlich.» Tröstend nimmt er mich in den Arm und streichelt kurz meinen Rücken, bevor er sich wieder von mir löst. «Es reicht, wenn ich mich von der Verzweiflung hab runterziehen lassen. Mach du es besser.»

«Ich versuche es. Wie viele Essensvorräte haben wir noch ganz genau?»

Ben schüttelt kaum merklich den Kopf. «Wenig. Dafür haben wir noch genug Wasser. Wenn wir die Suppe strecken, reicht sie für Mian bis morgen Abend.»

«Danke», sage ich wieder und nicke ihm zu.

«Ich komm später noch mal mit der nächsten Ration vorbei.» Ben verlässt das Zimmer und schiebt die Tür hinter sich zu.

«Mian, wach auf, es gibt Essen.» Ein Lächeln huscht über mein Gesicht, als ich sehe, dass Mian sofort reagiert.

Langsam richtet er sich auf und seufzt leise, als er sich in den Schneidersitz setzt.

«Gib mir das», sagt er und streckt die Hand aus. Er greift nach den Ibuprofen, von denen er zwei Stück nimmt. Vermutlich ist sein Appetit nicht so groß, wie er tut, aber ich nehme an, dass er sich nicht anmerken lassen will, wie schlecht es ihm eigentlich geht.

Ich stelle ihm die Schüssel auf den Schoß, und Mian klemmt sie sich so zwischen die Knie, dass er sie mit einer Hand auslöffeln kann. «Die Vorräte gehen zur Neige», murmele ich und beobachte ihn.

«Wenigstens hat Ben sich wieder gefangen und beruhigt.» Mian schaut nicht auf, sondern konzentriert sich auf sein Essen. «Seine Verzweiflung ist weg, und er hat wieder einen Hauch von Zuversicht.»

«Ich dachte, du hast geschlafen.»

Er zuckt mit seiner gesunden Schulter und gibt mir die leere Schüssel zurück. «Ich hab trotzdem gemerkt, dass er da war.»

«Und woher weißt du, wie seine Stimmung war?» Ich lächele. «Wehe, du sagst jetzt Glaskugel.»

Mian druckst kurz herum, als müsse er sich zu einer Antwort durchringen. «Ben war nahe genug an mir dran, dass ich seine Emotionen spüren konnte.»

«Aha.» Ich beginne, mich an etwas zu erinnern.

Mian grinst schief. «Aha? Ist das alles?»

«Ich hatte den Eindruck, du willst nicht mehr sagen. Brauchst du, glaube ich, auch nicht.»

«Aha.»

Ich muss kurz lachen. «Soll ich jetzt dich fragen, ob das alles ist?»

Mian antwortet nicht, aber ich kann sehen, dass er über etwas nachdenkt.

«Ihr seid Empathen, du und Jano. Stimmt's?»

«Ja», gibt er zu und mustert mich dabei. Aber er fragt nicht.

Ich antworte trotzdem: «Ich hab früher viel drüber gelesen. Als Timmys Tagesmutter zu mir sagte, es wäre ungewöhnlich, dass er schon so früh so empathisch ist. Sie hat immer prophezeit, dass er mal sehr sensibel auf die Empfindungen anderer reagieren würde.»

Mian schnaubt durch die Nase. «Sensibel auf die Empfindungen anderer reagieren – das ist eine nette Untertreibung. Ich glaube nicht, dass du weißt, was das wirklich bedeutet.»

«Der Empath weiß immer, was der andere fühlt, so als würde man es selber fühlen. Man merkt nicht nur, wenn man belogen wird, man ist dem anderen auch immer einen Schritt voraus. Und man weiß Dinge, die einen eigentlich nichts angehen. Von der Sache mit der Glaskugel mal ganz abgesehen.» Ich lächle ihm zu.

«Oh. Du weißt ja doch, was es bedeutet», sagt er leise. Er wirkt verschlossen, was mir einen kleinen Stich versetzt. Ich weiß, dass er das merkt, und deshalb sage ich nichts.

Er schaut an mir vorbei. «Bei dir klingt alles, als wäre es normal.»

«Was ist schon normal? Manche sind so und manche so.» Ich merke an Mians Reaktion, dass das ein oberflächlicher Spruch war, und setze hinzu: «Ich bin froh, dass ihr eben so seid, wie ihr seid. Sonst hätte ich nicht erfahren, dass ich meinem Kleinen nichts Gutes tue, wenn ich so krampfhaft an ihm festhalte.» Mir fällt auf, dass ich über Timmy spreche, ohne dabei zu weinen. Das erste Mal seit seinem Tod.

«Weißt du», beginnt Mian und klingt auf einmal unglaublich müde. Er lässt sich bereits zurück in die Kissen sinken. «Die wenigsten Frauen wollen mit einem Mann zusammenleben, der diese Eigenschaften aufweist und damit die Partnerin bald besser kennt als sie sich selbst. Sie glauben zwar immer, dass sie es wollen, denn das ist ein Teil dieses Mythos von der echten, unverbrüchlichen Liebe. Aber wenn es dann wahr wird, dann fühlt es sich für sie nicht mehr gut an, weil die Liebe dafür meistens eben nicht groß genug ist. Deswegen behalte ich normalerweise für mich, dass ich so bin.»

«Mich stört das nicht», räume ich ein. Obwohl ich lieber gesagt hätte, dass auch ich von dieser echten, unverbrüchlichen Liebe träume.

Wie um ihm zu demonstrieren, dass ich mit allem an ihm einverstanden bin, lege ich mich neben ihn und breite meinen Arm so aus, dass Mian sich drauflegen kann. Dann decke ich ihn wieder fürsorglich zu. «Ich hab nicht vor, dich zu bescheißen oder dir etwas vorzumachen. Du darfst alles von mir wissen.»

«Danke», flüstert er. Es ist nur ein einziges Wort, und dennoch weiß ich, dass es tief aus seinem Herzen kommt.

Marie

*Wenn die Erde Feuer fängt,
brennt der Himmel.*

Vier Tage. Seit vier endlos langen Tagen ist die Küstenwache nun unterwegs und sucht das Meer sowohl um die Insel Santa Rosa als auch um die Insel Santa Catalina herum ab, jene Stelle, die Jano genannt hat. Marie weiß nicht, warum Jayden und die anderen ihre Route geändert haben, aber sie zweifelt keinen Augenblick mehr daran, dass es so ist.

Ein stechender Schmerz fährt ihr in den Bauch, als ihr Handy piepst und eine WhatsApp-Nachricht ankündigt.

Sie öffnet und liest die Nachricht sofort:

> Marie,
> ich bin auf Santa Catalina angekommen und immer noch dort. Mit dem Boot hat man keine Chance, sie zu finden. Ich versuche nun, hier irgendwo ein Propellerflugzeug zu chartern. Dann kann ich den Piloten dorthin leiten, wo sich euer Schiff befindet. Wir dürfen keine Zeit mehr verlieren. Mian ist verletzt. Ich melde mich.
> Jano

Ihr Puls rast, und wieder einmal hat sie das Gefühl, brechen zu müssen.

Sie weiß inzwischen, dass Jano irgendeine unerklärliche Verbindung zu seinem Bruder hat, sodass er das mit Mians Verletzung spürt. Zu Jayden und Collin hat er diese Verbindung nicht. Vielleicht sind sie auch verletzt? Oder eine Seuche ist ausgebrochen...

Marie rennt ins Badezimmer und übergibt sich. Ihr gesamter Mageninhalt landet in der Toilettenschüssel, und ihr wird schwarz vor Augen. Sie muss sich auf den Badvorleger setzen, um ihren Kreislauf wieder zu stabilisieren. Ihr ungeborenes Baby scheint ihre Panik zu spüren, denn es tritt immer wieder gegen Maries Bauch.

«Es ist alles gut», flüstert sie dem Baby zu. «Dein Papa kommt wieder nach Hause. Bald ist er wieder da und dein Onkel ebenfalls.» Tränen laufen ihr über die Wangen, und die Panik droht erneut, ihr die Luft abzuschnüren.

«Komm nach Hause, Jay», fleht sie. Seit so vielen Jahren ist er nun schon an ihrer Seite, hat sie durch ihre schlimmsten Zeiten begleitet, sie beschützt und ihr schlussendlich geholfen, ein neues Leben anzufangen. Mit der einen Hand hält Marie noch immer ihren Bauch, mit der anderen trommelt sie, so fest sie kann, gegen den harten Fliesenboden. «Bitte komm endlich nach Hause. Ich brauche dich! Ich komm nicht mehr klar ohne dich.»

Amy

«Ich brauche dich», flüstere ich Mian leise ins Ohr. Irgendwo hab ich mal gelesen, dass das Unterbewusstsein in der Lage ist, im Schlaf Gehörtes zu speichern und zu verarbeiten. Wenn ich ihm nur oft genug sage, dass ich ohne ihn nicht mehr klarkomme, dann würde das selbst im Fieberschlaf bei ihm ankommen. «Bitte lass mich nicht allein.»

«Bin da», murmelt er, ohne die Augen zu öffnen. «Was brauchst du von mir?»

«Och», mache ich neckisch. «Mir würde da schon etwas einfallen.»

«Weiß nicht, wovon du sprichst.» In seiner Stimme liegt ein Lächeln.

«Wenn du nicht so komatös hier rumhängen würdest, dann könnte ich es dir zeigen.»

«Wir holen es nach. Versprochen.»

Ich will ihm gerade antworten, aber dann halte ich die Luft an. Irgendein Geräusch kommt von draußen. Ich springe auf und stürze an Deck. Jayden, Ben und Collin sind schon dort, stehen am Heck des Schiffes und starren in den Himmel.

«Haben sie uns gefunden?», will ich wissen.

«Es ist kein Rettungshubschrauber», knurrt Collin, schirmt die Augen ab und schaut gegen die Sonne. «Aber es zieht hier dauernd Kreise.»

«Es ist ein Privatflugzeug», stellt Jayden fest. «Unwahrscheinlich, dass die wegen uns hier sind. Da will nur jemand den Pazifik von oben sehen.»

«Die checken nicht, dass wir Hilfe brauchen», seufzt Collin und schießt eine Leuchtrakete in den Himmel. «Bringt das überhaupt was, unsere Notfallraketen zu verschwenden? Die halten das bestimmt für ein Partyfeuerwerk.»

«Wir könnten das Schiff in Brand stecken», überlegt Ben und erntet einen entsetzten Blick von Jayden. «Aber vermutlich würden die dann nur denken, wir grillen hier.»

Das Flugzeug kommt zurück in unsere Richtung und sinkt direkt über uns ein Stück tiefer, bevor es davonfliegt.

Mein Herz macht einen gewaltigen Sprung. Ich verstehe das Zeichen. «Jano», hauche ich. Ein Lächeln breitet sich über mein Gesicht aus.

«Was sagst du?» Collin schaut mich an, als würde er an meinem Verstand zweifeln.

«Das Flugzeug ist wegen uns hier.» Ich kann nicht hier stehen bleiben und den anderen erklären, was ich eben begriffen habe. Ohne ein weiteres Wort renne ich zurück nach unten in die Kabine.

«Jano!», rufe ich atemlos. «Er hat uns gefunden!»

Marie

Marie hat die halbe Nacht auf dem Badboden verbracht, bevor sie es irgendwie geschafft hat, sich ins Bett zu quälen und bis zum Nachmittag zu schlafen.

Es dauert eine Weile, bis sie begreift, dass das Klingeln des Telefons sie geweckt hat. Verwirrt kommt sie auf die Knie und beginnt hektisch, ihr Handy zu suchen.

Es verstummt.

Keine Minute später klingelt es erneut, und Marie sieht ein schwaches Licht auf dem dicken Teppich im Flur. Es muss ihr auf dem Weg ins Bett aus der Hand oder der Tasche gefallen sein. Sofort greift sie danach. Ohne auf die Nummer zu achten, nimmt sie ab. «Jano?»

«Wir haben sie gefunden!», sagt er ohne Begrüßung.

«Was?» Marie merkt nicht, wie sehr sie ins Telefon schreit. «Was sagst du?»

«Wir haben sie», wiederholt er. «Die Küstenwache holt sie ab.»

«Oh mein Gott. Oh mein Gott! Ist das wahr? Ist das wirklich wahr?»

«Ich hab ein Charterflugzeug bekommen, und wir konnten sie von oben ausfindig machen.» Janos Stimme klingt ruhig und gefasst. «Der Pilot hat die Koordinaten direkt an die Küstenwache durchgegeben. In spätestens fünf Stunden dürften die euer Schiff erreicht haben.»

«Oh Gott, ich danke dir.» Die Tränen laufen Marie über

die Wangen, und sie weiß nicht, ob sie sich eben wirklich bei Gott oder doch eher bei Jano bedankt hat. «Wo bist du?»

«Wir sind eben wieder auf Santa Catalina gelandet. Der Pilot hat meine Aussage weitergegeben, dass mindestens eine Person ärztliche Hilfe braucht, deswegen wird die Küstenwache euer Schiff zuerst nach Oceanside schleppen, da ist die nächste Notfallklinik.» Jano macht eine Pause und atmet kurz durch, bevor er weiterspricht. «Sie werden spätestens morgen früh im Krankenhaus sein. Ich nehme mir eine Fähre und fahre zurück an die Küste und dann mit dem Motorrad ebenfalls nach Oceanside. Ich will dort sein, bevor Mian eingeliefert wird.»

«Wo kommen die anderen hin, die nicht krank sind?»

«Sie werden auf dem Boot der Küstenwache medizinisch untersucht und betreut und in den nächsten ansteuerbaren Hafen gebracht. Anschließend kommen sie zusammen mit der *Marie* nach Santa Barbara. Ich denke, deine beiden Männer werden sich bei dir melden, sobald sie am nächsten Hafen sind.»

«Ja, das denke ich auch.» Marie schließt die Augen und atmet noch mal tief ein. «Das war toll von dir, Jano.»

«Ich hab das genauso für mich selbst gemacht. Ich hänge sehr an meinem Bruder.»

«Das ist mir klar, trotzdem.» Sie fühlt sich, als würde ihr eine ganze Felswand vom Herzen fallen. «Ich weiß nicht, ob wir Mian in Oceanside im Krankenhaus besuchen können. Bitte halte mich auf dem Laufenden, wie es ihm geht.»

«Du hörst von einem von uns.»

«Danke», wiederholt Marie. Sie hat plötzlich das Gefühl, noch irgendetwas sagen zu müssen. «Wenn ich irgendwann mal etwas für dich tun kann, dann bitte lass es mich wissen.»

Es entsteht ein kurzes Schweigen am anderen Ende der Leitung, bis Jano plötzlich sagt: «Da gäbe es eine Kleinigkeit, die du für mich tun könntest.»

«Alles, was du willst.»

«Kannst du bitte Amy etwas ausrichten?»

«Natürlich», willigt Marie ein. «Was denn?»

«Er ist nach Hause gegangen.»

«Was meinst du damit?» Verblüfft schüttelt Marie den Kopf. «Das verstehe ich nicht.»

«Sag ihr das einfach genau so», verlangt Jano. «Amy wird wissen, was ich ihr damit sagen will.»

«Okay, mach ich», verspricht Marie. «Aber magst du es ihr nicht lieber selbst sagen?»

«Oh, ich würde so gerne», sagt er, und auf einmal bekommt seine Stimme einen merkwürdigen Unterton. «Aber ich bezweifle, dass ich die Gelegenheit dazu haben werde.»

«Ach doch, ganz bestimmt. Wir können doch mal wieder etwas gemeinsam machen und...»

«Marie», unterbricht er sie harsch. «Ich weiß nicht, ob ich Amy noch einmal wiedersehen werde. Richte es ihr bitte aus.»

«Okay», wiederholt sie verblüfft, aber Jano hört es nicht mehr. Die Verbindung ist bereits unterbrochen.

Damals

Es war weit nach Mitternacht, als Mian und Jano die Party verließen. Sie waren beide angetrunken, deswegen ließen sie Mians Auto stehen und riefen sich ein Taxi. Gerade als Jano im Begriff war einzusteigen, stand das Mädchen, das die beiden eingeladen hatte, neben ihm und hielt die Tür des Taxis fest.

«Ähm», machte sie nervös und trat von einem Bein auf das andere. Ihre Nervosität war für Mian trotz der Tatsache spürbar, dass er Alkohol getrunken hatte. Das war in der Tat ungewöhnlich, denn normalerweise schalteten Rauschmittel seinen Sensor für die Emotionen anderer aus.

«Hm?», machte Jano abweisend.

«Hier.» Das Mädchen steckte ihm einen Zettel zu. «Meine Telefonnummer. Falls du mich anrufen magst ...»

Er nahm den Zettel entgegen, studierte ihn kurz und ließ ihn dann auf den Boden vor das Taxi fallen. «Mag ich aber nicht.» Dann schlug er die Autotür zu und nannte dem Fahrer ihre Adresse.

«Wie gemein von dir», tadelte Mian ihn ohne ernsten Vorwurf in der Stimme. Natürlich wusste er, warum Jano stets so reagierte. Alle hatten ihn geärgert und verspottet früher, wegen seiner Freundschaft zu den Geistern und den Dingen, die ihn anders machten als die anderen. Deswegen rief er kein Mädchen an, weil er kein Interesse daran hatte, einer näherzukommen.

Nach seiner dreimonatigen USA-Reise mit Mian war alles anders gewesen. Jano kam in die Pubertät, wurde siebzehn, fing an zu trainieren und ließ sich ein paar Tattoos stechen, und plötzlich stand er in Sachen Mädchenschwarm seinem älteren Bruder in nichts mehr nach. Er wurde auf jede Feier eingeladen, die es irgendwo im Um-

kreis gab, und genau wie Mian sagte er stets zu. Keine Party war vor ihnen sicher, egal ob Techno, Punk oder Studentenfeier – die beiden waren dabei. Doch genau wie Mian blieb Jano verschlossen und unzugänglich. Sie nahmen die Einladungen an und gingen hin, schleppten reihenweise die Mädchen ab und ließen doch niemanden näher an sich heran.

«Ich werde meinen Schulabschluss nicht machen», sagte Jano in die Stille. «Ich will nicht studieren.»

«Wieso nicht?»

«Ich brauch es nicht. Das Geld, das wir mit dem Kartenspielen und im Casino verdienen, reicht locker.» Er verschränkte die Arme vor der Brust, um zu signalisieren, dass er nicht bereit war zu diskutieren. «Wir können damit genug verdienen, um in die Karibik auszuwandern.»

«Jano», begann Mian und verdrehte die Augen. «Wir haben ausgemacht, dass wir hier studieren und dann erst gehen.»

«Lass uns den Plan ändern. Geh mit mir sechs Monate in die Karibik, lass uns da ein paar Leute kennenlernen und ein Unternehmen aufbauen. Du kannst jederzeit ein Semester aussetzen. Das Luft- und Raumfahrtzentrum ist auch noch da, wenn wir wiederkommen ...»

«Es geht nicht um mein Studium, sondern um deine Schule. Du hast genug geschwänzt.»

«Ich werde sie so oder so nicht fertig machen», beharrte Jano trotzig. «Es ist beschlossen, und du kannst mich nicht umstimmen.»

Mian seufzte tief. Gegen Janos Bockigkeit kam man nicht an. Er war gleich nach ihm selbst der sturste Mensch auf der Erde.

«Es wäre aber gut, auch hier in Deutschland ein Standbein zu haben. Wir können ein halbes Jahr hingehen, aber bitte mach deine Schule fertig, bevor wir endgültig auswandern.»

«Weißt du, Mian. Ich würde gerne mit dir so viel Zeit wie möglich in der Karibik verbringen», sagte Jano und schaute ihn dabei mit

jenem Blick an, bei dem Mian selbst nach all den Jahren mit ihm noch Gänsehaut bekam. «Ich hab irgendwie das ungute Gefühl, dass es nie dazu kommen wird, dass wir gemeinsam auswandern.»

Mian

Oh Herr, die Not ist groß,
die ich rief, die Geister, werd' ich nun nicht los!
Johann Wolfgang von Goethe

In seinem Kopf macht alles Sinn. Vor zwanzig Jahren wäre er gestorben, wenn man der Natur ihren Lauf gelassen hätte. Fast auf den Tag genau zwanzig Jahre ist es nun her, dass seine Eltern ihm mit Hilfe eines dunklen Handels ein neues Leben erkauft hatten, das er eigentlich nicht haben dürfte. Ist es dann nicht nur fair, wenn er es jetzt wieder abgeben muss?

Die Zeit würde passen, der Ort würde passen: ein neues Leben in der Karibik inmitten des Regenwaldes und der Tod auf einem Segelschiff im Pazifik. Mehr Melodrama geht kaum. Er lacht leise in sich hinein, weil er diese Vorstellung auf einmal urkomisch findet. Ein Teil von ihm fragt sich, ob seine Eltern damals auch so entschieden hätten, wenn absehbar gewesen wäre, wie es endet.

«Der Tod ist nicht das Ende», murmelt er. «Nicht die Vergänglichkeit. Der Tod ist nur die Wende, Beginn der Unendlichkeit.»

Ein kalter Waschlappen wird ihm ins Gesicht gelegt. «Mian, komm zu dir, du redest im Schlaf.»

«Lass mich.»

«Mian, du phantasierst. Du machst mir Angst, bitte hör auf damit!»

Er spürt eine kalte Hand auf seiner Stirn. Für einen kurzen Moment öffnet er die Augen, sieht Amy und lächelt. Dann verschwimmt ihr Gesicht und verwandelt sich in eine bunt angemalte Fratze mit gelben Schlangenaugen. Weitere fremde Gesichter gesellen sich dazu, sie reden in eigenartigen Lauten miteinander und bilden einen Kreis um ihn herum. Langsam beginnen sie, sich um ihn herum zu drehen, schneller und immer schneller, bis sie einen Strudel bilden und ihn in die Tiefe ziehen. Wie ein Stein fällt er nach unten. Dunkle Kräfte zerren an ihm. Er spürt einen Stich in seinem Magen, und dann spürt er nichts mehr. Die pochenden Schmerzen sind weg, und plötzlich fühlt er sich leicht. Schwerelos. Körperlos. Wie ein Licht, das sich irgendwo im Nichts befindet. Ein angenehmes, wohltuendes Nichts...

«Mian!»

Schon wieder dieses Wort, das keine Bedeutung mehr für ihn hat. Er weiß nicht, was es heißt und warum es immer wieder gerufen wird. Jedes Mal reißt es ihn heraus aus diesem schwerelosen und schmerzfreien Zustand.

«Mian, zum Teufel, wach auf!» Dieses Mal ist es eine andere Stimme. Ein Mann, der ihm dieses Wort zuruft, während er immer wieder an ihm rüttelt.

Nur widerwillig öffnet Mian erneut die Augen, um zu sehen, wer ihn die ganze Zeit stört. Vielleicht kann er irgendwie für Ruhe sorgen.

«Die Küstenwache ist da!»

Ein lautes Hupen ertönt. Wie ein Nebelhorn zerreißt es die Stille, und auf einmal ist Mian wach. Er kann sich nicht erinnern, wie er hoch an Deck gekommen ist. Seine Augen schmerzen, als er über das graue und unruhige Meer blickt und aus dem Nebel der weiße Bug eines Schiffes auftaucht.

Hoch oben am Antennenmast flattert die US-Fahne im Wind.

«Jano hat uns gefunden», flüstert Amy ihm zu. Sie beugt sich über ihn und gibt ihm einen Kuss auf die nassgeschwitzte Stirn.

Die kühle Hand schließt sich nun um seine glühend heißen Finger.

«Er ist nicht auf dem Schiff.» Mians Stimme klingt etwas heiser und abgehackt, als hätte er eine ganze Weile nicht mehr gesprochen.

«Nein, er ist nicht auf dem Schiff der Küstenwache», bestätigt ihm Amy. «Das wäre zeitlich gar nicht möglich. Jano war nämlich in dem Flugzeug, das uns gefunden hat.»

«Da war ein Flugzeug?» Verwirrt sucht Mian Amys Blick. Er muss die Augen zusammenkneifen, um ihre Mimik ausmachen zu können. Sie lächelt. Zuversichtlich. Verträumt. *Glücklich?*

Sie ist wunderschön, wenn sie lächelt ...

«Ja, da war ein Flugzeug. Es ist über uns gekreist.»

Die Küstenwache hupt erneut, drosselt das Tempo und beginnt, das riesige Schiff so zu wenden, dass es mit der Breitseite an das kleine Segelboot herankommt.

«Woher weißt du, dass mein Bruder in dem Flugzeug war?»

Amys Lächeln wird breiter. «Hab in deine Glaskugel geschaut.»

«Wie schön.» Mian will sich aufrichten, aber ihm wird schwarz vor Augen. Seine Beine tragen ihn nicht mehr, und er sinkt in sich zusammen. Aus einer endlos weiten Entfernung hört er jemanden seinen Namen rufen und ist sich sicher, dass es Ben ist.

Ben. Sein Kumpel aus einem früheren Leben, das für ihn kaum noch greifbar scheint.

«Reiß dich zusammen, Mann!», herrscht Ben ihn an und zieht ihn auf die Füße. «Ich bin auf ewig sauer auf dich, wenn du jetzt auf den letzten Metern stirbst. Also lass den Scheiß!»

Mian muss wieder lächeln. Innerlich. Nicht nach außen sichtbar, sondern stumm in sich drinnen. Ihm wird bewusst, wie sehr er Ben mag. Und Jayden und auch Collin. Vor allem aber mag er Amy.

Es ist viel mehr als mögen. Es ist Liebe.

Mian mag auch sein Leben, von dem er sich jetzt für immer verabschieden muss. Aber er kann sich nicht beschweren darüber, denn das war der Deal. Damals ... vor vielen Jahren, als alles begann. Er muss dankbar sein für die geschenkte Zeit, die ihm niemals zustand.

Jetzt ist es so weit. Diejenigen, die ihn beschenkt haben, holen sich zurück, was ihnen gehört.

... denn Geister vergessen nie ...

«Komm schon, Mian!» Jayden. Ein weiterer Freund, an seiner anderen Seite. «Wir müssen auf das Schiff der Küstenwache. Nur ein paar Meter, und du bekommst eine vernünftige ärztliche Versorgung.»

«Halt durch, mein Schatz», flüstert Amy ihm zu. «Für Jano.»

Jano ...

Panik macht sich in ihm breit, als er an seinen Bruder denkt.

Der mit der anderen Glaskugel.

Jano. Sein Gegenstück. Sein Seelenpartner. Sein Fleisch und vor allem sein Blut, das ihn geheilt hat.

Jano ... Der ein Teil des Deals ist ...

Unvermittelt dreht sich Mian um und erbricht sich auf den Boden. Mit einer schrecklichen Gewissheit wird ihm klar, dass er nicht gerettet werden darf. Er muss an seinem Fieber sterben!

Es ist die einzige Möglichkeit, seinen Bruder zu retten.

Amy

> Wehe denen, die Licht zu Finsternis machen
> und Finsternis zu Licht.
> *Jesaja 5,20*

Gemeinsam führen Ben und Jayden Mian zu der Strickleiter, die jemand von der Küstenwache zu ihnen heruntergelassen hat.

Da kommt er nie hoch!

Mian versucht, die Leiter zu fassen, aber seine Hand greift ins Leere. Ein junger Mann kommt zu uns auf das Boot hinunter. Seine Kleidung zeichnet ihn eindeutig als Sanitäter aus. Er nickt uns nur kurz zu und wendet sich sofort an Mian, der sich wieder auf das Deck gesetzt hat. Mit einer kleinen Taschenlampe hinten an seinem Kugelschreiber leuchtet er ihm in die Augen und fühlt seinen Puls.

«Er braucht dringend Antibiotika», sagt Jayden schwach.

«Wir müssen ihn auf das Schiff bringen.» Der Sanitäter legt Mian ein Seil um den Körper unterhalb des Brustkorbs und zieht es fest zu. «Das kann jetzt weh tun. Es geht leider nicht anders.»

Der junge Sanitäter geht rückwärts zu der Leiter und setzt seinen Fuß auf die unterste Sprosse. «Ihr beide», er zeigt auf Ben und Jayden, «ihr helft ihm von unten hoch, ich ziehe von oben.»

Mian schreit auf, als das Seil sich spannt.

Mein Magen krampft sich schmerzhaft zusammen, und sofort will ich zu ihm hinlaufen, aber Collin hält mich an der Schulter fest.

«Da muss er jetzt durch», murmelt er. «Du kannst ihm nicht helfen.»

«Oh Gott», flüstere ich. Tränen brennen heiß in meinen Augen, so sehr schmerzt es mich, mitansehen zu müssen, wie die drei Männer Mian auf das Schiff verfrachten.

Auf dem Schiff der Küstenwache wartet bereits ein weiterer Sanitäter, nimmt Mian an seinem gesunden Arm und zieht ihn an Bord. Mian schreit erneut auf, als er auf den Boden des Schiffes sinkt. Sofort löse ich mich von Collin, klettere die Strickleiter nach oben und greife nach Mians Hand.

Es steht bereits eine Trage bereit, auf die er geschoben und die dann vorsichtig angehoben wird. Gemeinsam gehen wir über das Deck des großen Schiffes. Aus dem Augenwinkel sehe ich, wie Ben zurück zu Collin auf die *Marie* geht, vermutlich, um sie am Schiff der Küstenwache zu befestigen. Jayden folgt uns.

Meine Aufmerksamkeit gilt allein Mian. Ich weiche nicht von seiner Seite, ohne zu wissen, ob er noch etwas mitbekommt von dem, was um ihn herum geschieht. Aber das ist egal, denn ich habe mir fest vorgenommen, ihn nicht loszulassen. Egal was passiert, ich bleibe bei ihm und halte seine Hand.

Es ist fast unglaublich, wie sehr ich mich nach dieser kurzen Zeit mit diesem Mann verbunden fühle. Vermutlich schweißt es einen sehr eng zusammen, wenn man so ein Unglück erlebt, dem Tode so nahe kommt und erkennt, wie sehr man beschützt wird. Ich habe keinerlei Zweifel daran, dass Mian alles dafür getan hätte, um auf mich aufzupassen.

Und es immer noch tun würde!

Sollte Mian hier auf dem Schiff der Küstenwache sterben, so würden sie mich mit ihm beerdigen müssen. Wie um das zu demonstrieren, schließen sich meine Finger noch fester um seine.

Wir werden ins Innere des Schiffes geführt, durch eine Kajüte, die mindestens dreimal so groß ist wie meine Küche, hinein in ein kleines Krankenzimmer. Dort legen die beiden Sanitäter die Trage auf ein Bett, ohne Mian umzulagern.

«Er hat eine Schulterinfektion», erklärt Jayden dem älteren der beiden Männer. «Seit Tagen schon. Wir haben lange nichts gemerkt. Es kam schleichend.»

«Wie lange ist die Verletzung her?» Der Sanitäter mit der Brille und den grauen Haaren macht einen kompetenten Eindruck. Erfahren und souverän. Er legt eine Infusion in Mians Arm, während Jayden alles erzählt. Ich höre nicht mehr zu. Nur am Rande nehme ich wahr, wie eine junge Frau mir eine dampfende Suppe in die Hand drückt.

«Trinken Sie das», sagt sie freundlich.

Wie lange hab ich schon keine andere Frau mehr gesehen?

Es ist noch nicht wirklich lange her, aber es kommt mir vor, als wären es Monate gewesen. Alles hier ist seltsam. Das Schiff ist riesig. Um mich herum ist plötzlich viel Platz, der Boden schwankt nicht mehr, und überall sind andere Menschen. Es gibt Nahrungsmittel und Kaffee, einen Fernseher und Strom.

Ich fühle mich, als wäre ich aus der Wildnis in die Zivilisation katapultiert worden.

«Wir geben ein Antibiotikum mit in die Infusion», sagt

der Mann mit der Brille. «Wir fahren jetzt nach Oceanside in die Klinik, die wissen Bescheid und führen die Behandlung fort. Sie werden ihn sofort notoperieren. Der Bruch muss ebenfalls gerichtet werden.»

«Wann ist er außer Lebensgefahr?», will ich wissen.

«Wenn das Antibiotikum anschlägt. Spätestens wenn wir den Infektionsherd zuverlässig entfernt haben. Und wir müssen hoffen, dass wir den Bruch sauber richten können. Wenn wir das hinbekommen, werden keine Folgen zurückbleiben.»

Der Sanitäter will uns keine Angst, aber auch keine Hoffnungen machen, die unerfüllt bleiben.

«Er schafft das schon», sagt Collin, der stillschweigend die Erste-Hilfe-Kajüte betreten hat und meine Gedanken zu lesen scheint. «Er ist zäh und außerdem stur wie ein Esel.»

«Du magst ihn ja nicht mal», flüstere ich, wohl wissend, dass das nicht stimmt.

«Ich hasse ihn.» Collin legt einen Arm um meine Schultern, und ein Lachen mischt sich in seine Stimme. «Schon allein deswegen wird er überleben.»

Auch ich muss schmunzeln, als Collin mich dicht an sich heranzieht. Es tut gut, ihn so nahe zu spüren, er vermittelt mir das Gefühl, nicht allein zu sein.

Einen Freund zu haben.

«Du bist unmöglich.» Sanft kneife ich ihm in die Seite.

«Amy», beginnt er vorsichtig. «Ich möchte dir etwas sagen. Es hat einen Grund, warum Mian und ich so aneinandergeraten sind ...»

«Ich weiß.» Ich verkneife mir ein Seufzen. Irgendwie bin ich davon ausgegangen, dass für Collin das Thema nun erledigt ist und er die Sache mit mir auf sich beruhen lässt. Es mag unfair Collin gegenüber sein, aber ich will nichts mehr von diesem Thema hören. Ich kann mich auf nichts anderes konzentrieren als auf Mian und den verzweifelten Wunsch, dass er überlebt und wieder ganz gesund wird. Selbst an Timmy habe ich die letzten Tage so selten gedacht wie nie zuvor.

Du hast ihn losgelassen, Amy.

Erst als dieser Satz mir so bewusst in den Sinn kommt, wird mir klar, dass es stimmt. Vor Tagen schon ist etwas in mir passiert, das mir erlaubt hat, meinen Sohn loszulassen.

Gehen zu lassen ... Aber niemals zu vergessen ...

Eine Träne läuft mir stumm die Wange hinunter. Ich kämpfe gegen das Bedürfnis an, mich fallen zu lassen und mit den Fäusten gegen den Boden zu schlagen. Aus Verzweiflung, nicht aus Wut. Denn auch die Wut, die mein ständiger Begleiter war, hat schleichend nachgelassen.

Du hast alles richtig gemacht, Amy.

Es wäre falsch gewesen, Timmy weiterhin festzuhalten und in den Fokus zu setzen. Nichts auf der Welt konnte meinen Sohn wieder zurückbringen. Nun war es an der Zeit, sich auf die Lebenden zu konzentrieren.

Mian ist nun wichtig. Und ich selbst...

Für Timmy.

«Amy?» Collin schaut mich fragend an.

«Es tut mir leid, ich war gerade völlig in Gedanken.» Schnell wische ich meine Wange trocken und versuche, Collin meine Aufmerksamkeit zu schenken. «Ich dachte, das mit Mian und mir ist in Ordnung für dich?»

«Ja, ist es auch. Es geht um was anderes», erklärt er hastig und wirft einen Blick auf den schlafenden Mian. «Kann ich mit dir sprechen? Er merkt nicht, wenn du kurz weg bist.»

Er merkt es wohl. Obwohl ich das weiß, nicke ich, löse meine Hand von Mians heißen Fingern und folge Collin nach draußen.

Über uns flattert die US-Fahne, und noch nie in meinem Leben bin ich so froh darüber gewesen, darunter durchlaufen zu dürfen.

Gemeinsam gehen wir an den großen rot-weißen Rettungsringen, den vielen Tauen und den blauen Fendern vorbei, nach hinten zum Heck. In einigem Abstand folgt der Küstenwache, gut vertäut, Jaydens Segelschiff. In einem erbärmlichen Zustand dümpelt es hinter uns her. Mein Herz beginnt zu schmerzen.

«Was ist los, Collin?», frage ich und setze mich auf eine der hölzernen Bänke, die an der Reling stehen. «Was ist zwischen dir und Mian?»

«Jetzt ist alles gut zwischen uns», sagt er und lässt sich neben mich fallen. «Aber mir ist klar, dass ich mich ihm gegenüber absolut lächerlich verhalten habe.»

«So ein Verhalten kannte ich gar nicht von dir. Dass du so austeilst...»

«Weil ich total überfordert war», gibt er zu. «Mian hat etwas über mich herausgefunden, woran ich selbst noch zu knabbern habe.»

Nicht nur über dich.

«Darf ich fragen, was?»

«Das klingt jetzt komisch», druckst er herum. «Und du fragst dich sicherlich, woher er das weiß, aber...»

«Nein», unterbreche ich ihn. «Das werde ich mich nicht fragen. Erzähl es mir einfach.»

«Als wir auf dieser Insel waren...» Collin spricht leise, aber gefasst. «Mian hat gemerkt, dass ich mich für einen der Jungen interessiere.»

In meinem Kopf rattert es, als ich versuche, die Information, die ich eben bekommen habe, mit Collins Verhalten in Einklang zu bringen. «Oh», mache ich. «Ich verstehe.»

«Wirklich?», fragt er nach.

«Ja», sage ich. «Absolut. Mir wird gerade einiges klar.»

Deswegen ist Collin immer so aggressiv gegen Mian gewesen, ist manchmal so ausgerastet und hat sich komplett wider seine Natur verhalten.

Weil er versucht hat, etwas zu verdrängen. Wie ich.

Und weil Mian ihn mit einer Erkenntnis konfrontiert hat, die Collin erst verarbeiten musste.

«Jetzt weißt du Bescheid. Hat eine Weile gedauert, bis ich es verstanden habe, aber ich hatte ja genug Zeit, um nachzudenken die letzten Tage.»

«Es ändert nichts zwischen uns, Collin.» Ein Lächeln schleicht sich auf meine Lippen, das in ein Strahlen übergeht. «Ich finde es super. Danke, dass du es mir gesagt hast.»

«Du findest es super?», fragend sieht er mich an.

«Auf jeden Fall. Vor allem finde ich es großartig, wie du damit umgehst. Es zeugt von großer Stärke.» Ich falle Collin um den Hals und drücke ihm einen Kuss auf die Wange. «Wir sind ein toller bunter Haufen.»

«Das sind wir», bestätigt er. «Jetzt muss nur noch Mian gesund werden, dann ist alles in Ordnung.»

Mian.

Eine dunkle Wolke schiebt sich vor die Sonne, und die Luft wird auf einmal deutlich kälter und irgendwie finster.

Eine Gänsehaut überzieht meine Arme. Ich weiß nicht, warum ich plötzlich an ein Zitat aus der Bibel denken muss.

Wehe denen, die Licht zu Finsternis machen
und Finsternis zu Licht.
Ich friere, und mir wird klar: Es ist noch nicht vorbei.

Mian

Gib uns Frieden, Herr,
in dieser Nacht,
die keinen Morgen kennt.
nach Augustinus

Das plötzliche Licht weckt ihn auf. Ohne die Augen zu öffnen, weiß Mian, dass er sich nicht mehr auf einem Schiff befindet. Er ist in einem Krankenhauszimmer. Aber es ist unwichtig, wo er sich befindet. Es zählen nur die kühlen Finger, die sich untrennbar mit seinen eigenen verbunden haben.

«Wie geht es ihm?», will die Frau wissen, der die Finger gehören.

«Sie können aufatmen», sagt eine fremde Stimme, die Mian noch nie gehört hat. «Wir werden ihn nun operieren. Das Antibiotikum hat angeschlagen, und das Fieber ist deutlich runtergegangen.»

«Das bedeutet?»

«Das bedeutet, er wird überleben.»

Nein!

Alles in ihm beginnt zu brüllen und zu rebellieren. Da ist keine Freude, keine Erleichterung. Nur Panik.

«Nein!» Mian will das Wort schreien, aber es bleibt als Flüstern in der Luft hängen.

«Alles klar. Das war's.» Die Tür wird geschlossen, als der Arzt das Zimmer verlässt.

Das war's.

Worte wie Pistolenschüsse, die er in seiner Kindheit schon einmal gehört hat und die eigentlich etwas Gutes bedeuten sollten. So wie jetzt. Aber sie sind nichts Gutes. Waren es nie gewesen...

«Mian.» Es ist Amy, die sich über ihn beugt. «Hast du gehört? Alles wird gut!»

«Nein», ruft er.

«Was ist los? Der Arzt hat doch gesagt...»

Mians Atem beschleunigt sich. Von einer Sekunde auf die andere hat er ein komisches Gefühl in seiner Brust, als würde jemand hineinfassen und sein Herz herausreißen wollen.

«Nein», wiederholt er. «Das darf nicht sein.»

«Wovon redest du?» Die Finger, die sich nun warm anfühlen, legen sich auf seine Stirn. «Du wirst gleich operiert, Mian. Und danach wirst du wieder ganz gesund.»

«Ich darf nicht überleben», stammelt er. «Bitte.»

Die Schmerzen werden stärker, als würde jemand seinen Brustkorb aufschneiden und beginnen, an seinem Herzen zu ziehen, so fest, dass alle Adern und Bänder gespannt sind...

«Mian?» Amys Stimme wird panisch.

Aber er kann auf sie nun keine Rücksicht nehmen. Er richtet sich auf, greift nach ihrem Handgelenk und fixiert ihren Blick.

«Bitte! Mach was! Die dürfen mich nicht operieren. Sie sollen mich sterben lassen!»

«Was?» Sie weint. «Warum sagst du das? Der Arzt hat doch bereits gesagt, du wirst überleben.»

«Das darf nicht passieren!»

«Warum?»

«Weil nur einer von uns überleben wird...»

«Mian?» Amys Stimme klingt panisch. «Wovon redest du?»

«Nein», schluchzt er. Das Ziehen an seinem Herzen lässt nicht nach, es wird stärker und stärker. Es fühlt sich an wie ein Band, das gedehnt wird, weiter und immer weiter...

Mian schreit auf.

Jano

Jano seufzt. Er fasst sich an die Brust, als könnte dadurch sein Schmerz nachlassen.

Mian.

Heute wird es passieren. Er kann nichts dagegen tun. Und er will auch nichts dagegen tun. Trotz der Trauer, die wie eine Decke über allem liegt. Die Alternative wäre zu schrecklich.

Er lässt seinen Blick über die weite Landschaft streifen. Sie ist so schön, verheißt Freiheit.

Freiheit.

Er seufzt erneut. Dann setzt er sich den Helm auf, startet sein Motorrad und fährt auf den Freeway. Er passt sich dem Verkehr an, die Bäume rechts und links beginnen, zu Strichen zu verschwimmen. Gleichförmig vibriert sein Motor, verteilt den Schmerz aus der Brust in jede Faser seines Körpers. Immer weniger Autos sind um ihn herum, bis er irgendwann allein auf der Straße ist. Die Maschine folgt unbeirrbar dem Lichtkegel seines Scheinwerfers, Jano ist nur stummer Mitfahrer.

Er erhöht die Geschwindigkeit noch etwas und beugt den Oberkörper ein Stück vor. Es fühlt sich an, als hätte er sich in eine glühende Messerspitze gelehnt. Reflexartig reißt er seine Hand an die Brust und schreit auf.

Mian

Das Band! Es ist so straff gespannt wie eine Saite, die jeden Moment springen wird. Mians Hand löst sich von Amy und schnellt zu seinem Oberkörper. Panisch richtet er sich weiter auf, schnappt nach Luft und tastet seinen Brustkorb ab.

«Was ist los? Was ist los?», ruft Amy.

Er ignoriert sie, legt seine Hand flach auf die Brust und fühlt seinen Herzschlag. Alles ist wie immer, sein Herz schlägt und ist da, wo es hingehört, und dennoch ist irgendwas anders.

«Ich verliere ihn!», schreit Mian. Er kann plötzlich nicht mehr atmen. «Ich verliere ihn!»

«Du hast geträumt.» Amy legt ihm ihre Hand auf die Stirn. «Es war nur ein Traum. Du hast bestimmt immer noch Fieber.»

«Die Verbindung reißt», flüstert Mian voller Angst und kann nicht verhindern, dass ihm die Tränen über das Gesicht laufen. «Ich spüre es.»

«Alles ist gut, mein Schatz. Ich bin hier. Aber ich muss gleich gehen, nur für ganz kurz. Du wirst jetzt operiert und...»

«Jano!» Mian will das Wort schreien, aber ihm fehlt die Luft dazu.

Die Zimmertür wird erneut geöffnet, und Licht fällt in den Raum.

«Bleiben Sie liegen, Mr. Wolf», sagt die Männerstimme von vorhin. «Ich hole Sie gleich in den Operationssaal.»

«Nein», fleht Mian. «Ich will nicht operiert werden!»

«Ich weiß, dass das alles sehr viel für Sie ist. Das Schiffsunglück und alles.» Der Arzt spricht leise und geduldig. «Aber Sie müssen keine Angst haben. Das ist ein Routineeingriff. Ich gebe Ihnen eine Spritze, dann bekommen Sie nichts mehr mit.»

«Nein, Mann», heult Mian. «Ich will keine Spritze. Ich will nicht operiert werden!» *Ich muss doch sterben!*

Irgendetwas tief in seinem Inneren sagt ihm, dass es fast zu spät ist.

«Ich bin bei dir», sagt Amy immer wieder, während jemand sein Handgelenk festhält. Mian spürt die Nadel in seinem Arm und das schläfrige Gefühl, das der Stich mit sich bringt.

«Jano», schreit er. «Er stirbt!»

«Nein, nein.» Amy läuft neben dem Krankenhausbett her, das plötzlich in Bewegung gesetzt wird. «Das ist doch Unsinn.»

«Amy ...» Seine Hand findet die ihre, und er krallt sich fest.

«Sie müssen jetzt gehen, wir bringen ihn später wieder zu Ihnen raus», sagt der Arzt und öffnet die großen Flügeltüren zum Operationssaal. «Haben Sie keine Angst, er ist außer Lebensgefahr.»

Amys Finger werden von den seinen gezogen, aber Mian spürt es kaum noch. Sein ganzer Körper prickelt, und ihm ist schlecht. Er kämpft gegen die Narkose an, die ihn wie ein schwarzer Schlund verschlingt. Das Band, die Saite ist zu singender Schärfe gespannt, wird reißen. Mit jeder Faser seines Ichs klammert sich Mian daran, doch es entgleitet ihm. Er fällt in die Dunkelheit...

Jano

Jano muss sich dazu zwingen, die Hand von seiner schmerzenden Brust zu nehmen und zurück an den Lenker zu legen. Sein Herz rast. Obwohl er tief in sich drinnen weiß, was geschehen wird, hat er doch keine Ahnung, was auf ihn zukommt. Er weiß nur, dass er nichts dagegen tun kann. Er ist das Werkzeug jener, die ihn dazu benutzt hatten, seinem Bruder ein neues Leben zu schenken. Nun kommen sie, um sich das zurückzuholen, von dem sie glauben, ein Anrecht darauf zu haben.

Es war in Ordnung gewesen, ihn für einen guten Zweck zu missbrauchen. Nicht dass man ihn gefragt hätte oder ihm Mitspracherecht gab. Aber es war für ihn immer okay gewesen, auch wenn es schwer war, mit den Folgen zu leben. Nie hat er sich darüber beschwert oder jemandem Vorwürfe gemacht, sondern alles hingenommen, wie es eben war. Doch es war nicht in Ordnung, dass sie seinen Bruder holen wollten. Weder damals noch jetzt.

Jano wusste immer, dass dieser Tag kommen würde, und er wusste auch, dass er den Geistern einen Strich durch die Rechnung machen würde. *Mit allen Konsequenzen ...*

Plötzlich passiert es. Eine Gestalt taucht auf, noch weit vor ihm, aber mitten auf der Straße.

Viel zu groß für einen Menschen ...

Janos Blick fällt auf die krallenförmigen Hände, und eine uralte Erinnerung flammt in ihm auf.

Ich habe ihn schon einmal gesehen. Aber wo?

Krampfhaft hält Jano den Lenker fest, in der Überzeugung, dass sich das Wesen auflösen wird. Es ist ein Trugbild. Es kann nur ein Trugbild sein. Aber woher kennt er es?

Ein zweites Wesen kommt dazu. Die Frau mit den gelben Schlangenpupillen hält ein Messer in der Hand. Die Luft ist erfüllt von fremden Stimmen und beißendem Rauch ...

Er schließt die Augen, um diesem Bild nachzuspüren.

Feuer! Überall Feuer!

Seine Finger klammern sich um den Griff des Lenkers. Die Welt um ihn herum steht in Flammen.

Mian

Er ist allein. Die Schwärze um ihn herum macht ihm Angst. Immer enger zieht sie sich um ihn wie ein Sack, den jemand oben zuschnürt. Suchend blickt er sich um. Endlich entdeckt er Jano. Er steht am Rande der Dunkelheit, ganz am Abgrund, und streckt die Hand aus. Mian rennt los und greift nach seiner Hand. Ihre Finger umschließen sich, verbinden sich miteinander und verschmelzen. Sie bilden ein Band, das bis zu ihrer beider Herzen reicht, und für eine Sekunde ist Mian wieder heil. Komplett. Glücklich.

Beim nächsten Wimpernschlag ist alles anders. Ihre Finger, die sich soeben erst miteinander verbunden haben, werden auseinandergezogen. Ein stechender Schmerz jagt wie ein Lichtblitz in Mians Arm die Venen hinauf. Er endet in Höhe des Herzens in einer Explosion. Mian kneift die Augen zu, um sie vor dem grellen Licht zu schützen.

Als er seine Augen wieder öffnet, steht alles in Flammen. Überall ist Feuer und dunkler, schwarzer Rauch. Panisch blickt Mian sich um, aber Jano ist weg. Verschwunden. Fort.

Mians Herz beginnt zu rasen. Sein Atem kommt stockend, stoßweise, und wird dann immer schneller. Sein Brustkorb bebt, die Lungen zittern. Er will Luft holen, aber es geht nicht. Das Zittern breitet sich aus, rollt in einer Welle über seinen Körper, lähmt ihn und signalisiert ihm gleichzeitig, dass er wegrennen soll.

Er will sich an die Brust greifen, aber er hat nur noch einen Arm. Der andere ist fort. Wie Jano.

Seine verbliebene Hand geht zum Herzen, aber auch da ist nichts mehr. In seiner Brust klafft ein riesiges schwarzes Loch. Blut strömt heraus, genau wie sein Atem, den er nicht mehr in seinen Körper aufnehmen kann.

Er spürt nur noch dieses große Nichts, an dessen Stelle vorher so viel Liebe und Gefühl war.

Mian schreit. Er beginnt zu rennen. Schneller und immer schneller. Getrieben von einer Panik, von der er weiß, dass er sie nie wieder loswerden wird. Sein Schrei wird lauter, durchdringender, während die Welt um ihn herum in Flammen steht.

Jano

Mitten auf dem Freeway, innerhalb weniger Nanosekunden begreift Jano alles.

Er ist allein. Die Welt um ihn herum brennt. Es ist egal, wie schnell er fährt, er kann nicht entkommen. Nicht dem Feuer um ihn herum und auch nicht dem Schmerz in seiner Brust.

Nicht dem Tod, der ihn bedroht, seit er ein kleines Kind ist.

Er reißt die Augen auf.

Mian!

Er steht mitten im Feuer, genauso allein und verloren wie er. Jano lässt mit einer Hand den Lenker los, lehnt sich nach vorne und versucht, nach seinem Bruder zu greifen. Für einen Herzschlag glaubt er ihn zu erreichen, aber seine Hand greift ins Nichts.

Vor seinen Augen beginnt das Bild seines Bruders zu verschwimmen. Es löst sich auf wie einst der Zirkel der fremden Menschen um sie herum, deren Zauber Mians Leben rettete.

Und ihn seines kostet ...

Mian ist fort. An der Stelle, an der er eben noch stand, ist nichts. Ein großes, nie endendes Nichts.

Mitten in diesem Nichts manifestiert sich die Gestalt mit den Krallenhänden. Jano schreit auf. Erschrocken reißt er sein Motorrad zur Seite. Die Maschine kommt ins Schleudern. Er spürt, wie die Reifen den Kontakt zur Straße verlieren und der Asphalt in eine Wiese übergeht. Dann überschlägt sich das Motorrad, und er fällt in die Dunkelheit.

Amy

Tränen sind Worte,
die das Herz nicht sprechen kann.
Unbekannt

Auf und ab. Hin und her. Hoch und runter. Vor und zurück. Immer wieder.

Ich weiß nicht, wie oft ich den Krankenhausflur entlanggegangen bin. Auf einmal fühle ich mich so unglaublich allein. Die Abwesenheit der anderen ist körperlich spürbar für mich. Ich wünschte, Collin, Jayden und Ben wären hier. Aber sie sind auf dem Schiff der Küstenwache geblieben, um die *Marie* in den nächsten Hafen zu schleppen und von dort aus nach Hause zu bringen. Nun bin ich hier vollkommen allein. Seit Mian im Operationssaal ist, bin ich komplett verloren, wandere rastlos über den blauen Linoleumboden, ohne etwas um mich herum wahrnehmen zu können. Nur das Ticken einer Uhr. Das ist stetig da und treibt mich in den Wahnsinn.

Tick tack. Die ganze Zeit.

Auf und ab. Hin und her. Hoch und runter. Vor und zurück.

Tick tack.

Die Uhr an der Wand steht nicht still, und doch vergeht die Zeit nicht. Mit jedem Schlag des Sekundenzeigers wächst meine Angst, steigert sich in Panik.

Jano stirbt.

So ein Unsinn. Wieso denke ich das? Ihm geht es gut. Bestimmt ist er auf dem Weg hierher und wird jede Minute vor mir stehen. Dann kann ich mich bei ihm bedanken, für etwas, das viel zu groß ist, um es zu verstehen.

Weil nur einer von uns überleben wird ...

Tick tack.

Mit jedem Schlag des Sekundenzeigers schlägt auch mein Herz immer heftiger.

Auf und ab. Hin und her. Hoch und runter.

Mein Blick fällt auf das Armband mit dem schwarzen Stein daran, das Jano mir geschenkt hat. Plötzlich halte ich es nicht mehr aus. Alles in mir bebt und vibriert, heult und brüllt. Ich kann nicht mehr ignorieren, was ich längst schon weiß. Ich renne los. Den Flur entlang, an den Aufzügen vorbei, die drei Stockwerke hoch in Mians Krankenzimmer, das wir heute Morgen bezogen haben.

Ohne zu stoppen, reiße ich die Tür auf. Ich stürze zum Schrank, ziehe seine Sporttasche heraus, in die ich am Vortag seine Sachen gestopft habe. Meine Finger zittern, als ich darin herumwühle. Irgendwie habe ich das Gefühl, etwas Verbotenes zu tun, seine Privatsphäre zu verletzen, als ich Mians Handy aus der Tasche hole. Der Akku ist bei dreizehn Prozent. Besser als nichts. Wir haben unsere Handys auf dem Schiff immer wieder aufgeladen für den unwahrscheinlichen Fall, irgendwo Empfang zu bekommen.

Aber es ist nicht der Batteriestand, der mich interessiert. Meine Augen huschen nach unten zu dem Telefonsymbol. Es steht eine 3 über dem Hörer.

Drei verpasste Anrufe.

Das Zittern meiner Finger verwandelt sich in ein Beben.

Mein Herz schlägt so stark gegen meinen Hals, dass ich kaum noch Luft bekomme.

Gleich werde ich ohnmächtig ...

Ich schaffe es erst beim dritten Versuch, das Hörer-Zeichen anzutippen. Eine Liste öffnet sich, und der Name des Anrufers wird angezeigt: «Home.»

Das Schlagen meines Herzens wird zu einem unkontrollierten Hämmern, das mir fast den Brustkorb zerreißt. Das Blut rauscht in meinen Ohren.

Ich drücke ein weiteres Mal auf den Telefonhörer, und das Freizeichen ertönt.

Nach zweimal Läuten meldet sich eine leise Frauenstimme. «Ja?»

Ihre Stimme klingt gedämpft und erstickt. Erdrückt. Obwohl Mians Mutter sich nur mit einem einzigen Wort gemeldet hat, erkenne ich sofort, dass sie geweint hat.

Oh mein Gott! Bitte nicht! Bitte, Gott!

«Hallo», rufe ich ins Handy. «Mrs. Wolf?»

Zwei Sekunden herrscht Stille. Dann fragt sie leise: «Wer ist am Telefon?»

Ich höre an diesen vier Worten, was geschehen ist.

Jano ist tot.

Dieser eine Satz reicht aus, um zu wissen, dass dieser Frau alles genommen wurde, dass sie sich jenseits des Fühlens befindet und nur noch funktioniert.

Einfach atmen. Bis zum Zusammenbruch.

«Hier ist Amy», stammle ich. «Mians Freundin. Sie haben versucht, ihn anzurufen, und ich ...»

«Wo ist er?»

Ich kann dieser Frau jetzt nicht sagen, dass ihr zweiter Sohn auf der anderen Seite der Erde gerade operiert wird und bis vor kurzem noch um sein Leben gekämpft hat. Meine Hand krampft sich um das Handy. Es kostet mich körperliche Anstrengung, die Worte auszusprechen: «Was ist mit Jano passiert?»

«Mian weiß es schon.» Die knappe Feststellung einer Mutter, die sich über diese Tatsache nicht wundert. «Er hat es gespürt, oder?»

«Oh Gott!» Mir ist so schlecht. «Es stimmt also.»

«Ein Motorradunfall.»

Mein Schrei gellt durch das kahle Krankenhauszimmer, verschwindet in der Luft und ist doch immer noch in meinem Kopf. Das Handy fällt mir aus der Hand, landet mit einem hellen Knall auf dem Boden, auf den auch ich sinke.

Das überlebt Mian nicht ...

Ihn wird es genauso zerschlagen, wie es mir nach Timmys Tod ging. Vielleicht wird er nie wieder zurück ins Leben finden.

Mein Schrei ist längst verstummt und wird durch eine schreckliche Leere ersetzt, von der ich nicht weiß, ob ich in der Lage bin, sie jemals zu füllen.

Mit zitternden Fingern greife ich nach dem Handy. Die Verbindung ist noch da, und ich nehme das Telefon zurück ans Ohr.

«Es tut mir so leid», schluchze ich und denke an Timmy.

Es fühlt sich an, als würde ich einen Teil des Schmerzes noch einmal durchleben.

«Mian soll sich melden.» Seine Mutter spricht gefasst. Der Schock schützt sie. Die Endgültigkeit ist noch nicht bis in ihr Herz vorgedrungen. «Er soll sich melden und nach Hause kommen.»

Ich nicke, und obwohl sie es nicht sehen kann, versteht

sie wohl, denn die Verbindung wird unterbrochen. Mechanisch stehe ich auf, stecke das Handy in eine der Schubladen und verlasse das Zimmer. Mit steifen Beinen gehe ich zurück vor den Operationssaal. Zurück auf meine Position, um zu warten, bis Mian ins Aufwachzimmer gebracht wird.

Tick tack.

Mit jedem Schlag des Sekundenzeigers läuft eine neue Träne meine Wangen hinunter. Ich mache mir nicht die Mühe, sie wegzuwischen.

Tick tack.

Das gleiche Ticken wie vorhin, und doch ist nun alles anders.

Amy

*Der größte Schmerz, der Sehnsucht heißt,
tobt in uns wie ein Sturm.*

Meine Finger sind bereits wieder mit seinen verschlungen, als Mians Lider zucken und er langsam die Augen öffnet. Seine Verwirrung dauert nur eine Sekunde, wenn überhaupt, dann fällt ihm alles wieder ein.

Was ich vor einigen Stunden am Telefon bestätigt bekam, ist für Mian bereits unumstößliches Wissen. Alle meine Überlegungen, Mian erst einmal anzulügen und ihm die Wahrheit erst einen Tag später zu sagen, sind mit einem Schlag zerstört, als er den Namen seines Bruders flüstert.

«Jano.»

Es ist nur ein einziges Wort, aber es liegen so viel Schmerz und Leid darin, dass es mir fast das Herz zerreißt.

«Mian, du musst dich ausruhen und ...»

«Die Verbindung ist weg.» Seine Unterlippe zittert. Stumme Tränen laufen ihm die Wangen hinunter und tropfen auf das Kissen des Krankenhausbettes. «Er ist tot, oder?»

Ich kann ihm nicht antworten. Das Wort bleibt mir in der Kehle stecken und droht, mich zu ersticken. Automatisch verstärke ich den Druck meiner Finger auf seine Hand.

Diese winzige Geste ist Mian Antwort genug. Er richtet sich im Bett auf und schlägt seine Decke zurück.

«Was machst du?»

«Ich muss hier raus.» Mian schmettert mir den Satz entgegen. Er will aufstehen, aber ich halte ihn krampfhaft am Arm fest.

«Bleib hier! Du bist gerade operiert worden. Du kannst nicht gehen.»

«Werde ich aber.» Mit einer groben Bewegung schüttelt er meine Hand ab.

«Hör bitte auf!» Ich greife nach seinem T-Shirt, erwische den dünnen Baumwollstoff und kralle meine Fingernägel hinein.

In einer Mischung aus Wut und Verzweiflung dreht er sich zu mir um und schreit mich an: «Verstehst du nicht, was passiert ist? Verstehst du das nicht?» Mians Wangen sind nass von seinen Tränen. Seine Hände zittern, als er mir den Stoff seines T-Shirts aus den Fingern reißt.

«Ich verstehe alles. Du ...»

«Ich muss es meiner Mutter sagen.»

«Sie weiß es schon.»

Er hält inne. «Was?»

«Mian, bitte komm her und lass uns reden.» Ich setze mich auf sein Bett und klopfe auf die leere Stelle neben mir.

Plötzlich wirkt Mian resigniert und schrecklich müde. Er setzt sich zu mir. Trotz der frischen Operationswunde schlägt er beide Hände vors Gesicht und schluchzt. Seine Schultern beben. Immer wieder, unaufhörlich. Ich rutsche hinter ihn, kann aber nichts anderes für ihn tun, als ihn festzuhalten und ihm den Rücken zu streicheln, den unverbundenen Arm, seine Haare. Stumm weine ich mit ihm. Mein Blick fällt wieder auf den schwarzen Opal, den ich um mein Handgelenk trage.

Jano wollte, dass es mir gut geht…

Mit einem Mal bricht alles aus mir heraus. Mians Schmerz, der kaum zu ertragen ist. Mein eigener, weil ich erkenne, dass auch ich einen Freund verloren habe. Der Schmerz von Mians Mutter, die erst heute erfahren hat, dass ein Teil ihres Herzens für immer aus ihrem Körper gerissen wurde.

Sie wird sich endlose Vorwürfe machen. Genau wie Mian wird sie sich bis an ihr Lebensende fragen, wer Schuld an all dem hat und ob irgendwas davon vermeidbar gewesen wäre.

Genau wie bei Timmy. Es wäre vermeidbar gewesen…

Ich lasse Mian los, vergrabe den Kopf in den Armen und weine ebenfalls. Um alles, was passiert ist und niemals wieder rückgängig gemacht werden kann.

Irgendwann kommt eine Krankenschwester ins Zimmer und fragt, was los ist. Ich winke ab. Sie geht, ist aber kurz darauf schon zurück.

«Hier.» Sie reicht Mian eine Schale, in der eine einzelne Tablette liegt. Dazu stellt sie ein Glas Wasser auf den Nachttisch. «Nehmen Sie das. Das ist ein Schlafmittel. Sie sollten jetzt wirklich zur Ruhe kommen.»

Mian nimmt schweigend die Tablette und spült sie mit etwas Wasser herunter. Es dauert nur wenige Minuten, bis er in sich zusammensinkt. Wortlos rollt er sich auf dem Bett ein, die verletzte Schulter nach oben, die Decke über das Gesicht gezogen. Stumm weinend, bis der erlösende Schlaf sich über ihn legt und mitnimmt in einen Zustand, der es ihm erlaubt, nichts mehr zu denken und zu fühlen.

Ich schaue seltsam unbeteiligt zu, wie die Krankenschwester Mians Arm gerade streckt, damit er nicht auf der Infusionsnadel in seinem Handrücken liegt.

Plötzlich bin ich unglaublich erschöpft und doch weit

davon entfernt, einschlafen zu können. Insgeheim wünsche ich mir, die Krankenschwester hätte mir auch ein Schlafmittel gegeben.

✶

Die Nacht vergeht. Langsam, schleichend, aber sie vergeht. Ich weiß nicht, wie oft ich aufwache, auf die Uhr an meinem Handy schaue, Mian streichele und ihn an mich drücke, bevor ich erschöpft wieder eindöse. Auch er ist kurz für einen Moment wach, entweder weil er sich im Schlaf vor irgendwas erschreckt hat, oder weil das schmerzhafte Wissen ihn aus den Träumen gerissen hat.

Irgendwann kann ich gar nicht mehr einschlafen. Die Krankenschwester kommt zur Kontrolle und geht wieder, ohne mir etwas von dem ersehnten Schlafmittel zu gönnen. Halb aufgerichtet schaue ich aus dem Fenster und beobachte, wie die Morgensonne quälend langsam den Nebel und die Dämmerung auffrisst. Leise stehe ich auf und ziehe die schweren Vorhänge zu, um das Zimmer abzudunkeln. Ich hoffe, dass Mian so viel wie nur irgend möglich von dem schützenden Schlaf mitnimmt, damit er sich von der Vollnarkose und dem Schock erholen kann.

Ich stecke die nackten Füße in meine Turnschuhe und schlüpfe in einen von Mians Pullovern, den ich aus meiner Tasche ziehe. Er ist nicht frisch gewaschen und riecht wunderbar nach ihm. Seufzend vergrabe ich meine Nase darin, kämpfe gegen die aufsteigenden Tränen an und verlasse leise das Zimmer.

Einen Moment lang stehe ich da und weiß nicht, was ich mit mir anfangen soll. Mit meiner Trauer und meiner Sorge. Mich überkommt der Impuls, allem davonzulaufen. Ich renne los, renne den Gang entlang, springe mehrere Stufen auf einmal nehmend die Treppen hinunter und verlangsame mein Tempo erst, als ich vor der Cafeteria des Krankenhauses stehe. Ich schlucke schwer, fahre mir mit den Fingern durch das zerzauste Haar und gehe an den Tresen.

«Einen Kaffee, bitte.» Mein Blick fällt auf den Zeitungsständer. «Und die Tageszeitung dazu.»

Die Kassiererin nickt freundlich. «Die Zeitung dürfen Sie sich wegnehmen, der Kaffee kommt gleich. Mit Milch und Zucker?»

«Ja, bitte.» Ich lege den Betrag, der auf der Kasse angezeigt wird, in die kleine Glasschale, greife nach der obersten Zeitung und ziehe sie vom Stapel. Ohne mir bewusst zu sein, wonach ich eigentlich suche, blättere ich die Seiten durch, ganz nach hinten. Mein Blick huscht über die kursiv gedruckten Buchstaben und bleibt an einer Stelle hängen.

Schwerer Motorradunfall

Auf dem Freeway Richtung Oceanside hat sich in den frühen Morgenstunden ein schwerer Unfall ereignet. Ein 23-jähriger Motorradfahrer verlor auf der leeren Straße die Kontrolle über sein Fahrzeug und kam von der Fahrbahn ab. Die Gründe hierfür waren vermutlich überhöhte Geschwindigkeit und ein ungeklärtes Ausweichmanöver. Motorrad und Fahrer überschlugen sich und landeten in der angrenzenden Böschung. Der Mann starb noch an der Unfallstelle an den Folgen seiner schweren Verletzungen. Eine 63-jährige Frau, die kurze Zeit später am Unfallort vorbeifuhr, hielt sofort an und rief den Notarzt. Dieser konnte jedoch nur noch den Tod feststellen.

Ich lese den Artikel noch einmal. Und noch einmal. Dann setze ich mich in Bewegung und habe dabei das Gefühl, mit jedem meiner Schritte immer tiefer in den Boden gezogen zu werden.

«Entschuldigung!», ruft die Kassiererin hinter mir her. «Sie haben Ihren Kaffee vergessen.»

Ohne auf sie zu reagieren, gehe ich weiter. So schnell ich vorher nach unten gerannt bin, so viel Zeit lasse ich mir jetzt. Meine Beine werden schwerer, je näher ich Mians Krankenzimmer komme. Ich gehe nur sehr langsam voran, als hätte ich Blei an den Füßen. Eine Krankenschwester grüßt mich, doch ich kann ihr nicht antworten. Es gelingt mir nicht, einen Gruß oder ein Lächeln zustande zu bringen.

Erneut betrete ich Mians Krankenzimmer. Er ist inzwischen ebenfalls wach, die Vorhänge sind offen. Stumm und kerzengerade sitzt er auf dem Bett und schaut aus dem Fenster, so wie ich es vorhin getan habe. Er zeigt keine Regung, als ich mich zu ihm setze. Er wirkt auf einmal sehr zerbrechlich. Fast hätte ich die Zeitung einfach in den Mülleimer geworfen, aber das würde die Tatsache nicht ändern. Wortlos lege ich ihm den Artikel in den Schoß.

Mians Finger zittern, als er die Zeitung an sich heranzieht. Minutenlang starrt er darauf, dann sieht er mich an. Seine Augen sind rot und blutunterlaufen vom Weinen.

«Ungeklärtes Ausweichmanöver», stammelt er. «Jano ist etwas ausgewichen, das nur er sehen konnte...»

Eine Art Schüttelfrost packt mich. «An was denkst du?»

Er zuckt müde die Schulter.

«Vielleicht war er einfach übermüdet und hat einen Schatten gesehen und dachte, er muss ausweichen...»

«Es spielt keine Rolle», unterbricht er mich. «Er ist tot.»

«Er hatte keine Schmerzen, er ist schnell gestorben...»
Wie Timmy.
«Schnell und allein.»
Wie Timmy.

Ohne hinzusehen, greife ich nach Mians Hand. Ich kann mir nicht vorstellen, wie ich es schaffen soll, ihn jemals wieder loszulassen.

«Ich weiß nicht, wie es jetzt weitergeht.» Erneut schaut Mian mich an. Verzweiflung liegt in seinem Blick. «Was soll ich denn jetzt machen?»

«Atmen», flüstere ich. «Einfach nur atmen. Ein und aus. Ein und aus. Das ist alles, und das ist schon schwer genug.»

«Wo soll ich hin? Was soll ich tun?» Wieder laufen ihm die Tränen die Wangen hinunter. Er wirkt verwirrt, komplett neben der Spur. Haltlos. Verloren...

«Ich halte dich.» Ich drücke seine Hand. «Ich werde dir sagen, was du tun musst. Wir machen alles ganz langsam, Schritt für Schritt.»

«Und was?»

«Sobald wir hier raus sind, nehmen wir den nächsten Flug nach Deutschland zu deinen Eltern. Sie brauchen dich jetzt und du sie.»

«Ich kann das nicht.» Mian lässt sich auf das Bett sinken und deckt sich so fest zu, als wollte er für ewig hierbleiben. «Lass mich hier. Ich will sterben. Ich kann nicht...»

«Oh doch! Du kannst.» Mit einem Ruck reiße ich ihm die Bettdecke weg und schaue ihn entschlossen an. «Du kannst! Und du wirst.»

«Ich will nicht.»

«Das ist mir vollkommen egal.» Mit Tränen in den Augen stehe ich auf und knie mich vor Mians Bett, damit er mich ansehen kann. «Ich hab alles verloren in meinem Leben. Alles, was mir wichtig war. Ich kenne das Gefühl, einfach sterben zu wollen. Dann hast du mich rausgeholt aus meinem Loch und verlangt, dass ich weitermache ...»

«War ein Fehler», murmelt er. «Tut mir leid.»

«... und jetzt verlange ich von dir, dass du weitermachst.»

«Alles ist zerstört ohne ihn ...» Mian schaut mich flehend an. «Das musst du doch verstehen.»

«Du darfst weinen, Mian. So lange und so viel du möchtest.» Tröstend breite ich die Arme aus, als der nächste Weinkrampf ihn schüttelt. Ganz fest drücke ich ihn an mich, um ihm Halt zu geben und um zu verhindern, dass der Schmerz ihn zerreißt. Meine Tränen tropfen in seine Haare.

«Ich weine mit dir. Und wenn wir fertig sind, stehen wir auf und machen weiter, wo Jano und du aufgehört habt.»

Marie

Aus Sehnsucht entsteht die Kraft,
neue Wege zu gehen.

Das Taxi hält vor dem Stützpunkt der Küstenwache. Marie steckt dem Fahrer einen Schein zu und steigt aus. Sie lässt die Tür des Taxis einfach offen stehen und läuft los. Sie hätte nicht gedacht, dass sie sich mit ihrem dicken Bauch überhaupt noch so schnell bewegen kann. Aber es geht. So vieles geht, wenn es einen Menschen betrifft, den man liebt.

Maries Blick fällt auf den Hafen. Sie sieht das zerstörte Segelschiff. Plötzlich tragen sie ihre Beine nicht mehr.

Herr im Himmel ... Es ist ein Wunder, dass alle überlebt haben.

Noch nie hat Marie einen Sturm mit einer solchen Gewalt erlebt, der solche Schäden verursachen kann. Der komplette Mast ist aus seiner Verankerung gerissen und umgestürzt. Er liegt längs auf dem Schiff und hat alles unter sich begraben, was in seiner Fallschneise war.

Collin oder Jayden hätten darunter begraben sein können ...

Automatisch zieht es Marie weiter Richtung Hafen. Sie geht zu der Anlegestelle und sinkt auf die Knie, als wäre mit einem Schlag jede Kraft aus ihr gezogen worden. Sie beginnt, heftig zu zittern, und die Tränen laufen ihr übers Gesicht. Fast ehrfürchtig gleiten ihre Finger über den Bug des Schiffes ...

«Du bist nicht gesunken», flüstert sie mit bebender Stimme. «Du gutes, treues Schiff.»

Die *Kaiserin der Meere*, wie sie damals hieß, als sie noch Jayden allein gehört hat. Schon damals hat Marie dieses Schiff geliebt. Das tut sie, seit Jayden sie vor vielen Jahren zum ersten Mal darauf mitgenommen hat. Gemeinsam haben sie auf dem Deck im Mondlicht gestanden, um kurz darauf das erste Mal miteinander zu schlafen. Anschließend hatte Jayden, um ein Zeichen zu setzen, die *Kaiserin der Meere* in *Marie* umbenannt. Das war das größte und tollste Geschenk, das Marie jemals in ihrem Leben bekommen hatte.

Jetzt ist sie kaputt.

Vollkommen zerstört. Irgendwie wirkt es so, als hätte das Schiff sein Leben gelassen, um die Besatzung darauf zu retten.

«Wir kriegen dich wieder hin», verspricht Marie.

Es wird nicht einfach und nicht billig sein, es wieder fahrtüchtig zu machen, aber das spielt keine Rolle. Sie würden es in Angriff nehmen, und sie würden es schaffen. Das sind sie der kleinen Jacht schuldig.

All das sind nur materielle Schäden, Marie. Hauptsache, den Menschen, die auf dem Schiff waren, geht es gut.

Obwohl sie das weiß, kann sie nicht aufhören zu weinen.

«Marie!»

Ihr Name lässt sie zusammenzucken. Die Stimme kennt sie. So schnell es ihr möglich ist, kommt sie auf die Füße und blickt sich suchend um. Vor dem Gebäude entdeckt sie, wonach ihr Herz sich sehnt.

Jayden! Collin!

Die beiden laufen ihr entgegen. Jayden breitet seine Arme aus. Tränen brennen ihr wieder in den Augen.

«Jay», ruft sie atemlos. «Collin. Oh Gott. Ich bin so froh...»

«Marie.» Es ist nur ein einziges Wort, das Jayden sagt. Ein Wort, in dem all sein Schmerz, seine Ängste und seine Hoffnungen der vergangenen Tage liegen. Er schließt sie fest in die Arme, und Marie hört, wie er an ihrer Schulter schluchzt.

«Es ist wieder gut, Jay», flüstert sie ihm zu. Mit dem anderen Arm zieht Marie ihren Bruder an sich, während sie unablässig Jaydens Rücken streichelt. «Es ist alles wieder gut.»

Ein weiteres Mal schluchzt er, als alle Anspannung aus ihm herausbricht. Marie kennt ihn gut genug, um zu wissen, dass er die ganze Zeit auf dem Schiff für die anderen stark war und selbst seine Gefühle im Zaum halten musste.

Langsam löst sie sich von ihm, um ihren Bruder fest an sich zu ziehen. Dann erst nimmt sie auch Ben, der ein Stück weiter hinten gewartet hat, in den Arm und mustert die drei. Sie sehen müde und erschöpft, aber gesund aus.

Erst jetzt sieht sie die Verletzung auf Jaydens Wange.

«Was ist passiert?», fragt sie und fährt ihm vorsichtig mit den Fingern über das Gesicht.

«Das Vorstag ist gerissen», flüstert er. «Es ist nicht schlimm. Das heilt wieder.»

«Jetzt gehörst du für immer mir. So will dich keine mehr.» Marie stellt sich auf die Zehenspitzen und küsst die schmale Narbe, die mit Klammerpflastern zusammengehalten wird.

Jayden verdreht die Augen und schmunzelt: «Wir sind verheiratet. Schon vergessen?»

«Mian und Amy sind in Oceanside?», will Marie wissen. «Wie geht es ihm?»

«Er ist verletzt», sagt Ben. «Er musste operiert werden und muss ein paar Tage im Krankenhaus bleiben.»

«Okay.» Marie blickt abwartend von einem zum anderen.

«Sollte ich deswegen herkommen? Damit wir erst Mian besuchen können, bevor ihr unser Schiff nach Hause bringt?»

«Ja», sagt Collin. Es ist nur ein einziges Wort, aber Marie hört sofort, dass etwas nicht stimmt.

«Was ist los?», will sie wissen. «Ist noch etwas passiert?»

«Wir müssen gleich zu Mian und Amy», sagt Jayden. «Das Schiff kann warten.»

«Warum?» Angst steigt in ihr auf, als sie in die Gesichter um sich herum blickt. «Er liegt nicht im Sterben, oder? Ist Jano bei ihm?»

«Marie», beginnt Collin und greift nach ihrer Hand. Zeitgleich legt Jayden einen Arm um ihre Schultern. «Amy hat mich vorhin angerufen. Jano...»

«Was ist mit ihm?» Marie ist entsetzt darüber, wie hoch ihre Stimme klingt. Angst wallt plötzlich in ihr auf.

Das Schweigen der anderen sagt ihr alles.

Ich weiß nicht, ob ich Amy noch einmal wiedersehen werde...

«Nein, das ist nicht wahr!», haucht sie.

«Er hatte einen Motorradunfall.» Jayden spricht ungewöhnlich langsam. «Er ist tot.»

«Was?»

«Ja.»

Alles um sie herum beginnt, sich zu drehen. Marie ist plötzlich unglaublich schwindelig. Hätte Jayden sie nicht gehalten, wäre sie einfach in sich zusammengesunken.

«Jano ist tot?» Der Satz klingt surreal. Wie eine Frage, die noch offen im Raum steht und über die man noch diskutieren kann. Nicht so, als wäre es die unumstößliche Wahrheit...

«Ja.» Jaydens Antwort ist endgültig.

«Wir haben einen Mietwagen organisiert», sagt Ben leise

und hält Marie auf der anderen Seite fest. «Lass uns zu unseren Freunden fahren. Mian braucht uns vielleicht.»

Marie nickt. Jano ist gestorben, als er unterwegs war, ihre Lieben zu retten. Sie hat nicht daran gedacht, sich zu bedanken, und jetzt ist es zu spät dafür. Das Einzige, was sie noch für ihn tun kann, ist dieser winzig kleine Gefallen, um den er sie gebeten hat.

Amy

Man muss loslassen,
um frei zu sein.

Schon zum zweiten Mal an diesem Nachmittag versuche ich, Mian eine Tasse Kaffee in die Hand zu drücken, aber er nimmt sie auch jetzt nicht an. Stumm schüttelt er den Kopf und lässt sein Essen unangerührt auf dem Nachttisch stehen.

Mit durchgedrücktem Rücken sitzt er stocksteif auf dem Bett und starrt an die Wand. Die ganze Zeit hält er dabei sein Telefon in den Händen, ruft die Nummer seiner Eltern an und legt wieder auf, bevor es bei ihnen zu läuten beginnt. Erst beim siebten oder achten Versuch schafft er es, so lange in der Leitung zu bleiben, bis die Verbindung aufgebaut ist.

«Mama.» Er zögert. «Sag es nicht. Ich weiß Bescheid.»

Es folgt ein quälend langer Moment der Stille, bis Mian fragt: «War er sofort tot?»

Ich kann kaum atmen, während ich völlig verloren mitten im Zimmer stehe und ihn einfach nur anschaue. Die Luft um uns ist eisig. Es ist, als hätte jemand den Sauerstoff abgezogen und durch Stickstoff ersetzt. Die Kälte fährt in unsere Glieder, bringt unsere Herzen zum Zittern und unseren Atem zum Stillstand.

Mians Finger umklammern so fest das Telefon, dass seine

Adern am Handrücken hervortreten und die Knöchel ganz weiß sind.

Ich wage es nicht, ihn anzufassen.

Ich stehe wie versteinert da, um dieses merkwürdige Telefonat, das mehr aus Schweigen als aus Reden besteht, nicht zu stören.

Und es irgendwie zu überleben.

Endlose Minuten vergehen.

Dann folgt eine Aussage, die so viel Klarheit und Endgültigkeit beinhaltet, dass sie irgendwie schlimmer ist als alles andere zusammen. Er spricht über seinen toten Bruder ...

«Ich werde noch hierbleiben. Ich sorge dafür, dass Jano nach Hause gebracht wird. Dann kommen wir heim.»

Wir? Er und ich?

Danach beendet er das Gespräch, legt sein Handy wieder zurück auf den Nachttisch und fällt in seine Schockstarre zurück. Ohne sich auch nur einmal zu rühren, verharrt er.

Eine Minute vergeht, fünf Minuten, dreißig ... Ich habe mich auf einen Hocker gesetzt und warte. Ich weiß nicht genau, worauf. Vielleicht dass Mian sich zu mir dreht, vielleicht, dass jemand sein kalt gewordenes Essen abholt oder ich einen Grund finde, aufzustehen und etwas zu tun.

Erleichtert atme ich auf, als endlich die Krankenzimmertür aufgeht und Marie, Jayden, Ben und Collin hereinkommen. Sie bringen irgendetwas mit, das die Stimmung ändert. Allein durch ihr Reinkommen verschwindet die Kälte aus der Luft, als hätte jemand die Klimaanlage ausgeschaltet.

Steif gehe ich ihnen entgegen.

Aus dem Augenwinkel sehe ich, wie Ben Mian in den Arm nimmt und Jayden ihm kurz auf die Schulter klopft. Dann löst Collin seine Umarmung mit mir und geht ebenfalls zu

Mian. Ich höre nicht, was sie sprechen, denn plötzlich steht Marie vor mir und nimmt mich in den Arm. Es fühlt sich komisch an. Total fremd und andererseits so verbunden, als wären wir Freundinnen.

«I...ich... bin... s...so froh, dass Jano euch gefunden hat. So froh!» Marie stottert. Sie spricht schnell und abgehackt, aber was sie sagt, ist ehrlich und klingt unglaublich erleichtert. «Es tut mir so leid mit Jano.»

«Mir auch.»

Mir auch. Zwei Worte, die kalt und emotionslos klingen, als ginge es um einen Fremden. Aber mehr kann ich nicht sagen, es ist einfach nicht möglich.

«Kann ich kurz mit dir allein reden?» Marie berührt mich vorsichtig am Arm. Eine Geste, die viel zu intim ist für unser Verhältnis und gleichzeitig viel zu schwach für das, was uns nun verbindet. «Ganz kurz? Draußen?»

Prüfend werfe ich einen Blick zu Mians Bett. Ich kann nicht erkennen, was er macht, weil die drei Jungs um ihn herumstehen. Schweren Herzens beschließe ich, dass es vertretbar ist, ihn ein paar Minuten allein zu lassen, und nicke Marie zu. Gemeinsam verlassen wir das Zimmer. Marie zieht die Tür hinter sich zu.

«Was ist los?» Eine ängstliche Frage, als erwarte ein Teil tief in mir drin weitere schlechte Nachrichten.

«Ich weiß nicht so recht, wie ich es dir sagen soll.» Nervös tritt sie von einem Bein auf das andere. «Es geht um Jano.»

«Wenn du magst, kann ich dir den Unfallbericht in der Zeitung zeigen.»

«Okay», willigt Marie ein, aber mir fällt auf, dass es ihr darum nicht geht. Sie kämpft gegen ihr Stottern an.

«Was möchtest du mir denn sagen?» Ich schaue sie an und versuche, freundlich und geduldig zu wirken, obwohl alles in mir vor Anspannung vibriert.

«Es ist ein Zitat von Jano.» Sie senkt ihren Blick.

Mein Herz setzt einen Schlag aus, und ich spüre, wie das Blut aus meinen Wangen weicht. «Was hat er gesagt?»

«Ich verstehe die Bedeutung nicht, aber er war sicher, du weißt, was er meint.»

«Sag es mir.» Meine Stimme ist nur noch ein Flüstern.

«Er ist nach Hause gegangen.»

Es dauert einen Moment, bis der Satz in meinem Gehirn angelangt ist. Meine Augen brennen, als ich Marie anstarre. «Noch was?»

«Nur das. Und dass ich es dir ausrichten soll, weil ihr euch vielleicht nicht mehr seht.»

Timmy ist zu Hause.

Das Beben in meinem Inneren hört augenblicklich auf. Plötzlich ist Ruhe, und doch passiert in mir ganz viel. Mein Herz quillt auf einmal über vor Liebe und Erleichterung.

«Danke.» Es kostet mich alle Anstrengungen, dieses eine Wort auszusprechen.

Er ist gegangen.

Das konnte geschehen, weil ich mich gedanklich von ihm gelöst habe und mich Mian zugewandt habe.

Als wir gemeinsam um sein Leben kämpften.

Auf einmal wird meine Kehle eng, und meine Beine verwandeln sich in Butter.

Du hast ihn vergessen, Amy.

«Was ist mit dir?», fragt Marie besorgt. «Hab ich etwas Falsches gesagt? Ich hatte den Eindruck, es ist etwas Gutes...»

«Ist es auch.» Meine Worte sind nur ein Hauch.

Loslassen bedeutet nicht, jemanden zu vergessen. Das hatte Mian zu mir gesagt, vor wenigen Tagen erst, als wir noch zusammen auf dem Schiff waren. Diese Zeit kommt mir auf einmal vor, als wäre sie aus einem anderen Leben.

Als hätte ihn jemand gerufen, steht Mian plötzlich hinter mir und legt mir einen Arm um die Schultern. Ich wundere mich nicht mehr darüber. Mian ist immer da, wenn ich ihn brauche, und es ist nie nötig, ihm das mit Worten mitzuteilen.

Ich schaue zu ihm auf, sodass er die Tränen sehen kann, die sich in meinen Augen gebildet haben.

«Timmy?», flüstert er mir fragend ins Ohr.

Fast unmerklich nicke ich. «Er ist nach Hause gegangen.»

«Jano wird auf ihn aufpassen.» Mians Stimme zittert. «Sie werden sich begegnen.»

Ruckartig löse ich mich aus der Umarmung, schenke der ratlosen Marie ein verzerrtes Lächeln und gehe zum Fenster im Flur. Das Lächeln ist noch immer auf meinen Lippen, als ich nach draußen blicke. «Danke, Jano.» Ich spreche den Satz laut aus. «Ich danke dir.»

Marie

Kein Wort und keine Tat geht verloren.
Alles bleibt und trägt Früchte.
Carl Hilty

Marie klammert sich fest an Jaydens Arm, als alle gemeinsam das Krankenhauszimmer verlassen und sich am Ende des Flures in den kleinen Aufenthaltsraum setzen. Amy hält Mians Hand und scheint ebenso entschlossen wie Marie zu sein, ihren Partner nicht wieder loszulassen.

«Wie geht es denn nun weiter?», will Ben von Mian wissen. «Wann wirst du entlassen?»

Dieser zuckt die Schulter und schweigt.

Marie seufzt so tief, dass sie ein Stechen in ihrem Bauch bemerkt. Mian ist wie ausgewechselt. Von dem gut gelaunten und positiven Mann ist nicht mehr viel übrig geblieben. Er schaut ins Leere. *Wie Amy, als sie sich das erste Mal begegnet sind.*

Die hingegen wirkt gefasst und sicher. Wie jemand, der ganz genau weiß, was als Nächstes zu tun ist.

«Mian wird in den kommenden Tagen entlassen werden», antwortet sie an seiner statt. «Dann regeln wir hier alles, und er und ich fliegen nach Deutschland zu seinen Eltern, um gemeinsam zu trauern und Jano zu beerdigen.»

Mian wirft ihr einen überraschten Seitenblick zu, als höre er von diesem Vorhaben zum ersten Mal.

«Das klingt nach einem Plan», sagt Collin. Er fährt mit dem Finger über den Nasenrücken, wie immer, wenn er nervös ist. Marie weiß, was er denkt, und stellt die Frage, die er sich nicht auszusprechen traut. «Kommt ihr zurück?»

Amy schüttelt den Kopf. «Nein. Wir werden so lange in Deutschland bleiben, wie Mians Eltern ihn brauchen und umgekehrt. Dann wird Mian in die Karibik gehen und das tun, was Jano und er seit Jahren planen.»

«Und du?» In Collins Stimme schwingt etwas Hoffnung mit. «Du kommst dann allein zurück?»

Amy zögert. «Nein, ich denke nicht.»

«Nein? Sondern?»

Amy sieht Mian an. «Ich würde dich gern begleiten. Wenn ich darf.»

«Ach Amy...» Er lächelt traurig. «Das wäre großartig, aber das geht nicht so einfach.»

«Du wirst sehen, es geht.» Mit einer Beharrlichkeit, die Marie Amy gar nicht zugetraut hätte, fährt sie fort: «Wir werden es irgendwie möglich machen.»

«Man kann nicht so einfach in die Karibik auswandern. Das kostet viel Geld, man muss einen Job und eine Existenz dort haben und ...» Mian hört mitten im Satz auf zu sprechen. «Wir bereden das später.»

«Wir schaffen das schon.» Sie lässt seine Hand los, streichelt ihm kurz den Rücken und schlingt ihre Finger sofort wieder um seine. «Ich hab mich ein bisschen informiert. Für drei Monate kann ich ein Visum bekommen. Du hast dir da bereits was aufgebaut, das ist mehr als genug für uns beide. Wir bekommen das hin.»

«Heiratet doch einfach», sagt Collin, als wäre das der logischste Gedanke der Welt.

Für eine Sekunde herrscht gespanntes Schweigen. Mian und Amy schauen sich an, die Blicke der anderen wandern zwischen den beiden hin und her.

Über Mians Gesicht huscht ein schwaches Lächeln. Amy lächelt zurück.

«Leute, das war ein Scherz!», behauptet Collin.

Mian löst seinen Blick von Amy.

«Wir werden sehen», sagt er in den Raum hinein. Sein Lächeln ist längst erloschen.

«Oh je!», macht Collin. «Was hab ich da bloß angerichtet?»

Amy greift nach einer Zeitung vor sich auf dem Tisch, rollt sie zusammen und klatscht sie Collin gegen die Schulter.

«Aua! Ist das der Dank? Aber hey! Lass dir von dem einen ordentlichen Antrag machen. Mit Kniefall, Ring und all dem Kram, hörst du?»

Amy schlägt noch einmal zu, lachend.

«Ich bin ja schon ruhig.» Schützend hebt Collin die Hände über den Kopf. «Aber hör auf, mich zu hauen.»

Mit einem lauten Seufzen steht Mian auf. Er lässt Amy los und geht wortlos zurück zu seinem Zimmer.

«Entschuldigt ihr uns bitte?», sagt sie. «Wir reden nachher noch mal.» Mit schnellen Schritten folgt sie Mian und verschwindet ebenfalls im Krankenzimmer.

«Sie hat sich krass verändert», staunt Collin. «Sie ist kaum wiederzuerkennen.»

«Hab ich das richtig interpretiert?», fragt Jayden. «Die beiden denken echt übers Heiraten nach?»

Marie streicht die Zeitung glatt und legt sie unter den Stapel. «Sie meinen es eben ernst miteinander.» Sie schaut zur Tür von Mians Krankenzimmer. «Sie brauchen einander.»

Jayden nickt. «Ja. Gemeinsam werden sie es schaffen.»

Amy

Wo starker Schatten ist,
muss auch viel Licht sein.

Laozi

Es ist schwer für mich, in meiner Wohnung zu sein. Irgendwie ist hier plötzlich alles leer und gleichzeitig erdrückend. In jeder Ecke und in jedem Winkel hängt die Trauer und weckt in mir den drängenden Impuls, mich zu verkriechen.

Wie ich es immer getan habe.

Nicht nur vor meinem eigenen Schmerz, sondern auch vor Mians. Mich einfach einigeln und warten, bis es irgendwann aufhört, weh zu tun.

Du wirst gebraucht, Amy.

Das ist mir mittlerweile klar geworden. Ich muss jetzt für Mian da sein und ihn unterstützen, so wie er und Jano für mich da gewesen sind.

«Ich glaube, wir haben alles, oder?» Mian zieht den Reißverschluss meiner Reisetasche zu.

«Ich glaube, ich nehme das auch noch mit.» Verstohlen stecke ich ein kleines Notizbuch in das Netz der Reisetasche. «Wer weiß, wann wir wieder herkommen.»

«Wenn wir bei meinen Eltern waren.»

«Wir wissen nicht, wie lange wir dortbleiben, und ich

möchte flexibel sein. So können wir direkt von Deutschland in die Karibik gehen.» Ich werfe Mian einen strengen Blick zu. «Keine Widerworte. Es war richtig, Collin damit zu beauftragen, sich um die Entrümpelung der Wohnung zu kümmern und einen Nachmieter zu suchen.»

«Alle anderen Sachen willst du wirklich zurücklassen?» Skeptisch deutet Mian auf das Mobiliar. «Bist du dir sicher?»

«Vollkommen sicher. Ich brauche nichts von all den Erinnerungen, die nur weh tun. Wir fangen neu an und lassen alles zurück.»

«Von mir aus.»

Ich staune immer noch darüber, dass Mian und ich die Rollen getauscht haben. Nie hätte ich gedacht, dass ich in der Lage sein würde, meine Vergangenheit hinter mir zu lassen und nicht nur vorwärtszugehen, sondern auch noch jemanden mitzuziehen.

So schließt sich der Kreis.

«Dann habe ich alles. Meinetwegen können wir gehen.»

«Ähm.» Mian zögert kurz. Dann sagt er leise: «Sollen wir noch mal zu Timmy ans Grab fahren? Möchtest du dich verabschieden?»

«Nein.» Entschieden schüttle ich den Kopf.

«Ehrlich nicht?» Verwundert schaut er mich an. «Bist du dir sicher?»

«Ganz sicher. Was soll ich an Timmys Grab stehen? Ich weiß doch, dass er da nicht mehr ist. Dank Jano weiß ich, dass er nach Hause konnte.»

«Ja.» Mian knabbert an seiner Unterlippe und schweigt.

«Gehen wir.» Entschlossen strecke ich ihm meine Hand entgegen, bereit, ihn zu führen und ihm aus seinem Tief zu helfen, so wie er es bei mir getan hat.

Das erste Mal seit über zwei Jahren gehe ich durch den Vorgarten, ohne das Loch in der Mauer wahrzunehmen und ohne die Kontrolle über mich und meine Emotionen zu verlieren.

✵

Den gesamten Flug über haben wir geschwiegen. Mian hat sich die Kopfhörer seines iPods aufgesetzt und sich die ganze Zeit mit lauter Technomusik zugedröhnt. Um die Emotionen der anderen Fluggäste in seiner Nähe nicht so deutlich spüren zu müssen und um sich von seinem eigenen Schmerz abzulenken.

Ich spreche ihn auch dann nicht an, als wir unser Gepäck vom Band holen und gemeinsam den Sicherheitsbereich verlassen. Mians Eltern laufen uns bereits entgegen. Schon von weitem erkenne ich sie, ohne auch nur jemals ein Foto von ihnen gesehen zu haben. Vielleicht ist es ihr Äußeres, das mich an Jano und Mian erinnert, vielleicht aber auch der Schmerz, der ihre Schultern beugt. Im Näherkommen sehe ich das Grün in Josephines Augen, aber auch die tiefen Furchen in ihrem Gesicht und den starren Mund, der vielleicht niemals wieder lächeln wird. Andreas' Augen sind hinter dunklen Brillengläsern verborgen, doch auch seine Stirn weist Sorgenfalten auf, und er geht gebeugt.

Als die beiden Mian entdecken, richten sie sich kaum merklich ein Stück auf und beschleunigen ihren Schritt.

Ich bleibe stehen, um der Familie den nötigen Respekt zu erweisen. Sie fallen sich in die Arme. Ohne ein Wort zu sagen, stehen sie einfach nur da, eng umschlungen, und weinen.

Gerade als ich ein paar Schritte zurück machen möchte, um den Abstand weiter zu vergrößern, breitet Josephine einen Arm aus und winkt mich mit den Fingern zu sich. Diese aufrichtige Geste rührt mich fast zu Tränen, und es fühlt sich an, als würde ich nach Hause kommen, als ich in den Kreis der trauernden Familie trete. Mitten auf dem Flughafen stehen wir da, stützen und halten uns gegenseitig.

✶

Es ist bereits später Nachmittag, als das Großraumtaxi vor Mians Elternhaus hält. Weder Josephine noch Andreas haben sich zugetraut, mit dem Auto zu fahren. Unwillkürlich ziehe ich meinen Mantel enger um mich, als ich aussteige und auf das große ältere Einfamilienhaus zugehe. Es steht mitten auf einem Berg mit einer malerischen Aussicht ins Tal hinunter. Der riesige Garten ist mit einem niedrigen Jägerzaun eingefriedet, an dem teilweise die Farbe abblättert und Efeu wuchert.

Tief atme ich ein und aus und bin froh, dass Mian seinen Arm um meine Schultern legt, als wir gemeinsam durch das Gartentor gehen. Mein Blick fällt auf den heruntergekommenen Schuppen, der vor vielen Jahren als Stall für Emil gedient haben muss. Sofort habe ich die Bilder zweier Brüder im Kopf, die durch den Garten toben und gemeinsam nach ihrem Esel sehen. Ungeweinte Tränen brennen in meinen Augen.

«Amy, komm, wir gehen rein.» Mians Mutter schiebt mich sanft vor sich durch die Haustür. «Fühl dich wie daheim.»

«Vielen Dank.»

«Hier ist das Gästezimmer, da kannst du dich waschen und umziehen.» Josephine zeigt auf eine weiße Tür. Sie spricht genau wie auch Mian und Jano akzentfreies Englisch. «Lass dir Zeit, so viel du magst, und wenn du fertig bist, dann kannst du zu uns ins Wohnzimmer kommen.»

Dankbar nicke ich und schaue Mian hinterher, der die Stufen nach oben in sein ehemaliges Zimmer unter dem Dach schleicht. Schweren Herzens wende ich mich ab und betrete den kleinen Raum. Es ist in hellen, freundlichen Farben gehalten. Meine Füße versinken in dem dicken weißen Teppich. Müde werfe ich meine Sachen auf das Bett und gehe an das kleine Waschbecken. Obwohl die Zeit auf dem Segelschiff an meinen Kräften gezehrt hat, sehe ich so gut aus wie seit zwei Jahren nicht mehr. Die dunklen Schatten unter den Augen, die mich all die Monate begleitet haben, sind verschwunden. Meine Wangen wirken nicht mehr so eingefallen, und meine Haut hat eine gesunde Farbe bekommen. Einzig meine Augen sind rot und verquollen vom vielen Weinen.

Seufzend drehe ich den Hahn auf, fülle meine Hände mit Wasser und schöpfe es mir ins Gesicht. Dann straffe ich die Schultern, um zu den anderen ins Wohnzimmer zu gehen.

Die drei sitzen an einem ovalen Esstisch. Andreas und Josephine auf der einen Seite, Mian auf der anderen. Der Stuhl neben ihm ist frei.

Ich zögere. Gerne hätte ich mich an Mians Seite gesetzt, aber ich weiß nicht, ob es mir zusteht, auf Janos Platz zu sitzen. Deswegen bleibe ich einfach stehen und beobachte das Schweigen am Tisch.

Plötzlich legt Mian die Fingerspitzen aneinander und schaut auf. Sein Blick ist traurig, als er auf seine Eltern trifft.

«Es war falsch», sagt er müde. «Ihr hättet mich damals einfach sterben lassen sollen, dann würde Jano heute noch leben.»

«Mian ...» Josephines Stimme klingt brüchig. Obwohl ich ihr Gesicht nicht sehen kann, weil sie mit dem Rücken zu mir sitzt, weiß ich, dass sie eben wieder angefangen hat zu weinen.

«Spar dir deine Ausrede.» Es liegt ein Zorn in Mians Stimme, den ich noch nie gehört habe. «Es war falsch. Ihr hättet mich einfach sterben lassen sollen, so wie es richtig gewesen wäre.»

«Das war unmöglich für uns.» Andreas greift über den Tisch, um Mians Hand zu nehmen, aber der zieht sie weg. «Wir konnten nicht tatenlos zusehen, wie du uns unter den Händen wegstirbst.»

«Wir mussten einfach alles versuchen ...» Josephine lässt den Satz unvollendet stehen.

«Ihr habt die Warnung ausgeschlagen.» Mit einer Mischung aus Ungläubigkeit und Resignation schüttelt Mian den Kopf. «Ihr seid gewarnt worden, aber es war euch egal.»

Josephine holt Luft, aber Andreas übernimmt das Sprechen: «Wir dachten immer, es trifft einen von uns. Und sowohl deine Mutter als auch ich wären liebend gerne für dich gestorben.»

«Ihr hättet ein bisschen weiterdenken müssen!» Mian nimmt die Finger auseinander, legt die Hände auf den Tisch und beugt sich vor. «Was das alles für Folgen hat.»

«Woher hätten wir wissen sollen, wie es ausgeht?»

«Gleiches mit Gleichem heilen!», knurrt Mian. «Sie haben Jano genommen, weil sein Blut meinem am ähnlichsten ist. Ihr hättet wissen *müssen*, dass es am Ende ihn trifft.»

«Werd nicht unfair!» Zum ersten Mal wird auch Andreas laut. «Wir sind durch die Hölle gegangen aus Angst um dein Leben. Weißt du, wie oft deine Mutter an deinem Bett geweint hat? Kannst du dir das überhaupt vorstellen?»

«Nein, und es ist mir auch egal, weil es das alles nicht wert war!»

«Ich habe nie an diesen Voodoo-Mist geglaubt!» Andreas steht so ruckartig auf, dass sein Stuhl nach hinten umkippt. «Deine Heilung ist genauso medizinisch erklärbar, und Motorradunfälle passieren ständig. Es kann Zufall gewesen sein!»

«Genau!» Mians Stimme trieft vor Ironie. «Das ist aber ein komischer Zufall.»

«Ich hätte alles getan für euch.» Josephine spricht leise, aber klar und voller Liebe. «Und selbst wenn ich dir damit nur wenige Jahre hätte verschaffen können und mein Leben dafür hätte geben müssen.»

«Mit allen Konsequenzen, die das für uns hatte!»

Unschlüssig trete ich von einem Bein auf das andere und wäre am liebsten wieder aus dem Zimmer gegangen.

Mian verstummt kurz, als müsse er überlegen, wie viel er seinen Eltern von dem mitteilen kann, was wirklich in ihm vorgeht. Dann sprudelt etwas aus ihm heraus, von dem ich mir sicher bin, dass er es noch nie so ausgesprochen hat. «Wir waren normal bis zu diesem Tag...»

«Hör auf!», unterbricht Andreas ihn harsch. «Ihr habt nie aufgehört, normal zu sein! Es ist auch nicht gesagt, dass all das durch dieses Ereignis kam. Möglicherweise wurdet ihr damit geboren...»

«Ach, bitte!» Fast genervt verdreht Mian die Augen. «Das glaubt ihr doch selbst nicht. Es kommt vom Voodoo. Schwarze Magie. Die stärkste Magie, die es gibt auf der Welt, und der ganze Scheiß hat uns bis heute traumatisiert. Ein normales Leben ist damit nicht möglich.» Seine Stimme bebt, als er hinzufügt: «Für Jano ist überhaupt kein Leben mehr möglich!»

Josephine steht auf, geht um den Tisch herum und setzt sich an Mians Seite. Sie greift nach der Hand ihres Sohnes, und bei ihr kann Mian diese Geste zulassen. «Wir wissen, was ihr durchgemacht habt. Jeden Tag waren wir dabei und haben versucht, euch zu unterstützen und zu führen, so gut wir konnten. Wir wissen, es ist nicht einfach, mit so einer Gabe zu leben, aber ihr seid beide wundervolle Menschen geworden ...»

«Gabe...» Mian schnaubt durch die Nase. «Es ist ein Fluch.»

Unsicher gehe ich an den Tisch und nutze die Gelegenheit, mich auf den frei gewordenen Platz zu setzen. Andreas schaut mich warmherzig an und schafft es, mir ein Lächeln zu schenken.

«Selbst wenn es ein Fluch ist.» Josephine spricht beherrscht. Sie versucht, den Blick von Mian einzufangen. «Selbst wenn es so ist, es hat dir das Leben gerettet.»

«Und das von Jano gekostet.» Das ist der Moment, in dem Mian seiner Mutter die Hand wegzieht und vor seiner Brust mit der anderen verschränkt. «Deswegen war es falsch.»

Es war nicht falsch!

Ich kann nicht aussprechen, was ich denke, aber ich kann das auch nicht so stehen lassen. «Mian», sage ich leise über den Tisch hinweg. «Es hat dir das Leben gerettet, und dafür bin ich unendlich dankbar.»

«Amy, bitte», setzt Mian an, aber dann ignoriert er mich und redet einfach weiter. «Es war falsch!»

«Moment, ich möchte auch gerne etwas dazu sagen!» Ich

erschrecke ein wenig über mich selbst. Es ist mir einfach so herausgerutscht, und jetzt kann ich nicht mehr zurück. Außerdem möchte ich das sagen, was mir auf der Seele brennt. Ich schaue Josephine an, mit aller Wärme und Liebe, die ich in meinen Blick legen kann. «Es war nicht falsch, was ihr getan habt. Alle Eltern hätten so reagiert.» Ich schaue zu Mian und sehe, dass er wütend ist.

Ich sehe aber auch, dass er versucht, es nicht zu sein. Ob wegen mir oder weil ihm klar ist, dass er seinen Eltern damit weh tut, weiß ich nicht. Es ist mir auch egal, ich weiß nur, dass ich ihn aus dieser Wut herausholen muss.

«Wenn es dich nicht gäbe, Mian», sage ich, «dann würde ich noch immer in meinen Depressionen stecken, und vielleicht hätte ich mein Leben sogar weggeworfen. Außerdem», ich mache eine Pause, bevor ich leise fortfahre, «wenn Jano und du nicht gewesen wärt, dann wären wir alle auf dem Schiff gestorben.»

Josephine schließt die Augen und nimmt ihre gefalteten Hände vor das Gesicht, als würde sie beten. Ich kann nicht erkennen, ob diese Geste Mian beruhigt oder seine Wut eher schürt. Ich warte, bis Josephine fertig ist und mir wieder ihre Aufmerksamkeit schenkt. Sie greift nach meiner Hand und drückt sie fest.

«Du bist eine unglaublich starke Frau, Amy», sagt sie zu mir. «Ich bin froh, dass Mian dich gefunden hat. Danke.»

Tränen laufen mir die Wangen hinunter, als ich in ihre Augen blicke, die denen von Mian so unglaublich ähnlich sind. «Jano hat dafür gesorgt, dass die Seele meines kleinen Sohnes gerettet wird und nach Hause kann. Ohne ihn wäre mein Timmy verloren gewesen.»

Für einen Moment herrscht Schweigen im Raum. Eine

nachdenkliche Stille, die friedlich ist, aber sich dennoch falsch anfühlt.

«Ich kann mir kein Urteil darüber erlauben, wie es ist, so wie Jano und Mian zu sein», sagt Josephine und drückt meine Hand ein weiteres Mal. «Aber ich weiß, dass es oft schwierig war. Und immer noch ist, wenn das Leben von solchen Dingen überlagert wird. Man darf nur nicht vergessen, wo solche dunklen Schatten sind, da muss auch ein starkes Licht sein.»

Ohne Vorwarnung steht Mian auf und geht aus dem Zimmer. Für einen Moment habe ich das Gefühl, ihm nachlaufen zu müssen, aber ich tue es nicht. Ich bleibe bei Josephine, der ich mich von Anfang an schon unglaublich nahe gefühlt habe. «Ich bin unheimlich dankbar für Mian. Er hat es geschafft, mit seinem Licht mein kaltes und leeres Leben zu beleuchten und wieder zu füllen.»

Josephine schluchzt, zieht mich in die Arme und hält mich fest.

«Ich danke dir», flüstert sie. «Das bedeutet mir gerade so viel.»

«Mir auch.»

Der Schmerz, der von Josephine ausgeht, fühlt sich genauso an wie mein eigener, und auf ganz merkwürdige Weise tut das gut. Wie schon bei Mian habe ich das Gefühl, verstanden zu werden. Die Frau, die ich erst vor wenigen Stunden kennengelernt habe, drückt mich so fest an sich wie lange niemand zuvor.

Mitten in unsere Umarmung hinein kommt Mian zurück ins Wohnzimmer. Er wartet, bis seine Mutter sich von mir löst, und geht dann auf sie zu.

«Entschuldigung», sagt er leise. «Ich hab's nicht so gemeint. Mir ist klar, dass ihr daran geglaubt habt und mir nur helfen wolltet.»

Ihre Hände zittern, als sie Mian umarmt. «Es ist alles in Ordnung. Mach dir keine Gedanken.»

In diesem Augenblick begreife ich, wie schwer das alles für Mian sein muss. Er muss nicht nur mit seinen eigenen Emotionen klarkommen, sondern auch mit dem Schmerz seiner Eltern.

Und mit meinem.

«Wir wollten dich nur einfach nicht verlieren», flüstert Josephine.

«Ich weiß. Es tut mir leid.» Mian gibt seinem Vater die Hand. «Ich hätte auch so reagiert, wenn es mein Kind gewesen wäre. Ich weiß nicht, was eben mit mir los war.»

Aber ich weiß es.

«Es ist alles okay», bestätigt auch Andreas. «Wir schaffen das irgendwie. Du musst nur schauen, dass es dir nicht zu viel wird ... mit uns ...»

Er weiß es auch: Mian muss hier raus.

Nicht nur raus vor die Tür, um eine Runde zu laufen, sondern dauerhaft weg. In die Karibik. Und das am besten früher als später.

«Ich bin vollkommen durch den Wind», sagt Mian plötzlich. «Ich bin durcheinander, und doch ist mir einiges klar geworden. Als ich ein Kind war, wollte ich immer normal sein. Als ich erwachsen wurde, wusste ich, dass es zwar schwer ist, aber dass ich nie wie die anderen sein werde. Und das ist gut so. Ich kann mehr sehen, mehr fühlen. Ich will nicht in diesem Einheitsbrei untergehen, sondern mit einem anderen Blick auf die Welt durch das Leben gehen und dadurch anderen helfen. Wie Jano das getan hat.»

Josephine nickt. «Seit ihr klein seid, ist uns klar, dass ihr ‹mehr› seid als andere Menschen. So viel mehr, dass wir all diese Dinge irgendwann zusammengefasst und auf dieses kleine Wort heruntergebrochen haben.»

«Was genau ist dieses ‹Mehr›?» Neugierig schaue ich Josephine an. Ich weiß tief in mir, was sie meint, und dennoch habe ich keine Worte dafür, das zu beschreiben oder es mir selbst zu erklären.

«Es ist so vieles. Es ist Selbstlosigkeit. Reflexion. Weitblick und Bescheidenheit.» Josephine greift nach Mians Hand. «Den meisten Menschen fehlt die Fähigkeit, selbstlos zu sein. Sie lieben um ihretwegen und nicht um des anderen wegen. Jano war anders. Und du bist anders.»

«Ich habe nie verstanden, was ihr damit meint», flüstert Mian. «Aber ich glaube, durch Janos Handeln ist mir das klar geworden.»

Josephine zieht ihren Sohn in die Arme. Voller Dankbarkeit, aber auch mit einem tiefen Schmerz, der bis an ihr Lebensende niemals vergehen würde.

«Es ist schwer», wiederholt Mian. «Nichts in meinem Leben hat mich darauf vorbereitet, wie es ist, einen Menschen zu verlieren, mit dem ich verbunden war. Nichts.»

«Wir schaffen das», verspreche ich und nehme Mians Hand in meine. «Ich werde für dich da sein. Genauso, wie du für mich da bist. Gemeinsam schaffen wir das.»

Epilog

Für meinen kleinen Bruder,

dies ist nicht mein erster Versuch, dir zu schreiben. Noch immer fühle ich diese Leere in mir, dort, wo du einst gewesen bist. Doch sie zerreißt mich nicht mehr, lässt mich nicht mehr so völlig hilflos sein, dass jedes Wort an dich sich wie ein Dolchstoß anfühlt. Ich kann an dich denken, ohne dabei zu sterben, kann mich erinnern und dir so auf neue Weise nahe sein. Dir gerecht werden ...

Hier bin ich also, in der Karibik. Allein, ohne dich. Und doch nicht allein, denn Amy ist bei mir. Sie ist mir anders nah, als du es warst, und wird auch nie die Leere füllen, die du hinterlassen hast.

Die schreckliche Leere, die mir immer wieder zeigt, wie verloren ich ohne dich bin.

Leere und die Gewissheit, dass es ein schlechter Handel war.

Ein Fehler.

Geister sind nicht bestechlich. Es war dumm zu glauben, dass wir ungeschoren davonkommen, denn Geister vergessen nie.

Aber wenn alles endet, dann kommt der Moment, an dem wir zwei uns wiedersehen. Daran zweifele ich nicht.

Bis dahin wirst du im Herzen und im Geiste immer bei mir sein.

Deswegen bin ich hier. In der Karibik, in der wir immer zusammen leben wollten.

Hier sind wir beide vor vielen Jahren miteinander verbunden worden. Hier bin ich dir so nahe wie nirgendwo sonst auf der Welt.

Ich weiß, es ist in deinem Sinne, dass Amy an meiner Seite bleibt.

Wir haben uns etwas aufgebaut. Wir haben ein kleines Häuschen gekauft und uns mit Tagestouren für Touristen selbständig gemacht. So, wie du und ich es immer geplant hatten. Wir haben unsere Firma «Spirit Wave» genannt, um dir damit zu gedenken.

Amy hat mich dazu gebracht, diesen Traum zu verwirklichen.

Dank dir konnte ich Amy helfen, ihren Frieden zu finden, und nun hilft sie mir.

Sie wird nicht aufgeben, bis ich zurück ins Leben gefunden habe, und damit schließt sich dann der Kreis. Denn hier hat alles begonnen, und hier wird alles enden. Hier muss ich dich gehen lassen ...

Weißt du noch, wie schlimm es war, als wir herausfanden, dass der Geist von Amys Sohn noch immer da ist, weil sie ihn so verzweifelt festhielt?

Natürlich weißt du das noch.

Immer wieder habe ich ihr gesagt, sie muss ihn loslassen, ohne zu wissen, wie schwer so etwas ist. Nun bin ich dran. Ich werde nicht denselben Fehler machen wie sie. Ich lasse dich gehen, Jano, aber du wirst immer deinen Platz in meinem Herzen haben.

Finde deinen Frieden, kleiner Bruder.

Ich bleibe noch hier und lebe das Leben, das wir für uns beide vorgesehen haben.

Zusammen mit Amy. Während du auf ihren Sohn achtgibst.

Ich werde dich niemals vergessen, Jano!

Jeden Tag erinnert mich der Wind über dem Meer, dass du irgendwo da draußen bist.

Der Schatten, den ich in der untergehenden Sonne werfe, ist länger als früher. Breiter. So, als würden wir noch immer nebeneinander hergehen ...

Das Gefühl, etwas – jemand – würde meinen nackten Arm streifen, wenn ich am Strand entlanggehe ...

Ich weiß, du bist immer an meiner Seite, an die du gehörst.

Dieses Wissen wird niemals vergehen. Es endet erst, wenn auch mein Leben endet. Und dann werden wir uns wiedersehen.

Du fehlst mir. Jeden Tag. Jede Minute. Jeden Atemzug.
Mian

Danksagung

Wie immer empfinde ich die Danksagung als eines der schwierigsten Dinge am ganzen Buch.

Während ich mein Manuskript schreibe, denke ich oft: *Oh, den musst du in der Danksagung erwähnen. Und den ... und natürlich den.* Aber wenn ich dann tatsächlich dran sitze, ist alles weg.

Ich hoffe, ich vergesse niemanden!

Das erste DANKESCHÖN geht an einen ganz besonderen Menschen. Patricia.

Danke, Pat! Für alles. Für die ganze bedingungslose Unterstützung. Fürs An-mich-Glauben. Für die endlose Motivation. Für die Liebe, Zeit und Kreativität, die du in unsere Gruppe steckst! Danke für unsere gemeinsamen Projekte. Danke, dass du dein Hirn mit mir teilst!

Danke, dass du das siehst, was mir verborgen bleibt!

Ich kann gar nicht alles aufzählen, wofür ich danke sagen muss!

Deswegen gebe ich dir den Satz zurück, den du zu mir gesagt hast: «Danke, dass du genauso eine hohle Nuss bist wie ich!»

Das nächste Dankeschön geht an Max, ohne den es dieses Buch nicht gäbe!

Danke, Max! Du bist außergewöhnlich und unbeschreiblich. Du bist einfach ein bisschen «mehr» als alle anderen. Danke für die vielen Erzählungen und Berichte, deine offene Art und die ganzen privaten, persönlichen und intimen Details, an denen du mich hast teilhaben lassen!

Danke, dass wir gedanklich und emotional immer auf einer Welle sind und uns auch ohne Worte verstehen.

Danke auch dafür, dass du mit so viel Zeit und Liebe unsere Gruppe moderierst.

Ein ganz besonderes DANKESCHÖN geht an die beste Mutter der Welt! Danke, Mama, ohne dich hätte es vermutlich ein halbes Jahr länger gedauert, das Buch zu schreiben! Danke, dass du in den brenzligen Zeiten, wenn meine Kinder wieder einmal krank waren, und in der Endphase des Buches oft tagelang bei mir gewohnt hast, um mich im Haushalt und mit den Kindern zu entlasten und mir das Schreiben zu ermöglichen.

Danke auch an meinen Vater, der in dieser Zeit allein zu Hause überleben musste. Danke auch für die vielen Wochenenden, die mein Sohn bei euch verbringen durfte, und die unzähligen «Taxifahrten» hin und her.

Danke schön an die wundervolle Marlene Drechsler, mit der ich das perfekte «Kinderhüten-Abkommen» geschlossen habe. Es hat mir viel geholfen, unsere Söhne so hin- und herzutauschen, dass wir beide die maximale Zeit zum Arbeiten für uns herausholen konnten. Du bist mir eine echte Freundin geworden!

Danke an Anja Beck und Michaela Rubik, meine zauberhaften Nachbarinnen, die so oft meinen Sohn für mich in den Kindergarten gebracht und abgeholt haben, wenn meine Tochter wieder einmal mit Fieber nicht nach draußen sollte. Ohne euch beide wäre ich aufgeschmissen gewesen. Ihr habt echt was gut bei mir!

Danke an alle, die direkt am Buch mitgewirkt haben. Danke an Judith Gerbig, meine Segelexpertin, die mit mir den Segeltörn entworfen und geplant hat. Danke für unzählige Voices, Nachrichten und Telefonate. Danke für die Berichte, Karten und Recherchearbeiten. Danke fürs Korrekturlesen der Segelszenen.

Danke an alle meine Test- und Korrekturleser!

Ein DANKESCHÖN, das wirklich von Herzen kommt, geht an die wundervolle Julie Hübner, mit der ich stundenlang über das Skript und den Plot gesprochen habe! Danke für das hilfreiche Vorlektorat, deine tollen Anmerkungen und deine Hilfestellung.

DANKE auch an den besten Verleger, den man sich wünschen kann. Danke, Tim Rohrer. Auch nach dem sechsten Buch muss ich noch sagen, dass ohne dich das alles nicht möglich gewesen wäre. Ich kann mir nicht vorstellen, dass jemand mehr Herzblut und Zeit in ein Buchprojekt stecken kann, als Tim es tut.

Ein riesengroßes DANKESCHÖN geht an einen Menschen, dessen Arbeit mich wirklich positiv überrascht, ja, sogar beeindruckt hat. Ich hab wirklich das Gefühl, dass meine neue Lektorin Ulrike Jonack ein großer Gewinn für mein Buch gewesen ist. Danke für das großartige Lektorat, du hast es mir wirklich leichtgemacht! Und manche Dinge (Schimmel, Jano) haben mich wirklich nachhaltig beeindruckt.

Ich hoffe auf weitere Zusammenarbeit mit dir!

Danke an Jona, den dritten Moderator meiner Facebook-Gruppe! Auch dich möchte ich nicht mehr missen.

Wollt ihr meine Moderatoren selbst kennenlernen? Dann schaut in meine Facebook-Gruppe:

https://www.facebook.com/groups/Jessica.Koch/

Da gibt es auch die Möglichkeit, sich mit mir und den anderen Lesern auszutauschen!

Denn das letzte und größte DANKESCHÖN geht wie immer an meine Leser!

Danke dafür, dass du mein Buch soeben in den Händen hältst und bis hierhin gelesen hast! Ich hoffe, es hat dir gefallen.

Danke fürs Lesen! Ohne euch könnte ich keine Bücher schreiben!